CB123281

CORCOVADO

Jean-Paul Delfino

CORCOVADO

Tradução de
PROCÓPIO ABREU

EDITORA RECORD
RIO DE JANEIRO • SÃO PAULO

2005

CIP-Brasil. Catalogação-na-fonte
Sindicato Nacional dos Editores de Livros, RJ.

Delfino, Jean-Paul, 1964-
D391c Corcovado / Jean-Paul Delfino; tradução de Procópio Abreu. – Rio de Janeiro: Record, 2005.
420p.

Tradução de: Corcovado
ISBN 85-01-07153-6

1. Ficção francesa. I. Abreu, Procópio. II. Título.

CDD – 843
05-1457 CDU – 821.133.1-3

Título original francês:
CORCOVADO

Copyright © Editions Métailié, Paris, 2004

Capa: Victor Burton sobre detalhe de "Vista da Lagoa Rodrigo de Freitas", Karl Ernst Papf, óleo sobre tela, 1896

Revisão técnica: Nireu Cavalcanti

Todos os direitos reservados. Proibida a reprodução, no todo ou em parte, através de quaisquer meios.

Direitos exclusivos de publicação em língua portuguesa somente para o Brasil adquiridos pela
DISTRIBUIDORA RECORD DE SERVIÇOS DE IMPRENSA S.A.
Rua Argentina, 171 – Rio de Janeiro, RJ – 20921-380 – Tel.: 2585-2000
que se reserva a propriedade literária desta tradução

Impresso no Brasil

ISBN 85-01-07153-6

PEDIDOS PELO REEMBOLSO POSTAL
Caixa Postal 23.052
Rio de Janeiro, RJ – 20922-970

EDITORA AFILIADA

A Agnès e Pixote

Ilhas
Ilhas
Ilhas onde nunca se chegará à terra
Ilhas onde nunca se descerá
Ilhas cobertas de vegetações
Ilhas escondidas como jaguares
Ilhas mudas
Ilhas imóveis
Ilhas inesquecíveis e sem nome
Lanço meus pés ao mar pois gostaria muito de ir
até vós

No coração do mundo
Blaise Cendrars

PRÓLOGO

1

De quatro em quatro segundos precisos, o teto deixava pingar uma gota de chuva que se estatelava ao pé da cama. Embora a Rue Jeanne d'Arc fosse bem estreita, mesmo assim a água pesada da tempestade vinha bater na janela. Verdadeiras bofetadas de água doce a crepitar no vidro num ritmo anárquico, seguindo os caprichos da borrasca. Mas dentro, nesse quartinho lívido do bairro da Fosse, a queda-d'água acontecia de modo implacável, de quatro em quatro segundos. Sem atraso. Sem precipitação inútil. Um cronômetro que matava o tempo com método.

Num novo tapa da chuva, mais violento que os outros, Jean Dimare abriu os olhos. Um dia pálido penetrava com náusea o quartinho e cobria de cinza as paredes esponjosas, cheias de umidade, perdendo o reboco. No teto, auréolas enegrecidas pareciam luas mortas, estrelas abortadas. Suas roupas, um paletó de brim azul, calças de veludo cotelê e uma camisa de colarinho puído, arrastavam suas sombras ao pé da cama, amontoadas numa cadeira.

Ele inspirou profundamente. O ar viscoso cheirava ao mesmo tempo a fuligem, a fedores da sarjeta próxima, a absinto, ao amargor do iodo e ao ranço do reboco e das vigas que apodreciam por placas inteiras. O cheiro acre do sexo praticado com violência, feito selvagens, também flutuava.

Jean Dimare puxou para cima do peito a coberta de lã. Enquanto as gotas continuavam a despedaçar o tempo, ele pensou na noite passada. Uma noite suja de dezembro, glacial, que conseguira fazer até com que todos os mendigos, vagabundos, aventureiros, sarnentos e piolhentos desertassem o bairro reservado da Fosse e fossem bater às portas dos asilos. Sem esse frio penetrante, inabitual nesse mês de dezembro de 1920, essa escória do submundo de Marselha nunca teria deixado as imediações do Vieux-Port. Sempre foram o cimento da Fosse. Fervilhavam nessa ferida aberta mistura de cafetões ao acaso, putas em fim de carreira, traficantes de todo tipo, vigaristas e tiras que só conheciam a lei da rua. Rostos morenos do sol dos cais espreitavam o otário, aquele de bolso cheio e que ficava ali pedindo para ser depenado. Todo meio era bom para pegá-los nos desembarcadouros e levá-los por aquele emaranhado de ruelas onde os valhacoutos miseráveis estavam cheios de putas. Turcas, italianas, africanas, espanholas, portuguesas, árabes, chinesas desgarradas, indianas, moças perdidas de todos os países do mundo, fazedoras de anjos, ruins como sarna, trapaceiras, ladras, agressivas, beberronas, sacos de merda e de desespero, esmagadas pela vida, arrasadas nas carnes, elas caíam na vida numa mistura de raiva e derrotismo, os pés solidamente ancorados na lama da Fosse. Tinham esquecido o passado. O futuro não existia.

A queixa aguda de uma gaivota conseguiu abrir um espaço na tempestade que caía sobre Marselha.

Jean Dimare virou-se de lado. Sob a luz fraca, adivinhou as formas redondas de Jacotte. Pelo menos foi esse o nome que ela lhe deu, logo depois do incidente. Com os cabelos crespos e emaranhados caindo fora da coberta feito um feixe de mato escuro, ela dormia sorrindo. Ele a encontrara na véspera, por volta das seis da tarde. No salão iluminado a gás do café Le Brûleur de Loups, ela viera lhe filar um cigarro quando ele engolia uma dose de rum. Num vestido vermelho vivo, xale amarelo nos ombros, rosto maquilado de dar medo, Jacotte esperou que ele enrolasse para ela um pouco de fumo. À guisa de agradecimento mudo, debruçou-se e deixou que ele visse bem seu peito opulento e firme, naturalmente bronzeado, que parecia ter vida própria no decote do corpete. Ele a convidou para sentar.

Ela estava se sentando quando o garçom, um grandalhão de cabelos engomados, cuidadosamente penteados para trás à Rodolfo Valentino, agarrou-a pelo braço com força:

– Dê o fora. Vá rodar a sua bolsinha na Fosse, no bairro das piranhas...

Visivelmente acostumado a práticas do gênero, o empregado falara firme mas com voz branda, a fim de que a clientela do estabelecimento do Vieux-Port não ouvisse. O garçom tinha mãos enormes e torcia o braço da mulher com um prazer evidente. Os olhos de Jacotte se encheram de lágrimas. Jean Dimare levantou-se. Queixo empinado, olhar brilhante, falou no mesmo tom:

– Peça imediatamente desculpas a esta senhora...

– Quem é você? Um carcamano sujo ou um espanhol podre?

– Sou francês.

– Com o seu sotaque de meteco? Vamos, dêem o fora os dois, e sem histórias. Caso contrário, chamo os canas.

Jean largou uns trocados sobre o mármore da mesa. Enfiou a boina, dirigiu-se para a saída. Tudo deveria ter acabado assim. Sem choque. Mas o garçom, mais por crueldade do que por burrice, agarrou de repente Jacotte no canto de um compartimento e pôs-se a acariciar-lhe a bunda e os peitos, com um risinho sacana na garganta. A puta da Fosse soltou um grito estridente. No mesmo instante, um trovão violento estourou na cidade. As paredes vibraram. As chamas das lâmpadas nas suspensões fizeram tremer as sombras. O rapaz continuou a apalpar com as mãos cheias as coxas e os peitos de Jacotte, de olhos fixos em Jean Dimare. Este sentiu seu sangue italiano misturado com português ferver nas veias. Em três passadas ficou junto do garçom e lhe enfiou uma violenta cabeçada no meio do tórax. O rapaz foi para trás numa careta de dor. Os clientes ouviram então sua coluna vertebral quebrar de um só golpe na quina do balcão. Um raio de aço que atinge uma das flechas de um grande veleiro no Vieux-Port. E o corpo que desaba, lívido, partido. A cabeça que vem bater contra o chão de ladrilhos vermelho sangue.

Uma nova trovoada, lúgubre, recobre o retinir do sininho de cobre da porta de entrada. E os clientes que começam a gritar: Peguem o assassino!

Mas Jean e Jacotte já não estão mais lá. Mãos dadas, correm sem parar pelas largas calçadas da Canebière. A noite acaba de desabar sobre Marselha. Com as primeiras gotas de chuva gelada chicoteando-lhes o rosto, sobem a avenida, cortam as ruas perpendiculares, evitam por pouco os carros, os bondes, as carrocinhas, esbarram nos passantes e nos cães. Correm ofegantes, bifurcam bruscamente à esquerda num emaranhado de ruelas cegas e pegam a direção do Vieux-Port cortando caminho, cada vez mais rápido. Sem se soltarem, acabam enfim mergulhando nas artérias escuras da Fosse, onde a água da chuva, que brota em cataratas, carrega ao passar as sujeiras e as imundícies do bairro reservado.

Quando os primeiros policiais chegam ao Brûleur de Loups, no instante preciso em que o honrado doutor Grassin constata a morte do garçom, Jean já está cavalgando o corpo dourado de Jacotte. Em seu quartinho fétido, ele se mistura a ela no deslizamento frenético das peles molhadas de suor e de chuva. Ela tem cheiro de casca de limão. Desses limõezinhos verdes que crescem nas encostas das colinas que dominam Menton. Ele goza nela ao mesmo tempo que uma terrível trovoada parece querer rachar a cidade em duas.

As gotas continuavam a se suceder, no mesmo ritmo lancinante. No teto, a água ia formando uma pocinha brilhante que engordava e acabava formando uma lágrima. Sem falha, esta se desprendia e explodia com um barulho surdo nos ladrilhos soltos do chão.

Agora com seus vinte e três anos, Jean Dimare não achava ter a alma de matador. De assassino. Essas palavras, no entanto, giravam na sua cabeça como, nos domingos de sol, o grande carrossel nos jardins do palácio Longchamp. Nem assassino, nem matador. Eram só palavras. Era culpa da falta de sorte.

Jacotte emitiu em seu sono um pequeno assobio de bem-estar. Ele acendeu a ponta de um cigarro. Com o que podia estar sonhando essa mulher? Tudo o que sabia dela era o seu corpo. Um conjunto generoso, que se movia com langor sob os dedos. Jean virou-se e a observou com atenção. Havia com certeza um bom tempo que ela não era mais uma moça, e sim uma mulher que fazia a vida por falta de opção, à espera de dias melhores. Todas diziam isso. Mas ela logo ia acabar deixando os sonhos de lado. Iria secar no pé, sem forças. Apagaria, sem a menor sombra de dúvida, num dos pés-sujos da Fosse ou na esquina de uma rua cheia de lixo. Todas as putas do bairro reservado morriam novas. Sempre novas demais. De desespero. De álcool. De sífilis. De amor dado em excesso.

Jacotte acabaria assim. Depois, a fossa, a comum dessa vez. Um lençol. E terra. Antes disso, teria feito amor com a humanidade inteira, já que a humanidade inteira estava em Marselha.

Ainda não era meia-noite quando, sem barulho, Jean Dimare se levantou e vestiu as roupas encharcadas. Ao sair, deixou duas vezes o preço do programa sobre a cadeira. Na Fosse, tudo se pagava. Sempre. E o Natal estava chegando.

No dia seguinte, a mesma chuva persistente continuava a pingar sobre Marselha. Como Jean havia previsto, a morte do garçom não dera lugar a mais que três linhas na coluna policial do *Petit Marseillais*. Aqui, sob o olhar benevolente de Notre-Dame-de-la-Garde, era costume morrer de morte violenta. Havia rixas a toda hora, as histórias sangrentas, fáceis. Por um sim, por um não, os homens se esfaqueavam com uma lâmina, uma adaga, um canivete automático, um katana chinês, até com uma perna de tesoura. Retalhavam-se por uma mulher, uma moeda recusada na Place des Tapeurs, uma festa não paga, uma promessa não cumprida, haxixe roubado, um olhar atravessado. Um pedaço de pão ou um litro de vinho.

Às seis horas e quinze, ao descer do bonde que todos os dias o levava da Belle de Mai à Place de la Joliette, Jean Dimare tinha a mente clara. Pensava bem mais no corpo moreno e ondulado de Jacotte do que no cadáver do garçom, com certeza já enterrado. Afinal, ele bem que procurara, pensou de uma vez por todas ao deixar a Fosse, depois da noite de amor. Além disso, pagara por todos.

Todos os outros. Aqueles que só cuspiam desprezo nos rostos dos milhares de homens e mulheres que haviam deixado suas terras para mendigar, em Marselha, uma nova pátria.

Um dos contramestres bateu no ombro de Jean Dimare com a ponta da bengala. Jean não tinha dificuldade para encontrar trabalho como estivador. De altura média, atarracado, sólido, sem fugir da raia pesada, rapidamente soubera seduzir com seu mutismo natural e seu respeito pela ordem estabelecida. Respeito pelo patronato, a quem ele devia os vinte francos diários, necessários à sua sobrevivência. Respeito também pelos sindicatos, sem os quais não havia trabalho, e que mantinham seus escritórios no aterro da Joliette, em frente à todo-poderosa Compagnie des Docks. Para todos, Jean Dimare era um estivador perfeito. Bebia pouco e não jogava. Raramente brigava. Subira rápido a infernal escala social dos estivadores e dos trabalhadores braçais. Depois de ter sujado as mãos no óleo de peixes e arrebentado os pulmões nos montes de carvão vindos da própria França, da Romênia, da Polônia, da Hungria, ele fora sucessivamente designado para a descarga dos sacos de cal, gesso, salitre, trigo. E, enfim, para a descarga de caixas e embrulhos, lugar reservado aos aristocratas das docas de Marselha.

Nessa manhã, soltando fuligem e vapor, um enorme cargueiro proveniente de Saigon entrava no cais D. Essa baleia preta comprida, carregada até a goela, ia abrir as suas entranhas para um exército de estivadores que, com a força dos braços e das costas, das gruas e das talhas, roeria seu ventre quente, até só deixar, nas águas sujas do porto, uma carcaça de metal vazia que seria de novo entupida de mercadorias diversas antes de voltar aos mares do globo.

No frio e na chuva, Jean Dimare entregou-se à tarefa. Lá pelo fim da manhã, veio até ele La Foudre, um senhor tranqüilo que a Compagnie ainda deixava trabalhar apesar de ter mais de cinqüenta e cinco anos. Os contramestres tinham confiança absoluta nele; os sindicatos também. Seco e musculoso, o rosto queimado por três raios que não tinham conseguido derrubá-lo, La Foudre estava sempre a par de tudo, fuçava e escarafunchava sem parar, regulava a cadência dos roubos e dos pequenos furtos nas docas, de modo a manter da melhor forma possível uma instável paz social entre os colarinhos brancos da Compagnie e os estivadores.

Atento ao balé das talhas, ele colocou no chão o guincho, o gancho que serve para prender as cordas levantando as caixas, e se aproximou de Jean:

– E aí, meu rapaz, você está por dentro da história do Brûleur de Loups?

Seu sotaque siciliano raspava as palavras como uma máquina de pentear lã. Sem parar de morder a guimba, ele observava Jean Dimare por baixo, com a única sobrancelha revolta franzida. Sem esperar resposta, La Foudre prosseguiu em voz mais baixa:

– Se por acaso souber quem fez aquilo, diga ao sujeito uma coisa da minha parte...

– O quê?

– Diga a ele que o garçom era da família Talsimoki.

– Talsimoki? Vassilis Talsimoki?

– Isso mesmo. Diga a ele que não era só um garçonzinho qualquer. E a família Talsimoki lançou uma vendeta. Como na minha terra, sangue pelo sangue...

La Foudre cuspiu no chão. Antes de pegar de volta o guincho e voltar ao trabalho, soltou, com mais suavidade ainda:

– Estamos na terra deles, garoto. *Siamo paese*. E o sujeito que despachou o filho do Talsimoki devia ter uma boa razão. Quanto a isso, não tenho nada a dizer. Só que mais dia, menos dia ele arrisca rir para sempre pela garganta. Então, se você o vir, diga-lhe que é melhor ir embora. Para longe. Deixar Marselha. E não voltar nunca mais. *Mai più*.

Com a barriga apertada e o corpo gelado de suor, Jean Dimare olhou o velho se afastar num passo pesado pelas poças de lama. Depois virou-se instintivamente. Por trás dele, o pessoal da estiva trabalhava firme. Todo dia era gente chegando e partindo. Marselha era uma cidade de passagem. Poucos conseguiam criar raízes. Os que podiam agarravam com unhas e dentes o que haviam obtido. Defendiam raivosos seu território. O filho seria marselhês. Pois um filho, para todos esses apátridas, era o futuro. Um começo de raízes. E Jean fora cortar uma das raízes da família grega dos Talsimoki. Ele conhecia bem a fama sulfurosa do patriarca, Vassilis. Sempre que alguma sujeira chegava à manchete dos jornais, nos bares só se falava dessa tribo, oficialmente respeitável e respeitada.

Numa nuvem de vapor, uns estivadores o fixaram com insistência, com o olhar vazio. Em troca de uma boa soma, qualquer um deles lhe cortaria o pescoço com toda discrição num canto do armazém. Não passavam de bestas de carga a esvaziar um cargueiro após outro para alimentar Marselha e alimentar a si mesmos. Se La Foudre estava a par, era que Jacotte devia ter falado. A essa hora, toda a Fosse devia saber. E a família Talsimoki também não iria demorar a saber.

No descanso, Jean Dimare deu um abraço furtivo em La Foudre e lhe contou tudo. Seguindo os conselhos do velho, não terminou a jornada. Prevenido, a mão apertando forte no bolso a lâmina que o acompanhava sempre, ele abandonou as docas, subiu a pé até a Belle de Mai, sacou o pouco dinheiro que conseguira economizar, fez a trouxa e esperou a noite para ir ao porto. Ele sabia que o *Chile*, um navio de longo percurso da Compagnie des Messageries Maritimes, levantava âncoras no dia seguinte. Direção Buenos Aires, via Rio de Janeiro.

Enquanto esperava o dia clarear, procurou não ficar nunca imóvel, sentado à mesa de um bar ou debaixo de uma marquise. Boina enterrada na cabeça, percorreu pela última vez as ruas de Marselha, sua cidade; que ele estava abandonando talvez para nunca mais voltar. La Foudre prometera enviar no dia seguinte um cabograma a seus pais. Eles também tentaram e não conseguiram criar raízes em Marselha. Como ele, o pai também fora carregador na Joliette, enquanto a mãe trabalhara na colheita de ameixas antes de encontrar um lugar num restaurante da Rue du Loisir. Mas a guerra chegou. Com o risco de morrer de fome, eles preferiram voltar para terminar a vida na pequena aldeia do pai, perto da costa de Florença. A idéia de voltar para junto dos pais nem por um momento veio à mente de Jean. Ele sabia que lá não havia nada. Nem pão, nem trabalho. Só pedras para comer. E Jean Dimare jurara a si mesmo vencer na vida.

Quando o sol resolveu enfim espalhar um dia sujo na cara de Marselha, ele estava na grande escarpa que domina a Praia dos Catalães. Acotovelado no parapeito, concedeu-se um curto instante para dirigir uma prece a Notre-Dame-de-la-Garde. Depois, virou-se na direção do mar.

O Rio de Janeiro lá estava. Estava esperando por ele.

Do outro lado do mundo.

2

Quando Marselha mal começava a espantar a noite glacial que a abraçara, Jean Dimare dirigiu-se ao consulado-geral do Brasil onde mofou meia hora até ser recebido por um empregado resmungão e arrogante. Entrou, enfim, num luxuoso escritório, uma sala comprida. O responsável pela emigração, na mesa ao fundo, sequer levantou o rosto, absorvido que estava pela leitura do jornal, o *Diário de Notícias*. Nas paredes, em molduras de estuque dourado, velhos representantes da jovem república brasileira assumiam ares severos, com o olhar perdido no horizonte. Acima do velho, na bandeira verde, amarela, azul e branca, a divisa do Brasil tremulava orgulhosa, com todas as letras: Ordem e Progresso.

Após alguns minutos de espera respeitosa, Jean Dimare avançou meio sem jeito até o banco de madeira envernizada. Seus passos iam se incrustando no espesso tapete vermelho e deixando ao passar marcas de lama. Ele enfim tentou, timidamente, mas num português impecável:

– Desculpe-me, senhor. Estou vindo para os papéis de emigração...

O nababo da administração não se mexeu. Na última página do jornal que escondia seu rosto, Jean leu num anúncio que duzentas dançarinas, "entre as mais belas deste e do próximo século", davam no Cinema Palácio do Rio de Janeiro um espetáculo de maxixe impressionante. O anúncio o fez sorrir. Só que, nesse instante preciso, pouco lhe importavam todas as dançarinas do mundo, e ele acabou repetindo, numa voz mais firme:

– Senhor? É para os papéis. Vou partir agora de manhã. Estou embarcando no *Chile*.

O homem enfim consentiu em baixar o jornal e as duzentas dançarinas de maxixe sumiram. Puxou o pigarro, tirou o monóculo. Já bem passado dos cinqüenta, algumas mechas de cabelos brancos puxadas para trás do crânio, o pescoço saindo do colarinho duro e imaculado, ele olhou o rapaz de cima a baixo com um ar zombeteiro, falsamente paternalista e cheio de desprezo. Embora Jean tivesse se expressado em português, o representante do consulado fez questão de honra de lhe responder em francês:

– Vejam só! Mais um candidato à emigração!

– Isto mesmo, senhor.

– E suponho que depois de ter deixado Portugal pela França, você deseja agora ir para o nosso país para lá tentar fortuna?

– É mais ou menos isso, senhor...

– Mas é claro que é isso!

Ele enfiou os polegares nos bolsos do colete e bateu na barriga num ritmo imaginário com seus dedos gordinhos:

– Meu jovem amigo, lamento informá-lo de que não vai partir. Tão verdade quanto eu me chamo Inácio da Vila, você não vai partir. E, em todo caso, certamente não hoje de manhã!

– Mas por quê? Meu barco deixa o...

– Chega! Recebi da República ordens muito estritas e que não admitem nenhuma exceção. De agora em diante, o controle dos candidatos à partida será draconiano. O que quer? Desse jeito, a nossa República vai acabar sufocando sob o peso dos imigrados! Temos que tomar cuidado! Italianos, portugueses, franceses, espanhóis, alemães... Até japoneses desembarcam todos os dias, aos milhares, na Bahia, no Rio de Janeiro! O Brasil é uma nação nova, senhor! Uma nação limpa!

Ele se empertigou todo, recolocou o monóculo e, sob o olhar assustado do visitante, rangeu:

– Então me diga: como a nossa pátria poderia se desenvolver de maneira harmoniosa se, sem parar, ondas de metecos e vagabundos vêm se misturar em seu seio?

Como na véspera à noite, os olhos de Jean Dimare começaram a brilhar de raiva. Andou para o lado enquanto procurava a melhor maneira de replicar. O guardião da pureza étnica afro-lusitana continuou:

– Mas não é para você que estou dizendo isso, é claro! Você é jovem, de origem portuguesa além do mais. Nada a ver com os negros, os árabes e todos os macacos da África que desfilam neste escritório. Mas infelizmente a República assim o decidiu: todo pedido de visto deve ser passado a pente fino. E nada posso fazer por você antes de pelo menos duas boas semanas, a datar da entrega dos documentos de informações devidamente preenchidos por seus cuidados...

Ele colocou sobre a mesa um formulário administrativo e se pôs a limpar o monóculo com um ar cheio de importância. Jean Dimare pegou as folhas e deu meia-volta. Às suas costas, ainda ouviu o escriturário resmungar:

– É a pátria que está em questão... Vamos dar a ela o tempo de se construir, pelo amor de Deus!

Uma hora mais tarde, Jean Dimare passava discretamente cento e vinte francos ao dono do Hotel dos Emigrantes, rue Fauchier. Em troca, este lhe devolveu com um sorriso seus papéis: seu passaporte trazia agora, com tinta ainda fresca, o carimbo oficial do consulado-geral do Brasil em Marselha. Naquele bairro tudo se comprava, tudo se negociava. A falsificação ali estava erigida sob forma de arte moderna.

Durante os quinze dias da travessia, Jean Dimare conversou pouco, não pensou em nada. Exceto no instante da partida. Meia hora antes do último toque de sirene, o sino ressoou para avisar os acompanhantes de que chegara a hora de voltar ao cais. O mugido metálico gelou-lhe os ossos. Hesitante, o corpo febril, ele deixou o porão e se postou na proa do *Chile*. Apesar dos golpes surdos das turbinas, ainda ouvia a efervescência provocada pela partida iminente. As juras de amor, os conselhos de prudência, os últimos sacos de carvão que se despejam, as últimas caixas e baús, os rugidos e os xingamentos dos carregadores extenuados. Sem falar nos vendedores e camelôs de todo gênero, apressados em empurrar a mercadoria antes de o comandante resolver levantar âncora.

Enfim, o *Chile* se mexeu. Sob o céu baixo, deixou o porto da Joliette. Imperceptivelmente, foi se afastando de Marselha. Cada volta de hélices aumentava a ligação forte que Jean Dimare tinha com sua cidade. As primeiras massas de água começaram a bater na proa do navio.

Ele teve um pensamento emocionado para La Foudre. Um outro para Jacotte e seu cheiro de limão verde.

Três toques de sirene lúgubre. Então, pela primeira vez na vida, Jean Dimare sentiu-se um homem livre.

Depois de uma parada em Lisboa, nas Ilhas Canárias e em Dacar, o *Chile*, um navio bem rodado, com mais de dez mil toneladas para um comprimento de cento e cinqüenta metros, tomou a direção do Atlântico Sul. Para pagar a viagem, quase trezentos francos, Jean Dimare negociou com o subcomissário de bordo, sr. D'Archambaud, um bretão que havia cruzado todas as latitudes e que agora encerrava a carreira num vaivém regrado feito um relógio entre Marselha e a América do Sul. Jean citou o nome de La Foudre. O subcomissário logo o aceitou. Verificou os documentos com um sorriso no canto da boca e o conduziu à entrecoberta onde uma parte do porão dianteiro acolhia os emigrantes, os mendigos do mar. No meio de um bando de homens e mulheres de rostos cinzentos, ar duro, ele encontrou uma esteira onde pôde colocar a trouxa.

A travessia até o Rio de Janeiro passou como num sonho. A partir do segundo dia de mar, na direção de Dacar, a temperatura começou a aumentar sensivelmente graças a um sol que parecia de primavera. O navio ia a toda velocidade num mar parado azul de anil. De tempos em tempos, os golfinhos abriam o caminho para o barco, acompanhavam-no por um momento e depois sumiam em grandes saltos de espuma verde e branca.

Toda a vida de bordo, da primeira classe até a entrecoberta, transcorria no ritmo do sino que marcava as refeições. Em seu porão, Jean Dimare não conheceu, durante a viagem, os fastos da sala de jantar, do salão de música ou do *fumoir* de cobres polidos todos os dias pelo pessoal de bordo em roupas e luvas brancas. Esses altos lugares do luxo, presididos pelo comandante e o comissário de bordo, eram reservados à elite, à *gentry*. Esses ricos viajantes eram, em sua maioria, homens de negócios que tinham feito fortuna com o café de São Paulo ou a borracha da Amazônia. Na primeira classe também, os dignitários da República, engenheiros e agentes superiores da estrada de ferro francesa, oficiais de infantaria e de artilharia de marinha, de pé desde o nascer do dia, bigodes ao vento, rivalizando em polidez e atenção para qualquer rabo-de-saia à vista. Todo esse belo mundo voltava ao país, uns à Bahia, outros ao Rio de Janeiro, com a cabeça cheia de lembranças.

Os da segunda classe, em compensação, iam descobrir um país grande como um continente. Com a cabeça cheia de esperanças, de sonhos de sucesso, esses viajantes, muitos de classe média, que o acaso ou a fortuna haviam empurrado para as costas do Brasil, eram mecânicos de estrada de ferro, um impressor, três padres, um fabricante de caixas de embalagens e um outro de isqueiros, todos persuadidos de que poderiam montar um negócio nesse país onde diziam tudo ser possível. Um fotógrafo, um empregado da Escola de Engenharia des Ponts et Chaussées, um professor antropólogo, três chineses silenciosos, um casal de distribuidores de carros e acessórios ou ainda uma dúzia de mulheres de todas as idades, dizendo-se artistas de teatro, formavam o grosso da trupe.

Esses dois mundos e o da entrecoberta não se misturavam. Nunca.

Jean Dimare viveu essa travessia com uma beatitude tranqüila, nova para ele. Dali por diante nada mais o ligava a Marselha, e essa vendeta grega pelo menos tivera o mérito de arrancá-lo de seu dia-a-dia de estivador. Quanto ao Brasil, era ver. Ele falava português correntemente, não era preguiçoso, sabia ler e escrever. Ia acabar se adaptando, sobretudo se seus pais, que ele mandara prevenir por La Foudre, tivessem conseguido encontrar alguém que conheciam no Rio de Janeiro. Sua mãe, Andrea da Cunha de seu nome de solteira, sempre lhe falara de um primo afastado que tentara a aventura do outro lado do Atlântico. Se conseguisse encontrar seu endereço, enquanto Jean ainda fazia a sua viagem, por lá já estariam esperando por ele!

A única mudança no habitual foi a noite de 31 de dezembro, na véspera da chegada. Uma noite maravilhosa, passada na proa do navio, tendo por cenário um tapete de estrelas prateadas a formigar no céu.

Todos os emigrantes por lá terminavam a noite, unidos para a morte desse ano de 1920, o rosto voltado para o futuro. Nesse espaço delimitado de aço, ferro fundido, madeira e cordame, era possível achar que toda a humanidade ali se juntava, a cavalo sobre as ondas, os olhos pousados no veludo rumorejante da noite azul. As pessoas não se compreendiam, mas se sorriam. Dois portugueses puxaram os violões e entoaram um fado nostálgico com uma letra que celebrava a eternidade do amor e seus sofrimentos. Em sua língua, um casal do Daomé, agachados junto ao peitoril, cantaram também uma melopéia, num ritmo lento e insistente. Só o homem batia as mãos para imprimir a cadência do oceano. A mulher salmodiava a melodia e dava o seio a um recém-nascido. Depois a música passou de boca em boca, da Espanha à Armênia, da Rússia à Ucrânia, as Antilhas, a Polônia, a Austrália, o Taiti, a Áustria, Madagáscar, Casablanca. Perdidos na imensidão dos sonhos que ressoavam sob a abóbada lunar, eles estavam fora do tempo. Foi talvez por isso que cantaram até bem tarde, até bem depois que os gritos de alegria da primeira e da segunda classe se calaram, quando os relógios de bolso deram meia-noite.

Jean Dimare passou a noite a fumar e a beber um rum dourado das ilhas que seu vizinho, um guadalupeano gigantesco e taciturno, parecia tirar como por magia da mochila.

Quando enfim se deitou sobre a esteira na umidade da noite tropical, o álcool o autorizou a guardar na memória as estrelas que salpicavam o mar e o horizonte.

Nessa noite, elas foram só para ele.

E ele se deleitou num furor guloso.

No dia seguinte, pela manhã, uma série de uivos de sirenes fizeram sobressaltar os passageiros. Do porão às primeiras, foi uma explosão de alegria. Todos largaram o que estavam fazendo e foram se pendurar como puderam no parapeito, os olhos esbugalhados para oeste, o peito levantado por uma febre nova: as costas do Brasil estavam à vista.

No bar, uns dez freqüentadores continuaram a seguir o mesmo ritmo, a tomar cafés regados a armanhaque ou conhaque, a ler as últimas notícias da revista de bordo, as quais, graças aos telegramas captados pelo operadores de rádio, davam notícias frescas dos de terra. O charuto ou o cachimbo de espuma-do-mar na boca, a cara de enfado de quem não está fazendo a primeira travessia, eles comentavam num tom cansado as últimas fofocas mundanas. Nada no mundo poderia fazê-los abandonar a arrogância natural, não mais que o desprezo aristocrático pelo zé-povinho que se amontoava nos peitoris.

Eram dez horas da manhã. Dali em diante, o sol no Rio de Janeiro se apodera dos seres e das coisas. Bem rápido, ele enterrou o *Chile* numa bolsa sufocante em que ondas de calor vinham dançar diante dos olhos dos viajantes. Homens e mulheres, nessa descida invisível de lava, começaram a transpirar abundantemente. A roupa logo se colou inteira na pele, os olhos piscaram para resistir à reverberação. O suor escorreu pela nuca, pela testa, sem parar, rios que pareciam lavar, batizar os recém-chegados. Os primeiros desmaios aconteceram nessa meia hora. O médico, que conhecia bem o fenômeno, circulou entre a multidão e, seguido de dois ajudantes, deu água e conselhos de prudência com voz mole.

Jean Dimare também sentiu a cabeça girar. Quando todos os outros viajantes bateram em retirada em busca de um pouco de frescor, ele ficou só na proa do barco.

O barco avançava agora em velocidade reduzida, bem devagar. A bandeira sanitária amarela fora içada no alto do mastro, mas parecia estar a meio pau já que não havia vento algum. Em duas horas no máximo, um médico brasileiro, num barco de transbordo, subiria para verificar se havia alguém doente. Então, e só nesse momento, o *Chile* poderia vir atracar no porto carioca.

Os foguistas, no ventre murmurante do barco, podiam começar a respirar. Torso nu, sujos de carvão, assando dia e noite diante das goelas de aço do forno, numa barulheira infernal, usando a pá sem cessar para que as turbinas girassem a todo vapor, cuspindo preto pela boca, pela pele, pelos olhos, chamuscados de cinzas, tontos de fumarolas, queimados em todos os membros ao acaso das tempestades, das ventanias e dos buracos do mar, os foguistas alimentaram o bicho até ralar a pele das mãos. Agora o *Chile* ronronava da popa à proa e entrava bem-comportado no porto.

Se ignorava tudo dessa nação, Jean Dimare nem por isso deixava de conhecer as lendas que corriam sobre esse país no qual seria possível construir, parece, mais de quinze Franças.

Do Rio de Janeiro, ele primeiro viu ao longe um cartão-postal indeciso, uma panorâmica fugidia e destorcida, refletido pelos golpes do sol. Era só uma sombra escura, que se movia, que parecia flutuar sobre a água. Jean lembrou-se do que diziam nos bares de Marselha. O Brasil é cheio de selvagens, índios nus sob a tanga, armados de lanças e sarabatanas. Selvagens, perfeitamente! Que não hesitam em degolar o inimigo na primeira oportunidade, em assá-lo na praia e em devorá-lo.

Aqui e ali, ilhas de todos os tamanhos, como que espalhadas de qualquer jeito pelo criador para completar a sua obra. O barco continua a avançar. Jean Dimare se debruça na proa. Cada volta de hélices o deixa mais longe de suas raízes, o aproxima mais da América do Sul. A larga barra negra enfim escolheu uma cor. Vai ser o verde. Jean levanta a cabeça: a bandeira amarela é baixada. O *Chile* continua a deslizar maciamente na água salgada.

Dali onde está postado, ele não perde um segundo desse avanço em marcha lenta. Todos os músculos tensos, os olhos bem abertos apesar dos reflexos de luz que as ondas lhe enviam, ele sente tremer em seu corpo as turbinas do navio. A baía está próxima. Ela agora provoca uma explosão de todos os verdes que a natureza pôde pôr no mundo antes de jogá-los em pasto aos raios do sol. A concha da baía levantou-se, majestosa. Embora ainda não possa distinguir o mínimo rastro de atividades humanas nas margens, Jean mesmo assim é obrigado a levantar mais a cabeça, a torcer o pescoço, para abraçar a baía por inteiro.

Rio de Janeiro. É um hemiciclo grandioso, sem medida. Por toda parte, a floresta desce serpenteando os picos rochosos de um branco puro até mergulhar no mar. Esses cabos escarpados, chicoteados de luz, só com dificuldade contêm esse oceano de floresta virgem. Esta ferve, cresce, mistura consigo mesma, estica-se até romper para o céu azul, agarra-se às cristas e aos morros, lança seus cipós e suas palmeiras em direção ao nada, vencida pelo apelo da terra, depois cai em cascatas abundantes e desce as encostas desses cones piriformes até as praias douradas.

Por enquanto nada de índios. Mas, na água, uma fileira de barcos. Um caravançará de embarcações em que as linhas finas de navios majestosos cruzam com barcos a velas latinas tingidas de amarelo, azul-turquesa e, sempre, verde.

Ao longe, tão próximo agora que ele parece poder acariciá-lo, o porto do Rio com suas gruas e talhas, carregadores, estivadores, caminhões e carros, peles brancas, negras, mestiças. O *Chile* lança um último toque de sirene satisfeito.

Numa baía, mais a oeste, um arranha-céu ultramoderno e sem companhia parece zombar de um morro gigantesco, o mais alto dentre todos. A voz do subcomissário de bordo d'Archambaud murmura então, às costas de Jean Dimare:

– Está vendo, rapaz. Aquele morro é chamado de Corcovado. Quer dizer o corcunda...

O RIO BRANCO

3

O *Chile* estava acabando suas manobras de amarração. De seu posto, Jean Dimare observava com avidez a agitação que, em todos os portos do mundo, saúda a chegada dos barcos de longo curso. No cais, as pessoas se espremiam para acolher os viajantes. Era uma multidão de sombrinhas brancas que floresciam sobre a massa efervescente das cartolas e dos chapéus-melão, das boinas, bonés, *canotiers* e panamás, ou ainda de simples lenços amarrados em volta da cabeça, conforme o nível social de cada um. Os notáveis e os burgueses transpiravam estoicamente, paramentados em sobrecasacas negras, colarinhos engomados subindo até debaixo do queixo, os pés apertados em sapatos de verniz, a camisa branca coberta de um suor bem republicano.

De repente, uma fanfarra situada ao pé da passarela iniciou o hino brasileiro num silêncio respeitoso. Os militares presentes puseram-se em sentido enquanto os patriotas de todas as idades colocavam a mão direita no coração. Quando a última nota caiu, as pessoas aplaudiram bem forte e a desordem ambiente retomou seus direitos. Jean só então ouviu um murmúrio suave, ensurdecido pelo sol, traspassado de vez em quando pelos berros dos vendedores ambulantes tentando encontrar o melhor lugar no embarcadouro. Os viajantes da primeira classe desceriam primeiro, é claro. Não se podia perdê-los. Era ali que as moedas choviam para os mais espertos e, sobretudo, para os vendedores de jornais. A saudade tornava os recém-chegados particularmente generosos. Quando os imigrantes enfim pusessem o pé no continente, a multidão já teria ido embora. O cais, deserto. Ninguém os esperava. Exceto, acima do corredor de acesso, um cartaz pendurado na ponta de duas correntes. Nele se podia ler, em português, em alemão e até em russo, estas poucas palavras: "Você era um estrangeiro, mas o Brasil o acolhe como um dos seus..."

Jean foi o primeiro da entrecoberta a passar pelas formalidades de alfândega. No fluxo dos desenraizados, ele era o único a falar português e penetrou, com surda apreensão, no pequeno reduto previsto para esse fim. O agente encarregado de controlar os viajantes do *Chile* era um homem de seus trinta anos, estreito de ombros, enfiado num uniforme estalando de novo, pincenê cercado de ferro em equilíbrio sobre um comprido nariz enérgico. Ele pousou sobre Jean Dimare um olhar inquisidor. Sua voz de falsete, não se poderia dizer se era grave ou aguda tanto derrapava na escala tonal a cada palavra, piou:

– Passaporte e folha de desembarque!

Jean estendeu tudo com a mão úmida:

– Aqui está, senhor. Tudo em ordem, penso.

A essas palavras, o olhar do agente se fez mais oblíquo:

– O senhor fala a nossa língua?

– Falo, sim, senhor.

Para o agente alfandegário, era uma boa notícia. Último recruta da administração prestigiosa das alfândegas brasileiras, era sempre sobre ele que caía a delicada missão de passar esses imigrantes a pente fino. Cada caso, ou quase, colocava invariavelmente problema, e só a linguagem das mãos e das mímicas conseguia desfazer os nós administrativos mais apertados. Entretanto esse Jean Dimare havia viajado com a gentalha do transatlântico. Não possuía bagagem alguma, exceto uma mochila bem magra. Tudo indicava, portanto, que deixara seu país de maneira precipitada.

O agente alfandegário pegou os documentos e os examinou com a maior atenção. Após dois longos minutos de perplexidade, ele levantou o rosto magro na penumbra da sala e interrogou:

– O senhor é francês?

– Sou, sim, senhor.

– E fala português?

– Falo. Minha mãe é de Coimbra, senhor.

– E seu pai?

– De uma aldeia perto de Florença, na Itália.

– Isso, isso…

No barulho provocado pelo transbordo de baús e bagagens, o agente alfandegário escrutou de novo os documentos. Depois molhou de tinta um enorme carimbo oficial de cabo preto e, na hora de baixá-lo sobre o passaporte, interrompeu o gesto:

– Por que deixou Marselha e escolheu a nossa República?

Jean sentiu que ficou pálido. Uma onda gelada imobilizou o seu estômago. Apesar do calor sufocante, foi tomado por um violento arrepio que tentou esconder da melhor forma. Sob o nariz comprido, os lábios finos repetiram num tom seco e superior:

– Quando faço uma pergunta, quero uma resposta!

– Pois não, senhor.

– Por que deixou a França?

Jean gaguejou:

– Para vir para cá, para o Brasil. E para... para trabalhar, senhor!

– E a sua bagagem? Você só tem isso?

Ao dizer isso, desfez o nó da mochila e espalhou seu conteúdo sobre a mesa. Com a ponta da pena, revistou o monte de trapos com uma desconfiança maior. Depois rosnou de novo:

– Então? Você só tem isso? Nada mais a declarar?

– Não, senhor...

O agente pegou de novo o carimbo, molhou-o de novo com minúcia, mas, em vez de levantá-lo até os céus, recolocou-o na pequena borboleta de ferro cromado. Visivelmente, aquela história não lhe parecia clara. Ele tirou do bolso um enorme lenço branco e secou o suor que lhe molhava a testa. Nenhuma dúvida: ele tinha que se reportar a seu superior. Tinha também que preencher com sua escrita laboriosa um processo-verbal, assim como um interminável maço de formulários administrativos. Isso iria, com certeza, tomarlhe horas. Mas ele não era homem que deixasse seu país acolher um viajante duvidoso, talvez um assassino escondido, até mesmo um agente secreto, um espião do Império Português enviado ao Novo Mundo a fim de enfraquecer a República triunfante! Revigorado por essa boa resolução, abriu a gaveta e, quando ia retirar os formulários apropriados, Jean Dimare debruçou-se sobre ele, por cima da lâmpada de vidro e de cobre que separava os dois homens. Em voz bem baixa, murmurou:

– Senhor, eu lhe menti. Deixei a França por uma razão bem precisa. Para escapar a uma ameaça...

O funcionário retirou as lunetas e também se aproximou. Jean retomou com o mesmo tom de confidência emocionada:

– Não sei se o senhor me entende...

– Continue falando...

– Pois bem. Isso com certeza vai lhe fazer sorrir, mas...

– Mas o quê?

– Em Marselha, eu vivia um verdadeiro inferno com...

– Com quem, diabos?

Jean suspirou longamente. Depois confessou, enfim, com uma voz molhada pela emoção:

– Com a minha noiva...

– O quê?

– Pois é, senhor. Com a minha noiva. Primeiro eu achava ter encontrado uma garota boazinha. Mas assim que ficamos noivos ela me tornou a vida impossível. Uma verdadeira fúria, senhor! Por isso é que deixei a cidade feito um ladrão. Por isso e por nada mais. Mas talvez o senhor não possa entender...

O funcionário caiu de novo pesado na poltrona. Com os olhos no vazio, sentiu a angústia apertar-lhe a garganta. É claro que ele entendia! Quem melhor que ele poderia entender aquela fuga? Sua própria mulher lhe aplicara o mesmo golpe. Só que ela esperara até o casamento! Já no dia seguinte das núpcias, ela se transformara a tal ponto que ele pensara em bruxaria e em alguma má sorte jogada. Nina, sua mulherzinha de olhos sempre pudicamente abaixados, nunca dizendo não, adivinhando os seus mínimos desejos, aceitando tudo, aquela ninfa que o escutava durante horas ler poemas sob o olhar benevolente de sua mãe, trazendo-lhe o café e os licores, apoiando-o em todos os seus discursos, roçando às vezes sua mão pudica na dele, numa época em que seu olhar ardente lhe prometia loucas noites de êxtase...

– Senhor?

...aquela perfeição feita mulher tinha, já no dia seguinte às núpcias, virado a casaca para se transformar numa harpia insuportável, desumana, a criticar tudo, a gerir tudo, a gritar contra ele o dia inteiro e à noite também, proibindo-lhe o jogo do bicho, a cachaça reparadora e até o menor copo de cerveja...

– Senhor? Não está se sentindo bem?

...a tal ponto que, de um ano para cá, ele vinha padecendo a olhos vistos, não tinha mais gosto para nada, perdera todos os amigos, trabalhava feito um escravo e à noite às vezes chegava a acordar sobressaltado, com sombrios projetos de assassinato a rugir em seu cérebro.

Ele se agitou um pouco, secou de novo o rosto e a nuca gelados e, com a mão firme, carimbou com um golpe seco o passaporte. Depois escreveu no visto, com uma escrita trêmula: João Domar.

Com um sorriso cúmplice, devolveu todos os papéis àquele que ele doravante considerava seu *alter ego*, seu irmão de infortúnio mas que pelo menos tivera a coragem de fugir. Enquanto Jean, que se tornara João, embasbacado, guardava suas coisas, o agente alfandegário murmurou por sua vez:

– Queria ser poeta, moço. Poeta ou literato...

Em seguida deu a volta à mesa e apertou-lhe calorosamente o braço:

– Desejo-lhe as boas-vindas ao Brasil, moço. E desconfie das brasileiras. Elas têm caras de santas, mas na realidade são demônios...

Enquanto João Domar transpunha a porta, o funcionário continuava a escancarar os olhos de possesso e, com o indicador nos lábios, acrescentou:

– Demônios, estou lhe dizendo. Desconfie...

Jean Dimare, subitamente tornado João Domar, e tendo assim trocado de nacionalidade e de nome pelo milagre de um amor contrariado, deixou a passos rápidos o exíguo e sombrio escritório de controle da alfândega. Ao empurrar a porta, recebeu em pleno rosto o tapa ofuscante do sol em seu zênite. Pronto. Ele chegara à baía de Guanabara. O *Chile* às costas, ele via estenderem-se a perder de vista os entrepostos, esmagados sob o calor, à direita e à esquerda da enseada verde, por quilômetros. A passos lentos, os carregadores se afastavam com os últimos passageiros ou, esgotados, tinham desabado na sombra, sobre montes de cordas enroscadas ou baús amontoados. Por sua vez, os estivadores e os carregadores prosseguiam suas tarefas, esvaziando com método, mas sem pressa excessiva, os porões do transatlântico.

Nesse domingo, o porto do Rio de Janeiro brilhava de tão branco e soprava no rosto baforadas poderosas carregadas de iodo, carvão queimado, frutas podres, excrementos de cavalos e mulas que bafejavam, desvairados, no chumbo do sol. Por trás dos grandes prédios podia-se adivinhar a cidade. Nas brumas da fornalha, por cima da cidade, os morros tremiam, vibravam com intensidade, esticados na direção do céu mas sem cessar trazidos ao chão, presos pelos inextricáveis emaranhados de cipós e árvores.

João jogou a mochila no ombro e desceu a passarela. A cada passo que dava, as colinas se afundavam por trás dos edifícios do porto até desaparecer totalmente, escondidas pelas fachadas de puro estilo Haussmann. Ao chegar ao embarcadouro, poderia imaginar que estava em Marselha, na Joliette, no cais D. Colocou a mochila nos pés, tirou o casaco de brim azul e, sentado na calçada, começou a enrolar um cigarro. Estava claro. La Foudre não conseguira entrar em contato com seus pais. Ou então foram estes que não conseguiram prevenir o hipotético tio ou primo de sua chegada. Pouco importava. Ele não era o primeiro nem o último emigrante a desembarcar aqui. Falava português. Acharia uns bicos para fazer a fim de garantir o ganha-pão. Coragem não lhe faltava. Aos vinte e três anos, já trabalhava há uns doze. Estava na plena força da idade, conhecia a vida, sabia contentar-se com pouco, contanto que tivesse o que comer e fumar.

De repente, uma voz grave o fez levantar a cabeça:

– Então, rapaz? Jean-Dimare?

O indivíduo que o havia chamado estava vestido como um burguês, sobrecasaca escura, calças de flanela branca, sapatos de verniz pretos e polainas creme, camisa encharcada de suor e um *canotier* de palha amarela enfeitado com uma fita preta larga. Como João não lhe respondia, ele repetiu, num francês trêmulo:

– *Toi? Jean? Jean Dimare? Fils de ma cousine Andrea?*

– Sim, senhor – respondeu João, em português. – Sou Jean, e minha mãe de fato se chama Andrea...

Imediatamente o rosto do homem se abriu num sorriso franco e largo. Com um lenço, enxugou num movimento brusco o rosto enfeitado por um esplêndido par de bigodes, tirou os óculos de lentes espessas e deu um passo à frente enquanto João se levantava. Os olhos do burguês brilhavam de felicidade. Ele abriu os braços em cruz e apertou a ponto de sufocar o rapaz contra o seu peito, balbuciando com voz embargada:

– Jean, meu sobrinho... Jean... A partir deste dia, será um filho para mim. Palavra de Francisco da Cunha!

Por três vezes, com o mesmo vigor, ele renovou o abraço. Depois beijou-o de repente, recolheu a mochila, perdeu e encontrou a um só tempo o *canotier*, que enterrou na cabeça, agarrou João pelo braço e arrastou-o consigo para a saída, sem deixar de rir e de repetir:

– Venha comigo, filho! Venha comigo... Venha, filho!

Nesse instante, perto do *Chile*, um estivador de pele negra e luzidia levantou o facão de aço no ar. Baixou-a num golpe seco e preciso sobre um coco. O leite translúcido brotou em corola e o branco brilhante da carne palpitou na violência do sol do Rio de Janeiro.

4

Para chegar a Santa Teresa, onde morava, Francisco da Cunha chamou o primeiro táxi que passava pela entrada do porto, um velho Peugeot azul. Num tom firme e cheio de um toque de suficiência, indicou ao chofer, um mulato de pele de mel e finos bigodes cortados rente:

– Santa Teresa, por favor!

– Pois não, doutor...

Em seguida, enquanto tomava assento na parte de trás do calhambeque, acrescentou:

– Mas passando pela Glória.

O chofer abriu uns olhos espantados:

– Pela Cidade Nova é mais curto, não?

– Pela Glória, eu disse! E pare no aqueduto da Lapa, na estação do bonde.

– É o senhor quem está pagando, é o senhor quem manda...

E passou uma primeira marcha, numa nuvem enorme de fumaça e uma série de explosões surdas. João e o tio agarraram-se com firmeza no assento enquanto o chofer começava a assobiar um maxixe e a batucar com as pontas dos dedos no volante.

– Normalmente pego o bonde – murmurou baixinho Francisco da Cunha. – É rápido e a gente respira melhor. Além do mais, os taxistas são todos uns ladrões. É sabido...

– O senhor quer que...

O tio pousou uma mão paterna no joelho de João. Com um enorme sorriso, interrompeu-o:

– É a primeira vez que vem ao Rio, meu filho. Vamos pegar a beira-mar, até a Glória. Você tem que ver a cidade mais bonita do mundo...

Apesar das janelas fechadas e de um vento ligeiro que soprava de noroeste, o calor no táxi estava no limite do suportável. Com sua voz grave, espartano nessa fornalha, o tio mesmo assim continuou a falar. Depois das banalidades de costume visando pedir notícias da prima de Coimbra, que ele na verdade jamais vira e de cuja existência só tomara conhecimento por um cabo, alguns dias antes, ele se conduziu como um perfeito *gentleman*, pôs-se a elogiar a cidade, pediu ao chofer para ir devagar. Em cada esquina, explicava, dava detalhes, indicava, lembrava fatos históricos que tinham acontecido no dia anterior ou quatrocentos anos antes. O Brasil estava em plena construção. O Brasil ainda estava para ser construído. O Brasil era glorioso. Ordem e Progresso! E o Rio de Janeiro era a sua pérola mais preciosa.

Mas o tio também poderia ter-se calado. João aliás só ouvia a música desse discurso, sem escutar as palavras. Pois nessa hora sem sombra, nua e crua, a cidade lhe oferecia sem o mínimo pudor o que ela tinha de mais belo.

À esquerda, as águas do oceano Atlântico banhavam praias desertas, cor de trigo maduro. Estas se estendiam ao infinito, em número incontável de pequenas enseadas douradas. As palmeiras de pescoços compridos, a ondular, pareciam debruçar-se para beber junto à espuma. Ao largo, barcos de pescadores, cabeças de alfinetes de cores vivas, espetavam a imensidão do mar. As longas velas desfiadas, cortadas em tiras finas, pegavam o vento e faziam deslizar o casco com elegância sobre a crista das ondas, mantidas em equilíbrio por contrapesos de madeira.

O táxi abandonou o morro de São Bento e agora se esgueirava devagar, em curvas doces, sem solavancos. João respirou fundo e sentiu a cabeça girar. Nem o cansaço da viagem nem tampouco a fumaça acre do charuto que o tio acabava de acender nada tinham a ver com qualquer coisa. O que o deixava bêbado, feito um rum escuro e forte engolido numa talagada, ele só entendeu mais tarde. Era o sopro da mata. A floresta respirava. Cheia de folhas. Viva. Ela soltava uma fragrância rica, rica demais, que se espalhava por todo o Rio de Janeiro, feita de podridão e de brotos tenros, de húmus fervilhante e de flores, de cadáveres de animais em decomposição e de cantos de pássaros. Misturado à maresia, ao sol pesado, à fumaça das fábricas e ao escapamento dos veículos, esse hálito fétido perfumava cada coisa e levava à vertigem.

Quando o carro se aproximou da Glória, as habitações retomaram um lugar na paisagem. Primeiro foram as cabanas de pescadores, casebres improvisados junto aos quais os saveiros enfileirados repousavam na areia, à espera de voltar ao mar, no dia seguinte de madrugada. Depois foram os casarões de que João nunca ouvira falar, mesmo no porto da Joliette quando os trabalhadores do mar descansavam ao voltar de um longo-curso num boteco da Fosse e que contavam suas viagens em voz baixa, com um véu azul de nostalgia nos olhos. Diante do mar, essas construções imponentes fincavam junto à areia seus dois ou três andares de um branco imaculado, cercados de jardins de uma exuberância toda tropical. Com as fachadas abertas para o horizonte, janelas em ogivas, aberturas protegidas por balaústres em ferro fundido, molduras de anjinhos, frisas de azulejos, grinaldas de flores finamente trabalhadas.

– É a herança dos colonizadores, meu rapaz. O Brasil, que é sozinho quase um continente, pertencia a Portugal. Você imagina isso, filho? A Portugal... Mas Deus seja louvado: há mais de trinta anos estamos numa República. E isto tudo é nosso. Nós, os brasileiros!

Assim falando, o tio colocou marcialmente a mão direita no peito e levantou o queixo. Depois, prosseguiu seu monólogo do qual João só ouviu alguns trechos. Falava de D. Pedro I, da ignomínia de Lisboa, da herança gloriosa do passado, do "Grito do Ipiranga" e, sempre, da República de amanhã. Essas palavras escapavam dos lábios perpetuamente úmidos de Francisco da Cunha, ressoavam por um instante no táxi e saíam pelas janelas para se diluir na imensidão da paisagem.

Dez minutos mais tarde, tendo chegado ao sopé do morro da Igreja de Nossa Senhora da Glória, o táxi fez uma curva bem fechada e, poucos minutos depois, entrou no bairro da Lapa. O mar imediatamente evaporou. O carro diminuiu a velocidade, avançou bem devagar. À direita e à esquerda, os casarões e seus cofres de mata fresca tinham agora desaparecido, substituídos por prédios baixos. O térreo em geral abrigava, no fundo de pátios escuros, lojas improvisadas onde uma infinidade de produtos exóticos ficavam pendurados à venda.

Cunha gemeu entre os dentes:

– Aqui é a Lapa, filho. Um bairro perigoso. É cheio de gente ruim. Nunca ande sozinho por aqui...

– Saiba, meu tio, que em Marselha também há...

– Marselha é Marselha – cortou ele, seco. – Mas aqui você está no Rio, João. Nunca se esqueça disso. Aqui é uma outra lógica que reina. Acontecem coisas aqui... Coisas que a gente... que a gente nem sempre controla.

– Coisas como o quê?

Cunha enxugou de novo o suor da testa e respondeu num tom misterioso:

– Você logo, logo vai ficar sabendo, vamos... Eu sou republicano e leigo. E batizado, além disso. Não posso lhe falar disso...

João não deu atenção às últimas palavras sibilinas de seu novo tio e absorveu-se por inteiro na descoberta do centro da cidade. Em volta do táxi, as pessoas caminhavam numa paradoxal indolência. Nas ruas Augusto Severo, Teixeira de Freitas, Evaristo da Veiga, homens e mulheres seguiam seu ritmo na umidade colante, apertados uns contra os outros num fluxo ininterrupto em que todas as cores de pele do mundo se misturavam. Um mosaico de milhares de rostos, todos únicos e todos oriundos de um único e mesmo cadinho: o Brasil.

Ao contrário da Fosse, aqui não se sentia nenhuma tensão. Nada deixava adivinhar tensões violentas, tragédias repentinas e mortíferas. Seria devido ao clima tropical, emoliente e úmido? Seria o torpor, a ausência de mar e de sopro da floresta? O fato é que, nesse bairro da Lapa, todos pareciam serenos, espantosamente relaxados. Via-se isso até no andar macio dos pedestres. Até no sorriso das mulheres. A morte devia bem rondar essas ruelas imundas que se abriam à direita e à esquerda, tortuosas, entupidas de montes de lixo. João já conhecia bem demais os homens para não imaginar isso. Mesmo assim, nesse instante preciso, ele aspirava o ar pesado com uma alegria de criança.

O tio resmungou mais uma vez, entre os dentes:

– Não dê atenção, filho. É o bairro dos malandros, dos bandidos... E também das moças que fazem a vida. Tome cuidado, João. Elas são piores que sarna!

No Largo da Lapa, o táxi terminou a corrida, e Francisco da Cunha pagou o preço sem regatear. Com um movimento teatral, apontou para um grande aqueduto que parecia estar suspenso no ar:

– João, sua verdadeira entrada no Rio começa aqui! De outra vez lhe conto como e por que este aqueduto foi construído. Por enquanto, siga-me e abra bem os olhos...

Apesar de sua corpulência ou graças a ela, o sr. Francisco abriu com autoridade um caminho entre os grupos de populares que ocupavam a calçada, atravessou a barreira rutilante do terminal do bonde e indicou com o dedo o morro:

– Ele está chegando, João. Já estamos quase lá...

Enquanto tirava o cebolão de prata do bolso do colete, acrescentou com satisfação evidente:

– E, além do mais, está na hora! É nestes pequenos detalhes que se vê que uma nação se transforma... Ordem e Progresso, meu filho! Ordem e Progresso!

A uma centena de metros, João de repente viu emergir da mata do morro, que esmagava com sua massa o terminal, um bonde elétrico. Amarelo vivo, estalando de novo, ele avançava num jeito fluido e rápido, desaparecendo no verde sombrio da vegetação para ressurgir em pleno sol e descer em curvas apertadas o morro de Santa Teresa. Segundos mais tarde, parou diante dos dois homens num estrondo de aço e um feixe de fagulhas. Os viajantes se espalharam sobre a plataforma da estação e logo sumiram no fluxo dos cariocas que passavam sem parar rumo à Avenida Rio Branco.

– Então, filho? Você vem? O bonde não vai esperar, sabe? Se ele chega na hora, é porque sai na hora!

Os arredores de Marselha são planos e lisos. A vegetação desapareceu. O fogo dos incêndios comeu os pinheiros. Os barcos se alimentaram dos carvalhos. Nas colinas que cercam a cidade, hoje só existem terras áridas, mato seco, arbustos com espinhos e pedra branca. Não chove quase nunca e só os espinheiros, o tominho e os argelas servem de comida para os coelhos.

No Rio de Janeiro, as chuvas e as tempestades tropicais entopem a terra escura, rica como em nenhum outro lugar. Elas a entopem até encharcar, até que ela devolva o excesso dos temporais em cascatas luminosas. Nenhum incêndio conseguirá arrasar um morro. Nunca. Ele vai sempre estar despenteado de mata indisciplinada, galopante. Durante os quinze minutos que levou o trajeto, dos arcos da Lapa até o Largo das Neves, no centro de Santa Teresa, João teve tempo bastante para perceber isso.

Na encosta inclinada, o bonde sofria com todas as suas rodas. Penava de cortar o coração sobre os trilhos de aço incrustados nos sulcos imóveis dos paralelepípedos cinzentos. Na cabine sacolejante, todos prendiam a respiração. Depois que a eletricidade substituíra os burros de tração, o bonde conseguia com muito mais facilidade subir e descer. De novo, João sentiu a cabeça girar. A mesma vertigem. A mesma certeza de que a mata respirava, protetora e inquietante, abrigando sob suas folhas animais que ele não conhecia mas que sabia lá estarem escondidos na sombra.

Aproveitando a parada, ele acendeu de novo a ponta de um cigarro. De tempos em tempos, uma habitação, de dois andares no máximo, emergia no oceano das ramagens. Casas brancas, rosa-vivo, azuis, amarelas pastel. Mais uma herança das colônias. Quando queriam respirar no mais quente do verão, era para ali que os burgueses subiam, para Santa Teresa, para trocar o ar úmido e pesado do centro da cidade pelas brisas frescas do morro, para tomar altitude e escapar assim aos pernilongos e suas picadas cruéis que haviam provocado no Rio, com uma freqüência inconveniente, epidemias de febre amarela de uma gravidade e de uma extensão de dar medo. Disso havia resultado esse bairro a nenhum outro igual, perfeitamente calçado, eletrificado, com água e esgoto encanado, onde as moradas, sem serem suntuosas, respiravam opulência. Era uma sucessão de palacetes, com pátios abertos a todos os ventos, e que faziam o melhor possível para lembrar a seus proprietários as suaves tardes de Lisboa, no longínquo Portugal.

De repente, João distinguiu, quando o bonde fez uma curva brusca para a esquerda, um homem encarapitado num galho estreito de um abacateiro. Vestido apenas de calças cortadas no joelho, sentado de pernas cruzadas, perfeitamente imóvel, tinha um cigarro entre os lábios. Os cabelos pretos e lisos caindo nos ombros, a pele cor de cobre, os olhos sombrios e amendoados, ele seguiu a corrida do bonde, sem perder João de vista. Quando essa aparição, no desvio de uma nova curva, foi de novo comida pela mata, João tocou de novo no ombro do tio:

– Meu tio, o senhor viu?

– Vi o quê?

– O homem, na árvore.

O sr. Francisco esboçou uma careta constrangida. Com irritação, resmungou:

– O homem? Que homem?

– Ele estava ali, estou lhe dizendo! Na árvore! Estava fumando um cigarro e...

– Você quer dizer o índio? Sim, vi.

– Mas quem é? Um selvagem?

– Um selvagem... Há muito tempo não há mais selvagens no Rio, Deus nos preserve!

Jogando o charuto pela janela, Cunha explicou:

– Aquele sujeito que você viu se chama Febrônio. E olhe lá, pois nem mesmo estamos seguros de que realmente se chame assim! Ele não faz mal a ninguém. Vive nas árvores e nós no chão. Cada um em seu mundo e tudo vai muito bem assim...

– Mas o senhor viu como ele me...

– João, não procure explicar tudo, entender tudo. Aqui, não se esqueça, você está no Rio. Aceite as coisas como elas são.

Depois, murmurou:

– Mas desconfie mesmo assim dos índios. Eles não são como nós...

No chiado dos freios, o bonde começou a reduzir a velocidade. A pracinha do Largo das Neves desenhava-se no fim da descida. João cruzou então com o olhar de sua vizinha, uma velha baiana vestida de véus e saias brancas enfeitadas de miçangas de cores vivas. Ela baixou os olhos, menos por timidez que por temor de ter de participar daquela discussão sobre o índio.

João, de novo, sentiu através da mata o olhar impassível de Febrônio atravessar-lhe o peito e encher todo o seu ser...

5

Na manhã seguinte, João abriu os olhos por volta das oito horas e ficou longos minutos imóvel, deitado de barriga para cima, com os olhos fixos na brancura caiada do teto. Na véspera, o tio o apresentara à família, a toda pressa, antes de sair novamente com ele, puxando-o pelo braço, para apresentá-lo aos inúmeros conhecidos. Ele de quem zombavam em voz baixa por não ter sabido fazer um filho na mulher, ele de quem tinham pena pois não teria um herdeiro, ele que acordava suado, de noite, angustiado pelo desaparecimento de seu patronímico, ele ia lhes mostrar. Francisco da Cunha não tinha filho. Mas tinha um sobrinho. E um sobrinho francês, além do mais!

Muito rápido, portanto, João havia cumprimentado Otália da Cunha, a esposa do tio. Era uma mulher de uns quarenta anos, pele de cobre e ébano misturados, estatura mediana, que nunca falava para não dizer nada. Ainda sedutora, dissimulava no entanto os cabelos sob um pano de algodão branco, não usava jóia alguma exceto uma cruz de ouro sobre a blusa abotoada até o queixo. Sem olhá-lo, ela estendeu uma mão tímida que João apertou com a ponta dos dedos, ignorando tudo dos usos em voga no Brasil. Teria sido preferível abraçá-la, fazer-lhe um beija-mão respeitoso ou simplesmente inclinar-se? Ele não soube, pois Otália logo recuou para apagar-se atrás do físico protetor do marido.

Com um enorme sorriso de orgulho, o tio fez avançar a filha Emivalda. Tinha dezessete anos. Mais alta que a mãe, longos cabelos negros ondulados descendo até o meio das costas, olhos de um verde-água profundo puxados para as têmporas, uma boca vermelha e carnuda abrindo-se sobre dentes de marfim, ela brilhava de frescor, de malícia, de graça adolescente. Após navegar tantos dias e tantas noites na sujeira e na penumbra do porão do *Chile*, João ficou imediatamente fascinado. Emivalda, que o pai educava da maneira mais estrita, só lhe autorizando as alegrias dominicais da igreja e algumas raras saídas sob uma vigilância de cada segundo, também ficou seduzida desde o primeiro olhar. Com João, ela sentiu a vida, a verdadeira vida, a que fervilhava no centro da cidade, a seus pés, e que ela só conhecia pelas fofocas contadas pelas comadres do bairro; sentiu que, com João, era um pouco dessa energia, violenta e açucarada, que ia entrar em sua casa.

Os jovens, envergonhados, saudaram-se febrilmente, Emivalda com uma reverência desajeitada e João com um tímido movimento de cabeça.

Eram duas horas da tarde. O tio Francisco mandou o sobrinho para o quarto, instou-o a lá deixar a mochila e a se lavar brevemente e a depois descer o mais rápido possível. Os dois iam comer alguma coisa em frente, no Bar das Garotas. Dida, a velha empregada negra que fora babá de Otália, com um andar cansado conduziu João ao primeiro andar. Magra de fazer chorar, com o olho esquerdo furado que ficara de um azul luminoso, as articulações tortas pelos anos, os cabelos brancos feito neve e o rosto enrugado, ela subiu com dificuldade as escadas, sem parar de se abanar com um pano de cozinha. Assim que fechou a porta, João limpou-se de qualquer jeito com um balde d'água e a bacia dispostos sobre uma cômoda. Depois tirou da bagagem uma camisa de branco duvidoso, mas ainda aceitável, e desceu a toda pressa.

Sozinho no vestíbulo, o tio o esperava, batendo com o pé no chão e tirando baforadas nervosas de outro charuto. Quando João parou na sua frente, ele o olhou de cima a baixo, retificou um cacho de cabelos que escapara à água e lhe fez uma única pergunta:

– Filho, sabe ler e escrever?

– Sei, meu tio.

O rosto de Francisco da Cunha se iluminou de felicidade.

– Eu sabia... Você vai ser doutor!

João imediatamente exclamou, surpreso:

– Mas eu não entendo nada de medicina!

O tio apertou o ombro do rapaz e sorriu com indulgência:

– Aqui no Rio, mas também no resto do país, um doutor não é um médico. É alguém que sabe ler e escrever e que, como eu, ocupa um posto de responsabilidade na administração...

– Mas, meu tio, em Marselha eu trabalhava no porto como estivador!

No silêncio que se seguiu o tio tossiu de leve. Esse detalhe soava falso na bela história que ele começava a tecer em torno do sobrinho. João, um simples operário? Um burro-sem-rabo, como se dizia no Rio para zombar dos puxadores de carrinhos que ficavam aos bandos nas tripas do porto? Impensável! Quase constrangido, ele murmurou:

– Isso, filho, você não deve dizer...

– Por quê?

– Porque aqui não é conveniente. Não é uma coisa que se faça. Um carregador que sabe ler e escrever não é correto...

Depois, antes de sair, acrescentou ainda:

– Você pode dizer que trabalhava no porto de Marselha. Mas nos escritórios. Assim cairá bem. E, durante algum tempo, tente ficar com as mãos nos bolsos...

– O que têm elas?

– Não são mãos de doutor. Elas não andaram segurando uma pena há muito tempo. E amanhã, assim que você tiver acordado, vou levá-lo a meu alfaiate, na Rua Sete de Setembro. Ele vai lhe dar um ar mais conveniente...

Até o cair da noite, sem parar para descansar, Cunha, excitado, passeou com o sobrinho providencial por toda Santa Teresa, no emaranhado inextricável de becos, travessas, ruelas tortuosas, jardins e quintais em volta do largo onde morava. Depois desceram até a Rua Santo Alfredo, a passos rápidos, para fazer uma visita de cortesia a Giuseppe antes que este fechasse o armazém. João pôs-se a falar com ele usando os rudimentos de italiano que o pai lhe ensinara. O tio quase não voltou a si. O sobrinho falava portanto três línguas, e ainda por cima era francês...

Foram então encontrando o professor José Panta, o ferramenteiro Policarpo, um pintor chamado Pinheiro de Catarina que começava a ficar conhecido nas belas galerias da Rua do Ouvidor, Pedro Virgulino, o empregado da Companhia de Bondes, o jovem Napoleão Antônio, bancário, Zé Ferreira, jornalista de uma grande revista, e todo um exército de funcionários e burocratas oriundos da administração tentacular do país e do Distrito Federal. A cada vez, Cunha enchia o peito e anunciava com voz forte e altiva:

– Meu caro amigo, apresento-lhe João Domar, meu sobrinho que chegou hoje mesmo da França. O dr. João Domar!

Sob os olhares impressionados e respeitosos desses desconhecidos, João devia responder a fieiras de questões intermináveis: de que cidade vinha, a França continuava a gostar do mesmo jeito do Brasil e de sua República, qual era a última moda de roupas, que escritores estavam nas primeiras páginas dos jornais, que cicatrizes a França guardara da Grande Guerra, sabia ele que o Brasil se alinhara do lado do Hexágono em 1917, também se jogava futebol em Marselha?

O tio inchava de prazer. Com os dedos úmidos, alisava o bigode, aprovava as palavras com amplos gestos do queixo, intervinha às vezes com voz douta para situar novamente João na árvore genealógica dos Cunha. Bem rápido entendeu que seu novo filho estudara pouco e tampouco estava a par dos movimentos artísticos e literários franceses. Por isso às vezes se antecipava habilmente às respostas do rapaz e desviava a conversa para assuntos mais evasivos. Quando julgava chegado o momento, interrompia educadamente a falação:

– Não nos queira mal, caro amigo. Mas João está muito cansado da viagem. Está na hora de voltarmos para casa.

Apertavam-se as mãos. Trocavam-se promessas de convites sem falta para almoçarem juntos na semana seguinte. E, alguns passos depois, o interrogatório recomeçava, com outro habitante, outro doutor de Santa Teresa.

João mentiu com perfeição. O que não sabia, imaginou com uma facilidade e uma profusão de detalhes que deixaram ele mesmo espantado. Assim, contou a vida luxuosa e dourada que se leva na primeira classe, a bordo do *Chile*. Depois dissertou sobre a riqueza de Marselha, os novos automóveis, as elegantes do parque Borély e suas roupas de *garçonnes*, citou todos os nomes dos grandes navios que fundeavam na Joliette e que ele dizia serem de sua exclusiva e absoluta responsabilidade. Da mesma forma, inventou para si outra existência na qual possuía uma motocicleta, uma modesta residência à beira-mar e, último requinte, um rádio... Mas o que mais surpreendeu foi que não experimentou, em cada uma de suas mentiras, nenhum remorso. Melhor ainda, sentiu um gozo surdo em fazer esse papel e em enganar as pessoas.

Às dezenove horas, ainda sem ter comido mas tendo sorvido muitos cafezinhos gentilmente oferecidos em cada parada, tio e sobrinho alcançaram de novo o Largo das Neves. João achou que o calvário havia terminado. Mas o tio o empurrou no último momento, a cinco metros apenas de casa, para o Bar das Garotas.

O estabelecimento de imediato agradou ao rapaz. Ali reinava um cheiro bom de fumo e álcool, misturado aos eflúvios que subiam da cozinha e ao hálito febril da mata bem próxima. Na grande sala de pé-direito alto, de paredes brancas com ladrilhos azuis a meia-altura, os clientes sentados às mesas de madeira crua jogavam cartas ou dominó, falavam alto, bebiam muito, estouravam de rir ou gritavam para que ouvissem seus argumentos sob as lâmpadas suspensas. Do outro lado do balcão de madeira, ele também cheio de bebedores, perto da porta-janela que dava para o largo, Cunha e João encontraram uma mesa livre e logo pediram a Graça, uma das três donas do estabelecimento, uma garrafa de cerveja e bolinhos de bacalhau.

No alvoroço, o sr. Francisco se debruçou ao ouvido do sobrinho e explicou, num tom cúmplice:

– Este bar se chama Bar das Garotas porque é propriedade de três lésbicas. Eu não fico chocado. O Brasil é o país das liberdades. E elas fazem um xinxim de galinha divino! O melhor do Rio inteiro, filho. Então, o resto...

Era verdade que as três donas tinham toda a aparência de sacerdotisas de Lesbos. Altas, cabelos curtos, vestidas com roupas negras de finas listas brancas, elas falavam pouco, fumavam charutos compridos bem finos, dirigiam o bar com mão de ferro. Muitos otários cheios de álcool ali tinham perdido a vontade de zombar das lésbicas, assim como alguns dentes.

Após cinco horas de conversas ininterruptas, João gostou quando o tio assumiu a discussão por sua conta:

– Está vendo, filho, é importante para você encontrar todos esses doutores. Eles vão poder ajudá-lo, sabe. Você veio para cá para construir um país novo. Um país que em breve será igual à Grã-Bretanha, à Espanha, à Itália ou à França. Você não se dá bem conta disso. Mas aqui tudo está por fazer, tudo está por inventar.

Ele tomou de um só gole o caneco de cerveja, engoliu gulosamente três bolinhos e voltou com tudo:

– Amanhã iremos ver também um primo do prefeito Pereira Passos. Ele era um homem de bem, João. Conheci-o pessoalmente. E o primo dele poderá ajudar você a encontrar um lugar, a fazer uma situação. Francisco Pereira Passos... Ele fez tantas coisas bonitas para o Rio!

– Quais, meu tio?

– Quais? Olhe pela janela dos fundos e me diga o que está vendo...

João virou-se na cadeira. No horizonte, com a chegada da noite, umas luzinhas brilhavam na enseada de Botafogo, atrás do espesso manto de mata escura. Santa Teresa parecia uma barquinha prateada flutuando acima dela.

– Não estou vendo nada, meu tio...

– Pois é, é isso! Dentro de alguns anos, o que você está vendo aí não existirá mais. O plano de melhorias da cidade estará acabado.

E o Rio de Janeiro estará fulgurante, de dia como de noite! Vai ser a cidade mais bonita do mundo...

De olhos abertos sobre a baía, ele prosseguiu com uma ênfase alucinada:

– Luzes por toda parte... Grandes avenidas com cem metros de largura e cinco quilômetros de comprimento, para beirar o mar e organizar o centro da cidade. Acabado o tempo das colônias! Acabados os pés-rapados, os malandros, o carnaval, as danças dos negros e toda essa gentalha que suja as nossas ruas! Em vez disso, luz...

Copo de novo vazio, ele desceu meio litro de cerveja e sufocou um arroto na palma da mão. Com um dedo febril, desapertou a gravata, engoliu dois outros bolinhos e pronunciou, desta vez num tom sentencioso:

– João, meu filho, deixe essa condição de bicho-da-seda e torne-se borboleta. E, acredite em mim, estaria feito há muito tempo se os inimigos da nação não usassem de tanta convicção para frear essa corrida rumo à modernidade...

João sentiu que essa declaração, pesada de sentido, pedia para ser contestada. O que ele fez com um muxoxo:

– O Brasil não parece estar em guerra. De que inimigos o senhor está falando, meu tio?

– Mas dos inimigos do interior, João! Os próprios brasileiros, se posso assim me expressar... Todo um exército das sombras. Obscurantistas, retrógrados, adeptos de religiões pretensamente negras sem nenhum fundamento, refratários ao progresso. Estes não querem que as coisas mudem. Estão bem na ignorância.

Cunha lançou pequenas olhadas inquietas à volta. Num canto, mulatos e negros riam às bandeiras despregadas, com os enormes dentes brancos a lançar raios na luz das lâmpadas acesas. O tio suspirou tristemente, antes de acrescentar:

– Eles estão por toda parte e não param de reclamar direitos, imagina! Direitos! Você logo, logo vai perceber, meu filho...

Com um gesto do braço, ele chamou a garçonete a fim de pedir outra garrafa de cerveja e um prato de picadinho de frango com camarão.

O resto da noitada se desenrolou no bom humor. O álcool sempre deixava Cunha alegre. Assim que Marta, a cozinheira, lhes trouxe ela mesma o xinxim de galinha, ele relaxou por inteiro, com um sorriso guloso nos lábios. Na panela de barro, os pedaços de galinha nadavam num molho espesso, de vermelho bem forte. Pedacinhos de coentro cortados bem finos tatuavam de verde o quadro. O cheiro logo fez salivar os dois homens, Cunha por conhecer as delícias incomparáveis desse prato de rei, João por ignorar tudo e porque os bolinhos de bacalhau não tinham conseguido aplacar seu sólido apetite. Com um sorriso guloso, Marta serviu gigantescas partes em pratos igualmente desmedidos e acrescentou dois toques de um branco vivo: uma porção de arroz branco e outra de farofa na manteiga.

Sem cerimônias, os dois se lançaram sobre a comida, lançando gemidos de prazer. Na boca de João, foi uma explosão de sabores extraordinários. Galinha assada, camarões defumados, alho, cebola, limão verde, leite de coco, castanha de caju, amendoim torrado, gengibre, azeite-de-dendê e pimentas verdes, amarelas e vermelhas: ele se sentiu transportado para um universo espantoso, vertiginoso, em que seu paladar enlouquecia, perdia os parâmetros, sentia-se atraído por um outro lugar, um mundo de gostos insuspeitos onde as aves e os crustáceos, a acidez e a suavidade, a força violenta da pimenta e a incrível doçura da farofa casavam-se e contradiziam-se, provocavam-se e lisonjeavam-se, afogavam as papilas do comedor numa onda de sucos, conseguindo assim criar uma felicidade plena, definitiva.

Depois de beber e comer até não poder mais, João sentiu o sono ganhá-lo. Convivas juntaram-se à mesa e, ao acaso das conversas, ele compreendeu que Francisco da Cunha ocupava um posto de escrivão no Ministério da Agricultura, que também tinha direito ao título de doutor, que não detestava versificar poemas à glória do Brasil histórico, assim como uma multidão de outras coisas que o álcool não teve dificuldade alguma em fazer com que esquecesse depois.

Quando seus olhos ameaçaram se fechar por inteiro, ele encontrou a força de se pôr de pé e de cumprimentar sem titubear demais. Lembrou-se ainda de Graça, sentada num tamborete alto do bar, a dar corda pela centésima vez num gramofone de onde vinha uma canção, de ritmo desconhecido para ele, que se lamentava:

A Bahia é uma terra boa
Ela está lá e eu aqui
Era assim que eu chorava...

Estranhamente desligada de tudo, com os olhos brilhando de lágrimas mal contidas, ele a achou bela.

A última coisa que marcou sua mente foi um cheiro nas escadas da casa do tio Francisco. A lua brilhava através das persianas e um pássaro noturno bicava uma árvore vizinha. Nesse instante, entrou uma nuvem de perfumes, doces e apimentados, em que predominavam os de goiaba madura e de carne quente. Era o de Emivalda.

João usou o mínimo de consciência e de energia que ainda lhe restavam para subir as escadas e desabar, vestido, sobre o colchão. Sorriu, então, de felicidade e logo adormeceu.

Eram, pois, oito horas da manhã e, sempre na cama, João revivia cada minuto de seus primeiros instantes em sua nova pátria com arrepios de prazer. Marselha agora lhe parecia muito longe. Ele quase esquecera o assassinato desastrado, a família Talsimoki que naquela hora devia estar à sua procura para se vingar. La Foudre seguraria a língua, era certo. Esquecidos também o corpo de Jacotte, os horários infernais do porto da Joliette, sem falar de seu miserável quartinho mobiliado da Belle de Mai.

E por que não teria ele apagado todas essas lembranças da memória? Em Marselha, ele não era nada. Nada além de um peão, um pobretão, um zé-ninguém sem outro futuro que um dia substituir La Foudre, talvez. Lá a polícia o olhava com olhar desconfiado, as mulheres dos bairros chiques nem o viam. Ele só comia carne uma vez por semana e as únicas transadas que dava era com criaturas de passagem, nos cantos fedorentos das ruelas da Fosse nos dias de pagamento.

Mas o Rio de Janeiro! Era realmente uma cidade mágica. Até sem ter precisado gastar os fundilhos nos bancos das universidades, durante longos anos, eis que já o honravam com o título de doutor! Esse pensamento o fez sorrir. Naquela mesma tarde ele usaria terno, sapatos de couro, gravata, *canotier* e cuidaria até das mãos que os cabos das talhas e a água do mar tinham rachado. Com esse tio providencial, ele talvez encontrasse também trabalho com o primo do famoso Francisco Pereira Passos. O tio podia muito bem chamá-lo de filho se assim quisesse. Grande negócio! Ele se sentia como um peixe dentro d'água.

Além de tudo, havia Emivalda. Em sua mente, ele a batizou Princesa do Rio de Janeiro. Mal a vira na véspera. Mas revia em pensamento a silhueta felina, a boca que ele sonhava lamber e morder ao mesmo tempo, o peito firme sob a blusa de rendas brancas, a pele delicada, o nariz ligeiramente achatado, o olhar brincalhão. A simples evocação de sua cintura e suas nádegas, que ele imaginava redondas, macias, musculosas, acariciadas por uma fina penugem dourada e perfumadas com uma gota de água-de-colônia, bastou para despertar seu desejo.

Duas batidas na porta. A voz rouca da velha Dida se fez ouvir:

– Doutor? O doutor Cunha está esperando o senhor lá embaixo...

– Obrigado, senhora. Diga ao meu tio que vou descer imediatamente.

– Pois não, doutor. Mas não precisa me chamar de senhora. A mim chamam-me Dida. Dida, e é só...

Antes de abrir os batentes duplos das janelas de seu quarto, João lavou o rosto, colou como pôde seus pesados cachos negros atrás das orelhas e barbeou-se com sua velha navalha. Quando olhou de novo a cama, viu que alguém havia colocado na véspera um vaso de cristal onde desabrochava uma flor branca. Sorrindo, ele se aproximou e inspirou profundamente as largas pétalas. Cheiravam a goiaba e a carne quente.

Emivalda, sua princesa do Rio de Janeiro.

Nesse instante, ele se sentiu feliz por ter assassinado um dos filhos de Talsimoki. E desceu as escadas assobiando "La Java bleue".

6

A morte de um dos filhos de Talsimoki não merecera mais que três linhas nos jornais. Joseph Quinson, um dos jornalistas das páginas policiais do *Petit Marseillais*, ao telefonar para o necrotério, havia maquinalmente anotado a lista de nomes que um enfermeiro morto de cansaço lhe havia recitado. E tudo ficara ali, sem qualquer outro processo. Joseph Quinson nem mesmo tocara no assunto com Hector Fabri, o diretor da publicação. No entanto, já no dia seguinte, à hora em que os jornais nas bancas da cidade ainda cheiram a tinta fresca, o telefone de Hector Fabri pôs-se a soar. Eram seis e trinta. Vassilis Talsimoki, o patriarca da família em pessoa, telefonava para o domicílio do diretor de publicação do *Petit Marseillais*. Os cabelos amassados sob a touca de dormir, o bigode desgrenhado, o olho inchado de cansaço e a camisa furada sobre a barriga redonda, Hector Fabri quase que se pusera de sentido na cama. A chamada foi curta: Vassilis Talsimoki o esperava dentro de meia hora no Le Brûleur de Loups.

Em Marselha, Vassilis Talsimoki era uma das personalidades mais em vista da fina-flor. Oficialmente, seus negócios eram honrados. Uma fábrica de sabão nos altos de Saint-Antoine, alguns bares, dentre eles o que dava para o Vieux-Port, restaurantes, uma fábrica de sardinhas em lata, uma frota de traineiras, sem falar dos terrenos agrícolas de Saint-Marcel e do Merlan, assim como numerosos imóveis que ele adquirira no centro da cidade e que geria com os sete filhos. Além disso, Vassilis comprara uma respeitabilidade ao ser eleito para a câmara municipal, onde se decidiam as autorizações para construir no conjunto da comuna. Para fugir do hálito pestilento de Marselha, ele se retirara com a mulher para uma mansão do bairro Mazarin, em Aix-en-Provence, de onde só saía para sua volta de inspeção semanal e, uma vez por mês, para assistir à sessão da câmara municipal. Às suas costas, murmuravam-se histórias assustadoras sobre a origem duvidosa de sua fortuna. Falavam de extorsões, de pressões políticas no mais alto nível da cidade, de assassinatos de todo tipo. Mas o bom Vassilis não se importava. Hoje todos os seus negócios eram limpos, legais, e asseguravam a prosperidade do clã Talsimoki para várias gerações.

Excitado, Hector Fabri desligou o telefone, pulou dentro das calças, abotoou a camisa com pressa, deu como pôde um nó na gravata em volta de seu triplo queixo e, enquanto berrava para que a empregada lhe requentasse o café da véspera, correu até o banheiro para pentear cabelos e bigode e alisá-los com o reforço de brilhantina fixadora. Depois da excitação provocada por aquela chamada lacônica – mas quem sabe o velho Vassilis tinha revelações picantes a lhe fazer? –, uma inquietação surda formou três rugas profundas na testa do diretor de publicação do *Petit Marseillais*. Enquanto engolia de pé o café quente, ele se perguntou se aquela chamada não era antes anunciadora de graves problemas futuros.

Hector Fabri despencou pelas escadas, deixou-se engolir pela Rue du Loisir até diante da porta monumental da igreja dos Reformados e, acendendo um cigarro apesar da garoa persistente, desceu a Canebière o mais rápido que suas pernas gordas permitiram. Sobre a cidade, nuvens cinzentas escureciam o céu. Eram quase sete horas da manhã. Ele só cruzou com o povinho de Marselha, operários que corriam para o emprego no Vieux-Port e na Joliette, moças de olhos cansados que voltavam ao lar, os primeiros mendigos, boina no canto da orelha, os entregadores de bebidas com suas caminhonetes fumegantes, carrocinhas carregadas de frutas, legumes, queijos e peixes, empalhadores de cadeiras e caldeireiros que esperavam o cliente instalando as barraquinhas. Aos risos e aos gritos, três garotos de cabeça raspada perseguiam, lançando pedras com atiradeiras, um rato velho que soltava sangue pela cabeça. Nessa paisagem de desolação, a única claridade veio de uma janela totalmente aberta com lençóis e cobertas pendurados. Com certeza uma empregada que arejava o apartamento de um burguês de volta a Marselha. Ela apareceu por um instante entre as ventanas e começou a cantar, com uma voz bem pura, numa língua que Hector Fabri não reconheceu. Com certeza um patoá, calabrês talvez. Ou siciliano. Mas já as notas inundadas de sol esvaeciam-se às suas costas. Esbaforido, tirou o relógio da algibeira. O Brûleur de Loups e sua fachada de madeira envernizada de frente para o Vieux-Port estavam à vista. Ele chegara na hora.

Sentado a uma mesa no fundo da sala, acompanhado de três de seus filhos, uns fortões embecados feito lordes, com sapatos bicolores e alfinetes de gravatas espetadas com um diamante, Vassilis Talsimoki viu chegar até ele o corpulento diretor de publicação do *Petit Marseillais*. Este, molhado de chuva e suor, inclinou-se diante do patriarca antes de lhe estender uma mão que Vassilis recusou.

Dentro de um terno azul-petróleo, o velho impressionava pela dureza do olhar e os traços secos. Com as mãos cuidadosamente tratadas pousadas sobre o punho dourado da bengala, ele indicou com um movimento autoritário do queixo uma cadeira vazia. Hector Fabri sentou-se imediatamente. Sem dificuldade, pois havia acobertado seus contratempos com a justiça, reconheceu, ao lado do patriarca, Michel, François e Henri Talsimoki. Três nomes franceses, para que o clã se enraizasse o mais rápido possível na burguesia marselhesa. Diante dele, os quatro homens possuíam o mesmo olhar frio, determinado e cheio de desprezo.

Vassilis falou pouco:

– Sr. Fabri, ontem à noite meu filho mais novo, Ferdinand, foi assassinado aqui no Brûleur de Loups.

– Sr. Talsimoki, eu não sabia disso e eu...

– Cale-se. Houve, na sua edição desta manhã, três linhas sobre o assassinato, na coluna policial.

Enxugando a testa, Hector Fabri replicou apressadamente:

– Sr. Talsimoki, fique tranqüilo: dou-lhe minha palavra de honra que, em nossa edição de amanhã, colocaremos essa informação na primeira página e que nós...

A bengala de punho dourado bateu bruscamente nos ladrilhos do chão. O patriarca fuzilou seu interlocutor com o olhar e rugiu:

– Imbecil...

– Mas...

– Enquanto eu não lhe tiver dado a ordem, não quero nenhuma linha sobre a morte do meu filho em seu jornal. Eu o havia empregado como simples garçom, em meu próprio bar, para que ele aprendesse o ofício. Ninguém aqui sabia que ele era meu filho. E até nova ordem ninguém deve saber.

Nesse instante, a porta de entrada deixou soprar um vento glacial no Brûleur de Loups. O delegado Lambourde, tendo ao lado dois policiais, acabava de entrar. Atarracado, com os olhos vermelhos de quem não dormiu tudo o que precisava, cabelos negros curtos, protegido da chuva por um sobretudo creme de pêlo de camelo, avançou sozinho até a mesa. Cada um deu uma balançada polida com a cabeça e Vassilis Talsimoki retomou:

– Delegado, eu estava dizendo ao sr. Fabri que o silêncio sobre este assunto deve ser absoluto. O assassino ainda não deve ter deixado a cidade. Se o senhor me permite, meus três filhos aqui presentes vão sair atrás dele. Vamos mantê-lo a par dos acontecimentos quando for a hora.

Uma nova batida de bengala e o patriarca se levantou. Ladeado pelos filhos, caminhou até o balcão. Em seguida, tirou o lenço, molhou-o com saliva, agachou-se até o chão e enxugou uma gota de sangue seco que pingara embaixo do banco. Vassilis Talsimoki levou furtivamente o lenço aos lábios, levantou-se e enfiou o pano no bolso.

A corrente de ar envolveu mais uma vez a sala com o seu gelo. E os quatro homens desapareceram pelo Cais dos Gelgas.

Depois de acompanharem o velho Vassilis até sua mansão da Rue Cardinale, os três filhos Talsimoki voltaram a Marselha, em direção à polícia. Uma hora de conversa com o delegado Lambourde bastou para obter uma descrição fiel do culpado. Os clientes presentes na noite anterior, durante a altercação no Brûleur de Loups, tinham sido preciosos. Todos os testemunhos estavam de acordo, tanto em relação ao desenrolar da briga quanto à descrição do assassino. Um homem jovem, de estatura mediana, aparentando ser de origem italiana ou espanhola, vestindo um paletó azul de brim grosseiro e calças de veludo cotelê. Estava acompanhado de uma criatura, uma puta que assustara até uma senhora idosa com horror e nojo. Uma moça da Fosse, sem a menor dúvida, considerando os trajes coloridos e a maquilagem excessiva. Elas às vezes deixavam o bairro reservado para ir tentar a sorte nos lugares mais respeitáveis, onde a concorrência era menos rude.

Para falar a verdade, não houvera assassinato. Uma rixa que terminara mal, no máximo. Mas o delegado Lambourde tivera que colaborar da melhor forma possível com os três filhos do clã Talsimoki. Este era poderoso, poderoso demais para que ele tentasse atravessar o seu caminho. O delegado tinha mulher, três filhos e uma carreira promissora pela frente. Ao passar todas as suas informações a Michel, François e Henri Talsimoki, ele sabia que estava assinando a sentença de morte do jovem procurado. Sangue pelo sangue. E o processo estaria encerrado. Sem prazer e sem escrúpulo, ele havia portanto passado as informações com voz fria e os havia enviado na direção do porto da Joliette e do bairro da Fosse. O homem devia trabalhar como operário, estivador talvez. Quanto a ela, era desnecessário fazer um retrato.

Os três jovens Talsimoki, todos com um cigarro nos lábios e uma pedra preciosa no dedo mindinho, não agradeceram ao delegado Lambourde nem tampouco lhe apertaram a mão. Num silêncio tenso, saíram do escritório.

O primeiro, Michel, passara dos trinta anos. Alto, bem magro, bigode preto fino sob um nariz igual ao bico de um flamingo rosa, rosto moreno, vestia-se, em qualquer circunstância, com uma elegância calculada nos mínimos detalhes. Oficialmente, dirigia a frota de traineiras e a fábrica de sardinhas em lata da família. Para conseguir se fazer respeitar pelos operários, não fora de meias medidas. Dias depois de nomeado, quando acabava de completar vinte e três anos, um movimento de reivindicação paralisara os negócios. Um piquete de greve estava a ponto de se formar. Ele deixara então seu escritório de presidente e fora desafiar os duzentos e cinqüenta operários e marinheiros reunidos no Vieux-Port que reclamavam um aumento. Ele logo identificou o líder, um capitão turco que havia navegado por todos os mares do mundo e que latia bem mais do que falava. Sem dizer uma só palavra, Michel Talsimoki acertou-lhe um cruzado de direita, depois deu a volta, estrangulou-o por trás até que o capitão não pudesse mais respirar e caísse no chão. Sempre mudo, pegou a navalha e abriu-a no sol. Puxou a língua preta de fumo do empregado, cortou-a num golpe rápido e jogou-a no chão, onde ela se contorceu alguns segundos antes de encolher, inerte, no meio de uma poça de sangue.

O capitão turco desde então passara a ser seu braço-direito. Depois desse episódio, nunca mais houve reivindicação. Todos trabalhavam e se calavam, como o capitão. Ou então iam embora. A língua preta e fria, imóvel sobre as pedras do Vieux-Port, garantia a paz social.

François e Henri, por sua vez, estavam começando a vida. O primeiro tinha vinte e dois anos e o caçula, um ano a menos. Eles já tinham sido notados pelos serviços de polícia por causa das sujeiras em que se metiam. Extorsões, dívidas de jogo não pagas, brigas e outras excentricidades sem conseqüências graves lhes haviam ensinado o sentido da honra e da solidariedade, mas também um perfeito domínio da navalha, da pistola e do boxe francês. Nada sério, explicara o velho Vassilis, que recebia em casa, regularmente, o prefeito e sua corte. François havia infelizmente ultrapassado os limites no verão passado. Um acesso de loucura o havia submergido e levado a penetrar, sozinho, no bairro da Fosse. Como se estivesse fora de seu estado normal, subira com uma mulher de uma certa idade que exibira debaixo de seu nariz os dois peitos brancos e moles, com veias azuis. Depois que ela se despiu na sua frente, ele começou a cobri-la de pancadas. Bateu nela com os punhos, os pés, a cabeça, os cotovelos e os joelhos. Em seguida a mordeu também até sair sangue, quebrou-lhe os dois braços, rasgou-lhe os seios a navalhadas e, para completar a obra, apagou o cigarro em seu olho.

Na época, o caso causou o maior escândalo e Vassilis Talsimoki teve muita dificuldade para acalmar os ânimos. A mulher, que se chamava Blanche, ficou em coma por três dias e, em troca de uma alta soma de dinheiro, aceitou não dar queixa. O patriarca mandou então levá-la, à sua custa, para sua Ardèche natal que ela nunca deveria ter deixado.

Já passavam das dez horas quando os três irmãos estacionaram o carro no porto da Joliette. A mesma garoa colante continuava a imobilizar a cidade com seu manto de sujeira. Num passo rápido, procurando evitar as poças de água e lama acumuladas, cruzaram a porta de entrada da Compagnie des Docks. Ao anunciarem o nome, foram imediatamente recebidos pelo subdiretor, um certo Roland Géraud, no grande salão de honra da sociedade. A bandidagem e os maus rapazes costumam fascinar os burgueses, sempre desejosos de se rebaixar. Roland Géraud fazia parte dessa gentalha, e foi com um luxo de boas maneiras que os recebeu em pessoa, admirativo e temeroso ao mesmo tempo, regozijando-se de antemão da maneira como contaria, durante o resto da vida, o momento privilegiado que passara com três jovens do clã Talsimoki. Depois dos charutos e das taças de armanhaque, prometeu-lhes sua ajuda, com o mesmo júbilo de um cavaleiro consagrado por um rei. Assim que os convidados saíram, ele mandou chamar um empregado de nome La Foudre, nos cais próximos. Quinze minutos mais tarde, o estivador estava diante dele, fedendo a água do mar estagnada, a eterna guimba apagada entre os lábios, os olhos no chão e a boina torturada entre os dedos nodosos. O subdiretor leu para ele em voz alta a descrição do assassino que os irmãos Talsimoki lhe haviam deixado ao partir. La

Foudre conhecia cada operário que trabalhava para a Compagnie des Docks. No entanto, quando Roland Géraud terminou sua leitura, ele respondeu, embaraçado, que nunca vira um estivador que parecesse com aquele que ele buscava. O subdiretor apertou enquanto pôde La Foudre, falou durante mais de uma hora, ameaçou, elogiou, insinuou prêmios, xingou-o, ameaçou suspendê-lo de suas funções, deixou entrever a possibilidade de um adiantamento, suplicou quase. Nada funcionou. La Foudre contentou-se em balbuciar que lamentava muito, que não tinha nada a ver com o assunto, que não ia mentir para agradar, que tinha uma família para alimentar, em suma, que não era culpa sua se todos os estivadores se pareciam e se a maioria logo ia embora. Tendo esgotado os argumentos, Roland Géraud, inundado de suor, falou-lhe dos três irmãos Talsimoki. E da recompensa de mil francos que estava prometida àquele que lhes fornecesse informações sobre o homem. Mesmo assim La Foudre não deu com a língua nos dentes. Fez-se de bobo, com a maestria de um grande ator.

Ao deixar o imponente edifício, correu até o cais D para prevenir Jean Dimare de que a família Talsimoki acabava de lançar uma vendeta sobre sua cabeça...

À exceção de François, nenhum dos filhos da família Talsimoki jamais andara pela Fosse. E por que fariam isso? De certa forma, o clã possuía Marselha e não havia um círculo de influência em que não pudesse penetrar nem no qual não tivesse algum interesse, econômico ou político. Os Talsimoki comiam nas melhores mesas, levavam vida de nababos, dormiam com as garotas dos puteiros e dos círculos mundanos e dispunham também das mulheres de notáveis em busca de emoções por trás do verniz de respeitabilidade.

Mas, depois de deixar a Compagnie des Docks, os três irmãos foram direto para o bairro reservado, na esperança de encontrar a moça que acompanhava o assassino na noite anterior. Em seus ternos de alpaca e príncipe-de-gales, com seus finos sapatos bicolores, os chapéus de feltro, as polainas imaculadas e os coletes carregando pesados relógios de ouro maciço, os três Talsimoki logo foram identificados. Ali, o olho estava mais habituado a ver marinheiros e carvoeiros, miseráveis que penavam para pagar meio litro de vinho, uma pitada de fumo e, nos dias de fausto, uns namoricos com as moças das ruelas. Quem acabava de receber o pagamento e que havia passado quatro meses no mar podia bem se oferecer um quarto piolhento, por quinze minutos, num dos prédios escuros junto ao cais onde as raparigas batiam pernas. Não era nenhuma maravilha, mas era de qualquer modo o melhor que podiam encontrar no bairro. Para os outros, o mais comum se resumia às moças dos buracos. Sob as janelas dos andares térreos, os muros haviam sido destruídos em intervalos regulares. Formavam, assim, grotas de um metro por dois que uma simples cortina bastava para dissimular à vista. Ali, só as mais velhas e as mais feias, sem esquecer as que morriam de sífilis e álcool, podiam trabalhar. Eram consideradas o rebotalho mais infecto da prostituição. Quando conseguiam excitar um pobre-diabo, puxavam-no para trás da cortina e, de pé, na lama, eram montadas com brutalidade, mas não paravam de falar, de brincar, de brigar com as vizinhas. Quando o homem gozava, elas o empurravam para fora com risadas misturadas de insultos, baixavam as saias e abriam de novo a cortina. O preço daquele sexo era, à imagem delas, irrisório. Mas algumas boas ganhadoras podiam digerir cem ou mais clientes por dia. No final da noite, mijavam e cagavam esperma aos borbotões, acertavam com o cafetão e o proprietário do buraco, e saíam para beber o michê no boteco mais próximo.

Era esse o cotidiano da Fosse. Um abscesso purulento a dois passos do Vieux-Port, onde torrentes de porra pingavam em ruelas imundas, onde a miséria vivia ao lado do desamparo, onde os membros desse pátio dos milagres praticavam a prostituição, a fraude, a mendicância, o roubo, o estupro e o assassinato como as coisas mais naturais do mundo, sem se preocupar com a polícia que nunca botava os pés ali, sem cessar de berrar, rir, gemer, choramingar, cuspir, insultar, vomitar e parir feito animais. A Fosse engolia as mulheres que nela se aventuravam e fazia delas putas de vida curta. Ela comia os homens que ela cobria com sua lepra. Mastigava uns e outros, com todos os seus dentes estragados, sugava-os, aspirava-os, tirava deles tudo o que podia antes de cuspi-los novamente, com desprezo, esvaziados de seus sonhos. As mulheres que entravam na Fosse por necessidade, para alimentar o filho do amor, costumavam só deixá-la dentro de um saco de juta improvisado de mortalha.

Já nos primeiros metros, um garoto esfarrapado, com cara de doente, tentou obter uma moeda do mais velho dos Talsimoki. Recebeu um tapa sonoro que o despregou da lama e o mandou de encontro a um muro. Mais adiante, foi uma das piranhas dos buracos que, depois de insultar os três homens que ela achava insensíveis demais a seus atributos, acabou com o nariz e a boca fraturados, banhando na merda e no sangue. Em instantes, toda a Fosse soube que os Talsimoki tinham penetrado no bairro reservado. Os mendigos desapareceram, as putas puxaram as cortinas. Só ficaram alguns bêbados estirados contra os muros e os marinheiros que costumavam se deslocar em grupos de três ou quatro, um suportando o outro nos soluços do álcool engolido rápido demais.

Diante de uma birosca, um jovem cafetão, com uma cicatriz perfeita que ia do lobo da orelha esquerda até a comissura dos lábios, improvisou-se como mediador. Dando mostras da maior polidez de que era capaz, levou o indicador ao boné e dirigiu-se, tremendo, aos três homens:

– Bom dia, senhores Talsimoki. Será que eu poderia ajudá-los a encontrar o que estão procurando nesta porcaria de bairro?

Como única resposta, François tirou a faca do bolso, mas, na hora em que ia despachar o vagabundo, Michel o reteve com um gesto autoritário. Embora fossem do clã Talsimoki, o território ali não era deles. Naqueles becos traiçoeiros, onde não se via a dez metros de distância, eles arriscavam levar uns tiros sem mesmo poder revidar. Ele sabia bem que, naquele instante, por trás das janelas, num silêncio inabitual, dezenas de olhos os observavam. Michel interrogou o pequeno cafetão com voz glacial:

– Estamos procurando uma moça...

– Moças? Não é o que falta por aqui! – riu o rapaz.

Os rostos dos três homens endureceram e o rufião subitamente se imobilizou em seu riso. Aqui, nunca se entregava ninguém, nem aos tiras nem aos mafiosos. Cada um levava a sua vida, sem cuidar dos vizinhos. Mas se a família Talsimoki se interessava tão de perto por uma moça do bairro, isso subvertia todas as regras. E, além de tudo, prejudicava o comércio. O cafetão não hesitou um instante. Num tom esperto, perguntou:

– E como ela é, essa moça? Se me ajudarem, talvez eu possa encontrá-la...

Com a mão direita no bolso do sobretudo bem apertada na coronha da pistola, Michel soletrou:

– Uns vinte anos, roupa vermelha, xale amarelo, cabelos pretos ondulados...

– A que estava no Brûleur de Loups ontem à noite?

– É.

O rufião soltou um assobiozinho entre os dentes e contentou-se em responder:

– Puta que pariu, que história... Desde de manhã ela está enchendo o saco de todo mundo com o Romeu dela que a salvou de sei lá o quê! Sigam-me, vou conduzi-los. A esta hora, e com tudo o que biritou desde cedo, ela já deve estar derrubada!

O cafetão cumpriu a palavra. Sem parar de contar o pouco que sabia sobre Jacotte, guiou-os até um prédio torto que ameaçava, com lúgubres estalos em suas pedras e vigas, desabar a cada ataque do mistral. A ruela não trazia nome e acabava num beco sem saída.

– É no último andar, a porta da esquerda. Não há como se enganar.

Henri tirou uma nota que o guia improvisado logo enfiou no bolso interior do paletó. Enquanto os Talsimoki desapareciam na penumbra das escadas, ele ainda gritou:

– Vou ficar por aqui. Vou esperá-los para levá-los de volta ao Vieux-Port! O bairro por aqui não é muito seguro!

Um instante mais tarde, a porta do quarto de Jacotte voou em pedaços. Esparramada na cama, a cabeça caindo para fora, ela dormia e roncava, entupida de absinto cujo cheiro forte e açucarado dava enjôo. Do teto, uma goteira pingava em ritmo lento, como para melhor escandir o silêncio miserável do mobiliado. Michel encontrou uma bacia, mas estava vazia. Pegou o penico e jogou seu conteúdo gelado no rosto da adormecida. Jacotte quase sufocou. Quando se deu conta de que estava coberta com sua própria merda e urina e que três homens a observavam, pôs-se a berrar. O grito não durou. Apagou-se no pontapé que Henri lhe desfechou no rosto. Ela se pôs então a soluçar e a cuspir cacos de dentes entre os lábios machucados.

– Quem estava com você ontem à noite no Brûleur de Loups?

Ao fazer a pergunta, Henri levantara o punho de maneira ameaçadora. Jacotte, com os olhos cheios de sangue, protegeu-se instintivamente atrás dos braços e gemeu com voz fraca:

– Não sei, eu não conhecia ele...

A um sinal de Michel, Henri soltou seu golpe que atingiu a jovem na têmpora. Depois arrancou suas roupas jogando-a no chão. No sangue e na saliva, o peito cheio apareceu, uma mancha mais clara na penumbra do cômodo. François sentiu seu sexo endurecer junto à coxa e acariciou em pensamento o cabo de aço da navalha que ele apertava no bolso do paletó.

De quatro, Jacotte tentou levantar-se enquanto Henri repetia a pergunta:

– Quem era? Responda ou acabo com você...

– Mas eu não sei... Ele só me ofereceu um cigarro. Eu não conhecia ele, estou lhe dizendo. Ele nunca tinha subido comigo. Quando o outro apagou, vim com ele para cá...

As palavras agora pingavam lentamente, miseráveis e suplicantes, num banho de lágrimas e de sangue:

– Ele só me defendeu. Me defendeu como um namorado. Foi azar se o outro morreu. Foi falta de sorte. Eu não conhecia ele, juro a vocês...

– Ele trabalha em quê?

Jacotte fungou forte e tentou se cobrir com a coberta de lã cinza caída no chão. Chorando, respondeu:

– Estivador... Ele é estivador na Joliette. Ele me disse que se chamava Jean e que trabalhava para a Compagnie des Docks. É, foi isso que ele me disse. Mas eu juro a vocês que não sei mais nada...

Quando Michel e Henri deixaram primeiro o quartinho úmido, o rosto de Francis Talsimoki clareou-se num sorriso de demência. Em casos desse tipo, o clã conhecia a regra: não se devia deixar rastro nunca. François abriu a navalha num estalo lúgubre e caminhou a passos lentos na direção de Jacotte. Ela não teve tempo de gritar uma última vez.

7

Fazia agora dois meses que João pisara no Brasil quando descobriu nesse mês de março a estação que os cariocas chamam, com uma ponta de orgulho na voz, as águas de março. Depois das queimaduras do verão forte, quando as brumas plúmbeas do sol colorem de cinza até as palmeiras reais do Jardim Botânico, que as pessoas penam para se mover na fornalha colante e que se sentem esmagadas pelo calor para a eternidade, o Rio de Janeiro de repente entra no alvoroço brutal e ininterrupto das águas de março. Mal cai a primeira gota de chuva, noite e dia, durante quatro semanas, verdadeiros dilúvios rasgam as nuvens e se abatem com ferocidade sobre a cidade, como para lavá-la de toda a sua indolência. A água quente das tempestades de verão cede então a vez a essas cataratas que caem às cegas, que chicoteiam o rosto, que se insinuam e ressumam em todas as moradas, palácios e barracos de madeira, que transformam a cidade antiga numa torrente de lama, que enchem os esgotos, arrancam pedaços inteiros de morros que abrem crateras em rugidos aterrorizantes e cobrem as fachadas e as estátuas com uma luz negra e vacilante de raios. Tudo fica tão escuro que em pleno dia as pessoas são forçadas a andar coladas aos muros, a deslizar a mão nas paredes dos prédios para não se perderem e não serem levadas pela enxurrada que desce dos morros para o leito das ruas.

João nunca vira isso. Não vira, nem imaginara em seus pesadelos mais violentos. Essas chuvas diluvianas, do fim do mundo, não param nunca, não descansam e, durante esse período, águas e pessoas se confundem. A estação do sol morreu. A das chuvas reina só. Ela livra a cidade e os corpos das escórias do verão.

Renascimento.

Batismo.
As águas de março.

Como todas as tardes, João, chapéu de feltro de aba mole na cabeça, deixou correndo o escritório da Avenida Rio Branco. Atravessou riachos indomáveis, deslizou sobre as pedras da rua em direção sul, não concedeu um olhar à Rua do Ouvidor, pegou à direita a Sete de Setembro e chegou à Gonçalves Dias, onde se elevava, imponente, iluminado, o único farol na tempestade, a Confeitaria Colombina.

Havia dois meses ele estava trabalhando como secretário de direção – como coordenador de projeto, preferia dizer pomposamente o tio Francisco da Cunha – no escritório de arquitetura de Heitor da Silva Costa. A capital estava em plena mutação. Trabalho não faltava. A carta de apresentação assinada pelo primo de Francisco Pereira Passos produzira o efeito esperado. Como sabia ler, escrever e contar, bem-posto em dois ternos pretos de corte sóbrio oferecidos pelo tio, e que chegara da França, João fora portanto designado para um posto híbrido onde classificava os arquivos, recebia os orçamentos, organizava dossiês, controlava o pagamento dos prestadores e intervinha também quando apareciam reclamações, sempre tentando resolver as desavenças de maneira amigável. Como trabalhava sem reclamar e aprendia rápido os rudimentos do ofício, seu patrão-arquiteto dava-lhe uma paz real e o tratava, no dia-a-dia, de igual para igual. Nem ordem nem reprimenda. Há mais de três semanas João se tornara seu próprio chefe. Dispunha, além disso, dos serviços de três secretárias, jovens bonitas que enrubesciam assim que penetravam em sua sala revestida de jacarandá, com os olhos pudicamente abaixados para não cruzar o olhar daquele jovem tão encantador, tão elegantemente vestido, tão sedutor, tão doutor, tão francês...

A porta de vidro da Colombina deslizou nas juntas, lançando na noite um halo amarelo elétrico e um brusco bafo de calor perfumado de fumo, café e álcool. João entrou apressado, tirou o chapéu e o casaco encharcados, pendurou-os no cabide de madeira cujos braços lembravam as garras de um gato voltadas para o teto alto.

João gostava desse lugar. No almoço e no fim da tarde, ele para lá se precipitava com uma alegria de criança faminta de luxo vistoso e de luzes vivas, de odores e ruídos. Na sua preferência, a Colombina havia superado amplamente o Bar das Garotas. Espelhos nas paredes, dourado por toda parte, mesas largas ou mesas de pé de galo de mármore branco com estrias verdes, cadeiras de madeira com encosto de couro, lustres de cobre e de latão, jornais variados e sempre disponíveis, ventiladores em cada canto do imenso salão: a Colombina em muito pouco tempo se tornara a sua corte, o seu reino. Ele conhecia todos os garçons e até o dono, um homenzinho de aparência afável, olho vivo, sabendo tudo sobre todo mundo e que passara quase doze anos na França. Chamava-se Afonso Cotrim e sobre ele corriam histórias meio esquisitas de bens imobiliários adquiridos em circunstâncias misteriosas durante a renovação do bairro e a abertura da Avenida Rio Branco. Murmuravam até que ele fora extraditado da França por problemas de costumes. Mas disso só falavam pelas costas, pois Afonso Cotrim também tinha a fama, várias vezes justificada, de nunca chamar a polícia para resolver brigas em seu estabelecimento. Seus capangas, uns parrudões de dar medo, os dois pesando mais de cem quilos, eram hábeis na faca e formavam, assim, uma guarda pessoal temida.

Depois de algumas saudações polidas, João avistou na outra ponta da sala seu novo amigo, Euclides da Fonte. Depois de alguns esbarrões para abrir caminho entre os clientes, conseguiu juntar-se a ele, deixou-se cair na banqueta vermelha e exclamou:

– Euclides, não posso mais! Neste ritmo, eles vão me matar...

O companheiro de mesa soltou uma elegante espiral de fumaça, depois perguntou num tom brincalhão:

– E quem quer matá-lo, caro João?

– Quem? Mas eles! Lá no trabalho! Os empreiteiros, os responsáveis pelo serviço imobiliário, os contínuos, as secretárias, o telefone, a correspondência, as reuniões! Não agüento mais...

Euclides bateu de maneira aristocrática o charuto na beira do cinzeiro. Como único comentário, soltou:

– Pare de trabalhar então...

– Você tem cada uma! E como vou fazer para viver, se parar de trabalhar?

– Você me perguntou como fazer para que as preocupações parassem. Não como você podia viver sem...

Filho do riquíssimo negociante de cacau Eugênio da Fonte, Euclides orgulhava-se de ter o senso da fórmula. Cultivava a arte da réplica como uma diva exercia no cotidiano as cordas vocais: até a obsessão.

Vinte e cinco anos, com a pele branca feito uma jovem, mas desenhando traços duros talhados a golpes de machado, baixo, magro, a perna esquerda deformada por uma violenta poliomielite, cabelos até o pescoço, o bigode ralo, ele mesmo assim possuía um encanto natural quase inquietante, sobretudo quando seus olhos gázeos fixavam as pessoas sem pestanejar e pareciam perfurá-las até a alma. Sempre vestido na última moda francesa e italiana, Euclides escrevia críticas literárias para o diário *O Globo*. Sua pena, tão cortante quanto suas palavras, era temida em todos os cenáculos artísticos e culturais.

Os dois pediram uma cerveja clara e João enrolou um cigarro sob o olho reprovador de Euclides:

– Meu caro amigo, por que insiste em fumar esse negócio? Eu já lhe disse: cigarro é coisa de gente pobre, dos mortos-de-fome dos bairros baixos. Pior ainda, só os negros estivadores do porto é que se rebaixam a isso. Por falta de gosto, suponho...

Um tique nervoso agitou o olho de João. Ele não falara de seu passado com o amigo. E por que o teria posto a par disso? Sua triste vida de carregador e assassino de circunstância estava morta. O quarto mobiliado imundo, as refeições a três vinténs, as putas velhas e o desprezo dos colarinhos-brancos, ele não conheceria mais isso. Com o tio, ele tomara gosto pelo respeito, as honras e a vida fácil. Antes morrer que perder seu novo nível, isto sim! Ele inventara um primo marselhês bem colocado na prefeitura para quem ele trabalhava antes que a vontade irreprimível de partir rumo ao desconhecido lhe agarrasse as tripas. Euclides acreditara. Ou fingira acreditar. Dava no mesmo.

Ele acendeu o fino com a satisfação evidente de um homem em perfeito acordo consigo mesmo, depois declarou:

– Em Marselha, todo mundo fuma, meu caro. É até a última moda! E eu vou continuar aqui. Quem sabe, talvez eu vá até lançar a moda!

Euclides sufocou um riso:

– Por mais que você seja francês, não conte muito. Os fazendeiros das plantações de fumo não apreciariam que tocassem no orgulho nacional...

– Mas estou fumando tabaco brasileiro, não estou?

– É claro... Mas, entre nós, tudo é uma questão de nuanças, está me entendendo? Com o meu charuto, eu poderia fazer trinta ou quarenta dos seus cigarros. E o mercado mundial já está em baixa. Se todos começassem a fumar o seu matinho, imagine o quadro...

Nessa hora do dia, reinava na Confeitaria Colombina uma atmosfera elétrica. No meio do alvoroço das conversas, o gramofone tinindo de novo tocava para ninguém, mal conseguindo fazer emergir algumas notas na ressaca repentina dos gritos, antes de mergulhar e desaparecer de novo sob o alvoroço de bebedores e oradores. No começo da noite, junto com a saída dos escritórios, as guerras recomeçavam encarniçadas. As batalhas eram furiosas, em todas as frentes. Política, exército, Igreja, literatura, arquitetura, música, pintura, sociedade, filosofia: os partidários da velha escola, a da República de 1894, enfrentavam em disputas verbais sem trégua os jovens idealistas desejosos de inventar o futuro. E a Colombina, assim como outros lugares nos bairros próximos da Lapa e do Castelo, fazia as vezes de tribuna aberta. Renovação do Rio de Janeiro, surgimento de novas favelas, igualdade entre negros e brancos, desaparecimento dos índios. Todos os assuntos davam lugar a polêmicas sem fim durante as quais oradores e espectadores teriam mais de uma vez chegado às vias de fato sem as sombras ameaçadoras dos guarda-costas de Afonso Cotrim.

Euclides nunca tomava partido. Com seu desligamento superior, assistia à fratura viva de seu país sem emoção aparente. Era por isso que João gostava de Euclides. Por seu humor e seu niilismo amargos. Por sua cultura e sua arte consumada da retórica. A seu lado, todas as noites, ele aprendia assim a tomar distância e a descobrir o Brasil sob todas as suas culturas, em suas contradições mais violentas e suas esperanças de grandeza mais loucas.

– Diga-me, caro amigo, quais são as últimas querelas na praça?

Euclides espreguiçou-se cruzando os braços na nuca numa atitude professoral. Num tom sarcástico e misturado de tédio afetado, respondeu:

– Você pode escolher, francesinho... A guerra que se trama entre o exército e o governo, a crise do café que não deve tardar, o lugar de nossa República na Liga das Nações, os últimos avatares do maxixe...

João fez uma careta:

– Não tem outra coisa?

Euclides suspirou. Depois, continuou:

– Vejamos... O que você diria do aviador Santos Dumont e de sua façanha da semana passada? Ou melhor ainda: a batalha literária entre os modernistas do Rio e os de São Paulo... O Rio da beleza contra o São Paulo do labor! E os paulistas decidiram organizar, já no ano que vem e lá mesmo, uma semana de arte moderna... Imagine o escândalo! Sérgio Buarque de Holanda e Prudente de Moraes ficaram loucos! Se eu lhe dissesse que ontem eles...

Estava dada a partida. Uma cerveja atrás da outra, Euclides contava as notícias e os boatos que sacudiam o país durante horas, tanto que João volta e meia devia voltar para Santa Teresa de táxi, a uma hora avançada da noite.

– O que você quer? Os modernistas querem absolutamente escrever moderno, fazer moderno, neste país onde se constrói uma casa por hora e um arranha-céu por dia. Grande negócio! Como se a poesia obedecesse às mesmas leis que a arquitetura... Eles ainda vão demorar muito até escreverem *Zones*, de Apollinaire, ou *A Páscoa em Nova York*, de Cendrars! Mas você ainda não sabe tudo...

De olhos extáticos, João escutava, bebendo, fumando, esquecendo o cenário e o barulho, compreendendo o sentido do discurso, embora nem sempre apreciasse as finezas, já que lhe faltavam informações culturais, mas guardando cada palavra com a emoção de um apaixonado que todas as noites conta as cartas do ser amado. Na Confeitaria Colombina, ele se lavava de seu passado, de sua sujeira de colarinho azul. E descobria ao mesmo tempo que o tio Francisco não conhecia nada dessa cidade em plena revolução. Ele só percebia alguns sinais exteriores mais visíveis, as construções faraônicas de edifícios ou a instalação em curso da radiodifusão. O rádio... Ele nem conseguia imaginar a sua existência!

De salvador, o tio aos poucos ia se tornando um velho *baderne**, como ressaltara Euclides pronunciando a palavra num francês perfeito. Aliás, como jovem esnobe que era, gostava de salpicar o português do Brasil com esses vocábulos vindos em sua bagagem, em linha direta de Paris onde fizera suas humanidades. *Chic*, *pince-nez*, *rendez-vous*, *abat-jour*, *jupons*, *avoir de l'aplomb*, *déshabillés*, *gilet de soirée*... Se os intelectuais como ele prosseguissem nesse rumo, em breve se falaria o francês até no topo do Corcovado!

– O verdadeiro problema, João, é que, modernistas ou não, esses chatos repetem sempre o mesmo erro! São uns espertinhos cheios de si, que continuam a escrever *à maneira de*. Nunca por si mesmos. Sempre segundo os modelos franceses!

---

* Inútil. (*N. do T.*)

Mas o que João Domar apreciava mais que tudo era quando Euclides, depois de beber bastante, lhe murmurava em confidência suas farras noturnas nos bairros mal-afamados do centro da cidade. Da Praça Onze à Lapa, ele gastava fortunas nos bares e bordéis, nos cassinos clandestinos onde se apostava alto, nos fumatórios de ópio e de maconha, a erva açucarada do país. João ainda não ousara aventurar-se por aqueles caminhos tortuosos, escuros até em pleno sol do meio-dia. Ao passar junto a esses cortiços, a maioria em geral caindo em ruínas, ele mal ousava dar uma olhada discreta, preso ao temor vivo do desconhecido e à irreprimível vontade de se misturar àquela população de negros alegres ou de olhares sombrios, vestindo calças de brim e calçando sandálias, quase sempre sem camisa, não fazendo aparentemente nada, nada além de fumar, beber, tocar violão e cavaquinho, falar, rir, gritar numa linguagem em que o português se misturava a dialetos melodiosos, vagos resquícios de banto ou daomeano.

Ao deixar a esquina para trás, João voltava a respirar com liberdade, nessa cidade moderna onde a iluminação e os prédios, cheirando a cimento fresco, lembravam a ele, em certos lugares, os bairros ricos de Marselha.

– Isso tudo vai acabar mal, João... Esses modernistas imaginam que vão representar novamente a batalha de Hernani sob os trópicos, embora sejam apenas filhos de burgueses inchados de certezas. Agora andam falando até em cantar em suas obras o índio... E por que não os negros, já que estão nessa? Eles devem achar que modernidade é fuçar nas latas de lixo da História...

Um dos lugares de predileção do crítico literário, o Cinema Poeiras, intrigava e divertia muito João. Todas as segundas à noite, esse estabelecimento recebia uma clientela composta quase que só de negros, a maioria empregados domésticos das famílias ricas da capital. Vinham em tropas barulhentas, andavam bem vestidos usando a roupa dos patrões. Divertiam-se, aliás, imitando-lhes as maneiras, os gestos, hábito herdado após três séculos de escravidão. Ao som de uma música proibida pela polícia, o samba, o Cinema Poeiras se transformava, no dizer de Euclides, numa imensa orgia em que cerveja, cachaça e maconha ajudando, os participantes se lançavam em danças desenfreadas, ritmadas pela percussão sincopada da África. Na luz pálida da madrugada, extenuados, os dançarinos voltavam para casa com a mordida doce da melancolia na alma. O carnaval da semana acabara. O homem livre se tornava novamente o negro faz-tudo.

Enquanto João mergulhava com prazer nessas visões de paraísos em que negras e mulatas suadas, cheias de desejo, colavam-se, pele na pele, no arquejo dos tambores, bocas abertas, seios duros, bundas musculosas, do tempo em que os homens de sexo enrijecido pela excitação se agitavam nos cipós macios, apenas roçando de leve suas mãos de palmas rosadas naquelas furiosas bailadeiras, Euclides abandonou num sorriso entendido sua história sobre as querelas dos modernistas cariocas e paulistas. Alisou por um instante o bigode ralo, depois perguntou:

– E a Emivalda, francesinho?

No mesmo instante os corpos retorcidos de prazer e as peles negras da África desapareceram diante dos olhos de João. Só sobrou então a Colombina barulhenta, homens de sobrecasaca que se chamavam, o gramofone soluçante e Euclides, com os olhos brilhando de malícia por trás dos óculos. Com um riso irritado, João acendeu outro cigarro:

– Emivalda... Meu amigo, se soubesse o que tenho de agüentar na casa de meu tio, você erigiria uma estátua em minha homenagem!

– Olhem só... O amor sumiu? Você que falava dela com tanto ardor, não faz nem uma semana!

– Não é isso. Você sabe muito bem o que eu sinto por ela. E sabe que tudo o que eu quero é me casar com ela. Um dia... Enquanto isso, acho que me entedio.

– Muito bem, francesinho – zombou Euclides. – Está progredindo. E se continuar assim, logo, logo estará tão desencantado quanto eu!

João suspirou longamente. Depois, olhando o vazio, confiou com voz monocórdia:

– O que é que você quer? Emivalda é muito bonita. Bonita demais, talvez. Mas eu não a entendo. Ela fica o tempo todo trancada no quarto, a sonhar com o retrato de Victor Hugo e a ler poemas de Baudelaire.

– Então ela não é tão má assim...

– Não brinque, por favor. Nunca consigo vê-la a sós. E tem também o meu tio. É um idiota que me exibe feito um animal de circo. E a mulher dele, que ainda não me dirigiu uma única palavra desde que cheguei!

– Um tio que o alimenta e duas mulheres mudas... Você não sabe a felicidade que tem, meu rapaz!

João sorriu sem muito entusiasmo à observação. Depois prosseguiu, inflamando-se de repente:

– Mas eu não vim ao Brasil para isso! Vim para cá a fim de viver, de conhecer outra coisa.

– Mas o quê?

– Sei lá! As mulheres, o sexo, o álcool, a embriaguez, a loucura! E, em vez disso, estou trabalhando num escritório de arquitetura e sequer ouso me aproximar da mão de Emivalda...

Já fazia mais de sessenta dias que João só olhava para ela, Emivalda, a prima emprestada cujo teto ele partilhava, morena de longos cabelos pretos e lábios vermelhos. Ela pertencia a uma categoria de mulheres com as quais ele nunca convivera. Sempre que cruzava com ela, nas refeições ou por acaso, num dos cômodos da casa, ele era tomado de um desejo violento. Mais que tudo no mundo, queria agarrá-la, possuí-la, arrancar-lhe as roupas, cobri-la de beijos, morder com a boca cheia seus braços, suas mãos, suas coxas, seu ventre de sangue misturado, a ponto de se entupir, de nela se perder, de estancar a fome e a sede. Antes ele nunca experimentara esses bruscos acessos de loucura. Homem duro, próximo da terra, não se interrogava sobre a natureza desse sentimento. Amor, paixão ou simples desejo de cavalgar aquela égua, como um marinheiro faria no dorso do oceano a bordo de um xaveco? Entretanto, mal ela desaparecia de sua vista, esse tipo de pergunta não lhe vinha mais à mente, não perturbava suas noites, e ele dormia um sono de chumbo do início ao fim.

O garçom trouxe uma última garrafa de cerveja. O fogo das discussões diminuíra no imenso café. Não se falava mais de política. Também estavam esquecidos os problemas raciais, a reconstrução do Rio e o lugar da República na grande Liga das Nações. Os bebedores acalmavam suas paixões, mordiam em silêncio grossos charutos e soltavam pesadas volutas. O gramofone também parou, os compassos de uma polca-lundu se apagaram na indiferença geral.

Como um senhor para quem o dinheiro não conta, Euclides pagou toda a despesa e os dois deixaram a Colombina sem cambalear muito. Lado a lado, silenciosos, desceram a Avenida Rio Branco iluminada como num dia de carnaval com suas cinco mil lâmpadas. Os sapatos de saltos ferrados esculpiam o silêncio da noite na cadência das bengalas, batendo nas pedras em intervalos regulares. Na Rua da Carioca, João de repente parou. A uns dez metros deles, a silhueta de um homem saíra de trás de um quiosque e se engolfara rápida numa ruela adjacente. A penumbra imediatamente a devorou.

João deu mais alguns passos e parou no lugar. Descobriu a seus pés, colocados na calçada, uma garrafa de cachaça cheia, dois charutos escuros de bom tamanho e umas moedas que brilhavam na luz trêmula de uma vela acesa.

Euclides colocou suavemente a mão em seu ombro e murmurou:

– Vamos, está na hora de voltar. O último bonde para Santa Teresa não demora a sair..

João pareceu ouvir ao longe um batuque que começava a soar através da cidade inteira. Mas não pôde dizer nem de onde vinha, nem mesmo se não se tratava de seu sangue batendo nas têmporas. No dia seguinte, ao voltar ao escritório, viu que as oferendas continuavam no mesmo lugar. Nenhum bêbado pegara a garrafa, o dinheiro, os charutos. Só a vela derretera. A cera branca e dura desenhava agora uma lua pálida na pedra cinza açoitada pela chuva.

8

Para vingar a morte do filho Ferdinand, o velho Vassilis Talsimoki enviara Michel e François ao Rio de Janeiro. O primeiro, por ser o mais inteligente de toda a linhagem e por nunca deixar nada ao acaso. O segundo, por ser violento, uma verdadeira cabeça quente cujo gosto por sangue e morte poderia ser útil naquele Brasil do qual não se sabia nada em Marselha, a não ser as lendas contadas pelos marinheiros.

Depois da morte de Jacotte, os três filhos voltaram à Compagnie des Docks. Roland Géraud, o subdiretor, os recebeu com a mesma obsequiosidade, ainda mais porque o interrogatório que ele aplicara em La Foudre não dera em nada. Em compensação, as informações trazidas pelo clã Talsimoki valiam seu peso em ouro. O assassino se chamava Jean e, graças a Jacotte, eles agora estavam seguros de que ele trabalhava na Compagnie des Docks. Sentindo crescer asas, Roland Géraud pediu à secretária a lista dos estivadores que estavam trabalhando para ele desde o início da semana e constatou que quatorze empregados traziam o nome Jean. Se esse famoso Jean não fosse maluco, não devia ter voltado ao trabalho no dia após o crime. Com toda lógica, aquele que matara Ferdinand Talsimoki seria aquele que, de noite, não viria receber o pagamento.

Ao bater vinte horas, Roland Géraud telefonou tremendo de emoção a Michel Talsimoki. Jean Dimare era o culpado. Com uma voz procurando ser pausada, mas que a jubilação tornava gaguejante, deu-lhe o endereço do estivador. Numa corrida de carro, Michel e Henri foram à casa de Jean Dimare, arrombaram a porta apesar dos gritos da proprietária e tiveram que se render à evidência. Se ainda não havia deixado a cidade, em todo caso não voltaria nunca mais ao bairro da Belle de Mai.

No dia seguinte, desde a primeira hora, Michel voltou sozinho ao porto da Joliette. Com Roland Géraud, que agora começava seriamente a se perguntar se não ia trocar a pena e o mata-borrão por um par de polainas e uma pistola, eles chegaram à mesma conclusão: ou Jean Dimare desertara Marselha e se escondia em algum lugar na região, ou subira no primeiro cargueiro de partida. O subdiretor forneceu-lhe incontinênti a lista dos navios que haviam levantado âncora na véspera, assim como o nome dos países por onde iam passar.

Com todas essas informações, Michel foi ao encontro do clã Talsimoki completo na mansão de Aix-en-Provence. A reação do patriarca foi, como de hábito, ponderada e lúcida. Com os olhos mais negros do que nunca, fez-lhes este discurso:

– Mesmo morto, um homem não desaparece. Esse Jean Dimare não era um vagabundo. Ele vai então aparecer de novo, cedo ou tarde. Henri, você vai interrogar todas as pessoas que trabalharam com ele. Não despreze nenhuma pista e use todos os meios necessários para destravar as línguas. Michel, se ele deixou a França de barco, certamente tentou tirar um visto. Entre em contato com todos os consulados...

– E eu? O que é que eu faço enquanto isso? – inquietou-se François.

Uma luzinha má clareou o rosto seco de Vassilis Talsimoki:

– Você, não se preocupe, meu garoto. A sua vez vai chegar. Assim que tivermos encontrado a pista desse sem-vergonha, vai ser a sua vez de brincar...

A investigação durou mais de um mês e os esforços de todos acabaram dando seus frutos. O consulado do Brasil acreditava ter recebido a visita de um jovem para uma partida precipitada com destino ao Rio de Janeiro. Ao mesmo tempo, ficaram sabendo que Jean Dimare era de origem portuguesa e dominava, assim, perfeitamente essa língua. Verificações feitas, o *Chile* tinha levantado âncoras um dia após a morte de Ferdinand com destino ao Rio. Roland Géraud, em seu escritório da Compagnie des Docks, multiplicara os radiogramas antes de obter das autoridades portuárias brasileiras a lista dos chegados. Esta veio a eles em 14 de fevereiro. Se não trazia o nome de Jean Dimare, declarava, em compensação, a chegada de um certo João Domar.

Três dias mais tarde, Michel e François embarcaram também no *Chile*, impacientes de encontrar o assassino do irmão no outro lado do mundo.

Os dois irmãos Talsimoki não viajaram, como podemos imaginar, nas mesmas condições que Jean Dimare meses antes. Instalaram-se na primeira classe mas, apesar do conforto de que dispuseram a bordo do *Chile*, nunca uma viagem lhes pareceu tão longa. Quando, enfim, o navio lançou âncoras na baía de Guanabara, eles imediatamente saíram em busca de um hotel internacional para estabelecer suas bases. A conselho do subcomissário de bordo, Honoré d'Archambaud, escolheram na Rua do Passeio o Hotel da França e começaram suas buscas. A Rua do Passeio, que fazia parte do programa de renovação do centro antigo, fora transformada por engenheiros e arquitetos. Outrora simples travessa sombria e fedorenta, agora exibia calçadas largas ladeadas de árvores dominadas por edifícios tinindo de novos. De noite, o Passeio se iluminava com milhares de lâmpadas e atraía todos os que desejavam jantar num bom restaurante ou simplesmente passear no jardim público vigiado em permanência pelas forças de polícia.

Apesar do calor sufocante do pleno verão tropical, Michel e François fizeram uma investigação preliminar rápida e tiveram que se render à evidência: aquela cidade contava centenas de milhares de habitantes que viviam em milhares de ruas e ruelas das quais centenas sequer traziam um nome. Marselha parecia quase uma aldeia ao lado daquele monstro onde avenidas de quase cem metros de largura era traçadas em linhas retas por quilômetros, onde os edifícios de concreto começavam a comer o céu para ganhar lugar. O lugar, o espaço vital. Tornara-se a obsessão daquela cidade que acolhia todo mês imigrantes aos milhares, expulsos pela fome e a seca, aos farrapos, sem um único vintém, arrastando uma filharada a berrar desde o Maranhão, passando pelo sertão da Bahia e Minas Gerais até o Rio de Janeiro, ou então sós, vomitados com outros apátridas pelas goelas encarvoadas dos navios. Construía-se com todos os braços, para cima.

Quem não podia se dar ao luxo de morar no centro da cidade teve de se afastar e ir construir habitações improvisadas nas encostas dos morros que cercavam a baía. Era provisório, pensavam. Esses amontoados de pranchas e de materiais diversos – latas de querosene, trilhos, sacos de juta, tijolos roubados das construções, postes de luz, caixas de cerveja, goteiras, pneus, tudo servia para se fazer um cantinho – eram chamados pelos habitantes da cidade baixa, os que tinham dinheiro, de favelas. A explicação remontava a mais de vinte anos, quando os soldados da jovem República, depois de sufocarem os rebeldes da Guerra de Canudos, voltaram ao Rio de Janeiro. Nas bagagens, poucos altos feitos de guerra mas, com freqüência, uma baiana por quem se apaixonaram. Antes de serem liberados, esses soldados haviam sido instalados pelo Exército num acampamento improvisado no morro da Providência. Ali, para se lembrar das doçuras da cidade natal, as baianas tinham plantado um arbusto de espinhos pontudos chamado favela. Frágil e fresca, a flor desses grãos se espalhara com a mesma graça que no Nordeste. O nome acabou ficando.

Nesse Rio trepidante, os dois jovens Talsimoki investigaram, assim pensavam, com uma certa lógica. Mas no porto, da mesma forma que em Marselha, os estivadores mudavam toda semana, quando não era todos os dias. Tentavam a sorte nas fábricas, nos canteiros de obras, em toda parte onde a besta humana puxa, empurra, martela, fura, escava, cospe os pulmões e as tripas, arrebenta os músculos para obter os três vinténs do aluguel, da farinha de mandioca, do feijão e, no domingo, de um pouco de carne-seca.

Michel e François esgotaram-se à toa. Quanto a buscar no meio dos franceses operários, inútil pensar no assunto. Ao chegarem ao Brasil, tiravam a pátria da alma como se joga fora um chapéu ou uma camisa que já viveu demais. Pouco importava a nacionalidade. Eles se misturavam todos na massa, entre as tetas gigantes de uma cidade e de um país antropófagos.

Como costuma acontecer nesses casos, foi o destino que pôs João no caminho deles. Um dia em que este acabava de jantar na Colombina, viu dois homens sentarem-se na mesa vizinha e ouviu-os conversar, numa língua e num sotaque que ele imediatamente reconheceu. Naquele café-restaurante, um dos mais célebres de toda a capital, os estrangeiros não eram raros. Quando se deu conta de que os dois recém-chegados não falavam uma só palavra de português e que não conseguiam se fazer entender pelo garçom, João achou seu dever intervir. Quando o problema do pedido ficou resolvido, o mais velho dos dois convidou João a se juntar a eles na mesa. Mandando embora a timidez natural, este se levantou, verificou se o paletó do terno estava perfeitamente ajustado e veio inclinar-se diante dos dois homens, com os olhos brilhantes:

– Senhores, queiram me desculpar, mas pareceu-me, pelo sotaque, que os senhores são de Marselha...

François Talsimoki emitiu um rugido:

– E daí? Isso lhe diz respeito?

– Nem um pouco, senhores. Mas, não faz muito tempo, eu também era de Marselha! Pensei então que, eventualmente, e se isso não os incomodasse, os senhores talvez pudessem me dar notícias de minha cidade e da França...

Como François ia expulsar o importuno com uma nova cara feia, Michel o cortou:

– Mas por que não? Sente-se, por favor... O que quer saber, ao certo?

– Não sei... Tudo! Falem-me da Canebière, do Vieux-Port, do futebol, de Notre-Dame-de-la-Garde, das eleições!

– Onde morava em Marselha?

A resposta de João brotou espontaneamente:

– Na Belle de Mai!

As narinas de Michel Talsimoki de repente fecharam. Aquele acaso era belo demais para ser verdadeiro. Com uma voz que tentou ser amigável, ele ainda perguntou:

– E o que fazia em Marselha?

– Oh, nada brilhante... Nem vale a pena falar. Mas o tempo passou e, hoje, olhem para mim: estou de terno, sapatos envernizados, e trabalho para um grande arquiteto! O Brasil é um país mágico, senhores! Breve vão se dar conta disso também!

Com o rosto lívido, Michel Talsimoki o interrogou de novo:

– Diga-me, jovem, não foi muito duro deixar tudo para vir se instalar aqui?

– Muito duro? Claro que não, até porque eu não tinha nada! Um emprego miserável, de quebrar a espinha, de manhã até de noite e de noite até de manhã, nas docas...

– Nas docas?

Pela maneira como o homem repetiu as duas últimas palavras, João de súbito compreendeu que tinha falado demais. Quis deixar a cadeira, mas Michel Talsimoki o reteve com firmeza pelo punho e, com voz glacial, soltou:

– Você é Jean Dimare e fugiu de Marselha depois de ter assassinado nosso irmão, Ferdinand Talsimoki...

Nesse instante, João achou que o chão da Colombina se abria sob seus pés. Tudo junto, a corrida pelas ruas de Marselha, o café-rum do Brûleur de Loups, o corpo de Jacotte imbricado no seu, a massa inerte do garçom ao pé do balcão, as torrentes de lama do bairro da Fosse, todos esses pedaços de lembranças deixaram-lhe as pernas bambas e ele precisou se apoiar no mármore da mesa para não desabar. Michel Talsimoki abriu o colete e lhe designou com o olhar a magnífica pistola cromada que tinha adquirido logo antes de partir. Depois rangeu:

– Ou você nos segue gentilmente ou nós o liquidamos aqui...

Quando ele ia tentar protestar, Afonso Cotrim, o dono da Colombina, colocou-se com autoridade entre João e os irmãos Talsimoki. Atrás dele, três sujeitos de caras patibulares e punhos apertados. Com os polegares presos no colete, o dono acompanhara toda a cena e entendera que o momento de intervir havia chegado. Considerava João um bom cliente e, além disso, afeiçoara-se a ele, uma espécie de afeição impulsiva desde que ficara sabendo que João vinha de Marselha. Ele também vivera por lá, já fazia muitos anos...

– Então, dr. Domar? O senhor estaria tendo problemas com estes senhores?

Com a testa suada e o rosto pálido, João balbuciou:

– Dr. Cotrim... Trata-se de um mal-entendido. Eu estava tentando explicar a estes senhores que a morte do...

Afonso Cotrim levantou de repente o tom:

– Isso não me interessa, sr. Domar. Aqui a discrição é a mãe da tranqüilidade.

Depois, abaixando a voz, murmurou:

– O senhor quer ficar livre destas duas pessoas aqui presentes? Manoel, Paulinho e Ivan podem muito bem cuidar disso...

Como ele não respondia, gelado de medo, os três grandalhões avançaram sobre os dois irmãos. A Colombina estava quase vazia e só restava, como toda noite, um punhado de sonhadores alcoolizados que fumavam secando o último chope. Depois de uma breve luta, os três rapazes arrancaram as pistolas dos dois homens e François pôs-se a berrar com voz de estentor:

– Mas quem você acha que é, seu imbecil? Sabe quem somos nós?

Um cruzado de Paulinho, um mulato bamba na arte da capoeira, cortou-lhe o fôlego. François caiu de joelhos com os olhos fora das órbitas. Os últimos clientes se levantaram depressa e deixaram o salão. Por experiência, sabiam que, quando começava a esquentar na Colombina, era melhor não ficar por perto. As balas voavam baixo. Afonso Cotrim sugeriu:

– Então, senhor, acho que é o momento de se apresentarem...

Sempre calmo, Michel retorquiu:

– Meu irmão e eu somos dois dos filhos de Vassilis Talsimoki. E, como vejo que o senhor é francês, imagino que já o conheça de fama...

O dono da Colombina sorriu de maneira estranha. Depois o interrogou de novo:

– Talsimoki... O Talsimoki de Marselha?

– Exatamente. E o senhor sabe, portanto, que o que acaba de fazer pode lhe custar muito caro.

Afonso acendeu um charuto calmamente.

– Se estou entendendo bem, senhor Talsimoki, o senhor se mete com os meus amigos, no meu estabelecimento e, além disso, me faz ameaças...

– É claro que não. Deixe-nos ir embora com este filho-da-puta. E, pelo incômodo, pagarei o que o senhor quiser.

Afonso Cotrim nem se dignou a responder ao insulto. Ele conhecera, na sua época, o velho Vassilis. Naquele tempo, a cervejaria que Afonso tinha no Vieux-Port ia a pleno vapor. O entendimento, no meio, era cordial. Até que Vassilis cismasse de comprar seu negócio. Mas Afonso Cotrim recusara o dinheiro e não cedera às ameaças. Vassilis mandara então publicar um artigo no *Petit Marseillais*. Na primeira página, com a foto de Afonso, o jornal estampara: "Alphonse Cotringe, o mestre-de-cerimônias dos lupanares!" E seguia uma reportagem caluniosa, dramaticamente digna de crédito, pois escrita com talento, mas completamente inventada. No mesmo dia, ligas de defesa da família e da moralidade depredaram suas duas cervejarias, bem apoiadas nisso por esbirros infiltrados, pagos por Vassilis. Às pressas, Alphonse Cotringe tivera de liquidar seu negócio por uma ninharia. Como João, embarcara no dia seguinte num cargueiro de partida para o Brasil.

Afonso lançou um olhar enojado a Michel e François Talsimoki. Só as montanhas nunca se encontravam...

Nos fundos da Colombina, onde eram amontoadas as caixas de cerveja, guarda-sóis, cadeiras e mesas empilhadas num equilíbrio instável, Manoel, Paulinho e Ivan mantinham dominados os dois irmãos Talsimoki. Uma tempestade acabava de estourar e parecia largar toda a sua água morna sobre esse bairro do Rio. Atrás dos cinco homens, Afonso Cotrim conversava com João:

– Dr. Domar, posso ter confiança absoluta no senhor?

– Mas é claro, meu caro Afonso! O senhor acaba de me salvar a vida!

Em francês, falando em voz muito baixa, o dono da Colombina resumiu a coisa:

– O que o senhor fez em Marselha e as razões por que esses dois filhos do velho Vassilis o procuram, isso não me interessa absolutamente.

– Mas eu juro que…

– Cale-se, meu rapaz. Na vida, cada um faz o que tem de fazer. Agora vamos estar ligados por um pacto de sangue. Vou cumprir a minha parte, depois você vai cumprir a sua.

Sob o olhar perplexo de João, Afonso Cotrim caminhou na lama até Paulinho. Sem uma palavra, pegou a pistola deste com a mão direita e deu um passo na direção do mais velho dos Talsimoki. No mesmo movimento, apertou o gatilho. Michel Talsimoki recebeu a primeira bala bem no meio da testa. Afonso debruçou-se em seguida sobre o corpo e deu um segundo tiro, com o cano diretamente colado no peito. A cena não durou mais que cinco segundos.

Num silêncio estupefato, voltou para se abrigar da tempestade que engrossava e estendeu a João a pistola quente:

– Dr. Domar, por favor…

Como um sonâmbulo, João pegou a arma entre suas mãos trêmulas e se viu caminhar no pátio. A água escorria sobre seu rosto, os *flashes* violentos dos raios iluminavam por instantes as formas encharcadas dos três rapazes gigantescos, estóicos sob a chuva, braços cruzados sobre o peito. Viu também o corpo de François Talsimoki cair de joelhos, gritando-lhe coisas, frases que ele não ouvia. João sentiu seu braço direito apontar para aquele homem que ele não conhecia, mas que atravessara o Atlântico para assassiná-lo. Na hora de apertar o gatilho, não se fez nenhuma pergunta. Ele não era um assassino e, no entanto, com frieza, esvaziou o tambor no crânio de François Talsimoki. Na fumaça acre da pólvora queimada, o sangue se misturou à água e a terra bebeu a vida que se esvaía aos borbotões.

João deu meia-volta e, sempre como num sonho, devolveu a pistola a Afonso Cotrim. Os dois estavam de agora em diante ligados pelo sangue. Em menos de uma hora, os dois cadáveres seriam jogados numa pequena enseada que Afonso conhecia bem. Era um lugar discreto onde a água não era muito profunda mas na qual dia e noite eram despejados os dejetos de um matadouro. O crime seria perfeito, já que os corpos não existiriam mais...

9

A existência de João Domar transcorreu sem problemas por mais de um ano. Graças ao tio e a Euclides, ele acabou por adquirir uma cultura do Brasil tão justa quanto fantasiada. Assim, o Rio de Janeiro, olhando bem, não possuía todos os atributos da cidade maravilhosa tal como se autoproclamara. Por toda parte eram calçadas abertas, ruas esburacadas, prédios demolidos. O Rio parecia um diamante bruto que os Slicer gigantes talhavam sem cessar. Arfavam dia e noite, não recuando diante de nada, nem mesmo diante do morro do Castelo que fora arrasado a fim de liberar espaço anos antes. A palavra de ordem era clara: era preciso modernizar. Demolia-se e construía-se por toda parte num frenesi de pioneiros, sempre para o sul. A enseada da Glória, a praia do Flamengo, a de Botafogo, a Praia Vermelha, a do Leme, até depois do domo do Pão de Açúcar, e mesmo os alagados nauseabundos de Copacabana, Ipanema, São Conrado, e até a Barra da Tijuca: os planos do arquiteto Francisco Pereira Passos tinham sido superados por outros ainda mais visionários.

Nisso, Francisco da Cunha tivera razão ao dizer a João que se tratava de uma cidade a ser construída, de uma grande nação a ser erigida. E seu sobrinho, nesse formigamento incessante, bem rápido se sentira brasileiro. Melhor ainda: carioca.

Graças a seu salário, à generosidade do tio que continuava a lhe oferecer casa e comida, e graças também aos conselhos sábios de Euclides da Fonte, ele adotara sem dificuldade um traje de dândi e uma pose aristocrática. Em Santa Teresa, no Bar das Garotas, ele agora desfilava com prazer seu terno pinçado, o colarinho de celulóide e, última moda vinda da Itália, as camisas de brim quadriculadas de azul e branco! Cunha, para quem todo homem elegante só devia se vestir de branco e de preto, não acreditava no que via.

Seria a nova existência, o calor inebriante dos trópicos, a fascinação que ele tinha por Euclides? O fato é que João sofrera uma metamorfose. O estivador de Marselha tornara-se um papagaio fiel, um macaco inteligente que doravante repetia em todos os lugares as teorias e as belas palavras do amigo, e que logo reivindicava a paternidade delas. Também exibia as mesmas poses e os tiques de linguagem do jovem aristocrata. Quando falava do escritório de arquitetura para o qual trabalhava, ele agora inventava sem dificuldade projetos colossais que germinavam em sua mente e que, por razões de lógica evidente, nunca veriam o dia. Assim, para resolver o problema endêmico de habitação dos que chegavam, ele tivera a idéia de ligar o cume de certos morros por vigas metálicas gigantes. Na sua opinião, bastaria construir habitações no vazio, utilizando essas vigas como fundações, à maneira das colméias de abelhas. Para zombar dos arranha-céus, ele chamaria isso de arranha-mares. Ele expusera essa brilhante idéia maluca no Bar das Garotas, comendo pastéis e tomando caipirinha, com um tal fervor que todos os clientes, sem esquecer Graça e as duas amigas, aplaudiram de pé. É claro que ele deixou de precisar que esse projeto não era de sua autoria...

João Domar, do alto de seus vinte e quatro anos, de agora em diante não duvidava de mais nada. Para ele, sua nova vida era semelhante à sua nova cidade: imaculada, luminosa, sem asperezas, todo-poderosa. A mata que o angustiara nos primeiros tempos caía hoje sem esforço sob os golpes de machado do progresso em marcha. A massa branca da cidade ganhava terreno sobre o verde profundo dos morros, e até o índio Febrônio, o índio voador, como ele no íntimo o batizara, raramente aparecia, só por pouco tempo, no alto das raras árvores poupadas pelos machados.

Quanto a Emivalda, ele também não se atormentava mais a seu respeito. Sabia que cedo ou tarde ela seria sua. Estava inscrito na lógica de sua nova existência. Cada dia que passava tornava a jovem mais desejável. Seu andar se afirmara, seu porte se tornara a um só tempo langoroso e real, e sua pele, que ela tentava proteger do sol como podia para evitar o bronzeado desigual, acendia nos olhos dos homens desejos mal dissimulados quando passava, no domingo, indo à missa, sempre vestida de um branco de neve virginal. Ela seria sua. Ele estava seguro disso. O tio já via nele, sem ainda confessar publicamente, o genro ideal. E ela, o marido perfeito.

Para seduzi-la, João decidira jogar o jogo da paciência e proceder por pequenos toques. Primeiro, tomava sobretudo o cuidado de nunca entediá-la com seu trabalho, evitando todas as suas perguntas com um sorriso cansado nos lábios. Em compensação, falava sem parar de sua pretensa vida passada em Marselha, de seu posto de alto funcionário que o esperava na prefeitura, dos autores franceses que ele afirmava ter conhecido, sem esquecer os hábitos e a moda, tão livres em Paris. Inventava todas essas informações distorcendo a realidade, ou então as roubava de Euclides que, este, não só não via nenhum mal nesse joguinho, mas nele sentia até um prazer maligno. Assim que um livro francês traduzido em português aparecia na vitrine da livraria do Bon Larron Garnier, na Cinelândia, Euclides fazia sua crítica literária no *Globo* e comentava em seguida com João, à noite na Colombina. Este, então, o oferecia a Emivalda e glosava com fingida modéstia sobre o percurso artístico e humano do autor, um gênio que ela devia absolutamente descobrir!

Várias vezes ele também lhe escreveu bilhetes apaixonados que na verdade não passavam de simples traduções dos *Poemas a Lou*, de Apollinaire, ou de passagens das *Memórias de além-túmulo*, de Châteaubriand. Ele os assinava todos, evidentemente, com suas próprias iniciais: J.D. Emivalda, a cada vez, tremeu de felicidade e sentiu seu amor crescer, crescer até a adoração.

Quanto ao prazer puramente carnal, João Domar tinha, aí ainda, e com um pragmatismo notável, resolvido o problema. Ele era jovem, na força da idade. Fazer amor para ele era uma necessidade vital. Seguindo os conselhos do fiel Euclides, fora então à Rua do Ouvidor, ao Palácio Real, uma loja de moda dirigida com mão de ferro por uma certa Marie Dupeyrat. Esta, próxima dos cinqüenta, gorda feito uma leitoa assada, coberta de jóias vistosas, faladeira, fumando charuto e bebendo noite e dia seu litro de conhaque sem reclamar, chegara ao Rio dez anos antes. Antiga vedete de teatros-revista, ela tivera essa idéia quando sua turnê fez escala no Rio de Janeiro e ela entendeu todas as vantagens que havia em se fixar na América do Sul, contanto que fosse francesa, que tivesse um pouquinho de bom senso e a coxa leve.

Na França, as mulheres de sua espécie, prostitutas e dançarinas, quase sempre acabavam, com a idade, nos bordéis piolhentos do bairro da Goutte d'Or. No Rio, ela conjurava a má sorte. Sob os trópicos, um corte de rendas valia na pior das hipóteses duzentos e cinqüenta francos. Em Paris, a mesma peça custava nos atacadistas cinco francos no máximo...

Marie Dupeyrat voltara, então, a seu país e tomara emprestado dinheiro de todos os seus amantes do momento. Depois enfrentara as tempestades do Atlântico, as doenças e o calor sufocante, e viera se fixar na Rua do Ouvidor. Bem rápido sua loja de modista parisiense, de letreiro rutilante, atraíra todas as elegantes da cidade. Assim, com as bênçãos da polícia, ela depois instalou no primeiro andar um lupanar de luxo. Ali, à tarde e à noite, belas moças, só francesas escolhidas com o maior cuidado e vindas de Paris, recebiam as grandes personalidades, fazendeiros, exportadores, industriais, políticos de todos os lados, membros do clero, sem esquecer o delegado e seus três principais inspetores. Num salão acarminado cercado de cortinas e violentamente iluminado a luz elétrica, o conhaque e o champanhe abriam todas as carteiras na fumaça dos charutos e dos perfumes capitosos. Os quartos, temáticos, todos equipados com espelhos nos tetos, nunca ficavam vazios.

Uma vez por semana, João Domar passava pelo Palácio Real para acalmar seus ardores. Tornara-se um freqüentador do lugar. Com o tempo, acabou não pagando mais o que bebia e teve direito até a tarifas bem preferenciais. Era jovem e vigoroso, belo homem. Para Marie Dupeyrat, ajudava as meninas a descansarem dos velhos caciques barrigudos. Era bom para o moral e o rendimento. Depois que ele passava, elas trabalhavam melhor. Ele saía do Palácio Real com a mente calma e serena, em perfeito acordo consigo mesmo.

Em suma, todos ficavam satisfeitos.

Nessa manhã de 4 de abril de 1922, reinava no escritório de arquitetura de Heitor da Silva Costa uma singular agitação elétrica. Mal empurrou a porta da sala, João imediatamente se deu conta disso. As quatro secretárias, a bela Silvana à frente, não paravam no lugar, andavam de um lado para o outro do corredor, febris, levavam dossiês de uma sala à outra e os recolocavam no mesmo lugar no minuto seguinte, fumavam um cigarro atrás do outro, martelavam as teclas das máquinas de escrever com nervosismo, entortavam clipes ou martirizavam palitos de dentes, recomeçavam três vezes a mesma tarefa, até a mais anódina, evitavam se olhar para não cederem à tentação de comentar a grande notícia.

João pendurou o paletó e o *canotier* e imediatamente se estirou na poltrona com preguiça. A noite na casa de Marie Dupeyrat fora movimentada, novas garotas tinham chegado naquele dia mesmo. Oito belas moças, sofisticadas a não mais poder, mansas, só com o que era preciso de perversidade para enviar um sujeito honesto ao sétimo céu. Ele nem voltara a Santa Teresa, e suas roupas exalavam cheiro de cocote e o perfume tenaz e poderoso do sexo. Com um sorriso, ele constatou que os quatro vasos de cristal dispostos sobre a cômoda ofereciam à vista, como todas as manhãs, quatro flores recentemente cortadas. Uma rosa branca oferecida pela tímida Lara, uma rosa por Maria, uma vermelha por Cíntia. No quarto, Silvana sempre colocava uma flor tropical de um amarelo vivo cujo nome João ignorava, mas de fragrância açucarada e apimentada que apagava a das três outras. Enquanto enrolava um cigarro, pensou que seria generoso, cristão até, ter um dia alguma privacidade com uma ou outra de suas secretárias tão devotadas. Ou talvez, vai-se lá saber, com as quatro ao mesmo tempo, já que não se largavam nunca, até no domingo quando iam juntas salmodiar suas preces na igreja…

Antes que pudesse começar a fantasiar sobre esse quadro encantador, a porta se abriu e Silvana, com uma xícara na mão, aproximou-se da mesa e, trêmula, colocou o café em cima. João tirou do bolso de dentro do paletó um cantil de conhaque e derramou uma boa dose na bebida preta.

– É preciso curar o mal pelo mal – murmurou.

Depois, enquanto guardava o cantil, perguntou num tom desligado:

– E aí, minha garota? Algo não vai bem?

A mulata logo ficou toda vermelha e se apressou em responder:

– Não, doutor! Muito pelo contrário…

– Como assim: muito pelo contrário?

Mãos nas costas, olhos baixos, Silvana gaguejou:

– É que… Enfim, acontece que…

– Mas o quê, senhorita?

– O dr. Silva Costa saiu esta manhã…

– E onde ele foi? Seja mais clara, não estou entendendo nada!

Dentro da blusa branca abotoada até o queixo, Silvana engoliu com dificuldade e apressou-se em acrescentar:

– Ele está no Palácio do Catete, senhor. O arcebispo Dom Sebastião mandou chamá-lo às nove horas, com toda urgência.

João sentiu os músculos se retesarem e um suor frio gelou suas têmporas. Endireitou-se precipitadamente, deu a volta à mesa e agarrou Silvana pelos ombros:

– Foi Dom Sebastião quem o chamou?

– Foi, doutor…

– Dom Sebastião, em pessoa?

– Foi sim, senhor. Fui eu quem passou a ligação para o dr. Silva Costa.

– Tem certeza?

Pela primeira vez, Silvana levantou a cabeça e arregalou os grandes olhos verdes:

– Tenho sim, senhor! Inclusive, depois, o dr. Silva Costa saiu correndo da sala e...

– Dom Sebastião Leme em pessoa! Mas então isso quer dizer que...

João, sem parar de apertar Silvana pelos ombros, virou o queixo para o teto e, com os olhos brilhando de excitação, gritou:

– Isso quer dizer que está fechado!

Ele agarrou a jovem pela cintura, esboçou de repente com ela alguns passos de uma dança improvisada e, antes de largá-la, apertou seus lábios contra os dela para um beijo sonoro e feliz. Silvana logo sentiu as pernas ficarem bambas e teve que se segurar até deixar a sala antes de soçobrar num desmaio provocado por excesso de emoções. João, por sua vez, engoliu de um só gole o café e serviu, trêmulo, outra xícara cheia de conhaque, sem cessar de repetir:

– Está fechado, meu velho! Desta vez, está fechado! Está fechado!

Batizado pelos primeiros marinheiros, no século XVI, o Pináculo da Tentação, em referência ao episódio do Evangelho segundo São Mateus durante o qual Cristo teria sido tentado, um morro impressiona o imaginário de todos os que têm desembarcado na baía de Guanabara. Colossal, indecente de dureza nas linhas e na brancura nua de sua rocha, pairando bem acima da maré de mata, figurando ao mesmo tempo o cabo, a proa de um navio, a lâmina e o bico de algum pássaro miraculoso, fincado no coração da cidade, improvável até em sua massa e no fio cortante de sua aresta, esse morro foi rebatizado já no século seguinte, pelos próprios cariocas, de Corcovado. O corcunda...

Outras colinas poderiam ter sido escolhidas, as da Providência, de Nova Cintra, de São Judas Tadeu, até o Mundo Novo, o morro Dona Marta ou ainda o de São João. Esses morros, também, ilustram à perfeição a doce curva da corcova. Dão o ritmo à arquitetura da cidade, evitando ultrapassar os quatrocentos metros, cobertos pudicamente de vegetação para se fundir no quadro, deixando-se escalar sem dificuldade, sempre propondo trilhas sombrias e frescas, doces ao olhar, tão hospitaleiras que dizem que essas colinas, umas vinte no máximo, merecem cada uma o qualificativo de corcunda, dessas corcovas que acariciamos com a mão aberta porque trazem sorte, saúde, amor e prosperidade

Elas, sim. Mas não esse cano de órgão de pórfiro violento, altivo, que perfura num só impulso a cidade e parte para terminar sua corrida num jato seco, bem lá em cima, com a cabeça nas nuvens!

Seja como for, obscuros geógrafos do lugar, a não ser que seja a própria população, sempre chegada à zombaria e possuindo um dom inato para a subversão, batizaram essa flecha de rocha o Corcovado.

– Está fechado! Meu Deus, não acredito...

Em 1859, um monge francês chamado Pierre-Marie Bos viajou até o Rio de Janeiro e também descobriu essa escultura monumental da natureza. Impressionado, no sentido fotográfico do termo, maravilhado, perturbado até a alma desde a primeira olhada, ele adormeceu na mesma noite de um sono agitado e sonhou com esse monte estranho que lhe parecia levar direto ao paraíso. De manhã bem cedo, soube que essa visão decidiria a continuação de sua existência. Dali por diante, não descansaria enquanto não visse em cima desse Corcovado um Cristo colossal, de pé nos céus, bem perto do paraíso.

E Pierre-Marie Bos passou ao ato. De sua modesta diocese até o Vaticano, da corte de Dom Pedro até as ricas famílias da cidade, ele se agitou, lisonjeou, suplicou, implorou, ameaçou, levou na conversa, suportou mil zombarias e desencadeou a cólera, a inveja, a admiração, a exasperação, tomou novas energias ao pé do morro, voltou mais forte, rabiscou, esboçou, foi até mendigar para encontrar o primeiro dinheirinho de seu incrível empreendimento.

Não houve jeito. Essa estátua extraordinária no pico mais extraordinário da baía de Guanabara nunca viu o dia. Pierre-Marie Bos se foi na miséria, e com ele enterraram esse projeto de Cristo nas nuvens.

– Tenho certeza que é por isso que Silva Costa foi convocado... Não pode ser por outra razão. Sinto isso. Sei...

Há três anos o governo brasileiro e a Igreja vinham pensando numa maneira digna e suntuosa de festejar, em 1922, os cem anos da independência do país. E o sonho do monge, como por milagre, voltou à superfície. O arquiteto Adolfo Morales de los Rios, católico feroz, retomou essa idéia de Cristo-Rei e, para assumir a paternidade, a não ser que fosse por pura besteira, propôs sua construção no Pão de Açúcar.

Essa perspectiva provocou um belo escândalo! Imediatamente, mais de vinte mil mulheres assinaram uma petição exigindo a construção dessa estátua no Corcovado, bem mais majestoso, visível de toda a cidade, e não sobre aquele cone arredondado e atarracado do Pão de Açúcar, duas vezes mais baixo e dando, de um lado, para a enseada de Botafogo e, do outro, para as praias e os alagados pútridos de Copacabana! A petição chegou ao presidente da República. E acabou aterrissando na mesa do arcebispo Dom Sebastião Leme.

– Ele saiu há quase três horas... Meu Deus, faça com que Silva Costa volte com uma boa notícia. Eu preciso tanto...

Diante da pressão popular, o prelado mudou radicalmente de posição. Convocou a imprensa em grande pompa e, junto com o prefeito da cidade, anunciou a edificação de uma estátua católica no topo do Corcovado. No mesmo impulso, lançou também uma vasta subscrição – batizada Semana do Monumento – a fim de recolher os fundos necessários para a construção e consultou vários escritórios de arquitetura. Dentre eles, o de Heitor da Silva Costa.

Dia e noite, durante longas semanas, ele se debruçou sobre esse projeto, dormindo apenas duas horas por noite, alimentando-se de café, cerveja e sopa de lentilhas com toucinho engolida de pé, tudo isso para agüentar o esforço. Para João Domar, contratado nesse momento, foi uma perspectiva de promoção inesperada. Se conseguisse, com suas quatro secretárias já calejadas nesse exercício, fazer funcionar os negócios do escritório sem perturbar o arquiteto, se o aliviasse dos problemas com fornecedores, construtoras e obras, decoradores e agentes administrativos, se o projeto do Corcovado assinado Silva

Costa ganhasse todos os sufrágios, ele veria seu salário dobrar e teria até direito, de prêmio, a um automóvel. Ele lhe prometera: um automóvel...

– Meu Deus... Pouco me importa se vão construir um Cristo, uma cruz ou até um navio naquela porra de Corcovado! Mas eu lhe suplico: faça com que Silva Costa ganhe a concorrência. Eu quero um carro! Aí, é certo que até Euclides vai morrer de inveja!

Quinze dias antes, o escritório entregara o projeto. Com a ajuda de um pintor chamado Bartolomeu Zumbi, Silva Costa criara um Cristo de túnica carregando uma cruz numa das mãos e um globo terrestre na outra. Os dois queriam fazer uma escultura faraônica, de quarenta e dois metros de altura, com colunas jônicas dispostas sobre um pedestal trapezoidal. Pensavam, assim, ficar bem próximos do templo de Éfeso dedicado a Diana, que compreendia cento e vinte e sete colunas de vinte metros de altura. E, se o arcebispo estava chamando, é porque era hoje, hoje precisamente, que se saberia quem ganharia o negócio, depois que a Igreja, o governo e alguns intelectuais escolhidos a dedo foram consultados.

No escritório, a porta de entrada bateu feito um barulho de guilhotina.

– Meu Deus... – murmurou João.

Nesse instante, as máquinas de escrever pararam de crepitar. No escritório, todos prenderam a respiração. Ouviram-se apenas os passos de Silva Costa no piso encerado. João enfiou rápido o cantil no bolso e alisou os cabelos para trás. Estava de novo transpirando grossas gotas.

Um tempo. A porta do escritório gira lentamente nas juntas. A silhueta pequena do arquiteto se recorta na penumbra do corredor. E estas poucas palavras:

– Sr. Domar... O senhor sabe mesmo dirigir um automóvel?

10

João Domar corria pela Avenida Rio Branco, corria ao ponto de perder o fôlego, evitando por pouco os passantes, as barraquinhas de charutos e cigarros americanos, os engraxates, as carrocinhas de frutas, temperos, caldo de cana e guaraná. Ia rápido, ignorando as mulheres, os homens, as crianças, os velhos, as elegantes, os tiras e os burgueses, os funcionários públicos, os músicos, artesãos, garçons, carteiros, garotos de recados, lavadores de vidraças, pedreiros, peões, a fazer um pouco de tudo. Explodindo de alegria, ele ziguezagueava no meio da multidão sem parar de rir feito um garoto, um menino que acaba de aprontar para cima do professor e que sai correndo contar aos amigos, estourando de rir já antes da brincadeira dar certo.

Ele conseguira seu automóvel! Já o via. Rutilante. No mínimo um quatro cilindros, todo azul e cromado. E francês! Vira um assim, recentemente, nos jornais. Um Renault Tipo II. Acabava de sair em Paris e anunciava 2.120 centímetros cúbicos para uma velocidade de ponta de sessenta e cinco quilômetros por hora! Na desordem de seus pensamentos, agradecia a Deus, a Cristo, ao paraíso e a todos os seus santos, pouco importam as religiões e as cores, negras, brancas, amarelas ou até verdes: ele conseguira o seu automóvel...

Numa derrapagem perigosa, João evitou o choque com uma mãe cercada de filhos, com um carrinho, embrulhos diversos e uma empregada apática que chupava um charuto preto, e se agarrou *in extremis* na maçaneta de cobre da porta da Colombina. Com uma rápida olhada circular viu que Euclides não estava. Devia estar acabando de assassinar algum mau escritor em sua crônica cotidiana ou simplesmente passeando para os lados da enseada da Glória, a sonhar com os poemas que nunca escreveria e com as plaquetas que mofariam *ad vitam æternam* no fundo de sua mente cáustica e desencantada.

João fez uma careta de despeito. Com quem ia poder partilhar aquela alegria intensa que lhe queimava as tripas? Com efeito, depois de ter anunciado a boa nova, Silva Costa, de hábito mais exuberante e sempre disposto a abrir boas garrafas na primeira oportunidade, voltara para sua sala a passos lentos, deixando em seu rastro a fumaça apimentada do cachimbo que ele não abandonava nunca. Nem conhaque, nem champanhe. João atribuiu essa atitude de reserva ao cansaço acumulado nas semanas passadas e, entregue à sua felicidade, saltara para a rua a fim de organizar uma festança de primeira, mas também para esfregar na cara de Euclides. Por mais que esse filho de nababo fosse seu amigo já há vários meses, João nutria a seu respeito um ciúme surdo, um sentimento desagradável em que se misturavam a inveja, a raiva de não pertencer a seu mundo, o medo de nunca lá entrar e aquele, mais mau ainda, de só representar para Euclides um mero divertimento, um jogo regido pelas regras ambíguas que unem o mestre e o aluno, o rico e o miserável, o intelectual sofisticado e o homem da sarjeta que, o que quer que faça e por mais que consiga imitar as boas maneiras, vai sempre ter lama na sola dos sapatos e sujeira debaixo das unhas.

Mas, agora, ele ia ter um automóvel. É verdade que isso não apagaria a diferença de classes com um único golpe de manivela, mas sem a menor dúvida iria exigir o respeito do crítico literário.

João sentou-se a uma mesa e pediu uma cerveja gelada. Ainda sentia as pernas formigarem, duplicadas de uma furiosa vontade de se levantar, de dançar uma polca endiabrada, de cantar, de rir às bandeiras despregadas, de beijar todas as mulheres na rua, de partilhar com urgência aquela emoção, aquela alegria violenta, com alguém. Ele, o estivador do cais D, o joão-ninguém, o imigrado, o sem-vintém, estava subindo na vida, no Brasil. Colarinho branco, terno escuro, gravata de seda, um amigo jornalista e riquíssimo, uma prima deliciosa, um emprego de futuro. E agora, seu salário que ia dobrar. Sem esquecer o automóvel...

Só faltava o Euclides!

Enquanto enchia outro copo e se preparava para aos poucos transformar sua excitação numa simples felicidade beata, João viu passar diante da vitrine da Colombina uma silhueta familiar. Os cabelos compridos e alisados com bastante brilhantina, os ombros largos, as pernas intermináveis e um perfil de nariz reto de asas fechadas. Nenhuma dúvida: tratava-se, de fato, de Bartolomeu Zumbi que perambulava, com seu andar bamboleante, no vento da primavera, vestindo uma enorme camisa branca aberta no peito, calças de brim preto e botas de cavaleiro como usam os vaqueiros no sertão longínquo. João pagou a conta e saiu correndo da Colombina, atrás do mulato desengonçado.

Bartolomeu Zumbi era pintor por paixão e projetista para os arquitetos da cidade quando a fome, e com mais freqüência a sede, o puxavam para fora de seu ateliê. João o encontrara em diversas oportunidades na casa de Silva Costa, mas nunca ousara fraternizar com ele. Não era a cor de sua pele que o assustava, não mais que as zombarias que Euclides ou as meninas de Maric Dupeyrat não deixariam de formular contra ele quando soubessem que saía com negros. O que o inquietava eram os olhos de Bartolomeu Zumbi. Dois enormes olhos redondos, fora das órbitas, com inúmeras veiazinhas vermelhas, que pareciam querer deixar a qualquer preço as cavidades oculares. Sempre no limite da enucleação, essas duas bilhas não combinavam com sua face angulosa e emaciada, de lábios grossos e maçãs altas. Na harmonia desse belo rosto, só esses globos traíam a loucura criadora que o roía por dentro.

Em alguns passos, João o alcançou e Bartolomeu Zumbi arregalou ainda mais seus olhos sob o efeito da surpresa:

– Dr. Domar? Mas o que está acontecendo? Alguma infelicidade?

– Não, Bartolomeu! Uma felicidade, ao contrário...

O pintor negro franziu as sobrancelhas e, depois de cuspir entre os dentes no chão, perguntou:

– Uma felicidade? O senhor quer dizer que as obras do Rio de Janeiro terminaram?

– Não diga besteira. Eu disse uma felicidade, não um milagre!

– Puta que pariu! Essas obras vão acabar me deixando maluco com essa barulheira toda! Perto lá de casa, já estão há dois anos demolindo o bairro inteiro para construir aqueles prédios escrotos... Filhos-da-puta!

Não existiam dois como Bartolomeu para traçar planos no prumo, num único traço, sem nunca usar régua nem esquadro. Todos os escritórios de arquitetura o disputavam tão logo ele deixava de lado suas telas, e isto apesar de sua linguagem facilmente suja. Em compensação, para quem o conhecia, sua poesia estava nas cores, nos pincéis, nas escovas e nas facas, nos imensos quadros luminosos onde lânguidas mulheres-panteras nos agarravam pelas tripas. Sua poesia também passava pela música, pois ele podia acariciar por horas as cordas de seu velho cavaquinho e cantar, com sua voz rouca, nostálgicas modinhas, lundus sincopados e até este novo gênero, particularmente desprezado pela burguesia, mas que fazia furor entre as camadas mais populares da cidade: o samba. Nas discussões diárias, Bartolomeu Zumbi tinha no entanto deliberadamente escolhido o registro da gíria, e por suas imagens e seu verdor, e por um gosto pronunciado pelo anticonformismo.

Ele aceitou o cigarro que João lhe estendia, fincou-o atrás da orelha para fumá-lo mais tarde e questionou de novo:

– Então, o que está acontecendo? Vejo que o senhor está esbaforido, com o Diabo e Deus na cabeça...

– O que há é que... eu vou ganhar um automóvel, Bartolomeu!

O pintor mirou João da cabeça aos pés com perplexidade, depois acabou por emitir um assobiozinho admirado:

– Puta merda... Com todo o respeito, não sei o que dizer!

João Domar explodiu num riso enorme e exclamou:

– Em também não, meu velho! Não sei o quer dizer! E tenho vontade de festejar isso, palavra! Quero encher a cara até não poder mais andar, o que acha?

– Mas... O senhor tem grana?

– Não se preocupe, estou com o bolso cheio. Esta noite, sou eu quem faz a festa! E pare de me chamar de senhor. De certo modo, viemos todos do mesmo mundo...

Bartolomeu Zumbi deu com os ombros e não tardou em bater na mão que João lhe estendia. Ele aceitava. Primeiro, porque estava a seco há dois dias. Depois, porque não se recusa um convite de um milorde que tem quase um carro e que se oferece para pagar tudo.

As duas mãos estalaram num belo conjunto. Antes de descer de novo a Avenida Rio Branco, Bartolomeu fixou de novo o rapaz com suas bilhas de loteria, depois acabou soltando:

– Esta noite, o senhor paga. Mas sou eu quem escolhe aonde a gente vai. E vou levá-lo à minha casa, à Lapa. No bairro dos negros...

Para falar a verdade, Heitor da Silva Costa entrara trêmulo, algumas horas antes, no barroco palácio presidencial do Catete, situado logo atrás da praia do Flamengo. É claro que ele já havia apresentado no passado dezenas de projetos de arquitetura nessa nação que não parava de construir. É claro que estava certo da qualidade de seu Cristo monumental, que ele criara graças à mão e ao talento daquele espertinho do Bartolomeu Zumbi. É claro que também havia cuidado de pôr no bolso algumas das personalidades influentes chamadas a votar. E mesmo assim, o arquiteto Silva Costa não podia deixar de tremer de apreensão em seu terno dos grandes dias.

Diante da fachada do palácio, apagou lamentando o cachimbo, enxugou o suor que lhe escorria pela testa, consertou o colarinho engomado. Depois, esse homenzinho todo nervoso e cheio de dúvidas pôs o pincenê e, bengala de punho de prata bem na mão, penetrou no templo sagrado da República dos Estados Unidos do Brasil, sem um olhar para os dois guardas armados que se derretiam ao sol.

Nesse negócio, ele estava jogando a vida de seu escritório. Somas importantes mal investidas em bolsa na borracha depois no café haviam esmagado sua empresa ao longo dos anos, até deixá-la exangue, coberta de dívidas, só sobrevivendo graças à benevolência de um último estabelecimento bancário, ele mesmo à beira da falência. Esse projeto de Cristo era vital. Se ganhasse a concorrência, salvava o escritório, a reputação e ele mesmo.

O grande *hall* de entrada estava mergulhado na sombra e a porta dava para uma imponente escada de ferro, mármore e madeira. Embaixo do lanço, dois bronzes de mulheres de mais de dois metros de altura, vestidas com uma túnica simples, traziam cada uma na mão uma luminária com três globos de vidro que difundia uma claridade doentia. Silva Costa arrepiou-se e decidiu, enfim, subir os degraus cobertos de veludo vermelho. Acima de sua cabeça, a estrela do Brasil, imóvel no estuque, observava-o com suas cinco pontas, como no instante anterior a águia negra e brilhante no topo do monumento. O momento era crítico. Na penumbra, ele sentiu uma violenta bola de angústia inflar seu estômago e teve de segurar no corrimão, não só para não cair mas também para se impedir de sair correndo, de fugir para longe desse palácio onde um sim ou um não ia decidir a sua existência. Para obrigar-se a respirar, acendeu novamente o cachimbo que crepitou no silêncio com pequenos chiados. Aspirou cinco fortes baforadas, sentiu a cabeça girar e mesmo assim achou forças para terminar de subir as escadas.

Mal pisou no primeiro andar, um mordomo de casaca saiu de um compartimento sombrio. Alto, seco, os cabelos de um branco virando azul, a pele do rosto negra e esculpida de cicatrizes, os olhos de um amarelo vítreo, o sujeito segurou o arquiteto com firmeza pelo braço, com um respeitoso mas breve:

– Bom dia, dr. Silva Costa. Os membros da comissão o esperam.

Em seguida, o mordomo espectral deu duas batidas secas na porta envernizada, empurrou-a e fez entrar o arquiteto no grande salão ministerial. Iluminada de maneira violenta por dois imensos lustres de cristal, a sala apresentava no centro uma longa mesa retangular à qual quatro homens estavam instalados, com um ar sério, charuto na boca, todos de ternos pretos de bom tecido, exceto Dom Sebastião Leme da Silveira Cintra, em trajes de prelado. Redondo e nervoso, a pele como que coberta de talco, as mãos sempre em movimento, um bigode molhado de suor debaixo de um nariz em forma de berinjela, ligeiramente curvado pela idade ou o peso do cargo, os olhos vigiando sem parar por trás dos óculos redondos com armação de ferro, foi o primeiro a se levantar e a se dirigir ao recém-chegado:

– Dr. Silva Costa! Aproxime-se! Aproxime-se, por favor... Estes senhores e eu mesmo o esperávamos com uma impaciência que o senhor não imagina!

O arquiteto retirou o sobretudo e a cartola que o mordomo apressou-se em recolher antes de deixar a sala em silêncio. Dom Sebastião Leme já se impacientava:

– Vamos, vamos! Venha se sentar. Ali, na outra ponta da mesa. Estará bem. E instale-se com conforto: esta reunião arrisca ser mais longa que o previsto...

Paradoxalmente, esta última frase expulsou a angústia como uma ventania limpa o céu. Heitor soube, nesse instante preciso, que seu ambicioso projeto de Cristo com toda certeza não obtivera a unanimidade no júri representado nesse dia por esse conselho de quatro sábios. No entanto, seu medo desapareceu instantaneamente. Como num sonho, dirigiu-se para o lugar que lhe fora designado. Tinha a sensação de estar totalmente imerso num líquido morno, caminhando com uma lentidão exagerada, dando bons-dias polidos aos três outros membros da assembléia, com uma espantosa impressão de bem-estar e de serenidade reencontrados. À sua direita, descobriu o imenso quadro de Pedro Bruno, sobriamente intitulado A Pátria. Nele se via a esposa e as filhas de Benjamin Constant, sentadas e de pé, confeccionando uma enorme bandeira brasileira de que a maior parte repousava no chão. Heitor sorriu discretamente. Sentia que lhe bastava dar três passos para entrar com facilidade naquele quadro, passar para o outro lado da tela e, assim, pela graça de Deus, se veria naquela bendita época de 1890, quando ainda era um jovem adolescente fervendo de vontade de descobrir o vasto mundo.

Seus pés, infelizmente, decidiram de outro modo. Feito um autômato, acabou sentando-se na grande poltrona de madeira escura e trabalhada, até o momento em que Dom Sebastião Leme lançou com voz forte:

– Meu caro amigo, ainda que o seu projeto seja magnífico, infelizmente está fora de questão que essa estátua orne nosso majestoso morro do Corcovado...

Com uns cem metros de comprimento, a Rua Joaquim Silva, fazendo a junção entre Cinelândia e Lapa, fazia parte daquele Rio de Janeiro antigo que a municipalidade, já há vários anos, tentava riscar do mapa. Assim que Bartolomeu Zumbi, desprezando os grandes arcos majestosos onde passava um bonde, penetrou com João na travessa, este sentiu o medo invadi-lo brutalmente. Quase que sem sentir, foi ficando bem perto do pintor, para descobrir com ele aquele novo mundo que ele até ali se proibira: o universo dos negros.

Em Marselha João havia encontrado muitos desses descendentes de escravos. Vindos da América do Norte, das Antilhas, da África, iam e vinham ao sabor dos cargueiros, raramente criavam raízes nas imediações da Joliette, a não ser que o absinto ou o branco os retivesse com seus beijos até a morte. Não formavam uma comunidade organizada, com chefes e clãs, como era o caso dos italianos, egípcios, sírios e gregos. Os negros eram simples elétrons livres que ficavam a devanear pelas praias e quebra-mares nos dias de sol forte, pedindo dinheiro, vivendo de rapina, fuçando nas latas de lixo, preservando-se do trabalho como da peste. Ninguém os havia forçado a vir para ali. Quando os grandes frios de janeiro gelavam a pedra, eles tomavam outros destinos, sem alegria mas sem amargura, como nômades do mundo.

À medida que penetravam nessa Rua Joaquim Silva, João sentia a angústia endurecer em suas tripas. Um temor surdo, incontrolável. O medo do desconhecido. Sentados em pequenos grupos de quatro ou cinco na calçada, jogando dados ou dominó, vestidos de nada, cigarros enrolados nos lábios, pés descalços, os negros da Lapa levantavam um olhar curioso a cada passo daquela estranha dupla. Não havia nenhum traço de animosidade nesses olhos, só interrogações mudas. Numa janela, uma jovem semidescoberta cantava enquanto dava o seio ao filho. Um açougueiro suspendeu no ar o facão por uma fração de segundo, o tempo para que o sol nele refletisse uma chama. Uma dezena de moleques chegaram de surpresa nas costas dos dois homens feito uma nuvem de pardais. Em meio aos risos e aos gritos, desapareceram, engolidos por uma porta de serviço. No meio da rua, o lixo apodrecia tranqüilamente e um rato enorme saciado parecia fazer a sesta, imóvel, o bigode tremendo, sobre um monte de cascas de legumes. O cheiro forte dos vegetais em decomposição e da água suja empestava o ar. Bartolomeu Zumbi colocou a mão diante do nariz:

– São todos uns filhos-da-puta, lá na prefeitura... Só limpam a rua duas vezes por mês. O resto do tempo é a chuva. E os ratos.

Uma jovem de uns vinte anos, num vestido de rendas brancas imaculado, com um chapéu cloche e luvas até o cotovelo, saiu de um prédio e pulou para evitar uma poça. Cruzou o olhar de João e murmurou um bom-dia ingênuo. Ele parou para olhá-la correr até o trabalho. Às suas costas, a voz de Bartolomeu lançou:

– É a vida, filho. As mais belas flores sempre nascem nos montes de esterco. Nunca em vasos. Mas esta, para o meu gosto, se fantasia demais de branquinha...

E, dizendo isso, abriu a porta do prédio onde vivia, no número 14 da Rua Joaquim Silva.

O ateliê de Bartolomeu Zumbi, situado no terceiro e último andar, dava para os telhados, e uma luz crua entrava às braçadas pelas quatro janelas abertas. Num canto, uma cama onde repousava um cavaquinho, uma cômoda e um baú. Num outro, um fogão de lenha, um armário, uma mesa e suas quatro cadeiras assim como uma estante para a louça e os talheres compunham o essencial dos móveis, tudo num estado de limpeza impecável. Diante das janelas, ocupando três quartos do cômodo, o ateliê de Bartolomeu Zumbi. Todo um amontoado de telas sendo pintadas ou acabadas, cavaletes, potes de pincéis, paletas e lápis, esboços pregados nas paredes caiadas, folhas empilhadas, vidros, cinzeiros, garrafas pelo chão, imagens de santos e santas, badulaques, jornais e, num nicho de cortinas abertas, velas, areia ou incenso numa taça, pedaços de pano coloridos, três longos charutos, uma estrela de papel brilhante. Enfim, reinando no meio do ateliê, uma tela de dimensões tão monumentais que era de se perguntar como pudera chegar até ali.

Bartolomeu Zumbi logo começou a se despir, sob o olhar inquieto de João. Num riso bom, tranqüilizou-o:

– Não se preocupe, branquinho! Só gosto de mulheres, você nada tem a temer por sua bundinha de europeu...

Virando-se pudicamente, João tivera apenas o tempo de avistar o torso nu do pintor. Ombros solidamente armados, braços compridos e musculosos, abdominais desenhados a escapelo. Tudo brilhando numa pele negra, brilhante de suor, uma pele de noite sem lua e encharcada de chuva. Bartolomeu continuou às suas costas:

– Mas as meninas bonitas, é preciso seduzi-las! E Zumbi conhece todos os truques para isso. Um pouco de humor, um traje de milorde, um copo ou dois... Sem esquecer um pau bem duro para levá-las ao sétimo céu!

E estourou num novo riso, um desses risos plenos, alegres, sem duplos sentidos. Um riso de homem livre das convenções. Quando João se virou, Bartolomeu, debruçado sobre um espelho, passava uma nova camada de brilhantina nos cabelos. Usava agora uma camisa quadriculada vermelha e branca, calças largas de um terno creme que caía sobre os sapatos envernizados, uma corrente de relógio descendo até os joelhos e uma gravata preta e fina, perfeitamente amarrada em volta do pescoço onde batiam duas grossas veias. Quando se julgou bem penteado, vestiu o paletó e colocou um *canotier* na cabeça, ligeiramente de lado a fim de acentuar o lado malandro, canalha. Depois, pegou o cigarro preso na orelha e acendeu com satisfação.

Para quebrar o silêncio, João perguntou:

– Diga-me, Bartolomeu...

– O quê, meu rei?

– Você se veste na última moda. A sua pintura dá dinheiro?

O negrão riu de novo ao ouvir a questão, mas desta vez de maneira menos forte. Enquanto, sentado numa cadeira, refazia um nó, respondeu:

– A pergunta está mal formulada. Se eu quisesse ganhar dinheiro, nunca me teria tornado pintor, mas arquiteto, como esse bom Silva Costa. Ou então teria me tornado um gentil brasileiro negro que copia o que os sinhozinhos brancos europeus já pintaram...

Ele se levantou de novo e explicou:

– Mas eu sou de cepa africana, meu amigo. Daquela que deu vida a esta nossa porra de mundo.

– E então?

– Aqui na Lapa eu pinto a África. Lá fora eu faço o que os brancos me pedem para fazer. Aqui nem deus nem mestre. Lá obedeço para ganhar a vida. Aqui eu crio. Lá eu executo. Aqui eu vivo.

Enquanto Bartolomeu se assegurava uma última vez da elegância de seu traje, João objetou timidamente:

– Mas e a estátua do Cristo, foi bem você quem a pintou, não foi?

– Foi, meu rei! Silva Costa queria coisa moderna e eu desenhei o que ele quis. E aqueles bobalhões da comissão são bem capazes de pegar esse projeto. Moderno, aqui ó!

– O quê?

Antes de abrir a porta, o pintor virou seus grandes olhos globulosos na direção de João e explicou, num tom de melancolia em que se via uma ponta de amargura:

– Um Cristo branco como a neve, com uma cruz e um globo... Você acha que isso parece com o que você vê aqui? Você acha isso moderno?

– Não sei. Eu...

– Bobagens! O Brasil de hoje é uma flor da selva, que cresce no concreto das cidades. Ele não é branco, nem índio. Não é negro tampouco. É um mulato. E se eu pudesse, teria pintado um mulato de braços abertos, para abençoar do alto do Corcovado os brasileiros e todos os que chegam à Guanabara. Um mulato que sorri e que canta... Talvez com um violão e um cavaquinho colocados a seus pés. Eu teria feito um Cristo vivo...

No palácio do Catete, naquela mesma manhã, o arquiteto Heitor da Silva Costa tivera de escutar, desmoronado, o interminável monólogo do arcebispo Dom Sebastião Leme. Na outra ponta da mesa, no grande salão ministerial, o prelado se agitava no ar úmido, inteiramente absorvido por seu requisitório. Imóveis, opinando às vezes com a cabeça de maneira sentenciosa e douta, os três outros membros da comissão escutavam com respeito.

Diante do orador, encontrava-se, primeiramente, um militar aposentado, o general Carolino Amaral, bigode encerado, rosto seco e olhar severo. Nenhuma guerra jamais viera salvá-lo de seu imobilismo, nem a mínima batalha de que tivesse podido tirar uma glória, nem a mais ínfima escaramuça para alegrar seu cotidiano. Assim, subira os escalões sem paixão, exceto a que tinha pelos cavalos de raça e aquela, mais artística talvez, pela música militar cuja orquestra dirigia para seu grande orgulho.

Depois, vinha Salvador Sorres, um homenzinho de uns cinqüenta anos, de glote proeminente e suíças, talhadas à inglesa, que desciam até a metade do rosto. Responsável pela Companhia Ferroviária Light, era antes de tudo um homem de progresso, de inovação, de números e de tecnologia. Aliás, não havia ele já provado ao equipar a linha do Corcovado com duas esplêndidas locomotivas de cremalheira, locomotivas que transportavam cariocas, turistas e técnicos da radiodifusão brasileira até o teto da cidade todos os dias?

Oliveira Viana, ensaísta e filósofo de profissão, olho escuro, nariz aquilino, lábios bem finos, cabelos ralos e calvície vitoriosa, completava o quadro. Representante dos intelectuais, escolhido arbitrariamente entre a pletora das velhas barbas acadêmicas, positivista convencido e racista inveterado, recitava Gobineau no original, num francês perfeito, e, nas ruas da cidade, só deixava que os meninos de pele mais clara lhe engraxassem os sapatos.

Enfim, do outro lado da mesa, pequeno ponto a transpirar sob os ouros da República, a afundar um pouco mais na poltrona a cada palavra, Heitor escutava, prostrado. Dom Sebastião, com as mãos a chicotear o ar a cada frase raivosa, o rosto avermelhado, discorria com verve:

– Uma estátua de quarenta e dois metros de altura e cento e vinte e sete colunas... Mas o senhor não pensa nisso, caro doutor! Como uma idéia tão maluca pôde germinar no seu cérebro? O Brasil é uma nação católica, concordo! E se o nosso país inteiro se une por trás desse projeto, é bem para fazer um desmentido cortante a todos os boatos que circulam a seu respeito. Devo lembrar-lhe esses rumores infamantes que correm na Liga das Nações?

Silva Costa tentou recusar a oferta com um tímido movimento de cabeça, mas o arcebispo já voltava à carga:

– Nessa assembléia mundial, desde o fim da guerra, o Brasil representa mais do que nunca a América Latina em seu conjunto. E o que se ouve dizer, aqui e ali, da boca de certas corjas jornalísticas sempre à espreita de sensacionalismo? Que o Brasil é um país de religiões espíritas... Perfeitamente, senhor! Que aqui se adoram ícones africanos! Que aqui se pratica a magia negra! Que aqui se invocam deuses indígenas!

O filósofo Oliveira Viana teve um tique nervoso que lhe fez piscar o olho direito várias vezes, enquanto Dom Sebastião prosseguia:

– É por isso que lhe pedimos para construir um Cristo no Corcovado! Para clamar, alto e forte, à face do mundo, que o Brasil é católico! Mas é um Cristo que nós queremos, não uma estátua faraônica!

Enquanto o arcebispo secava o suor do rosto com um lenço, o engenheiro Salvador Sorres achou bom acrescentar, com voz trêmula:

– O seu projeto é excelente, meu caro doutor. E nisso estamos todos de acordo. Mas é irrealizável, de um ponto de vista estritamente científico, entenda-se. Todos esses materiais são pesados demais. Pesadíssimos! As locomotivas da Light não vão nunca conseguir içar até o alto do morro blocos de rocha e de mármore desse tamanho! Convenhamos, convenhamos...

Nesse instante, o general Carolino Amaral precisou, num tom definitivo:

– Quanto ao orçamento que o senhor nos apresentou, quero logo lhe dizer que o Estado nunca irá desembolsar tal soma. Com a crise econômica que nos atinge em cheio, jamais investiremos tantos meios numa vulgar estátua.

Pego em cheio, Dom Sebastião logo rangeu:

– Quero lembrar-lhe que essa vulgar estátua representa de qualquer modo o Cristo, nosso Santo Salvador...

– Entendo bem, entendo bem... De qualquer modo, nunca poderemos votar um orçamento como este!

O prelado guardou o lenço na manga e retomou, mais calmo:

– Quanto a isso, não se preocupe, general. Antes de mais nada, o doutor Silva Costa, aqui presente, vai rever seu modelo e baixar as tarifas. Além disso, a subscrição para a Semana do Monumento vai ser um sucesso total, estou persuadido disso. Os brasileiros de todas as classes sociais querem participar dessa grande obra.

O general chiou dando um pulinho nervoso na poltrona:

– Mas tudo isso será apenas uma gota d'água no empreendimento, e o senhor sabe disso muito bem!

Ignorando a observação, Dom Sebastião continuou num tom frio:

– E enfim, o Vaticano, digo bem, o Vaticano, pagará de seu próprio dinheiro o que vier a faltar para completar o orçamento, seja qual for o montante. E repito, para ser bem claro: seja qual for o montante...

De Roma, o arcebispo brasileiro de fato havia recebido diretivas particularmente claras. Depois da Grande Guerra, era imperativo que uma nação como o Brasil viesse engrossar, sem a mínima ambigüidade, as fileiras das nações católicas. Com efeito, começava-se a falar um pouco demais, para o gosto do papa, de todas aquelas religiões negras ou indígenas. Além disso, o budismo e o islamismo também estavam penetrando de modo inquietante. Sem contar essas novas crenças, como o kardecismo, que encontravam um número sempre crescente de adeptos. O Brasil era, e devia ser, católico. Após a edificação de Cristo, ele continuaria a sê-lo. E o tesouro de guerra do Vaticano iria contribuir.

Em sua poltrona, Heitor fazia caretas. Seu projeto então não fora aceito. Pelo menos, não no estado. Ele teria que rever o modelo, o orçamento. E, por conseguinte, as próximas semanas já se anunciavam ricas de insônias, cafés, cervejas e sopas de lentilhas. E o que dizer a Bartolomeu Zumbi? E a João Domar?

Aproveitando um instante de silêncio, o arquiteto achou que chegara o momento de deixar o palácio presidencial do Catete. Quando ia se levantar, a voz cansativa do general Carolino Amaral prendeu-o um pouco mais na poltrona...

Até o cair da noite, Bartolomeu Zumbi desempenhou o papel de Virgílio ao lado de João Domar na incrível efervescência que sacudia, sem parar, a Cinelândia e a Lapa. O francesinho achava que conhecia o Rio... Ele queria enganar com suas roupas de última moda e a linguagem rebuscada, a cara bonita e as maneiras elegantes! Sem falar daquela maneira insuportável que tinha de perturbar as quatro secretárias, seguro de si, tudo isso porque tinha a pele branca... Zumbi se regalava com esse giro pelos bares, espiando num sorriso as reações de João. Ele ia ver como batia o verdadeiro coração do Rio, longe das conveniências de salão e das fanfarronadas daqueles burgueses inflados de desprezo por seus irmãos de cor.

O pintor longilíneo levou, então, o seu acólito do momento para passear por todas as ruas quentes e elétricas dessa parte da cidade, outrora um alagado, mas cujos miasmas pareciam continuar a brotar no ar e a embriagar até o mais comportado dos homens. Ele fez isso sem animosidade, sem nenhuma zombaria. Fez porque sentia que João Domar, sob seus ares de senhor, era capaz de receber em plena cara o sopro vivificante da África. Ruas Conde de Lage, Morais e Vale, Teotônio Regadas, Beco dos Carmelitas. Por toda parte onde passavam, a acolhida era vibrante, calorosa, cheia de uma doce malícia e de uma cumplicidade que só as noites de embriaguez conseguem criar. Aqui, era um puteiro vagabundo onde todas as garotas, até as mais índias e as mais negras de pele, sem falar uma palavra de francês, no entanto afirmavam em conjunto serem parisienses. E expulsavam com um rosário de injúrias e grandes gestos de macacas enlouquecidas quem tentasse contradizê-las. Ali, era um fumatório de ópio, com ambiente vagamente chinês, estampas velhas nas paredes, colchões sujos colocados direto no chão. Mas ópio não tinha. Em compensação, Bartolomeu conseguiu – sem grande dificuldade, deve-se dizer – convencer João a experimentar a maconha. Essa erva escura, filaça, odorizante, era fumada pura e deixava na língua um agradável perfume de banana amassada, quase açucarado. Na primeira tragada, João teve a impressão de fumar a selva, a plenos pulmões, essa espessa folhagem eternamente molhada pelas chuvas, em putrefação, encantadora. Na segunda, sentiu o corpo se encher do sol do Rio, daquele fogo graças ao qual a cidade cozinha em clorofila desde que sua primeira pedra foi colocada. Na terceira, começou a rir feito um menino, e ficou persuadido de que toda a água da baía de Guanabara estava estourando em seu crânio, em bolhas de champanhe que se serve em noites de festa.

Não houve quarta tragada. Bartolomeu pegou o companheiro pelo braço e puxou-o para o crepúsculo da rua, para passar a outra coisa, provar novas felicidades, novos prazeres. Onde estava? Não sabia, e não queria saber. Só estava seguro de uma coisa: daquele suco de tangerina que agora pingava do céu e aspergia as fachadas, alegremente, dando a cada coisa uma tinta ácida e doce, terrivelmente viva. Onde pousou os olhos, só viu uma multidão efervescente, na maioria negra, onde todos se falavam, se chamavam, riam, zombavam de tudo e de nada, não faziam caso algum da cor da pele, tampouco dos trajes vistosos. Naquela alegria ensurdecedora, e ainda que não conseguisse formular tudo isso de modo claro, João sentiu que todo aquele povo do Rio de Janeiro era ferozmente livre, livre de qualquer entrave. Ali, ele se comportava como se fosse ele mesmo, longe da aparente submissão social do cotidiano, a submissão, esse fruto podre posto no mundo por séculos de escravidão.

E as mulheres... Ah, as mulheres! Falantes ou mudas, melancólicas ou estourando de rir na cara do mundo, velhas ou jovens, acompanhadas ou não, em geral elegantes, alegres, coquetes, brincalhonas, olhar brilhante, boca sempre molhada de saliva, o olhar claro, o andar macio, andavam em grupos, cutucando-se com o cotovelo para assinalar à outra a presença de um homem bonito, baixavam os olhos à sua passagem, olhavam-se em seguida para rir de novo, sempre aquele riso que caracolava no meio da rua, explodia em ondas nos frontões dos prédios, pingava em gotas douradas de alegria e acabava por arrastar todos no grande rio feliz dos farristas a caminho do prazer.

Por volta das nove horas da noite, Zumbi e João deram uma volta pelos restaurantes de luxo onde vinha se exibir a burguesia da cidade. Pararam também nas biroscas de chão de terra e de mesas de madeira crua, ali onde se devorava uma comida caseira nutritiva, tudo por três moedas, sem ser preciso escolher o prato no cardápio, já que só há um prato! Com os cobres lustrados brilhando, ou pobremente iluminados, esses estabelecimentos traziam por nome o Belo Danúbio Azul, a Velha Budapeste, o Túnel da Lapa ou o 49 e sua especialidade de caranguejos preparados por Raymonde, ela também uma cozinheira francesa, mas tolosana até debaixo d'água. Os dois beberam e comeram feito ogros, mudando de lugar e de ambiente, passando da valsa de Viena às melopéias ciganas, engolindo quilos de chucrute, salsichas, saladas de batata, carne vermelha ou branca cortada em churrasco, peixes grelhados ou no molho, tudo regado a litros de cerveja gelada e dedais de cachaça quente para ajudar a descer os pratos.

A cada segundo que passava, João sentia que sua roupa apertada de pequeno-burguês voava pelos ares. Sentia reviver em si o homem do povo, nem pior nem melhor que o bem-de-vida que ele estava a ponto de se tornar, mas simplesmente mais vivo, direto, cru, carnal. Esquecida a pose de desprezo de seu amigo Euclides da Fonte! Varrido o discurso douto e pontificante do tio! Nos becos, nas varandas dos bares e restaurantes, nos balcões dos botequins e até no cheiro de sexo que flutuava nos lupanares, ele enfim se sentia homem, enfim carioca.

Num dado momento, João cruzou o olhar de Bartolomeu. Ele de repente parou de sorrir. Pois soube, no brilho das pupilas do pintor, que este acabava de lhe dar um verdadeiro presente. Vieram-lhe lágrimas aos olhos. Durou apenas uma fração de segundo. Pareceu-lhe uma eternidade.

Quando o general Carolino Amaral despregou suas nádegas militares da poltrona e, com o bigode tremendo, levantou-se para dar mais força a seu discurso, Heitor soube que ainda estava longe de poder fugir do palácio do Catete. O representante do governo, com efeito, pousou um olhar negro sobre o arquiteto, encolhido na outra ponta da mesa, e iniciou sua diatribe com ênfase:

– Caro doutor, e sem querer desagradar o monsenhor Dom Sebastião Leme, esta estátua do Cristo monumental não se fará, nem esta nem outra!

Silva Costa recebeu a frase feito uma chicotada e sentiu seu plexo solar sufocar e quebrar, torcer a ponto de romper no peito. Enquanto o arcebispo começava a soltar altos gritos de protesto, ele pensou que sua vida estava perdida. Nem mais nem menos. Sua mulher o deixaria, era certo. Ele ia ter de fechar a firma, pôr os empregados na rua, com certeza lá terminaria sua existência, arruinado, abandonado por todos, desprezado por seus pares, achincalhado pelos concorrentes que o haviam prevenido de que seu gosto pelo modernismo cedo ou tarde acabaria causando a sua perda. Ele estava no fundo do poço. Aceitar modificar o projeto ainda lhe deixava uma porta de saída honrosa, uma esperança para o futuro. Mas não ganhar nada no negócio assinava o seu fim.

Satisfeito com o efeito produzido pela primeira fase de sua intervenção, Carolino Amaral, em meio a vociferações e ganidos do arcebispo indignado, de Salvador Sorres e do filósofo Oliveira Viana, retomou com sua voz de estentor:

– Não, senhores! Esta estátua não se fará, pois os cofres do Brasil estão exangues! A nossa República não tem mais um vintém! Pior ainda: o Brasil está vendendo as suas riquezas para a Grã-Bretanha e os Estados Unidos da América...

Mais uma vez o golpe teve efeito. Os três que protestavam imediatamente cessaram sua choradeira desordenada e estamparam caras estupefatas. É que o assunto era grave. Enquanto eles estavam às turras, a Grã-Bretanha e os EUA estavam se tornando, naquele instante, os donos do país. Essa simples perspectiva lembrava um passado ainda próximo, doloroso, vergonhoso, aquele em que Portugal tratava com desprezo este país do fim do mundo, no entanto forte de mil promessas, como uma simples colônia.

– Sim, senhores – retomou solenemente o general. – Os senhores me ouviram bem. Desde a crise do café e a da borracha, desde que a guerra mundial acabou, paramos de comer nosso pão branco. A modernização do porto do Rio, a renovação completa do centro da cidade, tudo isso nos custa muito caro. E não tivemos outra escolha, há vários anos, a não ser aceitar dinheiro britânico e americano. Eles nos têm nas mãos, senhores...

Salvador Sorres, o diretor da Companhia Ferroviária Light, protestou fracamente:

– Mas trata-se apenas, afinal, de uma estátua. Seu custo, se for bem dividido, não vai pesar no orçamento do Estado de modo dramático...

Bem a frase foi dita, ele mordeu o lábio. A Light, sua companhia, era dominada pelo capital inglês. O general imediatamente engolfou-se na brecha:

– Certo, dr. Sorres! Mas o senhor sabe melhor do que ninguém que o Brasil está sendo sugado por acionistas estrangeiros que investem em nosso florescente país com o único objetivo de retirar dele dividendos a fim de repatriá-los!

O diretor, de cara envergonhada, baixou a cabeça, enquanto Carolino Amaral continuava:

– Senhores, ponham-se por um instante no lugar do povo. A capital não lhes pertence mais. As ruas onde andam não lhes pertencem mais. O feijão e a mandioca que eles comem tampouco lhes pertencem! E nós iríamos gastar dinheiro que não possuímos para construir uma estátua? O povo está rugindo, senhores. E aproveito esta reunião para lhes transmitir uma notícia de importância capital...

No silêncio emocionado, o general Carolino Amaral encheu o peito, assumiu uma postura marcial e, olhando reto, declarou com voz solene:

– O presidente da República dos Estados Unidos do Brasil, sr. Epitácio Pessoa, vai em breve decretar a lei marcial sobre o conjunto de nosso território, e isto a fim de prevenir todo risco de desordem e de levante popular...

Silva Costa teve vontade de rir. A situação estava ficando cômica. Ele viera ao palácio do Catete para salvar seu escritório e sua pele, para ouvir felicitações pela excelência de seu trabalho. E ia ficar sem um vintém, na rua, tendo como prêmio uma lei marcial que ia imobilizar o país. Seu Cristo Redentor não veria o dia porque os ingleses e os americanos investiam dinheiro demais no Brasil...

Enquanto o general prosseguia seu discurso, Heitor encheu o cachimbo e acendeu-o pensativamente. Observou a janela com amargura e fatalismo. Ela se abria sobre um parque que um exército de jardineiros esforçava-se em domesticar ao longo do ano. Ele teve então a vontade louca de atravessar a sala correndo e se jogar por aquela janela, para acabar com aquilo de uma vez por todas.

Mas se reteve. Estava no primeiro andar e, depois das águas de março, a relva formava um colchão espesso que amorteceria perfeitamente a sua queda. Seu ato desesperado se tornaria uma simples luxação, uma perna ou um braço quebrados no máximo. E ele não tinha coragem de acrescentar o ridículo ao drama que o atingia. Guardou, então, seu projeto de suicídio-relâmpago e também se levantou para iniciar o combate. As mãos chapadas contra a mesa do salão ministerial, ele de repente berrou, com uma potência que assustou a si mesmo:

– Vou fazer este Cristo!

Por toda parte onde bateram as pernas, Bartolomeu Zumbi era festejado, quase aclamado, com grandes tapas nas costas e sorrisos engraçados. O pintor estava em casa e era conhecido de todos por seu gosto por festas. É preciso dizer que também era, para a Lapa, uma espécie de herói que conseguira sair de sua condição e que poderia até ter trabalhado de colarinho branco se não tivesse preferido a pintura e seu universo colorido de mulheres-panteras. É claro que estava longe de nadar em ouro. Mas era mesmo assim ele quem aceitava ou recusava, conforme as necessidades do momento e seu desejo, o trabalho nos escritórios de arquitetura dos bairros ricos. E isso, isso fazia um homem.

Durante a noitada, os dois novos amigos, bêbados de álcool, comida rica demais, música, maconha e risos, foram aos poucos voltando à cidade pelo norte até chegarem à Cinelândia, na praça central. Cigarro nos lábios e mãos nos bolsos, decidiram sentar-se por um instante num banco para recuperar o fôlego. Do outro lado da rotunda, apesar da hora tardia, uma aglomeração se formara na entrada iluminada do cinema Palácio. João jogou a guimba na sarjeta e perguntou:

– Ei Zumbi? O que está acontecendo ali?

Bartolomeu arregalou mais uma vez seus olhos incríveis nas órbitas e zombou:

– Você quer dizer no Palácio? Não sabe quem está no Palácio, senhor francesinho? Porra... Mas os jornais só falam disso há uma semana!

– Não leio os jornais. Eles só falam de política e eu não gosto...

– Você tem razão, João. Se a política pudesse mudar as coisas, já se saberia. Não estaríamos todos morrendo de fome enquanto uns ricaços filhos-da-puta andam de automóvel...

– Você não tem cara de quem morre de fome.

Zumbi lançou seu riso sonoro na noite quente e estrelada, depois respondeu:

– E você não tem muito de quem anda de carro, meu rei!

– Espere até amanhã e você vai ver!

Os dois homens se bateram na mão e, antes de ficar de pé, João insistiu mais uma vez:

– Afinal, o que está acontecendo ali?

– Você gosta de música? Quero dizer: da verdadeira música, não daquela que é tocada nos salões.

– Não sei, não conheço nada...

Zumbi, sempre sentado, estendeu seu braço interminável na direção do cinema. Depois, num tom de respeito e de admiração, explicou:

– Ali, francesinho, está o Donga...

– Quem?

– Donga, o inventor do samba...

– Mas eu pensava que essa música fosse proibida! E tocam ela mesmo assim?

Trazidos pela brisa da noite, alguns compassos desse samba chegavam aos ouvidos dos dois homens. Bartolomeu sorriu de felicidade e replicou:

– Quando a polícia não está por perto, sabe... Além disso, se a gente só fizesse o que é permitido nesta vida, a gente morreria de tédio, acredite...

– E por que proíbem uma música? É tão idiota, não?

– Isso tudo tem a ver com a política e o resto. Eles censuram coisas que eles mesmos nunca ouviram. Tudo isso porque não vem da Europa. Como se os brasileiros fossem babacas demais para inventar a própria música!

– Você acha que é isso?

O pintor acendeu outro cigarro, depois resmungou:

– É claro que é isso. E é também porque foram os negros que inventaram o samba. E isso fica atravessado na garganta deles, desses filhos-da-puta do Catete. Se eles soubessem, esses imbecis de merda...

– Se soubessem o quê?

– Que o samba vai ser em breve a alma do Brasil, meu rapaz! Porque ele tem as três raízes da vida brasileira.. As harmonias dos índios, as melodias dos brancos com a polca e o ritmo negro dos lundus.

João franziu as sobrancelhas, incrédulo:

– Que história é essa de polca e lundu? Não entendo nada disso!

– É simples. A polca veio com as putas francesas que faziam turnês pela América do Sul com as trupes de teatro-revista. Foram elas que nos ensinaram que se podia dançar a dois, tocando-se. O Brasil só acrescentou o ritmo africano do lundu, a dança dos escravos.

Zumbi de repente pulou sobre os pés, com uma leveza espantosa para um homem tão grande quanto bêbado. Depois, com as pernas meio dobradas, as mãos e os calcanhares marcando o ritmo, pôs-se a cantar com sua voz rouca, exagerando cada gesto, os olhos mais do que nunca fora das órbitas:

Tenho uma garota
De quem sou para sempre o negrinho
Ela vê que eu sou cheio de ardores

E ela não me abana com seu leque
Ah, céus!
Ela é minha namorada
E eu sou o seu negrinho!

Com a última palavra, Bartolomeu saiu voando pelos ares com um novo riso tonitruante, depois caiu no chão e gritou, no mesmo ritmo sacolejante:

Os brancos são filhos de Deus!
Os caboclos são seus filhos naturais!
Os mulatos são escravos!
E os negros são os filhos do diabo!

Com a boca aberta num sorriso irônico, quase inquietante, ele efetuou um último *entrechat* e estendeu a mão a João para ajudá-lo a se levantar. Enxugando o suor da testa, disse ainda:

– Você vai gostar do samba, francesinho. Você vai gostar, tenho certeza. E quando o momento chegar, vou apresentá-lo a Donga, a Sinhô, ao Ary Barroso, a Lamartine Babo, a Clementina de Jesus e a todas as outras tias. O samba já é uma família.

– E por que não vamos logo ver o seu Donga?

– Já é muito tarde. E amanhã o grupo de Donga parte para a Europa.

– Eles vão para onde?

– Eles embarcam no *Massilia*. Eles estão indo para Marselha…

Fazia meses que João não ouvia esta palavra: Marselha. Em sopros, foram voltando imagens, rostos familiares, cheiros, o barulho ensurdecedor do bonde que o conduzia, todas as manhãs, da Belle de Mai às docas da Joliette.

A mão de Bartolomeu Zumbi pousou com doçura no ombro de João. Ele ouviu o pintor murmurar na noite:

– Ligue não, filho. Aqui a gente chama isso de saudade. Vou lhe explicar também…

Heitor da Silva Costa, algumas horas antes, tampouco sabia se devia rir ou chorar. Saíra do palácio do Catete atordoado, esmagado por tantas emoções contraditórias que agora tinha a impressão de caminhar numa cidade suave, onde as pessoas flutuavam mais que andavam. As buzinas e o barulho dos motores, o retinir dos saltos das mulheres nas pedras das ruas, o canto dos pedreiros nos andaimes, o choque das pás, das picaretas, das espátulas e das desempenadeiras, os risos e os gritos das crianças pedindo sucos de frutas e balas nos quiosques, tudo isso lhe chegava de maneira abafada, irreal, incompleta.

– Vou fazer este Cristo!

Depois desse grito, tudo se passara como num sonho. Quando viu, estava defendendo a causa do Cristo bem mais do que defendera a sua. Sim, ele ia rever o projeto! Sim, ele diminuiria suas despesas! Sim, ele se mataria mas não privaria o Rio de Janeiro, sua cidade, da estátua do Cristo Redentor! E se lançou num discurso veemente, apaixonado, a ponto de ele mesmo ficar surpreso com seu ardor e a convicção de seus argumentos.

– O mundo inteiro sabe que este projeto está sendo feito! Dele se falou nos jornais e nas gazetas, afirmou-se que este Cristo seria o diamante da baía de Guanabara. Os senhores não têm o direito de pôr fim a esta aventura com um simples traço de pena!

O arquiteto tomara, então, os quatro membros da comissão por testemunhas. Um após o outro, fuzilou-os com o olhar e soube tocar em seus pontos sensíveis. Estavam querendo que o Vaticano se aborrecesse, que suas relações com o Brasil esfriassem? Estavam procurando ser ridículos diante da Liga das Nações, engolir novas salvas de gozações por parte dos Estados Unidos, da Inglaterra, até mesmo da Austrália onde Sydney tentava rivalizar em beleza, no outro lado do mundo, com a capital brasileira? Não se encontrariam meios modernos para içar até o topo do Corcovado o material necessário à edificação do monumento?

Dom Sebastião Leme, Carolino Amaral, Salvador Sorres e Oliveira Viana ficaram mudos de espanto. Silva Costa, ensopado de suor, retomou, então, com uma voz mais suave:

– E os habitantes do nosso país, senhores, do que precisam? É verdade que os tempos são duros. A Europa está, hoje, em plena reconstrução e importa muito pouco da América Latina. Nossa economia está à morte. Com os empréstimos e as taxas desmedidas de reembolso, só podemos esperar por dias dolorosos. Sei disso tudo, nós sabemos disso tudo. Mas de que precisa o povo para atravessar esta tormenta histórica?

Um silêncio pesado acolheu estas últimas palavras. Pela janela aberta ouviu-se um corrupião lançar um trinado muito agudo. O arquiteto havia aberto os braços em cruz e acabado seu discurso com uma voz vibrante, mas falara tão baixo que os quatro homens tiveram de se debruçar para não perder uma única palavra:

– De fé, senhores. Perfeitamente: de fé, de esperança, de solidariedade e de comunhão em torno deste projeto. Só a fé vai deixar que os brasileiros continuem a avançar na via do progresso. E que mais belo símbolo podíamos esperar que este Cristo Redentor no topo do morro mais alto da capital? E é por isso que, juntos, nós vamos fazer este Cristo...

No fim desse discurso, o arcebispo Dom Sebastião atravessou a sala solenemente e veio abraçar o arquiteto, enquanto o general oscilava entre a vergonha e a vontade de aplaudir aquele discurso brilhante e que o presidente da Companhia Ferroviária Light já calculava, mentalmente, como conseguiria aumentar de maneira suficiente a potência de suas duas locomotivas. Oliveira Viana, sempre taciturno e fechado, felicitava-se, no íntimo, pelo rumo que as coisas tomavam. Ele aceitaria qualquer projeto, contanto que o Cristo fosse branco. Brilhante. Contanto que sua sombra cegasse todos os negros animistas da cidade, onde quer que se encontrassem.

Rua da Glória, Rua da Lapa, Rua Evaristo da Veiga. E, enfim, a Avenida Rio Branco. Heitor cumprira a pé os quase dois quilômetros do trajeto até seu escritório sem mesmo perceber. Seu relógio de ouro, um presente dispendioso de sua mulher do tempo em que seu negócio era um dos mais prósperos da cidade, marcava quinze horas e vinte.

Diante da entrada do prédio, o arquiteto hesitou bastante antes de empurrar a enorme porta envernizada. Como ia dar a notícia a seu desenhista, Bartolomeu Zumbi? E o que dizer a João Domar? Ele também havia trabalhado sem descanso, pois Heitor soubera prendê-lo. Ele o julgara rápido e bem: aquele jovem gostava de luxo e de dinheiro. É claro que o projeto, mesmo que não fosse cancelado, estava de qualquer modo adiado. Mas por quanto tempo? No estado atual das finanças, ia ser preciso fazer cortes sombrios nas despesas, de modo a deixar a cabeça fora d'água. Ele iria ficar só com uma secretária, em vez das quatro atuais. O salário de João teria de ser reduzido, à metade ou ao terço. A esse preço, ele não ficaria. E Heitor não poderia criticá-lo.

– A não ser que...

Um conversível passou feito um tornado pela Avenida Rio Branco, fazendo com que todos os populares se virassem para contemplá-lo. Uma jovem dirigia pisando fundo, com os cabelos protegidos do vento por um chapéu amarrado num lenço de seda verde e um sorriso de orgulho guloso nos lábios.

– Mas é claro, porra... Mas é isso que eu tenho de fazer!

Enquanto enchia o cachimbo, Heitor surpreendeu-se sorrindo pela primeira vez desde de manhã. Ele possuía um automóvel que quase não usava, um Berlinc Fort T relativamente novo, que por assim dizer ainda não havia rodado. Esse brinquedo o divertira por duas semanas, depois ele acabara deixando-o dormir comportadamente na garagem, preferindo, e de longe, andar a pé ou pegar táxis. Bastaria, portanto, oferecê-lo a João para que este, quem sabe, aceitasse ficar com ele. Sua mulher reclamaria um pouco, como já havia feito quando ele chegara em casa ao volante do carro. Ela achara aquilo perigoso, barulhento e muito sujo. Ele usaria os mesmos argumentos para agora convencê-la a cedê-lo a João.

Bruscamente revigorado, o arquiteto subiu num passo mais leve os dois andares e empurrou a porta do escritório. As quatro secretárias pararam de datilografar. O longo corredor sombrio. E, enfim, estas palavras que, de qualquer maneira, em nada comprometiam Silva Costa:

– Sr. Domar... O senhor sabe mesmo dirigir um automóvel?

11

A noitada louca passada em companhia de Bartolomeu Zumbi não terminou na frente do cinema Palácio. Às três horas da manhã, João deixou o pintor e conseguiu achar um táxi, perto da Avenida Almirante Barroso. O motorista se chamava Floriano. Era um negro corpulento, de bigode farto, mãos largas e grossas, com um queixo triplo que descia em ondas até o peito onde brilhava uma medalha no meio de uma floresta de pêlos hirsutos. João despertou-o com um tapinha amigável no ombro e sentou-se atrás.

– Então, doutor? Aonde devo levá-lo a esta hora da noite? Foi a patroa quem o expulsou? Ou é uma gata quem o espera?

O chofer dissera isso sem sorrir de verdade. Desde que fazia corridas para festeiros de todos os níveis, vira desfilar em seu táxi verdadeiros fenômenos. Maridos infiéis, mulheres enganadas, malandros nostálgicos ou superexcitados, meretrizes à caça, sem falar dos bêbados que nunca sabiam onde moravam. Estes, Floriano temia mais do que a peste, pois vomitavam nas poltronas, xingavam os passantes, recusavam pagar a corrida, falavam pelos cotovelos, choravam, choramingavam de modo lamentável, ameaçavam quebrar tudo, acabar com a vida, mergulhavam de repente no desespero antes de adormecerem bruscamente, plácidos, sem terem dado o endereço. Uma verdadeira praga.

Felizmente, João Domar não parecia pertencer a essa laia. Ao contrário, respirava felicidade e tinha visivelmente atingido o ponto ideal da embriaguez, aquele em que o indivíduo se sente o dono do mundo e em que quer partilhar seu bem-estar com a terra inteira.

– Muito bem, meu jovem? Aonde é que a gente vai?

– Não sei... Quem sabe o senhor não conhece um lugar onde a gente se divirta um pouco?

Floriano coçou pensativamente a bochecha, depois acabou confessando:

– Deus de todos os santos... A esta hora, o senhor só vai encontrar as putas velhas fazendo ponto pros lados da Cidade Nova. Está a fim? Não são caras, mas é melhor não ser muito exigente quanto à mercadoria. Quanto ao cheiro, nem lhe digo...

João estourou de rir:

– Não faz o gênero aqui da casa não!

– Então o deixo em casa ou o quê?

Pela janela, João viu o alto do Corcovado, cercado por uma auréola leitosa de lua clara na noite tropical. Sorriu e respondeu:

– Éé́, me deixe em casa. É lá em cima, no alto do Corcovado...

Desta vez quem estourou de rir foi Floriano, antes de partir num acesso de tosse seca. Depois de recuperar o fôlego e enxugar o rosto com as costas da mão, ele encontrou forças para perguntar:

– O senhor está falando sério mesmo?

– Mais sério, impossível...

– Mas o senhor não pode morar lá em cima! Lá não tem nada!

– Arranque. No caminho eu lhe explico.

– É o senhor quem está pagando, doutor! Mas Deus é testemunha de que esta ninguém ainda tinha aprontado comigo. Subir até o Corcovado, e a esta hora... Pelo Senhor do Bonfim!

O táxi era uma carroça velha, remendada de qualquer jeito e que soltava uns estalos lúgubres toda vez que trocava a marcha. Cheirava a mofo, a podridão e a couro molhado. A única coisa notável, no habitáculo, era o painel dianteiro. Onde havia lugar, Floriano havia colado imagens santas coloridas e medalhas com o rosto de Cristo, os apóstolos e todos os mártires cristãos, sem esquecer uma foto do aviador Santos Dumont, nova glória nacional, de pé na frente de seu aeroplano. Amarrados em volta do punho da alavanca de mudanças, do puxador do motor de arranque, no retrovisor, pregados na madeira do painel, havia também pulseiras de pano fino, coloridas, nas quais estavam escritas palavras, ilegíveis de noite. Enfim, suprema assinatura, o chofer gravara com todas as letras e à faca, bem no meio do painel de madeira envernizada, uma máxima: Feliz era Adão que não tinha nem sogra nem táxi!

Debaixo dos Arcos da Lapa, Floriano gritou, para ser ouvido no meio dos rugidos metálicos do motor:

– Diga, doutor. O senhor fuma?

– Claro! Quer um cigarro?

O chofer sacudiu negativamente a cabeça, de maneira enérgica, o que teve por efeito balançar seu queixo triplo sob o rosto de barba malfeita:

– Não, não é por isso! Mas como a sua corrida vai me pagar a noite, e como o senhor me parece gente boa, eu queria lhe oferecer isto!

E assim falando e sem se virar, estendeu a João um cigarro grosso enrolado e acendeu outro para si. O primeiro trago fez com que engrenasse um novo acesso de tosse. Depois, acrescentou:

– O senhor pode meter bronca! É de primeira! Eu é que planto na minha janela!

– Obrigado! – gritou João por sua vez.

E acendeu seu cigarro de maconha enquanto o táxi deixava as últimas luzes do centro do Rio de Janeiro e iniciava a subida do morro, penetrando nas curvas sinuosas da Floresta da Tijuca. No chão, sob a luz dos faróis, os trilhos do trem do Corcovado brilhavam como se fossem suaves lâminas de água.

A maconha era, de fato, da melhor qualidade. O gosto, gorduroso e suave, recobria os pulmões com uma película de mel negro. Floriano só colocava em seus cigarros as pontas das plantas que secavam de cabeça para baixo, durante dias, em sua garagem. Depois de três tragadas, João sentiu que viajava. A visão ficou turva. Os pés e a barriga se entorpeceram deliciosamente. Ele se encostou na porta e deixou os olhos flutuarem na escuridão do morro.

De repente, teve uma primeira visão. A de um homem, a cavalo, sabre desembainhado, servindo-se de sua arma para abrir passagem através da espessa folhagem da floresta. O homem golpeava com raiva e, a cada vez, emaranhados inteiros de cipós se desprendiam e caíam no chão com barulho. João soube de imediato, por instinto, quem era aquele cavaleiro: Dom Pedro, primeiro imperador do Brasil. Em 1824, à frente de alguns homens, ele havia aberto na selva inextricável a primeira pista limpa levando até o topo do Corcovado. João levou um susto. Ninguém lhe contara isso e ele no entanto entendera com toda a clareza de uma coisa evidente. Sentiu que um suor lhe escorria pela testa e se remexeu feito um cachorro novo.

Segundos mais tarde, teve uma segunda visão. Desta vez, durou mais tempo. Ele viu, bem claramente, dezenas de mulheres e homens negros, de corpo luzidio, fugindo entre as árvores, vestidos de tangas e descalços, todos trazendo pesados colares de escravos em volta do pescoço. Em meio aos ganidos dos cães soltos em seu encalço, esgueiravam-se entre os troncos de maneira fluida, corriam para a liberdade, penetrando sempre mais fundo naquela catedral de cipós entrelaçados. Atrás deles, inúteis, chicotes e tiros espocavam. Não seriam agarrados e fundariam o primeiro quilombo do Brasil, ali, naquele morro majestoso a abraçar a baía de Guanabara.

João pôs-se a bater os dentes. Quis pedir a Floriano para dar meia-volta, para retornar ao centro da cidade moldado de cimento e de ferro, ali onde a luz brilha noite e dia.

Mas uma terceira visão cortou-lhe a voz. Violenta, cheia de furor. Remontava ainda mais longe na história do Brasil. Desta vez, eram crianças, mulheres e homens aterrorizados, chorando e gritando, que caíam no chão feito bicho, mortos pelos tiros dos arcabuzes dos soldados. Aqueles índios tupinambás, enfeitados com penas de gavião, de urubu, de papagaio e de beija-flor, eram massacrados por homens brancos, soldados e mercenários vindos de Portugal em busca de ouro e sangue. Por trás deles, três irmãos franciscanos rezavam, ajoelhados, diante de uma cruz enorme, dourada, fincada na terra do Rio de Janeiro.

– Não! – gritou João, com as têmporas em fogo e o pânico no fundo das entranhas.

O táxi parou nesse instante na plataforma do belvedere. A corrida chegara ao fim. Floriano arrancou-se com dificuldade do veículo e tirou João quase que carregado. Depois, instalou-o, tremendo, batendo o queixo, transpirando um abundante suor gelado sob a lua impávida, num dos bancos. Tirou-lhe da boca a guimba e esmagou-a com o calcanhar. Antes de subir de novo no táxi, tirou da carteira do rapaz o preço justo e sussurrou-lhe ao ouvido:

– Não foi nada, garoto. Não foi nada, isso tudo. A montanha lhe falou. E você a ouviu. Não é nada, vai passar. Respire agora. E tudo vai ficar bem...

Com seu andar pesado, Floriano voltou ao automóvel e instalou-se ao volante. Depois o táxi desapareceu num estrondo ensurdecedor, engolido pela noite e a mata espessa.

Encolhido no paletó, deitado de lado em posição fetal, João deixou passar longos minutos, paralisado por aqueles três quadros. Em volta dele, a mata rumorejava, um verdadeiro concerto de brisa nas árvores, estalos secos de galhos, zumbidos de insetos, ruídos de água, murmúrios abafados na garganta de animais escondidos nas tocas. Ou talvez fossem aqueles índios que, todas as noites, voltavam a morrer assassinados em nome da madeira de brasa e dos homens da Igreja? Ou ainda aqueles escravos em fuga, em busca da liberdade, que tomavam de assalto o morro mais alto da baía para reinar feito senhores sobre o povo branco? Ou, enfim, as cavalgadas de Dom Pedro I e seus homens, cortando galhos e cipós a golpes de espada?

Quando João achou forças para se levantar, não viu nada disso. Pernas bambas, subiu um lanço de escadas e foi até o corrimão de ferro que cingia a meia-cúpula do belvedere. Lá se acotovelou e admirou. A perder de vista, seu olhar abraçava a cidade onde centenas de milhares de lâmpadas brilhavam, formando um tapete de diamantes e de estrelas. A capital, nessa noite fria e sem nuvens, parecia em suspensão, nem toda terra, nem toda mar. Quanto mais o olhar de

João mergulhava ao largo, mais as estrelas brilhavam, faiscavam, compunham um único e mesmo conjunto com a cidade, de tal maneira que João não sabia mais onde se interrompiam as ondas de luz elétrica nem onde começava a abóbada celeste. Esticou-se na ponta dos pés para gozar ainda um pouco mais desse espetáculo de paraíso. Talvez subindo ao primeiro nível da barreira, ele avistaria o panorama inteiro, a Glória, o Flamengo, Botafogo, o Pão de Açúcar, a Praia Vermelha, a Urca, Copacabana, Ipanema e, por que não, Leblon e São Conrado? Sempre suado, içou-se sobre a barra de ferro e sentiu-se, então, no teto do mundo, em equilíbrio com o universo.

Nesse instante, um uivo gelou-lhe o sangue. Um grito primal, brotado do ventre de uma criatura, ali, a alguns metros dele. Talvez se tratasse do uivo de um macaco, quem sabe de um homem? João nunca soube. No choque sonoro, seu pé direito escorregou. Ele sentiu que o Rio de Janeiro inteiro o aspirava, para triturá-lo em suas tripas ou engoli-lo para sempre nas profundezas do Oceano Atlântico.

Ele caiu para a frente. O vazio se abriu sob ele. Um abismo vertiginoso de mais de setecentos metros, a pique. Ele mergulhou com delícia, um sorriso de paz no canto dos lábios. João teve um último pensamento para seus pais, perdidos em algum lugar na Itália. Para La Foudre, para Jacotte. Depois reviu os rostos risonhos de Emivalda, do tio, de Bartolomeu Zumbi, de Euclides da Fonte, de todos com quem cruzara, a tia Otália, a velha Dida, a elegante Marie Dupeyrat, suas pensionistas parisienses, as donas do Bar das Garotas, Afonso Cotrim da Colombina, a doce secretária Silvana, até o gordo Floriano e sua maconha que lhe permitiam, no espaço de um instante, voar feito um pássaro, bêbado de felicidade.

João sentiu a queda se acelerar e fechou os olhos. Então, ao contrário de toda expectativa, teve a sensação muito nítida de que seu corpo de repente ficava leve. Ele não mergulhava mais no vazio, mas encontrava a terra firme ao flutuar, leve, tão leve que a brisa modificava a sua trajetória e vinha brincar com ele, à direita e à esquerda, como um golfinho com um nadador.

Quanto tempo precisou para tocar o solo? Isso tampouco ele nunca soube. Ao pousar num monte de rochas, sem qualquer ferida, João quase riu. Mas ao inclinar a cabeça para trás a fim de descobrir o morro do Corcovado em seu todo-poder, ele foi dominado pela realidade. Nesse instante preciso, ele deveria estar despedaçado sobre as pedras, arrebentado, reduzido a um monte de carne inerte. Mas estava vivo. Apalpou, excitado, cada um de seus membros e entendeu então que fora salvo da morte por um milagre. Uivou também à lua. Depois desmaiou feito um saco de areia que desaba sobre si mesmo.

A alguns metros, imóveis no meio de um gigantesco abacateiro, dois olhos o observavam. Eram os de Febrônio, o índio de Santa Teresa. E ninguém, absolutamente ninguém, poderia dizer, nesse instante, se ele estava solidamente pousado num galho ou se voava, no ventre quente da árvore.

12

Ao abrir os olhos em seu quarto de Santa Teresa, João fez uma careta de dor ao sentir o sangue bater com violência na garganta. Algumas imagens da véspera conseguiram chegar à consciência. *Flashes* dolorosos. O ateliê de Zumbi, na Rua Joaquim Silva. A brasa de um baseado queimando sua maconha. Os jatos alaranjados do sol se pondo nas fachadas brancas dos prédios. O povo das ruas e suas roupas coloridas. As prostitutas, seios agressivos sob camisolas decotadas até a indecência. A entrada do cinema Palácio. Floriano, o chofer de táxi gordo. Depois, mais nada. Ele não conseguia nem mais lembrar como voltara ao Largo das Neves. Um buraco negro. O rosto de lâmina de navalha de Policarpo, o ferrageiro de Santa Teresa, veio-lhe à memória. Talvez fosse ele quem o tivesse recolhido, em algum lugar perto do Corcovado, ao acaso de uma entrega matinal? Ele ou um outro. Pouco importava. Ele voltara a um porto seguro.

João levantou-se com dificuldade e cambaleou até a cômoda. Sem hesitar, mergulhou a cabeça na bacia que continha uma água perfumada com algumas gotas de extrato de flores. Lá fora, o sol derivava lentamente na direção do crepúsculo. Ele havia, pois, dormido o dia inteiro. Estava decidido: não o veriam mais andar pelos bares com aquele diabo do Zumbi. E não tocaria mais na maconha, palavra de homem. Com as mãos entorpecidas, tirou a camisa, que jogou, embolada, no pé da cama.

Nesse instante, uma batidinha fraca na porta do quarto o fez suspirar de lassidão. Dida. A velha empregada da família Cunha, Dida, o fantasma cheio de reumatismos. Dida, a velha esquelética de olho furado. Ela, tampouco, quase nunca dirigia a palavra a João. E este sentia que ela não gostava dele, que estava sempre a fuçar por trás, a olhar para o chão, como se tivesse medo de que ele roubasse algo ou de que assassinasse alguém. A batidinha na porta recomeçou, sempre discreta, sempre insuportável. Num movimento rápido, ele abriu. A velha Dida estava à sua frente, ou antes a seus pés tanto os anos haviam esmagado aquele pedacinho de mulher de que quase nada restava. Com o eterno pano na cabeça, ela fez um pequeno gesto indicando-lhe o salão. Ele deu um passo na direção dela, que recuou o mesmo tanto. Antes que pudesse interrogá-la, Dida deu meia-volta e, mancando com as pernas tortas, no rumor das anáguas engomadas, claudicou até as escadas. Da sala de jantar subia uma melodia saída do gramofone que estalava cada nota. A "Patética", de Beethoven. João lembrou-se, então, de que, naquela noite, o tio Francisco convidara, e em grande pompa, Antônio do Cedo, filho do fazendeiro Roberto do Cedo, uma das maiores fortunas do estado da Bahia, de passagem pelo Rio de Janeiro a negócios. Há dias ele só falava nisso a toda Santa Teresa e, toda noite, fazia e desfazia com uma febre crescente a disposição da mesa e o cardápio.

Sempre suspirando, João voltou ao quarto para se vestir corretamente e apresentar seu melhor rosto a esse hóspede de uma noite, embora tivesse preferido jantar uma saladinha com um pouco de farofa no Bar das Garotas.

– João! Meu filho João! Venha rápido para eu lhe apresentar ao doutor Antônio do Cedo. Ele também morre de vontade de conhecê-lo, desde o tempo em que me ouve ressaltar os seus méritos!

Num terno novo com uma flor azul na lapela, Francisco da Cunha estava radiante. Uma taça de *brandy* na mão, ele reinava no sofá como um patriarca. Rosto avermelhado, charuto nos lábios, trazia seu mais belo relógio de bolso pendurado no pescoço e caindo sobre a barriga, a testa inteira brilhava de suor. Sentado a seu lado, um jovem de uns vinte anos empinou-se assim que João apareceu. Antônio do Cedo vestia um terno preto apertado, fazia inevitavelmente pensar numa doninha, até numa fuinha, todo em nervos e em veias, o nariz fremente, as orelhas pontudas, as mãos compridas de unhas grandes. Seus lábios finos, quase inexistentes, contraíam-se em qualquer oportunidade sobre dentes de um amarelo pálido; os incisivos do maxilar inferior impressionavam por seu tamanho desmedido. Era de se perguntar como aquele jovem conseguia fechar a boca sem se ferir.

A mente ainda confusa pelo álcool, a maconha e muito tabaco, João esboçou uma saudação polida com o alto do busto, mas não pôde recusar a mão que lhe estendia o visitante. Esta era mole, fugidia, gelada de suor apesar do calor que as grandes pás do ventilador gemente não conseguiam dissipar.

– Sr. Domar, estou absolutamente encantado em conhecê-lo. Depois de todo o bem que o dr. Cunha me contou do senhor, é realmente uma honra...

João imediatamente pensou: o jovem baiano fedia. E não no sentido figurado do termo. Apesar da água-de-colônia com que se aspergia copiosamente a todo instante do dia – não tinha ele, aliás, sempre consigo, um frasco de perfume como outros têm sua reserva de uísque? –, ele exalava do corpo inteiro relentos de podridão. Por mais que tivesse consultado todos os especialistas do corpo médico, ele desprendia em permanência um odor forte, de uma intensidade que levava à náusea. Perante essa morrinha inexplicável, mesmo a ciência fora impotente. João ouviu-se murmurar:

– Mas para mim também, senhor, é uma verdadeira honra, esteja certo disso...

Numa poltrona, perto da janela, a doce Emivalda escondeu sua boca açucarada por trás do leque para sorrir à vontade da careta de nojo que João não pudera reprimir. Antônio do Cedo fingiu não ter notado a manobra, e a conversa, unicamente orquestrada por Cunha, pôde começar. Esta bem rápido girou em torno da família Cedo, sua fortuna, sua nobreza, sua fazenda, suas centenas de empregados, seus títulos na bolsa, suas ações nas minas de ouro e diamante de Ouro Preto, em Minas Gerais. Sem contar alguns imóveis adquiridos nos centros históricos de Londres, Florença e Paris. Criado no seio da mais alta burguesia, o rebento transpirava também dinheiro pelos poros. E talvez fosse isso, afinal, a causa de um cheiro tão nauseabundo. No fim da terceira taça de *brandy*, e depois de ter respondido a todas as interrogações de maneira bem respeitosa, o magro baiano pôs-se a monopolizar a conversa. Sem perder Emivalda de vista, contou em detalhes a doçura de viver em sua fazenda, com todas as suas dependências, os servidores e seus rebanhos, seus carros, tudo ritmado por suas noitadas luxuosas dadas em honra do governador da Bahia. Ele falou de suas novas plantações, de seu passado, de seus projetos. E, ainda e sempre, de seus títulos, quer fossem de propriedade, de nobreza ou políticos. Ao escutá-lo falar assim sem parar, com sua voz de falsete um pouco aguda, tudo era dele. E era bem a verdade: tudo lhe pertencia. As terras, os homens, as igrejas, mas também as leis e os políticos que as votavam sob as ordens de seu pai e que as aplicavam.

– Papai é um homem notável, sabem? Quando a escravidão foi, infelizmente, abolida em nosso belo país, raras foram as famílias de nossos negros que nos deixaram. Não é isso uma prova do apego que tinham por um benfeitor que lhes permite, ainda hoje, trabalhar?

E para onde teriam ido, esses pobres animais, sem terra, sem bens, sem dinheiro e sem comida? Chupar pedra não mata a fome. Foram obrigados a continuar se matando de trabalhar nas plantações em troca de salário de miséria. Para eles, a Lei Áurea nada mudara, a não ser uma coisa: hoje, eles eram, além disso, obrigados a agradecer ao dono...

– Com papai, estamos também pensando em construir uma ópera e um teatro dignos da Bahia. É claro que para isso traremos os melhores arquitetos da França. O dinheiro não conta quando se trata de cultura!

Cunha interveio, todo excitado:

– O senhor quer dizer... Um verdadeiro teatro e uma verdadeira ópera? Onde poderiam vir se apresentar artistas como Vicente Celestino e Sarah Bernhardt?

– Mas é evidente, meu caro amigo! O seu Celestino ou esse Bernard poderão vir quando tiverem vontade, já que parecem ser seus artistas fetiches!

O rosto de Cunha se iluminou de felicidade. A vida inteira ele havia sonhado ir aplaudir Sarah Bernhardt, a grande Sarah, num teatro brasileiro. Para ele, tratava-se da quintessência do paraíso, um sonho inacessível. Com um cuidado meticuloso de jovem apaixonado, ele recortava todo artigo de jornal referente à Dama, em seguida os colava num caderno de estudante antes de guardar, com luxos inúteis de precaução, numa estante da sala de jantar. Já havia preenchido sete grossos volumes. E a reprodução de um Cristo crucificado, pendurada em cima da estante, figurava em sua mente um Virgílio celeste, velando por um dos mais inestimáveis tesouros da humanidade. A grande Sarah.... A esta hora, ela ainda atuava, apesar da idade e da perna amputada, divina, insubstituível, desejável e adulada pelo mundo inteiro. Com os olhos brilhando de reconhecimento, Francisco da Cunha apertou nervosamente a mão gelada de Antônio do Cedo.

O jantar foi encantador. Otália, tão muda quanto de hábito, comportou-se como uma anfitriã exemplar, cuidando de tudo, verificando no fogão o bom cozimento dos pratos, encarregando-se ela mesma de esvaziar os cinzeiros e de dar corda no fonógrafo. Dida, por sua vez, serviu os convivas sem deixar respingar uma única gota de molho na toalha imaculada. Cunha, contrariando seus hábitos, não tocou, por assim dizer, em seu prato. O esquelético Antônio, em compensação, não comeu. Antes engoliu, ingurgitou uma quantidade fenomenal de comida. Depois de dois pratos com enormes camarões grelhados, repetiu três vezes o prato nacional, uma feijoada cozinhada durante três dias pelas cozinheiras do Bar das Garotas. Depois serviu-se uma formidável pratada de doce de sêmola com passas e regou essa refeição pantagruélica com três litros de cerveja. Quando chegou a hora do café e dos licores, parecia que ele acabava de abocanhar uma melancia numa só dentada tanto seu estômago de varapau estava inchado.

Cunha distribuiu os charutos e acendeu-os com cuidado. Lá fora, já era noite. Sob um dos postes de luz do Largo das Neves, três jovens tocavam violão e cantarolavam velhas modinhas que remontavam à época de Domingos Caldas Barbosa. Enquanto os estômagos tentavam digerir os crustáceos, o feijão, o arroz, a farofa, a couve, a laranja, os pés e os rabos de porco defumados, o toucinho gordo e as doçuras da sobremesa, Francisco da Cunha deixou de repente a poltrona e foi solenemente para o meio do salão. Com o olho injetado de sangue, adotou uma posição marcial, queixo levantado, braços colados ao longo do corpo, e ficou de frente para Antônio. Com uma voz trêmula de emoção, dirigiu-se nestes termos ao filho do riquíssimo fazendeiro Roberto do Cedo:

– Meu caríssimo Antônio... Permita-me chamá-lo assim, meu caro doutor. A hora é séria, e o que me preparo a lhe dizer é da mais alta importância...

No sofá, Emivalda prestou um ouvido distraído, absorvida que estava em trocar olhares brincalhões com João. Sufocando um arroto discreto na palma da mão, Antônio esticou-se enquanto Cunha retomava:

– Portanto, meu caro Antônio e meus caros filhos aqui presentes, chegou a hora de levantar o véu que cobre uma notícia de importância que o dr. Roberto do Cedo e eu mesmo tomamos de comum acordo, para o maior bem de nossas duas respeitáveis famílias.

Emivalda franziu as sobrancelhas, subitamente inquieta.

– Com efeito – prosseguiu o sr. Francisco –, apesar de nossas diferenças de fortuna, nossas duas famílias pertencem à mesma pátria. Somos filhos da mesma terra, veneramos a mesma bandeira e respeitamos a mesma divisa, a de nosso país: Ordem e Progresso. Em sua vinda anterior à nossa bela cidade do Rio de Janeiro, meu caro Antônio abriu-se comigo, como o fizera com seu pai, alguns dias antes. Com um pudor que o honra, ele havia assim conversado com nós dois sobre os sentimentos muito puros que ele experimentava por minha filha, minha mui amada e única Emivalda...

João de repente deglutiu com dificuldade. Emivalda empalideceu visivelmente. E o furão baiano descobriu seus dentes amarelados num sorriso ameaçador. O tio tirou então uma carta lacrada do bolso do paletó e retomou:

– O dr. Roberto do Cedo enviou-me, pois, por intermédio de seu filho, este pedido de noivado, a fim de que Emivalda e Antônio possam se unir o mais rapidamente possível em justas núpcias...

Nesse instante, a pálida Emivalda desabou no sofá, inconsciente, enquanto sua mãe, Otália, soltava um gritinho e corria até a cozinha buscar vinagre para reanimá-la. Antônio encontrou forças para se levantar e, sem um olhar para Emivalda, inquietou-se junto ao pai da moça:

– Mas o que está acontecendo? A sua filha não me quer?

Com o rosto assustado, Cunha mexia os olhos, inquieto. Respondeu então com voz mole:

– Não, claro que não... Ela deve ter comido demais. Ou talvez seja a alegria que a submergiu...

– O senhor me tinha dito que ela estava de acordo, que este casamento a enchia de felicidade.

– É verdade, é verdade! Mas o senhor conhece a natureza das mulheres, não é? Um nada as desconcerta. Então pense: um pedido de casamento! E emanando do senhor, além de tudo!

Como Otália demorava a voltar da cozinha, Cunha voltou-se para João. Mas só encontrou no sofá um lugar vazio.

Por trás dos vidros, o último bonde rangeu nos trilhos. Depois de tocar o sininho, arrancou num buquê de fagulhas amarelas e azuis. Os três jovens músicos tinham sumido e um vento repentino fizera estremecer os arbustos do Largo das Neves.

João Domar recebeu a notícia do noivado como uma porretada na cabeça. Enquanto as pessoas se agitavam em volta do corpo desmaiado de Emivalda, ele fugiu da casa bem mais que a deixou.

Despencou pela Rua Santo Alfredo em desabalada e, ao passar por uma birosca, um balcão sebento a ponto de fechar, comprou uma cerveja. Depois escolheu um banco solitário, protegido dos olhares indiscretos por uma escuridão compacta.

Emivalda, noiva daquele fazendeiro de opereta... Isso não iria acontecer. Isso não podia acontecer. Emivalda era sua, e ponto final! E ele sabia que ela o amava, a ele, João. Quando se cruzavam, ela ficava vermelha, perturbada, rindo da própria perturbação, falando bobagens, volúvel, inventando mil estratagemas para que ele ficasse perto dela, na sala de jantar, mais um pouco, só alguns minutos. Sua princesa não tinha nada a ver com aquele Antônio infeliz. Sempre sorrindo, ela falava sem parar dos únicos assuntos que pareciam importantes a seus olhos: a poesia, a música e a literatura. Sem esquecer os vestidos novos que o pai lhe dava, a cada primeiro sábado do mês, comprado na loja Au Chic et Au Bon Goût da Rua Santa Luzia. Ela era pura, inconsciente de seus encantos. Quando João tocava de leve a sua mão, assim que Otália virava as costas ou adormecia na poltrona, ela ficava novamente séria, tranqüila. Seus olhos negros brilhavam, então, numa felicidade simples, evidente: João seria seu marido e o pai de seus filhos, uma vez chegada a hora. Seria assim e não de outro jeito, já que, desde o primeiro olhar, ficara apaixonada por ele.

E eis que aquele baiano infeliz vinha estragar tudo! Ele só vira Emivalda duas vezes num ano, e isso bastara para as duas famílias se entenderem. Duas vezes, nem uma a mais.

A primeira aconteceu no fumatório do Teatro Municipal, no entreato do *Don Juan*, de Mozart. Emivalda deixou cair o lenço e aquele varapau o recolheu. O pai logo interveio, já pensando em brigar, mas assim que Antônio se apresentou, ele baixou a guarda. Um filho de fazendeiro não tinha nada a ver com um vulgar galanteador. Era gente que fazia parte da nobreza de dinheiro, é verdade, mas era de qualquer modo uma nobreza, e que nada devia à outra. Depois do espetáculo, a velha Dida, que esperava no vestiário, levou Emivalda para casa e os dois homens fizeram mais amplo conhecimento em torno de um drinque num café vizinho. Ao se separarem, trocaram os respectivos endereços prometendo-se rever assim que o baiano fizesse uma nova escala no Rio. Para esse segundo encontro, Cunha tramou bem as coisas. Ele e a filha saíram para passear e aproveitar os últimos dias do verão nos jardins do palácio das Laranjeiras e cruzaram com Antônio do Cedo. Gritos de surpresa, alegria de se reencontrarem por obra do acaso, convite de Francisco da Cunha para que passeassem juntos. Depois sorvetes, concerto clássico dado pelos músicos no quiosque ao ar livre, cafés e bolinhos: em toda inocência, Emivalda confessou à mãe naquela noite que passara uma tarde deliciosa.

Dois encontros e no terceiro já se falava de noivado e casamento! Era para não entender mais nada. Mesmo assim, apesar de todos os milhões que possuía, Antônio do Cedo nunca colocaria sua mão fria e mole no corpo puro de Emivalda. Só essa idéia bastou para reavivar a raiva de João, que jogou com toda força a garrafa de cerveja em cima de dois vira-latas. Eles evitaram o projétil num salto medroso e saíram lentamente pela noite.

É verdade que João, hoje, ocupava um lugar de futuro. E que ia ganhar um automóvel, já que Silva Costa lhe prometera! Um automóvel... O que valia diante das propriedades, usinas e ações na bolsa daquele sem-vergonha do Antônio? Menos que nada... Aquele aborto fedorento devia ganhar em uma hora o que ele, João, ganharia a vida inteira. E o tio Francisco? Ele o havia achado honesto e desinteressado, e eis que vendia a própria filha como um mercador de camelos negocia um animal a quem paga mais.

João acendeu um cigarro e sentiu a raiva diminuir. Em seu lugar, uma certeza fria começava a surgir. Sem a menor dúvida, uma saída lógica, evidente, se apresentava a ele. Raptaria Emivalda. E, se fosse necessário, mataria Antônio do Cedo e até mesmo o tio Francisco. Ele não sabia se a amava de verdade, mas a desejava. Ela seria dele. Estava escrito. Estava na ordem das coisas. Além de tudo, não seria seu primeiro assassinato. Dois dos Talsimoki já haviam experimentado. E todos os que se metessem no caminho que o ligava a Emivalda teriam a mesma sorte.

Matar, afinal, não era tão difícil assim. Ele mataria e os dois deixariam a cidade a bordo de seu automóvel novinho em folha. A vida, no fim das contas, não era tão complicada quanto diziam.

A noite bruscamente ficou fria e forçou João a voltar para a casa do Largo das Neves. Apesar do frio do outono, foi andando devagar, encolhido, pelas ladeiras estreitas de Santa Teresa. O céu se livrara da abóbada de nuvens que o sufocavam e agora respingava na noite seus pontinhos prateados. Um perfume de terra molhada e de vegetação mofada subia da mata em fumacinhas invisíveis. Na pracinha, nem uma luz nas janelas das fachadas. Mesmo o Bar das Garotas fechara a cortina. Não devia fazer muito tempo, pois a forma branca de Luís Otávio, reconhecível entre todas, dormia na calçada. Chumbado, deitado encolhido e com um único sapato nos pés, roncava de boca aberta numa poça de vômito. Depois que a mulher, Graça, descobriu as vantagens do tribalismo e abriu, com as duas amantes, aquele bar-restaurante, o funcionário modelo dos Correios e Telégrafos não vivia mais. Graça, outrora um pedacinho de mulher submissa, cabelos pretos longos e roupas bem-cuidadas. Graça, dona de casa atenciosa, mãe admirável de três filhas, costureira modelo e católica praticante citada como exemplo em todo o bairro. Graça, enfim, cozinheira ímpar, Graça abandonou tudo, cortou os cabelos *à la garçonne*, começou a beber e a fumar, a dançar com outras mulheres. E mais até...

Luís Otávio lutara com unhas e dentes para mantê-la sob o teto familiar. Graça não quis ouvir nada. Abandonou tudo para abrir esse Bar das Garotas. Já lá se passavam cinco anos. E, todas as semanas, Luís Otávio vinha chorar em seu xinxim de galinha, chorar na feijoada, chorar na cerveja, chorar na cachaça. Chorar num canto até que, gentilmente, era posto porta afora. Ele esperava um milagre, só ganhava as pedras da rua. Mas ninguém zombava dele. Um amor assim fazia um homem. Mesmo corno.

Antes de ir para o quarto, João fez um desvio pela sala de jantar. Como Luís Otávio, ele precisava de um álcool forte para esquecer aquela noite sórdida. Na clareza fraca prodigalizada pelas três lamparinas do lugar, ele abriu a garrafa de *brandy* e engoliu o resto num gole. Depois deixou-se cair no sofá, tremendo, sem saber muito se era do frio da noite ou de emoção. Tirou do bolso do paletó um charuto curto e fino e acendeu-o com o isqueiro a querosene. Uma idéia o obcecava. Sentia-se pronto para matar a fim de ter Emivalda só para ele. Assassinar. E mesmo assim continuava sem saber se a amava. Só estava seguro de que estava fora de questão que ela escolhesse outro que não ele.

Certa hora, apesar da escuridão, João viu uma silhueta deixar as escadas e ir à cozinha. Só podia ser Dida, que viera beliscar um resto do jantar. Ele às vezes a surpreendia ao voltar de madrugada de alguma farra com as meninas de Marie Dupeyrat. Apesar de seu aspecto raquítico, aquele pedacinho de velha comia feito um homem.

Na praça, um carro engasgou com barulho antes de descer na direção do Largo dos Guimarães. Com certeza um viajante perdido ou uma patrulha da polícia sem ter o que fazer. Quando ia subir para o quarto, a sombra saiu da cozinha e foi até ele, segurando numa das mãos um castiçal aceso e, na outra, um litro de cachaça. Quando se imobilizou na sua frente, João quase engoliu o charuto. Em vez de Dida, Otália estava diante dele, empinada na camisola branca de dormir, com o eterno pano amarrado na cabeça, descalça. A luz trêmula dava à sua silhueta um porte de rainha. Ela parecia uma fada saída das lendas brasileiras em que os sangues misturados permitem criar mulheres de rara beleza. João quis se levantar para cumprimentá-la, mas ela o interrompeu:

– Não, não se mexa. Preciso lhe falar. E esqueça o *brandy*. Para uma ocasião como esta, precisamos de cachaça.

Em cinco meses, ela nunca lhe dissera tantas palavras. Ele ficou onde estava e Otália veio se sentar no mesmo sofá. No silêncio, ela abriu a garrafa e tomou três goles sem pestanejar. Depois tirou da gaveta da mesa baixa um charuto comprido de tabaco escuro e acendeu-o com a chama da vela. Até ali João só a vira beber água ou leite e reclamar em surdina do cheiro de charuto que empestava a casa.

Ela lhe passou a cachaça e ficou a olhá-lo fixamente nos olhos verdes onde a luz da vela fazia dançar reflexos dourados. Ele tomou o seu gole e pôs a garrafa sobre a mesa. Ela então lhe falou bem devagar:

– João, Emivalda não pode se casar de modo algum com Antônio, seja ele filho do todo-poderoso Roberto do Cedo, de um zé-ninguém ou até mesmo do diabo.

– Mas o tio disse que...

– Meu marido é um bom sujeito, mas tem menos cérebro do que um passarinho. O dinheiro e o poder fazem com que ele transpire demais. Emivalda não vai se casar com esse vagabundo filho de rico, pois Antônio do Cedo e minha filha têm o mesmo sangue correndo nas veias...

Por um momento João se perguntou se estava sonhando, se estava na cama ou se a maconha da véspera não recomeçava a embalar a sua mente. Arregalou os olhos e teve de se render à evidência. Diante dele estava bem Otália, a apagada e muda Otália, a lhe falar. Enquanto bebia de novo no gargalo, ela desfez o penteado num gesto lento. Uma espessa cabeleira negra e ondulada caiu como que por magia sobre seus ombros até o meio das costas. Um pouco constrangido, João percebeu na transparência os seios pesados daquela mulher, cujas tetas escuras marcavam o branco do tecido. Ela puxou várias vezes o charuto com uma sensualidade divertida e começou a falar com uma voz que o fumo tornava áspera:

– Vou lhe contar algo que só Dida conhece. Minha filha e meu marido nunca ouviram esta história...

– Mas por que a mim?

– Não sei se você ama a minha filha. Você está na idade em que se deseja as mulheres, mas em que se é jovem demais para amá-las de verdade. Seja como for, preciso de você para evitar este casamento que vai de encontro à natureza.

Então, Otália, rainha índia e africana, explicou. Sem vergonha, sem pudor, sem exagero nem encenação, ela contou seu segredo com os olhos perdidos no passado:

– A mãe da minha mãe era africana. Ela chegou aqui no século passado, por volta de 1850, com os últimos navios negreiros que forneceram o ébano, como os escravos eram chamados, ao nosso país. Ela era muito jovem. Tinha apenas treze anos. Chamava-se Bambara. Mas teve a sorte, ou o azar, de sobreviver à travessia...

Em seu olhar brilhavam os sofrimentos de dez milhões de africanos arrancados de suas terras e empilhados nos porões dos navios negreiros do Triângulo de Ouro. Quando não era a fome, os açoites ou as doenças que os matavam, o banzo se encarregava. Banzo, uma palavra simples para dizer o indizível da infelicidade, do medo, da vergonha e da angústia. Esses barcos transportavam, sem grandes cuidados, acorrentados nos porões, a suplicar e gemer, ferreiros, adestradores de galinhas, feiticeiros, príncipes, tocadores de tambor, escultores, guerreiros, caçadores, poetas, cantores, vociferadores, conjuradores de demônios e de sortes, sacerdotes em ligação com o outro mundo. Ao chegar no Brasil, metade dessa carga desaparecia, jogada no mar, inútil e sem valor.

– Mas minha avó, junto com o irmão, agarrou-se à vida. A não ser que tenha sido o oposto...

Anos antes, o avô do escrofuloso Antônio ainda não tinha ficado rico e nobre. Não passava de um filho de emigrante português, mais um assassino e estuprador que Lisboa expulsara do reino, como milhares de outros condenados à prisão ou à morte. Na Bahia, tirara da mata alguns hectares de terra bem gorda antes de morrer de um tiro de pistola num boteco de marinheiros, numa noite de bebedeira. O filho, Carlos, pegou o negócio do pai e fez prosperar e ampliar seu bem. Comprou escravos, conseguiu até um título de nobreza. Quando o navio negreiro desembarcou sua carga, ele adquiriu Bambara e seu irmão. Como bom católico, deu-lhes o nome de Pedro e Maria e alojou-os com os outros escravos na senzala, um barracão de madeira imundo.

– Mas infelizmente, minha avó se tornou, aos quinze anos, uma jovem desejável. E o senhor, Carlos do Cedo, embora se preocupasse apenas com o dinheiro e as terras, acabou por notá-la. Aconteceu numa tarde de dezembro, em pleno verão, quando ela lavava a roupa nos tanques da fazenda...

"Ele a viu debruçada, a bunda e o ventre balançando a cada gesto, a camisa fina de algodão molhada de água e suor grudada no peito, e foi ficando louco de desejo. Ele tinha que cobrir aquela fêmea. Antes de ter tomado uma mulher branca e amantes de sangue misturado, ele já copulara contranatura, sendo jovem, com cabras e bezerras. Uma negra não mudaria muito, já que ela tampouco tinha alma. Agarrou-a, então, à força, brutalmente, batendo nela ao mesmo tempo no peito, no rosto e no ventre, com o chicote pregueado. Para acalmá-la, deu-lhe uns socos e gozou dentro enquanto ela se afogava na água do lavatório. Depois, vestiu-se e voltou a seus assuntos. Antes de subir no cavalo, teve de qualquer modo o cuidado de tirar seu rosto da água. Pagara caro por ela no mercado e não costumava esbanjar.

"Quando o irmão de Bambara voltou da plantação ao cair da noite, encontrou a irmã deitada na esteira com a blusa cheia de sangue. Como um louco, correu gritando até a casa do senhor.

"Mas não chegou até a porta da casa-grande. O sr. Carlos do Cedo o esperava atrás da janela da cozinha com o fuzil preparado no colo. Para não matá-lo, deu-lhe um tiro na perna. Depois, cachimbo na boca, saiu com uma lanterna na mão. Mandou acenderem tochas. Que chamassem todos os escravos para a frente da casa-grande. Trouxeram então Maria. Ele mandou que a despissem. Depois, cortou o braço direito e o pé esquerdo do irmão de Maria. Assim, disse, iria passar a vontade de correr para tentar assassiná-lo. Em seguida, pegou uma tocha e enfiou-a no olho esquerdo de Maria. Assim, disse de novo, ela só veria a metade do dia e a metade da noite...

Otália estremeceu e bebeu outro gole de cachaça. Acendeu de novo o charuto e prosseguiu, com a mesma voz lenta e rugosa:

– Minha avó teve uma filha desse porco. Como não era um macho, o velho Roberto do Cedo evidentemente não reconheceu a filha. Esta, quando a escravidão foi abolida, encontrou meu pai e ficou, então, grávida de mim. Em meu corpo e no de Emivalda corre o mesmo sangue que nas veias de Antônio do Cedo. Por isso é que esse casamento não pode acontecer e não acontecerá...

João viu Otália levantar-se diante dele. Seus cabelos formavam uma coroa que a brisa marinha divertiu-se em roçar, fazendo também tremer a chama da vela como numa água cor de azeviche. De repente, o silêncio foi quebrado pelos sons graves de atabaques vindos de um morro vizinho. Otália se arrepiou. Antes de sair da sala, ela acrescentou:

– Amanhã eu vou ver a mãe-de-santo. E você vai vir comigo, João. Esse casamento não pode acontecer.

– Muito bem, tia Otália. Vou fazer o que a senhora mandar.

Com um sorriso triste, quebrado pelo cansaço de ter falado tanto, ela concluiu:

– E, por favor, mostre um pouco mais de respeito pela velha Dida. Quando ela era jovem, ela se chamava Bambara, antes que um filho-da-puta a batizasse de Maria...

João não disse nada e ficou olhando Otália se afastar em silêncio no frescor da noite.

13

João deixara Marselha morrendo de medo. Graças ao tio, pudera fazer uma nova vida no Rio de Janeiro em poucos meses. Com exceção da morte dos dois Talsimoki no quintal da Colombina, ele levara, desde a chegada, uma existência de sonho e sua ascensão social era promissora. Até a véspera, nos altos de Santa Teresa ele sentira ter a alma de um pioneiro, de um Cabral. Emivalda lhe estava prometida. Ele a colheria na hora certa. Não estava muito inquieto com o noivado dela com aquele Antônio do Cedo. A tia Otália ia fazer o necessário. Ele não conhecia essa misteriosa mãe-de-santo de que ela lhe falara, mas essas três palavras lhe haviam parecido suficientemente pesadas de ameaças para que recuperasse a serenidade. Além disso, o gigantesco Cristo Redentor breve se ergueria no morro do Corcovado e garantiria, assim, para ele, um salário de ministro junto com um automóvel estalando de novo. Esse automóvel que faria de João um homem importante junto a seus próximos. O futuro lhe pertencia.

Infelizmente, nos dias que se seguiram a essa estranha revelação da tia Otália, João degringolou de seu pedestal para mergulhar na decepção e na amargura.

Dois dias depois dessa noite, o jovem fora, como todas as segundas de manhã, ao escritório de arquitetura onde trabalhava, na Avenida Rio Branco. Certo de que Silva Costa ia festejar com ele, como se devia, a boa notícia, João fez todo o trajeto assobiando, mãos nos bolsos, cigarro no canto da boca. Entretanto, assim que entrou na firma, sentiu que uma atmosfera pesada reinava sob os altos tetos de madeira escura. O arquiteto, depois de lhe dirigir uma saudação polida e constrangida, fechou-se na maior das salas e de lá não saiu mais até de noite. As quatro secretárias, Lara, Márcia, Cíntia e Silvana, de hábito amáveis e risonhas, não lhe dirigiram, por assim dizer, uma única palavra. João tinha serviço esperando. Não deu muita importância e mergulhou no trabalho. Lá fora, uma chuvinha nojenta pôs-se a acinzentar a cidade e ele não largou mais os dossiês até de noite.

Às seis da tarde, Lara, Márcia e Cíntia foram convocadas por Silva Costa. Dez minutos mais tarde, saíram do escritório, mudas e crispadas. Pegaram as coisas pessoais, sem esquecer os vasos de flores da mesa de João. Sobre a cômoda ficaram apenas, sob a luz elétrica do lustre, o vaso de Silvana e as três rosas mortas, com gotas d'água por cima. Sem explicação, deixaram juntas o escritório de arquitetura para não voltar mais.

Às seis e meia, Silva Costa convocou João. O assunto, ali ainda, foi resolvido em poucos minutos. O projeto do Cristo Redentor sobre a baía do Rio fora aceito, mas era preciso fazer algumas modificações. O que arriscava demorar muito. O dinheiro não iria entrar antes de vários meses. Lara, Márcia e Cíntia estavam demitidas. Silvana viria dia sim, dia não.

– E eu? Como eu fico nisso tudo? – balbuciou João, subitamente inquieto pelo rumo que tomavam os acontecimentos.

Silva Costa, que estava há horas afundando na poltrona, acendeu o cachimbo enquanto João prosseguia:

– E então? Eu trabalhei! Tenho direito a um aumento e ao automóvel. O senhor me prometeu, não é verdade? Eu trabalhei!

– Nós todos trabalhamos, João. E esse projeto vai ser feito, pode acreditar em mim. Mas não imediatamente...

– Quando então?

– Não sei. Ano que vem, talvez. Ou no seguinte. Enquanto isso, vai ser preciso fazer economia, cortar os salários...

– E o meu carro?

– Eu lhe dou o meu, João. É tudo que posso lhe propor por enquanto.

Por trás do vidro enfumaçado do escritório, a chuva ficou mais violenta enquanto uma noite de chumbo esmagava a cidade com todo o seu peso. João se sentiu cansado. Um cansaço misturado com nojo tal que ele até então jamais conhecera. O carro de Silva Costa... Uma carroça boa para o ferro-velho, isto sim! Um modelo criado em 1905 e que parecia, a ponto de enganar, com o Decauville de Fernando Guerra Duval. Fora o segundo carro a ser importado no Rio. Logo antes, em 1895, fora o grande jornalista e ardente partidário da abolição da escravidão, José do Patrocínio, quem virara a primeira página do automobilismo no Brasil. O carro rodava a vapor e tinha um guidom de bicicleta no lugar do volante! Por que não lhe propor este, já que estamos aí!

– Sei que é difícil e decepcionante, João. Mas se quiser continuar trabalhando conosco, as dificuldades ainda não acabaram. Você deverá se contentar daqui por diante com dois terços, talvez com a metade do seu salário atual...

João só vira uma vez o automóvel de Silva Costa, num dia em que ele fora lhe entregar um dossiê urgente em seu domicílio, na Praça da República. E tivera que se esforçar para não rir. O Ford T quatro portas datava de 1908. Tinhas rodas de charrete e logo fazia pensar numa enorme aranha negra e peluda, ou então num carro fúnebre americano! Mas se aceitasse aquela velharia, Euclides ia rir dele, e talvez escrevesse até uma fofoca a esse respeito em seu jornal. E Bartolomeu Zumbi? E o tio, e a tia, e Emivalda, e toda Santa Teresa? Sem falar de Antônio do Cedo, aquele cachorro milionário...

Mudo, João se levantou, saiu da sala de Silva Costa, pegou o paletó e deixou o escritório de arquitetura. Nem até-logo nem explicação. Ele viera para cá fugido de uma vendeta, não para fazer fortuna. Sem o tio Francisco, ele hoje seria um trabalhador braçal numa fábrica ou num canteiro de obras.

Mas o acaso lhe entreabrira as portas do paraíso. Ele tomara gosto pelas roupas elegantes, pelas camisas brancas, os sapatos de couro e as viradas noturnas com as meninas de Marie Dupeyrat. Haviam-lhe ensinado a vida boa. A partir daí, ele se sentia familiar desse mundo onde tudo era mais fácil, onde ninguém se preocupava com casa e comida todos os dias, onde se era chamado de doutor por pessoas bem mais cultas que ele. E quando ia, enfim, alcançar um objetivo, retiravam-lhe isso tudo, unicamente porque aquele Cristo infeliz não ia ser feito?

Na Avenida Rio Branco, na altura da Rua da Carioca, João de repente sentiu o ódio lhe devorar as entranhas. Ele ia ser rico e se casar com Emivalda. Era preciso e ele o desejava nesse instante mais que tudo no mundo. Dali por diante, pouco importavam os meios.

Na altura da Praça Floriano, João pegou a direita e chegou, enfim, ao grande aqueduto onde um bonde fazia sua subida para Santa Teresa. Às costas, ouviu o rolar de tambores de sons graves, a não ser que fosse uma série de trovoadas anunciadoras de algum temporal chegando, violento e irresistível.

As duas semanas seguintes se passaram como num sonho. Todas as manhãs, João se vestia, tomava o bonde de nove e quinze, jogava conversa fora com os outros viajantes e chegava ao centro, como se fosse trabalhar, como se nada tivesse mudado. Ninguém, nem mesmo Euclides, estava a par de sua demissão do escritório de arquitetura. Com uma facilidade desconcertante, João se instalou na mentira, sem o mínimo remorso. Se lhe falavam de seu fabuloso automóvel, ele logo inventava mil detalhes sobre o veículo. Nos últimos dias, seu Renault tipo II, quatro cilindros em linha e equipado com um motor de 2.120 centímetros cúbicos, de fato chegara ao porto do Rio, mas ele mandara de volta para Paris. Ele encomendara um automóvel azul e lhe entregaram um preto. O funcionário da alfândega pagou o pato! Caso evocassem a construção em breve do famoso Cristo Redentor, ele respondia com ênfase e uma profusão de detalhes sobre a implicação do Vaticano, a de todo o Rio de Janeiro, os materiais e as técnicas que seriam utilizadas, as intermináveis noites de vigília que ele tinha de agüentar, no escritório, a fazer planos, enquanto Bartolomeu Zumbi multiplicava os esboços. Ele tinha uma resposta para cada pergunta e no início ninguém duvidou por um só instante, diante de tanta persuasão, que todos esses belos discursos fossem apenas um amontoado de mentiras.

Na verdade, João passava os dias ocioso, andando de um bairro a outro, a paquerar, a jogar nos cavalos, a visitar Bartolomeu Zumbi em seu ateliê da Rua Joaquim Silva, bebendo e farreando cada vez mais cedo no Palácio Real, de Marie Dupeyrat. A Colombina, de simples bar-restaurante, tornara-se seu verdadeiro escritório, onde ele lia os jornais e de onde nunca saía sem cumprimentar os garçons e Afonso Cotrim com um ar entendido e cara de sem-vergonha.

De imediato, João pensara em arrumar um trabalho, sempre como colarinho-branco, num outro escritório. Mas a perspectiva de recomeçar do zero, de ter de obedecer a ordens, de explicar aos amigos e conhecidos por que deixara o escritório de Silva Costa, em suma, confessar que agora não valia mais que um burro-sem-rabo, além disso sem automóvel algum no horizonte, isso tudo foi demais para as suas forças. Assim, os dias se passavam com indolência e o aproximavam de um destino do qual ele ignorava tudo, mas que ele esperava que fosse grandioso.

Nesse ritmo, as magras economias de João Domar rapidamente se esgotaram. No meio de junho, ele não tinha mais nem um vintém no bolso pois, para preencher o vazio de seus dias, passara a beber cada vez mais, num frenesi inquietante. Seu caráter, até ali calmo e doce, começou a mudar. Por uma ninharia, sem razão alguma, ele de repente estourava em crises de cólera de que só saía, assustado e esgotado, para de novo mergulhar no fundo de uma garrafa de cachaça ou de conhaque. No Largo das Neves, Otália e Dida imaginaram que algo de preocupante estava se tramando, mas se abstiveram de intervir. O tio Francisco, que passava as noites a escrever ao doutor Carlos do Cedo cartas que nunca enviava, pois a idéia de ficar sem a filha começava a atormentá-lo, não percebeu nada. Para ele, João continuava sendo João: seu filho adotivo, francês, brilhante, de futuro bem traçado. Quanto a Emivalda, ela empalidecera, não comia, por assim dizer, mais nada; ficava na solidão do quarto a torcer as mãos de desespero à menor evocação daquelas núpcias malditas.

João conheceu a mais violenta de suas crises de cólera numa noite de lassidão extrema, no primeiro andar do Palácio Real. Ao sair do quarto exótico (uma peça decorada com falsas palmeiras e redes de pesca, equipada com uma cama em forma de barca coberta de lençóis bufantes para figurar a espuma, com remos, colares indígenas de plumas coloridas e um monte de outros acessórios do mesmo gênero para atender aos desejos de viagens dos visitantes), quando ia empurrar a cortina de pérolas vermelhas que dava para o salão, ele interrompeu seu gesto ao ouvir Marie Dupeyrat rir. Sentada no sofá de veludo, ela observava um bobalhão fantasiado de ás de paus e com o qual ele cruzara duas ou três vezes. Este, já bem alto, saracoteava desengonçado na frente dela, cachimbo preso nos dentes, a barriga inchada ao máximo, resmungando frases ininteligíveis. Marie Dupeyrat conseguiu acalmar o riso e implorou:

– Vicente! Pare! Você vai me matar assim!

O palhaço logo se prosternou junto a seus joelhos, num gesto teatral:

– Espere um pouco, baronesa! Que diabo! Se a senhora morrer, o Rio de Janeiro vai perder seu único salão digno de receber em seu seio a bela burguesia da nossa capital!

– Meu caro Vicente, o senhor é impagável! Principalmente quando começa a imitar o pobre Silva Costa...

O dito Vicente deu então um salto. Esboçou um *entrechat* e veio sentar-se junto a Marie.

– A senhora tem razão, baronesa. Não se deve rir dos negócios dos outros. Aliás, a senhora ficou sabendo o que aconteceu com o escritório?

– O quê? O anúncio da venda?

– Se fosse só isso! O pobre maluco não vai poder pôr nada à venda antes de pagar todos os credores. Ele já teve de hipotecar a casa da Praça da República e está quase na rua. Quando seria tão simples dar o fora sem reembolsar ninguém!

João fez um novo gesto para afastar as cortinas de pérolas, mas Marie Dupeyrat acrescentou:

– Aquele pobre homem vai acabar se suicidando. Não é como o João, seu empregado. Este continua a dizer a todo mundo que o escritório está nadando em ouro e que Silva Costa vai lhe dar um automóvel em pagamento...

– Não diga.

– Como estou lhe dizendo. Eu até que gosto do João. Ele presta serviços. Então a gente finge acreditar nele.

Ela respirou forte, levantou-se e voltou a reinar por trás da bancada de mogno do balcão. Depois, sempre brincando com um charuto entre os lábios vermelhos, acrescentou:

– Isto dito, o trabalho é o trabalho. Quando não tiver mais um tostão, na rua o belo coração! Tenho um negócio a gerir. Já cobro dele um preço que deixaria o senhor com ciúmes... E, além disso, fiquei sabendo que ele anda com os negros!

– Baronesa, eu a adoro! Sentimental e cruel!

Por trás da cortina, João empalideceu. Não foram as palavras, mas o tom em que foram pronunciadas que expulsou o sangue de seu rosto. Um tom de desprezo benevolente, de desdém meloso. Ele não fazia mais parte da fina flor da sociedade. Todos sabiam e riam às suas costas. Ele era o otário na história, o corno magnífico e digno de pena.

Três ingleses de pilequinho sob os trópicos empurraram a porta de entrada, precedidos de Nina, a vendedora do térreo, a única habilitada a selecionar os clientes para o primeiro andar. Com as saudações convenientes a uns e outros, João atravessou o salão sob o olhar espantado de Marie Dupeyrat e deixou o Palácio Real roído de raiva.

Ao passar na frente da Colombina, ele decidiu tomar uns goles de cachaça. Ivan serviu-o sem discutir, mas depois do primeiro dedal, foi Afonso Cotrim quem trouxe ele mesmo uma garrafa. Contrariando seus hábitos, não se sentou à mesa com João. Debruçou-se junto a ele para servi-lo e, do modo mais discreto possível, falou-lhe nestes termos:

– Dr. Domar, o senhor sabe que tenho uma grande afeição pelo senhor. Mas isso não pode mais continuar. O senhor já me deve um mês de crédito. E fico constrangido de lhe dizer, mas...

– Mas o quê? – riu João com amargura.

– Estou chegando... Todos sabem que o dr. Silva Costa teve de despedi-lo e que o senhor nunca vai receber o seu automóvel. Desculpe-me lhe dizer isso tudo, mas me dá pena vê-lo assim...

João mal reprimiu um brusco refluxo. Sem tirar os olhos do mármore do gueridom, resmungou em voz baixa:

– Não fui despedido e vou ter um carro. Quem lhe disse isso é um mentiroso.

– Foi o seu amigo, o jornalista Euclides da Fonte, quem me disse...

Com um sorriso cheio de dor, João entendeu por que havia mais de duas semanas que Euclides não dava notícias e não respondia aos recados que ele deixava no jornal. Ele não saía com zés-ninguém, com sem-vinténs fracassados. Ele também devia bem estar rindo de sua situação nessa hora!

Antes de deixá-lo, Afonso Cotrim colocou uma mão amiga no ombro de João. Depois concluiu com algumas palavras que soaram como uma sentença:

– Enquanto o senhor não tiver acertado a sua dívida, não poderei recebê-lo aqui. Criaria um precedente constrangedor. Enquanto isso, acabe a sua garrafa, doutor. Eu convido...

Virou-lhe as costas e se afastou. João enfiou a garrafa no bolso direito do paletó e deixou a Colombina, cambaleando, bem mais de humilhação que do álcool. Durante horas, errou pelo Rio de Janeiro, essa cidade que lhe oferecera tudo e que tudo retomara com a mesma rapidez. Jogou a garrafa vazia por cima de uma cerca, foi vomitar as tripas uns metros adiante, numa sarjeta escura, suja de imundícies, cheia de ratos. Pôs-se de joelhos numa terra fofa e pegajosa e expulsou com grandes soluços de desamparo violentas golfadas nojentas. Ao abrir os olhos, queixo virado para o céu, entreviu num nevoeiro a silhueta do Corcovado, banhada de lua. Com o pouco fôlego que lhe restava, João cuspiu na face da montanha sagrada.

Nessa noite, o rapaz voltou como pôde ao Largo das Neves. Quando se jogou na cama, esgotado, a escuridão mal começava a empalidecer; pesados lençóis de bruma ainda escondiam, bem longe atrás do centro da cidade, a enseada de Botafogo. Tremendo, João acendeu a ponta de um cigarro. A fumaça ácida provocou nele um doloroso acesso de tosse. Em menos de seis meses, ele perdera tudo. O trabalho, o carro, a amizade de Euclides, as meninas de Marie Dupeyrat, a estima de Afonso Cotrim. Ao assassinar duas vezes, perdera até a alma.

A única coisa que lhe restava era Emivalda. E mesmo assim, a relação entre eles estava por um fio. Dias depois da conversa com Otália sobre suas origens, João fora com a tia ver a mãe-de-santo num terreno baldio perto do cemitério de Santa Teresa. Otália não dera detalhe algum, nem antes nem depois. Na verdade, João servira apenas para carregar um saco pesado com oferendas e uma gaiola onde pulava feito louco um galo preto a bater as asas. Ao chegar perto do terreno, a tia pegou o saco e a gaiola e lhe disse simplesmente:

– Você espera aqui. Quanto menos você souber, melhor será.

Depois desapareceu na chuva.

Em Marselha, bruxas, mágicas, feiticeiras, videntes, cartomantes, estavam por toda parte. Antes de saírem pela Canebière, nas imediações dos cais de atracamento ou perto dos hospitais, disfarçavam-se de ciganas esfregando rolha queimada no rosto. Depois, penduravam enormes argolas de prata nas orelhas e iam buscar o infortúnio e o medo. Magia branca ou magia negra: tudo era bom para conseguir uns trocados, até mesmo belas moedas de ouro nas majestosas mansões da Rue de Rome ou na de Saint-Ferréol.

Quando Otália voltou, encharcada de chuva e com as mãos vazias, João não fez pergunta alguma. Ele não acreditava nessas coisas de mulher. Ele só dava valor à realidade concreta das coisas, à lógica. Por isso não ficou surpreso quando, em 15 de abril, Antônio do Cedo se apresentou de novo no Largo das Neves com um buquê nas mãos, na hora do café. João e Otália imediatamente trocaram um olhar desiludido. Ainda comprido e magro, Antônio parecia, mesmo assim, ter reencontrado as cores e sorria feito bobo, mostrando os incisivos do maxilar inferior mais pontudos que nunca. Nesse dia Emivalda disse estar indisposta e o buquê foi parar na lata do lixo. Enquanto Francisco da Cunha e ele falavam de dote e de lista de convidados, João teve de reconhecer que a misteriosa mãe-de-santo tivera de qualquer modo êxito num campo: o hálito de Antônio do Cedo piorara, a tal ponto que o tio só se dirigia a ele com um charuto aceso em permanência na boca.

Nesse instante preciso de suas reflexões, João foi tirado de seu cochilo e da tonteira por uma batidinha na porta do quarto. Sentou-se na cama e, quando ia se levantar e trancar a porta à velha Dida, esta se abriu lentamente. Em seguida, em três passos rápidos, uma sombra branca entrou no quarto e fechou a porta atrás de si.

– Tia Otália? O que a senhora está fazendo aqui?

O fantasma se voltou e avançou na luz cinzenta do dia que clareava:

– Sou eu, João...

Emivalda. Estava diante dele, trêmula, descalça, numa camisola que sequer lhe cobria os joelhos. Os olhos baixos, as mãos cruzadas nas costas, ela murmurou:

– João, eu não quero... Eu não quero me casar com esse infeliz do Antônio do Cedo. Se meu pai me obrigar, prefiro me suicidar...

Emivalda levantou o rosto e, sem tremer, desabotoou um a um os botõezinhos que fechavam a camisola. O tecido desabou em volta de seus pés e a jovem lhe pareceu como uma deusa do mar a caminhar sobre a espuma branca. Surpreso, João não acreditava no que via. Através da roupa, ele sempre imaginara um corpo firme e harmonioso, estourando de jovem, de sensualidade, de desejos. Na palidez da madrugada, ele viu então que a realidade sempre inventa mais do que os sonhos.

Emivalda não era bela. Era mais do que isso. Estatura mediana, pele sedosa, punhos e tornozelos finos, nádegas levantadas, quadris largos como para valorizar ainda mais os seios em forma de peras, pesados e elásticos, ela possuía uma graça e um porte como João nunca vira. Ele piscou os olhos várias vezes e a viu avançar na sua direção com seu andar macio.

Ao chegar perto da cama, ela ficou imóvel de novo, pernas apertadas, e afirmou com a voz ligeiramente seca:

– João, eu quero ser sua. Tem de ser agora. Amanhã vai ser tarde demais...

Ainda sentado na beirada da cama, João avançou o rosto na direção do ventre nu de Emivalda. Ao encostar, esqueceu instantaneamente as sujeiras da sarjeta, os cheiros pestilentos dos detritos em que se ajoelhara e que ainda lhe sujavam as pernas, os relentos de vômito que lhe haviam manchado a camisa. Todo o seu medo desapareceu, levando com ele seus sonhos desfeitos de se tornar um notável, de sair enfim de sua condição só pelo trabalho. Hoje João Domar não era mais nada.

Mas, no cheiro de baunilha do ventre de Emivalda, João se sentiu o novo dono do mundo. Nele enfiou o nariz, o rosto, os olhos, a testa, mordendo-o e beijando-o ao mesmo tempo, embebedando-se nesse ventre limpo e virgem, redentor, enquanto acariciava suas nádegas com as mãos cheias, soluçando de mal-estar e de felicidade encontrada, a pele eletrizada e apaziguada a um só tempo por esse contato amoroso.

Emivalda ficou imóvel. Só seus dedos acariciavam e puxavam suavemente a cabeleira negra de João. Ela tinha a seus pés o homem que amava. Ela o puxava para junto de si, até a superfície. Ela o arrancaria das tristezas e das revoltas que ela não compreendia, pela graça e o poder de seu amor.

Ao longe, eles não ouviram o sino do primeiro bonde anunciando sua chegada no Largo das Neves. Enroscados um no outro, fazendo um só corpo na cama de lençóis brancos, amaram-se com paixão. Quando João penetrou nela pela primeira vez, ela cravou bem fundo as unhas em suas costas. O sangue lhe correu entre as coxas e foi para Emivalda uma libertação. João também sentiu o sangue escorrer atrás e foi para ele uma tatuagem de amor.

Uma hora depois, ela deixou o quarto num passo seguro. Seus olhos brilhavam. Antes de desaparecer no corredor, murmurou ao seu ouvido:

– De agora em diante sou sua. Nada poderá nos separar, João. Só a morte...

O RIO AFRICANO

14

Essa noite de amor deveria pôr um ponto final na existência tumultuada de João Domar. É verdade que ele não tinha mais trabalho nem carro. Mas tinha enfim possuído a mulher que desejava até a loucura. Com um pouco de diplomacia, o tio ia anular seu projeto de casamento unindo Emivalda a Antônio do Cedo. João ia encontrar um lugar de escrivão numa ou noutra administração brasileira e, daqui até o fim desse ano de 1922, ele se casaria com a jovem prima e daria uma festa de primeira.

Foi exatamente o inverso que aconteceu. Quando Emivalda deixou o quarto de João, este logo sentiu violentos soluços subirem de suas entranhas, invadirem sua caixa torácica e estourarem em lágrimas quentes que escorreram sobre seu rosto. Pela primeira vez na vida, chorou. Perdera Marselha. Perdera seu sonho de se tornar um burguês respeitado. Com exceção de Zumbi, perdera aqueles que ele achava serem seus amigos. Ao possuir Emivalda, deu-se conta de que acabava de perdê-la no mesmo movimento. Sua princesa deixara o trono e doravante caminhava na lama, a seu lado.

A partir desse dia, João prosseguiu sua descida aos infernos e se tornou ainda mais impulsivo e colérico, alternando longas horas de silêncio e passeios pela enseada de Botafogo com brigas despropositadas, na rua, no Bar das Garotas, com o tio, a tia, a doce Emivalda e até com a velha Dida que, nessas horas, desaparecia mancando na direção da cozinha sem insistir. Todos os pretextos eram bons para fazer brotar um pouco dessa cólera que lhe revirava as tripas. Como amigo que não ignorava nada de sua situação, Bartolomeu Zumbi fornecia regularmente a João trouxinhas de maconha cujas volutas instantaneamente acalmavam seus acessos de humor e o faziam recair num bem-estar mudo.

Uma noite, ao sair do ateliê do pintor, João foi abordado por um menino de uns treze ou quatorze anos. Pés na sarjeta, um cigarro preso na orelha, vestido com calças largas e remendadas, uma camisa branca e um *canotier* sem palha inclinado de um lado da cabeça, ele interpelou João num tom brincalhão:

– E aí, chefe? É a nova moda, os sapatos sujos?

João parou debaixo de um poste de rua e observou seus sapatos de verniz sujos de lama. Depois de cuspir no chão, resmungou para o garoto:

– A esta hora, você já deveria estar em casa com sua mãe…

E saiu andando, tremendo sob a chuva. O pivete pôs-se então a segui-lo guardando entre eles uns metros de distância. Depois, com a voz rouca que não decidia a mudar, lançou ainda:

– Não tenho mãe… Mas tenho um trabalho. Não sou como o senhor…

João apertou os punhos no bolso e evitou responder. Além do mais, não era realmente o momento de procurar encrenca com ele. Zumbi estava a seco e não pudera lhe dar nem um galhinho de maconha. A noite se anunciava difícil. Mais alguns instantes e o moleque voltou à carga:

– E se eu não tenho automóvel, é só porque não tenho idade…

Ali ainda, João conseguiu se controlar. Sob os arcos da Lapa brilhando na chuva, ele ouviu de novo:

– E vou à Colombina quando quero… Sou respeitado. Não sou um otário!

Desta vez o sangue de João ferveu. Ele operou uma brusca meia-volta, braços esticados, a cabeça quente, mas não descobriu em seu rastro nada além de uma rua vazia e escura, onde a luz leitosa dos lampiões se refletia, molemente, de poça em poça. Acima dele, o último bonde da noite freou num estrondo metálico e se aproximou bem devagar do terminal da Lapa. Vinda do nada, a voz do garoto ressoou de novo:

– Ei, chefe! Eu não vim brigar!

– O que é que você quer, então? Filho de um cuspe!

Sempre flutuando na rua, a voz seca respondeu:

– Foi o dr. Cotrim, da Colombina. Ele me disse, assim, que o senhor está precisando de trabalho, e que...

– Não preciso de nada! Dê o fora, bicho imundo!

A uns dez metros dali, o pivete reapareceu graças aos faróis amarelos de um táxi à caça de freguês, mãos nos bolsos, cigarro aceso nos lábios. Antes de virar as costas, ele soltou:

– Como quiser, chefe. Se mudar de idéia, espero-o amanhã ao meio-dia, na frente do Bar da Tentação, na Rua Barão da Gamboa. Apareça para eu levá-lo à casa de Dona Diva...

– Sai fora, fedelho!

– Tudo bem, chefe. Mas o meu nome é Dori...

No dia seguinte, na hora combinada, João estava no bairro da Gamboa, barba feita, perfumado, rosa branca na lapela. Se fizera o caminho até o Bar da Tentação, não era de vontade de saber quem era essa Dona Diva, nem mesmo para descobrir que tipo de trabalho ela queria lhe propor. Vindo de Afonso Cotrim, não devia ser algo muito brilhante. A razão verdadeira que o fizera bater pernas nessa zona próxima do porto e do morro da Saúde era dupla. Primeiro, ele se prometera dar uns tabefes naquele fedelho, aquele Dori que parecia saber tantas coisas a seu respeito e que zombara abertamente de sua infelicidade. Mas também, e sobretudo, para escapar da atmosfera pesada da casa do tio Francisco. Todas as noites agora, Emivalda vinha encontrá-lo em seu quarto e, de manhã, lhe suplicava que contasse tudo a seu pai, a fim de pôr um termo definitivo ao projeto de núpcias com Antônio do Cedo, cujo prazo estava acabando. Toda manhã João prometia, mas, durante o café, sentia as forças lhe faltarem e se esquivava, sob o olhar desolado de Emivalda, assim que terminava.

– Então, chefe? Está todo arrumado hoje?

João reconheceu a voz do pivete, virou-se e, quando ia responder com vigor, de repente estourou de rir no sol do meio-dia. Dori cuspiu no chão e perguntou com uma sombra de inquietude no tom:

– E o quê? Por que está rindo feito um débil mental?

Incapaz de responder, o corpo inteiro sacudido por soluços, João se encostou na fachada decrépita do Bar da Tentação e enxugou lágrimas de hilaridade num lenço branco.

– Ei? Por que está rindo, chefe?

– Se você pudesse se olhar!

– O quê? Estou com a cara preta? Estou com a braguilha aberta?

João observou de novo Dori e logo recomeçou um acesso de riso irreprimível, enquanto o garoto resmungava:

– Mas ele é tarado, esse filho-da-puta... Completamente pirado, isto sim!

Procurando ser elegante, Dori mudara de roupa, como aliás fazia todos os dias. Nessa tarde, desfilava todo orgulhoso num traje incrível, composto de calças de um laranja bem forte, um paletó enorme e da mesma cor, uma camisa de seda verde-maçã e uns sapatões de laços pretos. Um chapéu-melão, sem brilho e apertado, ameaçava cair da cabeça toda vez que ele se mexia. Por isso Dori andava com extrema prudência, segurando o penante o tempo todo, como se estivesse pisando não num chão de terra mas num tapete de ovos.

Enquanto João enxugava as lágrimas, ele retificou pela milésima vez no dia a posição do chapéu-melão, depois sacudiu o pó do babado da camisa e murmurou para si mesmo:

– Esse vagabundo é tarado... Minha roupa é a última moda na Europa. Hoje só caipira velho se veste feito urubu.

Dori, cujo verdadeiro nome era Oscar Virgílio Zacarias, não tivera uma vida fácil. Último filho dos doze que sua mãe pôs no mundo antes de morrer de um coice de mula mal aplicado, Dori só conhecera uma existência feita de fome e pancadas. O pai, Ricardo, tinha de fato princípios claros quanto à educação. Todos os dias espancava os filhos para lhes ensinar o respeito. Depois de chutes e tapas, beijava-os para lhes ensinar o amor. Nesse ritmo, os filhos homens um a um deixaram o lar para viver de rapina e mendicância. As meninas também foram desaparecendo, engolidas pela Lapa e seus puteiros infelizes. Mais malandro que os outros, Dori fora adotado pelos chefões do jogo do bicho. E Dona Diva era uma das cabeças pensantes desse jogo.

No calor do meio-dia, o pivete não se estendeu muito contando sua infância, que ele aliás achava, de cima de seus quatorze anos, que já ia longe. Em compensação, e até chegarem à Praça do Santo Cristo, falou sem parar da qualidade e da diversidade de seus sete ternos, um para cada dia da semana.

– Isto é que é vida, chefe! Os ternos atraem as gatinhas. Não há... E sei do que estou falando!

João fumava e escutava falar aquele moleque já meio adulto, pele cor de pão queimado, olhos verdes enormes faiscando de malícia, cabelos encaracolados com mechas que iam clareando sob as carícias repetidas do sol e do sal do mar.

Os dois andaram uns minutos, depois pararam na frente de um prédio velho de muro em ruínas que datava da época colonial, na Rua Vidal Negreiros.

– Chegamos, chefe! O senhor pode entrar. Eu espero aqui fora.

João hesitou em subir os três degraus da entrada, Dori cuspiu mais uma vez no chão, consertou o penante, encostou-se na fachada da casa e zombou:

– E então? Está com cólicas, chefe?

– Cale a boca, miserável... Não é uma mulher que vai me dar cagaço!

– Então está esperando o quê?

João deu com os ombros, jogou o cigarro na calçada e arrumou o paletó. Depois, enquanto subia a escada, preveniu o garoto:

– É melhor este negócio ser sério. Não tenho muito tempo a perder!

Chegou ao último degrau, puxou a corrente da campainha e aguardou. Às suas costas, Dori começou a assobiar um samba enquanto se abaixava para apanhar a guimba acesa. Guimba de rico, de burguês. Não era de espantar que esse João estivesse na rua da amargura. Mais um branco que queria peidar mais alto que a bunda.

Reinava na casa de Dona Diva uma atmosfera tranqüila, perfumada de essência de limão. Um negro velho recebeu João sem uma palavra, conduziu-o por um corredor escuro e lhe indicou uma sala grande com janelas cujas cortinas de tecido fino balançavam agitadas pela brisa. No fundo dessa sala de chão de madeira, um sofá, ocupado pela silhueta de uma mulher, e uma mesa baixa coberta por uma toalha clara desenhavam-se na claridade que vinha de um pequeno quintal. O empregado desapareceu sem abrir a boca e João sentiu um arrepio naquele frescor repentino que contrastava com a fornalha da rua.

Uma voz rouca se elevou, então, fria sem ser desagradável:

– Obrigado por ter vindo até mim, sr. Domar. Estou persuadida de que nós dois vamos nos entender muito bem...

João se inclinou de maneira polida, depois respondeu:

– Senhora, o prazer é todo meu. Mas quero logo preveni-la de que não conto me entender com quem quer que seja sem saber o que...

– Cale-se e chegue mais perto. Temos que conversar.

A desconhecida não havia elevado a voz. Só mudara o tom, bruscamente mais imperioso e não aceitando recusa alguma. Num instante, João entendeu a imensidão do silêncio, golpeado pelo contrapeso de um relógio. Caminhou, então, em linha reta. A cada passo a silhueta ficava mais precisa. A mulher, de cabelos pretos ondulados e compridos, estava vestida de branco, com um corpete apertado na cintura deixando perceber um começo de peito pequeno. À sua volta, as dobras da saia branca comprida se espalhavam sobre o sofá e caíam até os seus pés. Mais alguns passos e foi o rosto que se desenhou. Traços puros, pele negra, lábios grossos realçados por um vermelho úmido, um nariz espantosamente aquilino que exigia respeito, duas enormes argolas douradas nas orelhas. Ela não tinha quarenta anos.

Quando julgou que ele estava próximo o bastante, Dona Diva bateu duas vezes as mãos e João logo interrompeu a marcha. Voltando à sala por uma porta escondida, o empregado dispôs aos pés do visitante um pufe de couro com arabescos dourados, depois se debruçou sobre a mesa baixa onde estavam colocados uma jarra e dois copos.

Diva prendeu uma mecha de cabelos atrás da orelha, depois murmurou, bem mais do que falou, num tom açucarado e ligeiramente áspero:

– Sente-se, sr. Domar. E deixe-me olhá-lo enquanto Luís nos serve uma limonada...

João obedeceu. Sob o tilintar do líquido e do gelo batendo nos copos, Diva esticou o corpo para escrutar seu convidado. Sem pudor, fixou-o durante uns bons dois minutos, não desprezando nada de seu rosto, dos cabelos, da roupa e dos sapatos também. João sentiu o rosto ficar púrpura ao se lembrar que seus vernizes ainda estavam sujos da véspera. No entanto Diva pareceu satisfeita com a inspeção e instalou-se novamente no sofá com um leve suspiro de contentamento. O velho Luís, que esperara pacientemente o fim do exame do convidado, serviu os dois copos de limonada e, sempre mudo, desapareceu de novo.

Depois de saborear uns goles com uma cara gulosa, a anfitriã explicou, enfim, as razões que a haviam levado a convocar João à sua casa:

– Aquele bom Cotrim não se enganou... O senhor é jovem, bonito e não tem um só tostão.

– Senhora!

– Não me interrompa mais, está entendendo? Sei o que estou dizendo. O senhor gosta de luxo e de belas roupas. É devorado pela ambição. Mas hoje está pobre feito Jó. E talvez eu tenha justamente um trabalho para o senhor.

Desta vez João não abaixou os olhos. No brilho da luz que atravessava as cortinas, ele estava enfeitiçado pelo rosto daquela mulher de encanto duro e langoroso ao mesmo tempo. Se outra pessoa lhe tivesse falado naquele tom ele já a teria esbofeteado, ou pelo menos censurado, e com rudeza ainda! Mas a beleza e a autoridade naturais que emanavam dessa Dona Diva haviam privado João de todos os seus meios. Nessa hora, ele só conseguia admirá-la, incapaz de se rebelar, a boca cheia de açúcar, gelo e limão.

Diva esticou-se para colocar o copo na bandeja da mesa baixa. Na hora de se sentar, notou que os olhos de João haviam mergulhado em seu decote aberto e que lá ficaram prisioneiros. Ela sorriu furtivamente e João sentiu que ficava mais vermelho ainda.

Ela arrumou o corpete e continuou:

– Caro João Domar, se o senhor trabalhar para mim, ganhará dinheiro. E se souber trabalhar rápido, ganhará muito dinheiro.

Ela pronunciou essas duas últimas palavras sem tirar os olhos do convidado. O coração de João pôs-se a bater mais forte no peito e ele ousou perguntar:

– Vou ter que trabalhar num escritório?

Diva sorriu, descobrindo duas fileiras de dentes pontudos, brancos feito marfim:

– Não exatamente... Em todo caso, exceto eu, o senhor não terá nenhum chefe. Será seu próprio patrão, de certo modo. E será pago em função dos seus resultados.

– O que eu tenho que fazer?

Em sua nuvem de musselina branca, Diva tirou um cigarro de um estojo prateado colocado junto dela e aceitou a chama que João lhe propôs tremendo. Soltou uma pesada nuvem de fumaça odorante, deixou o olhar pairar no vazio e perguntou a ele:

– O senhor já ouviu falar do jogo do bicho?

Quem não ouvira falar do jogo do bicho no Rio de Janeiro assim como em toda a imensidão do país? Há mais de trinta anos o Brasil inteiro confiava plenamente nesse jogo e apostava até as calças para tentar acertar na cabeça. O rico fazia para se divertir e espairecer. O pequeno-burguês, na esperança voraz de aumentar as economias sem ter de se matar trabalhando. E o pobre era quem mais jogava; ia ver o bicheiro do mesmo jeito que ia rezar na igreja, na esperança louca de ser enfim ouvido e acertar no milhar. Conforme os períodos, essa loteria, organizada de maneira magistral pelos malandros da cidade negra e das favelas, esse jogo de puro azar era tolerado pela polícia ou, então, ferozmente reprimido. Mas não havia jeito. Nem o risco de enfrentar as batidas policiais, nem mesmo a prisão: o jogo do bicho se entranhara na alma do brasileiro.

Diva continuou falando no mesmo tom longínquo que parecia desligado de tudo:

– Hoje não se pode mais confiar em ninguém. Há sete anos comando o jogo do bicho no norte da cidade. Aqui no Santo Cristo, mas também na Gamboa, na Saúde e até o morro de São Bento. Mas estou cercada de incapazes. Quando os apontadores não são umas bestas, são mais preguiçosos do que lagartixa. E como se eu já não estivesse carregando isso tudo, a organização agora me pede para cuidar do Estácio, Cidade Nova, Catumbi e Santa Teresa. Estou precisando de um homem como você...

As últimas palavras foram ditas num silêncio tenso. João, sempre preocupado em agradar à interlocutora, balançara gravemente a cabeça ao fim de cada frase. De novo, ela se esticou até ele e aproximou o rosto a alguns centímetros do seu. João se conteve para não agarrar aquela cabeleira com as mãos e abraçar aquela mulher com toda força. Ela murmurou:

– João Domar, você é o homem de quem eu estou precisando?

– Assim espero, senhora. Mas por que me escolheu?

Ela recuou um pouco, esquivou um gesto vago com a mão direita e respondeu com um ar entendido:

– Afonso Cotrim me falou bem de você, francesinho. Que sabe ler, escrever. E sobretudo contar. É verdade?

– É sim, senhora.

– Ele me disse também que você não tinha medo de morrer... Também é verdade?

João reviu o quintal lamacento da Colombina, a chuva diluviana, os raios, os corpos dos dois Talsimoki caídos na terra maculada de sangue. E a pistola ardendo entre os dedos. Arrepiou-se e soltou numa voz fraca:

– É sim, senhora. A morte não me dá medo. Ainda que eu prefira a dos outros à minha.

Diva esmagou o cigarro no cinzeiro e limitou-se em acrescentar:

– Se for honesto, tudo funcionará bem para você. Mas fique certo de que vão tentar passá-lo para trás. Para estes, você não terá escolha. No mundo do jogo do bicho não existem apontadores desonestos. Existem apenas apontadores honestos e apontadores mortos.

O grito de uma gaivota que pairava baixo no céu lhe deu um susto. Julgando que a entrevista havia durado o bastante, Diva bateu de novo duas vezes com as mãos e o fantasmático Luís reapareceu no umbral da porta da sala. João levantou-se, inclinou-se diante da dona da casa e estendeu a mão para solicitar um beija-mão. A resposta foi um muxoxo amargo:

– Quanto ao beija-mão, vamos ver mais tarde, rapaz. Minha proposta é muito séria. Cumprir convenientemente essa tarefa pede inteligência e conhecimento. Bem rápido vou ver se você é capaz disso.

– Quando quer que eu volte para receber instruções?

– Dori irá buscá-lo na hora certa. E sobretudo não resolva nunca voltar aqui sozinho sem ter recebido ordem.

– Muito bem, senhora...

Dori, chapéu cobrindo os olhos, encostado no muro da casa, descansava na sombra de uma árvore, guimba apagada nos lábios. Com um pontapé nos sapatos de solas furadas, João o tirou do cochilo:

– Vamos, ratinho! De pé, precisamos conversar...

O moleque resmungou por costume, depois se levantou e pegou rápido o chapéu-melão antes que este aterrissasse na sarjeta cheia de lixo. Recolocou-o sobre a cabeça, sempre com o mesmo luxo de precauções, e perguntou:

– E aí, chefe? Como foi?

– Assim, assim...

Dori estampou uma cara de surpresa:

– E o quê? Só isso? Assim, assim... Só isso?

João acendeu um cigarro e deixou os olhos se perderem no vazio, surdo às perguntas do menino como à confusão dos operários que instalavam postes de iluminação nos dois lados da rua, ela mesma em obras. Antes de voltar na direção do centro, ele soltou simplesmente, num sorriso:

– Siga-me, mato ruim. Vamos até a casa do Zumbi. E, no caminho, vamos conversando um pouco, você e eu...

Dori não tinha em seus hábitos obedecer a ordens, exceto as de Dona Diva. Mas aquele branco que mamava feio e fumava maconha da manhã à noite tinha algo de simpático. Além disso, era amigo do grande Zumbi. Não podia ser totalmente ruim. Depois de pensar um instante, o garoto tirou o chapéu e correu pelas calçadas em obras para alcançar João, evitando com saltos de cabrito buracos e entulho.

Eram três quilômetros da casa de Dona Diva até a Rua Joaquim Silva, onde vivia o pintor. João ficou silencioso quase o tempo todo que durou o trajeto. Na Praça Tiradentes, sentou-se num banco e enxugou a testa brilhante de suor. No alvoroço dos passantes e no meio das explosões dos motores dos carros, ele enfim se dirigiu a Dori:

– Então, garoto? O que é que você sabe sobre essa Dona Diva?

– Coisas.

– Mas que coisas?

– Coisas que eu lhe direi se me pagar um suco e se parar de me chamar de garoto ou de ratinho.

João dobrou cuidadosamente o lenço, depois respondeu:

– Para o suco, melhor não contar comigo. Estou duro feito um pau. Vamos beber na casa do Zumbi. Quanto ao resto, vamos ver. Como gostaria que eu o chamasse?

Dori encheu o peito e, com o ar mais sério do mundo, respondeu:

– "Cara". É de "cara" que eu quero que o senhor me chame...

– Tudo bem, vai "cara" então. Mas vai me dizer tudo o que sabe sobre ela, está claro?

Dori cumpriu a palavra. Ele conhecia de Dona Diva tudo o que se falava a seu respeito, nas ruas e em todos os botecos famosos e mal-afamados do Rio de Janeiro. Diziam que viera do Nordeste, uma região de miséria onde passam dez anos sem chover e onde, de repente, Deus acerta a conta inundando cidades e vilarejos debaixo de cinco metros de água. Bem jovem, Diva se casou com um mau partido, um cangaceiro de gatilho rápido, punhos destruidores, um beberrão sem dono, sem religião. Três semanas depois do casamento, ele foi caçar no mato e trouxeram-no de volta ao lar, roído por uma febre desconhecida. Foi dessa para melhor em 48 horas. A jovem esposa, feliz e aliviada por ter ficado livre daquele boçal e de suas violências, jurou nunca mais se casar. Dois anos mais tarde, cedeu no entanto às investidas de um vendedor de roupas íntimas, perfumado feito uma mulher e poeta nas horas vagas. Uma paixão muito platônica levou-os ao altar mas, três dias depois das núpcias, o pobre homem se apagou com a mesma febre violenta e misteriosa. Ela quase morreu de tristeza e de medo. Uma sorte a perseguia, que a impediria de ter o homem de sua vida a seu lado. Ela só decidiu tentar de novo o diabo quatro anos mais tarde, e com um jovem tabelião desta vez. Inexplicavelmente, a mesma tragédia se repetiu. Uma vez casado, logo para debaixo da terra.

Segundo o que diziam nas mesas dos bares, Dona Diva tinha matado mais de cem maridos sem que a polícia encontrasse qualquer prova de culpa.

– E como foi que ela chegou no Rio?

Dori, lustrando o chapéu com a manga do paletó, jogou ao acaso:

– Sei lá, chefe! Uns dizem que ela fugiu do Nordeste porque um inspetor encontrou alguma prova que podia condená-la por assassinato. Outros, que é por causa de uma mãe-de-santo que a família de um defunto teria contratado para fazer um trabalho de vingança contra ela. Em todo caso, aqui no Rio todos a respeitam. Por causa dessa história de morte e mandinga. Mas também porque é uma grande bicheira. E principalmente porque ela herdou uma imensa fortuna.

Pensativo, ele cessou de escovar o chapéu-melão e murmurou para si mesmo:

– Herdar dinheiro de cem maridos. Imagine só a grana...

João enrolou um cigarro e deu a Dori. No fundo da Praça Tiradentes, operários colavam os programas nas fachadas do teatro João Caetano. Depois de acender seu fino, João perguntou ao garoto:

– E já que você está me falando de mães-de-santo e macumbeiros: você acredita em espíritos, em magia?

Dori fez um sinal-da-cruz discreto balbuciando uma oração qualquer. Depois cuspiu entre os dentes e respondeu:

– Não converso sobre essas coisas, chefe. Dá azar. Mas que existem umas porras de uns sinais...

– Que sinais?

Com o penante, ele apontou para uma construção branca.

– Ele, por exemplo. Já é a terceira vez que a porra desse teatro pega fogo...

– E daí?

– Daí, nada. Só que tem um azar, porque ele foi construído com pedras erradas.

Foi a vez de João arregalar os olhos:

– Quer dizer que também se pode pôr mau-olhado em casas?

– É quase isso, chefe. Foi uma tia que me explicou a história. Os pedreiros utilizaram as pedras da catedral Nova Sé para construir o teatro. E não se constrói um teatro, com todas as garotas que ganham a vida lá dentro, com as pedras sagradas de uma catedral. Foi isso que jogou o azar. E é por isso que ele pega fogo...

João e o moleque apagaram as guimbas ao mesmo tempo. Dori, antes de retomar o caminho, tentou pela enésima vez enfiar o chapéu na cabeça, sem mais sucesso que das outras. De despeito, enfiou-o debaixo do braço jurando por dentro livrar-se rápido dele, vendendo-o ao primeiro otário a quem ele conviesse. Na sua frente, João apressou o passo. Ainda faltava um bom quilômetro até a casa de Zumbi. Às suas costas, ele ouviu a voz de Dori perguntar-lhe mais uma vez:

– Então, chefe? O senhor não me disse o que achou da Dona Diva?

– Disse sim, cara. Assim, assim...

O garoto soltou um assobio. Esperava tudo menos isso. Todos ficavam imediatamente apaixonados por Dona Diva. Todos os apontadores do bicho eram malucos por ela, dos mais jovens aos mais velhos. Ele mesmo sonhava com ela toda noite e, com freqüência, encontrava de manhã na esteira marcas desse sonho. Deu uma corridinha para alcançar João. Esse branco, ou era maluco, ou só gostava de branquinhas sem cor.

Um bonde tocou o sino e, como moscas nas costas de uma mula, João e Dori saíram atrás e se penduraram no estribo. Contanto que não sentassem nos bancos e que descessem em cada estação, não eram obrigados a pagar a passagem. Era por isso que os bondes estavam sempre vazios no interior e lotados nas laterais.

No estrondo do bonde que caracolava nos trilhos mal juntados, Dori de repente gritou:

– Chefe! A Dona Diva é uma deusa!

João se virou para o moleque e lhe lançou, num sorriso:

– Então eu quero rezar todos os dias! E até várias vezes por dia!

Tranqüilizado, Dori deixou brotar seu riso claro. Aquele branco não era maluco. E não gostava só de branquinhas. Eles iam com toda certeza formar uma parceria dos diabos. E a bicheira ficaria contente...

– Que camarão é esse que você está me trazendo?

No enquadramento da porta, Zumbi parecia ainda mais alto e mais magro que sempre. Camisa branca comprida manchada de tinta caindo até os joelhos, pincel na mão esquerda, descalço, cabelos jogados para trás, sua sombra pairava acima dos dois visitantes. Dori foi o primeiro a responder:

– Não sou um camarão. Sou um cara, senhor. Sou o cara Dori...

Zumbi quase explodiu de rir, mas o ar sério do garoto vestido de palhaço lhe impôs respeito. Aquele pedaço de mestiço quase marrom vinha da rua, e queria parecer homem. Zombar dele teria sido mais cruel que expulsá-lo com um chute na bunda. O pintor guardou, então, o seu riso na garganta e se esticou para a frente, à guisa de saudação, declarando:

– Mil desculpas, vossa senhoria. Se o cara Dori quiser dispor...

E abriu passagem para deixar entrar o moleque. Assim que este entrou no cômodo, Zumbi e João, ainda na entrada, o ouviram extasiar-se:

– Puta que pariu! Nunca vi nada tão bonito em toda a porra da minha vida...

Ao penetrarem no apartamento, os dois homens viram Dori, de pé diante de uma tela gigantesca colocada no chão, mudo de admiração, as duas mãos juntas sobre o peito, o chapéu caído. Com uma voz emocionada, o moleque perguntou:

– Foi o senhor mesmo que pintou esse troço, seu Zumbi?

– Foi, cara. Fui eu mesmo.

Dori deu um passo para trás sem tirar os olhos da tela. Nesta, traços de esboço e fundos de cores pintavam uma mulher jovem de pele negra, ajoelhada na areia, trazendo nos braços seu filho, um recém-nascido mestiço a quem ela dava o seio. Emanava do quadro uma grande doçura, uma beleza impudica e terna. Enquanto estourava de rir ao ver um decote e logo soltava um rosário de piadinhas sacanas, Dori ali olhava a tela com um respeito profundo, como uma pintura de igreja. Sem desviar os olhos do motivo, repetiu diversas vezes:

– Para falar a verdade, nunca vi nada mais bonito... Nunca vi nada mais bonito...

Zumbi sorriu de felicidade e colocou a mão no ombro do garoto:

– Cara, eu lhe prometo que, um dia, vou fazer um quadro para você. Um só para você. No dia em que você tiver uma casa para poder pendurá-lo...

Minutos mais tarde, João e Zumbi ficaram sós. Num bolso do paletó, o pintor encontrara algum para mandar Dori comprar o que comer e beber. Dois litros de cerveja gelada, pão de queijo, presunto e, se sobrasse, uma manga bem madura. O garoto logo despencara escadas abaixo fazendo tilintar na mão as moedas. Um almoço de verdade, e no ateliê do pintor Zumbi além disso, isso contava na vida de um homem.

Sentado na cama, Bartolomeu enrolara um cigarro de maconha e tentava distraidamente afinar o cavaquinho. João, depois de um tapa bem forte, soltou a fumaça tossindo forte, depois dirigiu-se ao amigo:

– Me diz, meu irmão, você conhece todo mundo no Rio, não é?

– Conheço um monte de gente. E os que eu não conheço, eles me conhecem...

– E Dona Diva?

Zumbi parou de dedilhar as cordas do instrumento e perguntou, sobrancelhas franzidas:

– A matadora de maridos? A bicheira do Santo Cristo?

– Isso, essa mesma...

– Se quiser, sim. Pode-se dizer que a conheço...

– E o que acha dela?

O pintor pegou de volta o cigarro enquanto massageava a nuca, pensativo. Depois, respondeu com um sorriso de malícia:

– Sabe, branquinho, você sempre tem mais chance de encontrar água no oceano que no meio do sertão...

– O que você quer dizer?

– Que a sua Dona Diva é bicheira. E que, nesse meio, você arrisca mais cair numa furada que num ensaio do coral da igreja. É isso o que eu quero dizer. Aquela gente é uma malandragem só.

– Mas você também é malandro, não é?

Com ar cansado, Zumbi sacudiu a cabeça várias vezes. Depois, murmurou:

– Você é ingênuo, francesinho. Eu dou uma de malandro nos trajes que fazem eu parecer um malandro. Mas eu não tenho nada a ver com a bandidagem. E não é porque eu sou negro com uma roupa na moda que eu sou assassino ou cafetão. Sou um folgado da pintura. Não um malandro do centro ou das favelas...

Como João não respondia, o mulato por sua vez o interrogou, com os olhos injetados de sangue fixos nos seus:

– O que é que a sua Dona Diva quer de você?

– Que eu trabalhe para ela.

– No jogo do bicho?

– É. Ela me disse que havia muito dinheiro a ganhar.

Bartolomeu suspirou fundo. Depois explicou, com voz lenta:

– Não quero magoá-lo, meu irmão. Mas você não é talhado para isso. E se o dinheiro corre rápido no bolso dos bicheiros, ele não fica nas mãos. O jogo do bicho é o bilhete seguro para os problemas...

E contou, num tom mais grave por causa da maconha, as trapaças do meio, as guerras de gangues, os apontadores indelicados que Dona Diva recentemente mandara jogar no canal do Mangue com a cabeça cheia de chumbo. Falou também dos agiotas, do prego, da polícia que acendia uma vela a Deus e outra ao diabo, dos políticos implicados no contrabando, dos capangas, dos maus pagadores que tinham as mãos cortadas, dos dedos-duros que perdiam a língua.

– O jogo do bicho é o jogo que deixa maluco. Ele vai acabar matando você, João. Volte para o seu trabalho de escritório, você fará melhor...

Excitado pela silhueta sensual de Diva, a longa caminhada debaixo do sol e a fumaça da maconha, João varreu a última réplica de Zumbi com o reverso da mão:

– Hoje não sou nada. Menos que nada. Com esse lugar, posso ficar rico.

– Um morto rico, isto sim...

– Faz parte do jogo, eu sei. Mas pelo menos serei respeitado. E terei um automóvel.

– Ele vai levá-lo ainda mais rápido ao paraíso...

João deu mais um tapa. Nas escadas, já ressoavam os passos rápidos de Dori que voltava com os braços carregados de comida. João se aproximou de Zumbi, agachou-se na sua frente e, com uma raiva contida, gemeu:

– Não consegui ser rico no meio dos burgueses. Mas confie em mim, meu irmão: em breve vou me tornar um rei entre os malandros...

15

O tempo voou até novembro de 1922 sem que ninguém prestasse de fato atenção. É preciso dizer que todos os cariocas de repente começaram a se apaixonar por uma crise política que sacudia o país inteiro, até fazer vacilar a jovem república brasileira em seus alicerces. No Bar das Garotas, Francisco da Cunha chegava até a esquecer, por instantes e por instantes apenas, o espinhoso problema do casamento de sua filha Emivalda com o infecto, mas poderoso, Antônio do Cedo. Mal terminava seu dia de trabalho no Ministério da Agricultura, Cunha pegava o bonde e subia logo para Santa Teresa para defender, em ásperas justas oratórias improvisadas, os nobres valores de seu país.

É que o assunto era grave.

Na verdade, tudo começara no início desse ano de 1922. A campanha eleitoral, entre os militares do movimento Reação Republicana e os detentores da política dos fazendeiros, fora áspera, dura. Os partidos multiplicaram os insultos, os golpes baixos, as campanhas de difamação e de desinformação, sem falar nos boatos degradantes que visavam manchar a honra dos candidatos em destaque e de seus próximos. Assim, os militares acusavam os adversários de causarem a fome do povo e de terem vendido a nação a potências estrangeiras. Os fazendeiros, por sua vez, replicavam e escreviam nos jornais que não tinham nada a tratar com generais de opereta absolutamente incapazes de gerenciar a pátria, tanto era cômica a anarquia que reinava em suas fileiras.

Em março de 1922, as eleições ocorreram num clima deletério e foi Artur Bernardes, o candidato apoiado pelos fazendeiros, quem foi eleito, para grande raiva dos militares que juraram se vingar.

– Pois eu lhes digo que foi aí que os problemas começaram! – riu Cunha, com amargura, para um grupo de homens ocupados em dissecar em voz alta a *Revista da Semana*.

Era uma manhã chuvosa de domingo e Francisco, sentado só diante de um café no Bar das Garotas, acabava de encrencar com os consumidores que se alegravam ao ler um artigo que louvava a chegada providencial de Artur Bernardes ao comando da nação. Um deles, chamado José Costa, mulato proprietário de uma quitanda no Largo dos Guimarães, abaixou o jornal e respondeu secamente à agressão:

– Dr. Cunha, estamos numa democracia e temos o direito de apoiar quem bem entendermos!

– Mas vocês estão apoiando um criminoso, senhor!

– Quem é criminoso? Nosso presidente Bernardes? Ou os militares que arruinaram o nosso país e que querem retomar o poder pela força das armas?

Cunha esticou-se e, com os braços colados junto ao corpo, o bigode tremendo, replicou com voz grave:

– Um golpe de Estado... Mas os senhores estão delirando completamente! O governo do seu fantoche, eleito de maneira iníqua, vai cair por si mesmo em pó!

– Então, se o senhor está tão seguro disso, por que se irrita tanto assim, dr. Cunha?

– Não me irrito! Eu explico! Há aí bem uma diferença, não?

E, resmungando, sentou-se de novo e pôs a girar a colher no café, de maneira automática, sem parar de lançar olhares negros à outra ponta da sala.

Quando se achava que tudo voltaria à ordem após as eleições, eis que o clima político e social se degradou de novo de maneira dramática. Artur Bernardes, autoritário e vingativo, feliz demais com a sorte que as urnas lhe haviam reservado, mesmo antes de tomar posse, continuou a reprimir os militares que, por sua vez, ainda declaravam publicamente que os resultados das eleições haviam sido forjados.

Entre esses soldados, um punhado de tenentes idealistas fomentou um golpe de Estado no maior segredo. Este aconteceu em 5 de julho de 1922. À uma hora da manhã, o forte de Copacabana deu o sinal da insurreição com um tiro de canhão. Foi o único a ressoar na noite. Os outros fortes no último momento recusaram se aliar à revolta. O forte de Copacabana, que guardava trezentos e um soldados, logo foi cercado pelos quatro mil representantes das forças legalistas. Entre trezentos e um soldados, a imensa maioria se rendeu assim que o sol se levantou. Sobraram apenas dezoito. Esses dezoito exaltados recortaram uma bandeira do Brasil em dezoito pedaços que distribuíram entre si e saíram, arma em punho. A "lenta marcha para a morte", como foi batizada depois, começou. Eles avançaram a pé na direção do palácio do governo, cercados por aqueles milhares de soldados legalistas que não sabiam o que fazer. Um a um, os tenentes dessa revolta digna de Dom Quixote caíram sob as balas. Artur Bernardes, embora vencedor e temido, saiu impopular dessa aventura.

De repente, Luís Otávio, o corno magnífico, pulou do bonde e entrou feito um vendaval no Bar das Garotas. Estava perfeitamente recuperado do porre da véspera, mas tinha o rosto congestionado pela emoção e, mal se agarrou na barra do balcão, tirou do bolso do paletó um exemplar do *Correio da Manhã*. Tremendo, abriu com esforço o diário e, sem precaução oratória, leu com gravidade um artigo assinado pelo presidente da República, Artur Bernardes. No bar, todos se calaram instantaneamente e escutaram em meio a um silêncio religioso, inclusive Francisco da Cunha, embora considerasse o autor do texto "o inimigo número um" da nação.

Ao receber oficialmente o título de presidente da República dos Estados Unidos do Brasil, nesse mês de novembro de 1922, Artur Bernardes começou descendo o cacete. A fim de restabelecer a ordem no país em estado de sítio, ele acabava de decidir manter a suspensão das garantias constitucionais, e também de não dar anistia aos rebeldes do forte de Copacabana que, no entanto, se renderam sem resistência.

Cunha foi ficando pálido à medida que Luís Otávio prosseguia sua leitura.

Artur Bernardes, para evitar qualquer outro distúrbio popular, decidia igualmente estabelecer a censura da imprensa e, a fim de eliminar todos os seus adversários declarados, decretava intervenção federal nos quatro grandes estados favoráveis à Reação Republicana: Rio de Janeiro, Bahia, Rio Grande do Sul e Pernambuco...

Luís Otávio pousou o jornal sobre o balcão. Era possível ouvir uma mosca voando no Bar das Garotas. Os fazendeiros acabavam de imobilizar o país inteiro ao esmagá-lo sob medidas ditatoriais. Dali por diante, não haveria mais nem liberdade de pensamento nem liberdade de imprensa. Os companheiros de José Costa, o dono da quitanda do Largo dos Guimarães, baixaram a cabeça. Artur Bernardes fora longe demais, rápido demais. Vestido em sua dignidade, Cunha dirigiu-se para a saída e todos os seus detratores, de cara no chão, se afastaram para ele passar.

Ele atravessou a rua e entrou em casa. Mas não teve tempo de se recuperar das emoções: mal pendurou o *canotier* na borboleta do cabide, ouviu Emivalda gritar do alto da escada:

– Pai! De modo algum, o senhor está me ouvindo? Eu não me casarei de modo algum com esse Antônio do Cedo! Nem que eu tenha de me matar com minhas próprias mãos para impedir esse casamento!

Durante esse período perturbado, João Domar começou a espaçar cada vez mais suas estadas na casa do tio Francisco. Primeiro, porque sua nova atividade, sob as ordens da bicheira Dona Diva, ocupava-o o tempo todo. Para ela, ele corria o dia inteiro de um apontador a outro, recolhendo o dinheiro do jogo do bicho, deixando ao apontador a parte que lhe cabia, anotando tudo num carnê, fazendo toda noite um balanço completo da situação, deduzindo sua porcentagem e pagando, enfim, a maior parte das apostas à sedutora e misteriosa Dona Diva.

A outra razão que o mantinha afastado do Largo das Neves explicava-se pelo fato de que as súplicas de Emivalda acabaram irritando-o. Esta, enlouquecida pela idéia das núpcias que haviam sido marcadas para fevereiro, bem antes do carnaval, começava a censurar João tão logo este dava um passo dentro de casa. Ela só lhe falava de fugas impossíveis para o outro lado do mundo, de suicídios, assassinatos, mortes atrozes que ela reservava a Antônio do Cedo se João deixasse o tio Francisco realizar aquele casamento, maldito entre todos. Quase não comia, não ria, parara de ler, passava os dias sozinha, a chorar ou a andar no quarto de um lado para o outro, de camisola, com o olhar perdido, espreitando com horror pela janela a chegada de Antônio que agora vinha visitá-la toda semana, ou então esperando loucamente ver desembocar seu João de uma das ruelas, com ou sem seu automóvel, mas bem decidido a raptá-la daquela torre de marfim onde ela ruminava sua infelicidade.

Mas João vinha cada vez menos, e sempre tarde da noite. Quando descansava no Largo das Neves, fazia amor com Emivalda e ia embora de manhã, bem antes de o sol raiar, para escapar às suas súplicas.

Numa noite desse mês de novembro, uma sombria querela explodiu entre o tio Francisco e João. Na sala de jantar, a velha Dida servia o cozido saído do fogo com uma concha enquanto Cunha, de boca cheia, monologava, como de hábito, explicando à mulher e à filha os últimos sobressaltos da política nacional. De repente, João apareceu na sala com um buquê de flores nas mãos. Meio alto, rosto cortado por um sorriso estático, fedendo a perfume de cocotes, entrou na sala e colocou o buquê nos braços da tia Otália enquanto exclamava:

– Eis o mais belo buquê do Rio para a mais bela flor da cidade!

O tio quase engasgou com um pedaço de vitelo cozido, enquanto, pela primeira vez em semanas, Emivalda encontrava de novo o riso claro. Otália, por sua vez, abaixou pudicamente os olhos e a velha Dida, prevendo os raios de seu patrão, desapareceu rápido na direção da cozinha. De fato, o tio, guardanapo branco amarrado em volta do pescoço gordurento, levantou-se da cadeira e explodiu:

– João! Um doutor não se comporta assim com uma mulher! Mesmo quando esta vem a ser a sua tia! Explique-me, imediatamente, o que significam essas maneiras de jovem conquistador!

Debaixo do lustre, João puxou uma cadeira e se pôs à mesa, sem parar de sorrir, enquanto Cunha, sempre na ponta dos pés, martelava:

– Estou esperando, rapaz! Estou esperando e exijo explicações agora!

João serviu-se um copo de cerveja, pousou a garrafa e acendeu calmamente um cigarro. Depois jogou a cadeira para trás e cruzou as pernas na mais confortável das posições. Diante dele, o bigode em luta, o tio repetiu de novo, ameaçador:

– Pois bem! Estou esperando as suas explicações...

– Minhas explicações sobre o quê, dr. Cunha?

– Sobre tudo, ora! Sobre esta sua chegada em fanfarra, sobre estas flores, sobre os seus trajes inqualificáveis...

– Não estou lhe agradando? Com esta roupa? Estou, no entanto, na última moda...

Desde que estava recebendo as apostas, João de fato se enfiara com um mimetismo surpreendente na pele do malandro que ele estava se tornando. Com o chapéu de aba larga, os sapatos de três solas com ferro no calcanhar, ele dava a impressão de ter subitamente crescido quinze centímetros. O terno branco de paletó comprido e as calças largas apertadas no tornozelo, o lenço em volta do pescoço, a gravata preta e o andar gingado até o exagero acabavam por classificá-lo, na primeira olhada, na categoria dos maus rapazes.

– Deixemos de lado os trajes... De qualquer maneira, vivemos num mundo que está indo por água abaixo! E já que as mulheres agora falam de exigir o direito de voto, por que você não teria o direito de se vestir de palhaço?

Por resposta, João puxou o canivete automático, abriu-o com um movimento seco do punho e começou a apontar um lado de um fósforo. Ao ver a faca, o tio deu uma parada. Retirou, então, o guardanapo e sentou-se de novo diante do sobrinho. Depois, com mais calma, interrogou-o:

– Então, João? Responda a seu tio. Você pode confiar em mim como se eu fosse a sua própria mãe...

– O que o senhor quer saber?

Com uma mímica de impotência desolada, Cunha se explicou:

– Há meses que você praticamente abandonou esta casa. E depois que não trabalha mais com o dr. Silva Costa, as pessoas começam a falar nas suas costas, a contar histórias sobre você e as suas novas atividades...

– O que é que dizem?

Emivalda tirou a cara de seu prato e, com um sorriso divertido, pronunciou estas palavras, à maneira de uma criança que ousa dizer uma enormidade:

– Dizem que você trabalha no jogo do bicho...

Do outro lado da parede fina, o ouvido colado no gesso para não perder nada da conversa, a velha Dida fez bruscamente o sinal-da-cruz ao ouvir as três palavras.

– E daí? O que é que eles têm com isso, todos esses burros-sem-rabo? – respondeu João sem largar o sorriso. – É verdade, os meus negócios têm algo a ver com o jogo do bicho!

O tio levantou-se precipitadamente para fechar a porta-janela que dava para a praça. Depois sentou-se de novo e, em voz baixa, iniciou um sermão ao sobrinho:

– Vá devagar, meu rapaz! Somos uma família de honra ilibada, conhecida em Santa Teresa, ainda que estejamos banidos da boa sociedade, pois ostentamos nossas simpatias pela Reação Republicana. Mas você... Eu nunca poderia acreditar que todas essas fofocas fossem verdade...

– O que o senhor quer? Mas não se desespere, meu tio: não sou um vulgar apontador de jogo, não!

Emivalda, com os olhos brilhando de admiração, não pôde deixar de perguntar:

– É verdade, João? O que você é, então?

João enfiou o fósforo no canto da boca e respondeu com um orgulho não fingido:

– Eu sou bicheiro, bela prima...

Benzendo-se de novo várias vezes, a velha Dida murmurou para si mesma:

– Deus nos guarde. Foi o diabo que entrou nesta casa...

Em volta da mesa, sob o rosto torturado do Cristo pregado na cruz que estava na parede, o tio empurrou silenciosamente o prato na sua frente e declarou de maneira sentenciosa:

– João, você vai imediatamente parar as suas atividades culpadas e arrumar um emprego honesto.

– E o que é um emprego honesto?

– O que você fazia no escritório do doutor Silva Costa.

João soltou junto com um riso amargo:

– Pelo que me rendeu...

– Você vai me obedecer, meu filho. É para o seu bem. E pense que, na vida, as coisas não acontecem sozinhas, estalando os dedos. Estou persuadido de que se você...

A lâmina do canivete estalou de repente entre os dedos de João, com um barulho seco de guilhotina. Dessa vez, Cunha imediatamente se calou e o sobrinho se explicou com firmeza:

– Não vou mais trabalhar num escritório. Nunca mais serei um colarinho-branco, estão me entendendo? Será que vocês podem me imaginar, eu, fechado entre quatro paredes até o fim da vida, sem ver nunca o sol? E tudo isso para ganhar um salário miserável? Eu sou talhado para outra coisa! Tenho sonhos de grandeza!

Emivalda tentou fracamente protestar:

– Mas, João, parece que esse meio do jogo do bicho é perigoso. Você poderia se dar mal...

– E daí? Você acha que eu quero viver a minha vida pedacinho por pedacinho? Eu quero viver forte! Quero viver rápido! E pouco importam os riscos. Quero sentir o vento do perigo a cada segundo do dia e da noite! Quero correr esses riscos, e ganhar dinheiro para poder comprar o que quiser e quando quiser! Logo vou levá-la ao Jockey Club e posso desde já lhe jurar que você lá será recebida como uma rainha!

Emivalda sentiu ficar vermelha de prazer. Ela que não sabia nada da verdadeira vida, ela que seu pai encerrava com ciúmes em seu quarto na colina de Santa Teresa, eis que ela se via com um apaixonado, um amante que vinha da França, que se tornara bicheiro e que ia convidá-la para ir ao lugar mais chique de todo o Rio de Janeiro! Enquanto já escolhia no pensamento a roupa que usaria nesse bendito dia, Cunha resmungou:

– E a honestidade nisso tudo?

João se levantou da mesa e, enchendo até a borda um copo de cachaça, perguntou com voz distraída:

– A honestidade? Que honestidade?

– Mas o jogo do bicho é bem um jogo proibido pela polícia, não é?

– Nenhuma importância. Todos os policiais, e até os inspetores, comem na nossa mão.

– O quê?

– É como estou lhe dizendo, meu tio. E ganham bem. De qualquer maneira, é do interesse de todos que o jogo continue a funcionar. Enquanto os pobres acreditam no paraíso, todos os políticos do Catete podem comer o doce do povo sem sujar os dedos...

Com isso, engoliu num gole seu copo, sem fazer careta. O pêndulo do salão bateu onze horas com badaladas cristalinas. João pegou o chapéu, Cunha ainda objetou:

– E a moral? O que é que você faz com a moral?

– A moral... Lhe cai bem me falar da moral quando sabemos que o senhor quer casar Emivalda unicamente por questões de dinheiro.

– Eu não lhe dou a permissão!

– E de qualquer maneira, todos jogam no bicho! Até o senhor joga! E não tente dizer o contrário. Vivaldo, o gordo, aquele que é dono do botequim na Rua do Oriente, me contou.

– Mas não é a mesma coisa! Eu só jogo para me divertir...

Nesse instante, João tirou do bolso interno do paletó um maço gordo de notas e colocou sobre a mesa, ao lado do prato de couve fria imóvel no molho. Olhou o tio nos olhos e enunciou friamente:

– O senhor é para jogar. Eu, para viver. Com a minha atividade, como o senhor diz, ganho em quinze dias o que ganharia em um ano...

Com a mão no peito, Cunha exclamou:

– Não quero dinheiro sujo na minha casa!

– Eu conheço o senhor. Vai pegar o dinheiro. E fique tranqüilo: este dinheiro não é mais sujo que outro. Esta noite, eu vim trazer estas notas e estas flores para lhes agradecer por tudo o que fizeram por mim...

No silêncio, deixou a sala. Surpresa por essa partida brusca, Dida não teve tempo de voltar para a cozinha e, ao cruzar com ela no corredor, João enfiou-lhe na mão um envelope com algumas notas. Depois, numa piscada amigável, murmurou:

– Saravá, Bambara...

Então, o rosto cheio de sulcos da velha Dida fendeu-se, abrindo um sorriso. O primeiro que ela dirigia a João desde que ele fora morar em Santa Teresa. Ele a chamara de Bambara. Ele conhecia, então, toda a sua tragédia. E não dissera nada, nem ao tio, nem a Emivalda.

Como se fosse de propósito, quanto mais a saúde econômica do Brasil se enfraquecia, mais os negócios de João prosperavam. Bem rápido, os ganhos feitos nas apostas que ele controlava lhe haviam permitido dispor, como era o caso com o “cara” Dori, de sete ternos, de várias camisas e de todo um lote de sapatos que ele mandava fazer sob medida num velho imigrante italiano, no bairro da Saúde. Cobriu de novo a espessa cabeleira com brilhantina fixadora e, se continuava a beber muito, podia agora se dar ao luxo de comprar as melhores cachaças nas lojas finas. Ainda não era a opulência, mas

João não perdia a esperança de adquirir um dia todos os sinais exteriores de riqueza, aqueles que faziam de um homem um notável digno de respeito. Continuava querendo o seu automóvel, bem entendido, mas também sonhava com outras coisas, como um aparelho de rádio, um enorme diamante que ele usaria no anular, uma motocicleta e, mais tarde, por que não, uma casa na beira do mar, num lugar selvagem e deserto, para os lados do Leblon e de São Conrado.

Enquanto isso, pegara um quarto no Hotel da Coroa, na Rua do Pinto, a uns cem metros da casa de Dona Diva. De manhã cedo, Dori vinha buscá-lo, vestido de roupas todas mais inconcebíveis umas que as outras, e o dia podia começar. Em algumas semanas, João encontrou milhares de pessoas, em centenas de ruas diferentes, pilotado por um Dori orgulhoso feito um rei de poder iniciar o novo amigo e patrão nas artimanhas do jogo do bicho. Essa ajuda foi indispensável pois João só conhecia dessa loteria o que Diva lhe havia contado, uma noite depois que ele lhe prestou contas do dia.

Tudo começou com o Barão João Batista Viana Drumond, no fim do século. Esse humanista, grande amante da flora e mais ainda da fauna, construíra, com seu próprio dinheiro e em seus terrenos de Vila Isabel, o primeiro parque zoológico do país. Como a moda era a ciência e o saber, o governo imperial logo resolveu darlhe uma subvenção anual de dez mil contos de réis, a fim de que o barão pudesse adquirir animais vindos de todas as regiões do globo. Infelizmente, com o advento da República em 1889, a ajuda foi interrompida *sine die*. O parque zoológico começou a periclitar e teria sem dúvida alguma fechado as portas se um certo Manuel Ismael Zevada não tivesse cruzado o caminho do barão sem dinheiro. A chegada providencial desse mexicano salvou o empreendimento de maneira inesperada. Com efeito, Zevada havia imaginado, por sua própria conta, uma loteria em que os jogadores deviam apostar em figuras representando diferentes espécies de flores. Esse jogo não encontrou interessado e o mexicano, depois que o Barão de Drumond um dia lhe confiou seu desamparo, teve a idéia de adaptar seu jogo aos locatários do parque zoológico. Dali por diante, os apostadores jogavam em figuras de animais: cada visitante do parque recebia, com seu tíquete de entrada, um bilhete de participação na loteria do dia. Ele teria a escolha entre vinte e cinco animais e os laureados ganhariam, em moeda soante, vinte vezes o montante do bilhete de entrada.

Em desespero de causa, pois a falência ameaçava, o Barão de Drumond aceitou organizar esse jogo. Deu certo. Em poucos dias, toda a cidade acorreu ao parque zoológico e sucumbiu ao encanto dessa loteria diferente. Num único domingo, o Barão de Drumond arrastou mais de oitenta mil contos de réis... Diante dessa afluência, foi até obrigado a multiplicar por quatro o número de empregados nos guichês.

Como todas as atividades que geram dinheiro fácil, o jogo do bicho logo despertou o interesse dos malandros das favelas. Todos quiseram se apoderar da idéia para fazer disso uma loteria aberta para todos, e não mais apenas para os visitantes do parque. As guerras de gangues esquentaram rápido, e por mais que o governo declarasse esse jogo fora da lei, isso não impediu o povo de apostar todos os dias um pouco mais, num frenesi próximo da demência.

Foi isso que Diva contou a João, numa noite em que ela estava inspirada para conversar. Dori, por sua vez, o levou para longe da história, para o terreno mesmo do jogo do bicho, a rua. João bem rápido conheceu todos os apontadores, que ele listou com método num carnê, colocando ao lado de cada nome todas as informações que conseguia obter aqui e ali sobre o sujeito. Esses anotadores ambulantes, quase todos mais velhos que ele, não vinham só da bandidagem. Com a instabilidade econômica que se instalou no país, havia um pouco de tudo: camponeses sem terra, funcionários desempregados, artesãos arruinados, militares aposentados, professores sem salário há meses, marinheiros cansados de navegar, carregadores sem carga, camelôs sem mercadoria, viúvas, aleijados, em suma, toda uma fauna que, em vez de mendigar por coisa alguma, preferia andar para cima e para baixo a fim de vender bilhetes do jogo.

Os apontadores sedentários, estes, tinham lugar privilegiado na rua. A exemplo do gordo Vivaldo da Rua do Oriente, exploravam um botequim, ou mesmo uma banca de jornais. E tinham seus freqüentadores. Esses incondicionais do jogo do bicho costumavam chegar à primeira hora e apostavam todo o dinheiro que tinham, mesmo que ficassem sem comer e que matassem de fome os filhos. A paixão dessa gente pela loteria dos animais era mais forte. Quando não tinham mais nada para apostar, tomavam emprestado, cobriam-se de dívidas, vendiam até as filhas ou as mulheres para reembolsar os donos das casas de penhores. E a vida sacolejava assim, até a morte, por suicídio ou facada ao fim de um termo não honrado.

Outros apostadores só vinham à tarde, depois de passar horas rezando numa igreja ou então depois de visitar o pai ou a mãe-de-santo. Para escolher um bom animal, também valiam os conselhos dados por alguém com cara de entendido:

– Vai ver a Velha Maria, aquela que mora sozinha na estrada do Dona Marta, na direção do Corcovado: ela sabe ler no vôo dos urubus!

– Eu aconselho mais esvaziar a cabeça. E você deixa subir a música na sua mente. Existem muitos bichos nas canções. Você não tem como perder...

– Tem também a Rosinha, a menina que chora pedaços de vidro sem sangrar. É uma santa. Parece que ela já ajudou muita gente a ganhar!

– E as tripas de galo preto? Você conhece quem sabe ler nelas?

Um dia, João assistiu até a uma cena espantosa. Ele estava acertando as contas com o velho Travassos, no bairro do Catumbi, quando uma mulher muito velha, vestida de preto, aproximou-se a passos rápidos da banca de jornais. Ela gemia e sorria ao mesmo tempo, com a boca toda desdentada, os cabelos brancos arrepiados numa cabeça de pardal. O velho Travassos a recebeu com amabilidade e até lhe estendeu um lenço quase limpo. Enquanto a velha secava as lágrimas, ele lhe perguntou:

– A senhora está chorando e rindo ao mesmo tempo, minha irmã? Mas é o sol em plena noite, então! O que lhe está acontecendo?

A velha fungou forte, depois respondeu com uma vozinha trêmula:

– Estou vindo jogar no macaco, seu Travassos...

– E por que a senhora está neste estado?

– Pois é, seu Travassos. Eu enterrei o meu marido ontem e não tenho mais ninguém para cuidar de mim. Então, estou vindo apostar tudo o que eu tenho de economia no macaco...

– Mas por que no macaco?

Com o rosto radiante, a velha fungou forte outra vez e explicou:

– Porque, desta vez, tenho certeza de que vou ganhar. Não pode ser de outro jeito, ou então Deus não existe. Imagine o senhor que, depois do enterro, quando todo mundo foi embora, fiquei sozinha, com a conta do coveiro na mesa. Li. Aí então, tive a idéia de substituir os números da sepultura do meu marido por letras. O um pelo A, o dois pelo B, e assim por diante...

– E então?

Colocando o dinheiro sobre os jornais da banca, ela concluiu:

– Então, as letras, se as misturarmos um pouco, quase que formam a palavra macaco. Então, jogo tudo no macaco!

Foi, portanto, com o dinheiro de todos esses jogadores que João Domar iniciou sua segunda existência no Rio de Janeiro. Da mesma forma que mentiu sem escrúpulos em sua primeira vida de colarinho-branco, ganhou tudo o que pôde na segunda, sem jamais ser tocado, ainda que de leve, por qualquer sentimento de culpa.

16

O mês de dezembro de 1922 caiu com todo o seu peso sobre a capital do país. Um calor como os cariocas não conheciam há muito tempo imobilizou a cidade em sua animação. É claro que se continuava a construir o novo Rio sobre as cinzas das casas coloniais. Aterravam-se e remodelavam-se as praias de Copacabana e Ipanema na esperança de ver um dia levantarem-se edifícios como os que diziam existir nos Estados Unidos da América. Mas cada marretada visando destruir, cada pá de concreto destinada a criar uma cidade nova tornavam-se mais duras, num ritmo lento doloroso.

Às dez horas da manhã, sufocava-se. Ao meio-dia, os corpos pingavam de suor. Às quatro horas da tarde, os desmaios se multiplicavam pela cidade. O alívio só vinha por volta das sete horas da noite, quando as primeiras nuvens conseguiam passar por cima dos morros, graças a uma brisa quente. Esgotadas, cor cinza prateada, baixas a ponto de se esfolarem na ponta do Corcovado, terminavam a corrida mal atingiam as praias. Ali, o ventre inchado rebentava, então, em curtos raios azuis e amarelos, e o estrondo do trovão fazia tremer a terra. Nessa hora, todos ficavam imóveis, o corpo eletrizado, todos os sentidos em alerta, à espera das primeiras gotas anunciadoras das torrentes pluviais, quentes primeiro, depois frescas feito uma cascata selvagem.

No primeiro dia de calor forte, João se encontrava, depois de terminado o trabalho, na casa de Diva. O movimento fora bom nesse dia. Embora os boatos de golpe de Estado continuassem a correr com insistência crescente, o Natal se aproximava a passos rápidos, e com ele seu cortejo de festas, banquetes a preparar, doces e presentes a comprar, sem falar da roupa a ser usada na noite de 31 de dezembro. Para celebrar esse novo ano, todos deveriam vestir um branco imaculado da cabeça aos pés, para entrarem limpos no novo ano de 1923. O que custaria caro, e a esperança de tirar a sorte grande no bicho atraía cada dia novos apostadores.

Como de hábito, Diva descansava no sofá, mas nessa tarde vestia apenas uma saia leve e um corpete desabotoado até o meio do peito. O calor úmido permitia impudores que seriam impensáveis sob outras latitudes. Quando João, depois de cumprimentá-la, instalou-se junto à mesa baixa, Diva levantou-se e dirigiu-se com sua graça natural à outra ponta da sala. Depois, passando a cabeça entre as cortinas de um azul-da-prússia, murmurou:

– O temporal é para daqui a pouco...

Fez então correr o pano no trilho com um barulho feltrado, e os raios de sol transpassaram subitamente o algodão fino de sua saia. João, que não perdera nada do andar elástico, do movimento elegante do braço nem da aspereza melosa com a qual Diva havia pronunciado essas palavras, sentiu um arrepio de prazer invadir todo o seu ser. Além de uma brisa de ar carregada de umidade que lhe acariciou a pele molhada, ele teve de repente o espetáculo dessa mulher que ainda lhe virava as costas, braços levantados, mãos pousadas na madeira da janela aberta, coxas afastadas cujos mínimos detalhes a luz esculpia com precisão. Ela se virou e avançou na sua direção, cabelos soltos no sol, cintura larga, a pele negra dos braços brilhando de suor, a roupa fina colando no corpo.

Com um sorriso divertido, ela sentou-se de novo no sofá e perguntou a João:

– Diga-me por que, jovem bicheiro, você tem uma cara triste de um tempo para cá?

– Não estou triste, senhora. Acho que é falta de tempo...

– Você tem maus pagadores? Dori está fazendo das suas?

– De modo algum! Tudo vai muito bem...

Ela acendeu um cigarro e lhe perguntou de novo:

– Então, é alguma história de mulher... Estou enganada?

Não, ela não estava enganada. Aliás, Diva nunca se enganava, sabendo ler dentro das pessoas como num livro aberto, detectando as falhas como as asperezas, os nós como os sentimentos. Por isso, mas também porque era sua patroa, João nunca tentara beijá-la nem mesmo seduzi-la. Diante dela, ele ficava petrificado de desejos e de medos inexplicáveis.

– Então, jovem francês? – continuou ela suavemente. – Quem é a mulher que o deixa num tal estado?

João colocou o carnê sobre a mesa baixa e sentiu o rosto pegar fogo. Ficava feito uma criança diante dessa mulher solta, quinze anos mais velha que ele. Ela se inclinou na sua direção e lhe acariciou o rosto com a ponta dos dedos, sussurrando:

– E então? Sabe que pode me contar tudo...

Nesse instante, a sala escureceu de repente, uma primeira trovoada fez tremer as paredes e o vento cessou totalmente, abandonando as cortinas azuis numa fixidez inquietante. João esperou Diva sentar-se de novo, depois explicou:

– É minha prima Emivalda, senhora... Meu tio quer de qualquer jeito que ela se case com o filho de um fazendeiro rico.

– E daí?

– Ela não quer. Diz que prefere se suicidar que se casar com ele.

– E você? Você está apaixonado pela prima Emivalda?

João assumiu um ar surpreso e respondeu:

– Eu? Não! Mas me aborreci por ela, só isso...

Com um risinho na garganta, Diva acrescentou, então, num tom de gentil aprovação:

– Fico contente que você não esteja apaixonado por ela, João. Pois eu sou muito ciumenta, sabe?

Um novo rugido do trovão, profundo e prolongado desta vez, fez estremecer a abóbada celeste. Instantaneamente, a penumbra ficou mais forte e mais carregada de frescor. Com sua voz rouca, Diva ronronou então:

– E não quero que o meu João Domar fique infeliz por causa de sua prima...

Ela pusera nessa última palavra uma nota de desprezo que encantou o rapaz. Enquanto ele se felicitava por essa demonstração de apego, ela encadeou num tom mais frio:

– Vou lhe dar um endereço e você irá de minha parte. É de uma mãe-de-santo da Quimbanda.

– De quê?

– Da Quimbanda. É uma religião africana. Você irá ver aquela que chamam de Tigresa Negra. Ela fará o trabalho para você.

– Mas a minha tia já tentou isso com uma mulher de Santa Teresa, perto do cemitério...

Diva replicou com desprezo:

– Eu conheço ela. É uma mãe-de-santo do candomblé. Para lançar malefício, não resolve. Tem que ser alguma coisa mais forte.

– Por quê?

Os olhos de Diva de repente brilharam com intensidade na luz vacilante. Ela explicou em voz bem baixa:

– O candomblé é a força positiva. Mas você, para o seu assunto, precisa da quimbanda. A Tigresa Negra trabalha com a mão esquerda, a mão que pega dinheiro para lançar maus-olhados e fechar os caminhos e as portas. Ela sabe deixar doente e matar implorando aos espíritos. Uma única sessão vai lhe bastar para acabar com esse projeto de casamento...

Ela se levantou, foi até a cômoda, lá rabiscou um endereço numa folha de papel branco. Depois, sempre com seu passo de felina, voltou na direção de João e lhe estendeu o papel, com um sorriso misterioso nos lábios:

– Com isso, meu pequeno bicheiro vai ter de volta o seu belo sorriso... Mas, principalmente, não faça isso você mesmo. Peça a alguém para pagar a Tigresa Negra.

– Por quê?

– Por causa do choque em retorno, francesinho. O choque em retorno...

Nesse instante, o raio caiu tão perto que a sala inteira foi iluminada por uma luz azul e ácida. Um segundo depois, a casa tremia em seus alicerces quando o trovão bateu seus tambores com toda força. Diva, eletrizada e frememente, segurou bruscamente João pela mão e o puxou correndo atrás dela até a outra extremidade da sala, onde ficava o quintal.

O céu então se abriu em dois e a chuva começou a cair, brutal, violenta, de um frescor de gelo, aspergindo cada ser e cada coisa como se quisesse lavá-los das impurezas da vida. Diva, encharcada, os olhos no céu, nua sob a roupa agora transparente, deixou estourar um riso de demência enquanto o raio continuava a semear suas gotas de fogo mais longe, já para os lados da Gamboa.

João não precisou de muito tempo para convencer a tia Otália a ir ver a Tigresa Negra. Falou com ela no dia seguinte a essa tarde de temporal e o encontro ficou marcado para a sexta-feira à noite. Deve-se dizer que, num brusco acesso de autoridade, o tio Francisco resolvera: o casamento seria no dia 24 de fevereiro, quisessem ou não. Ele era o chefe da família e entendia que sua decisão devia ser respeitada. Danem-se os gritos e as lamentações. Antônio do Cedo era um partido inesperado para sua filha Emivalda e ela mais tarde lhe agradeceria por ter tomado essa decisão no seu interesse. Assim dizendo, ele trancara a jovem no quarto e guardara a chave no bolso do paletó. Nem a velha Dida nem Otália conseguiram fazer Cunha mudar de idéia. Emivalda podia berrar, arrebentar os punhos contra a porta, suplicar, chorar, torcer as mãos, rolar no chão, arrancar os cabelos: o pai só tinha uma palavra. Para bom entendedor... Nos últimos três dias, era ele quem levava a comida para a filha numa bandeja, de manhã e à noite, quando recolhia, intacta, a comida deixada cedo.

– Foi essa coisa de política que deixou ele maluco – resmungou Otália, com o olhar sombrio. – Ele fica por toda parte dizendo que vai haver um golpe de Estado e que é a hora de escolher o lado. Nem põe mais os pés no Bar das Garotas. Foi essa política que lhe arrebentou os nervos. Mas no fundo não é um homem mau...

Na noite escura carregada de perfumes pesados de cedros, palmeiras, mangueiras, bambus e cafeeiros, Otália, de rosto fechado, subia devagar a trilha estreita e escarpada. A seu lado, João, num passo leve, escalava a encosta do Morro dos Prazeres preocupado em saber se seus sapatos de couro fino iam agüentar aqueles caminhos perigosos, cheios de cipós rastejantes feito cobras, molhados pela chuva que amolecera a terra pesada que formava placas que ameaçavam deslizar inteiras a todo instante.

Otália lhe perguntou em voz baixa:

– E este carnaval? De onde você o tirou?

Diante deles, todo serelepe, Dori subia assobiando um samba ouvido na véspera, nos fundos do Bar da Tentação. Carregava sozinho uma lâmpada de querosene, e, na cabeça, um *canotier* duas vezes maior que lhe tapava os olhos. Pendurado no ombro, um bornal de brim bege batia-lhe na cintura direita a cada passada.

– É um bom garoto, minha tia. E ele me ajuda muito nos meus negócios.

– Mesmo assim, não precisa se vestir feito um palhaço!

– Em todo caso, é o único que sabe onde nos espera essa Tigresa Negra. Já faz um bom momento que estamos subindo. Não devemos estar muito longe, agora…

A mãe-de-santo da quimbanda marcara encontro no Morro dos Prazeres, a uma hora da manhã, e dera a Dori a lista dos objetos necessários para o preparo da cerimônia.

Minutos antes de chegar à clareira onde fora marcado o encontro, João de repente sentiu o peito se apertar e uma vertigem tomá-lo. O mal-estar foi aumentando a cada passo, deixando-o tonto e, se pudesse, teria fugido correndo daquela mata onde rumorejava uma quantidade infinita de criaturas invisíveis que ele já imaginava, na noite da floresta, espreitando-o nos galhos, no alto das árvores, escondidas na vegetação, encolhidas debaixo das raízes das árvores seculares, prontas para atacar ao menor sinal de fraqueza. Até chegarem à clareira, cada passo foi mais duro que o anterior. Sem que João conseguisse entender claramente, desse lugar se desprendia uma força negativa intensa que o enchia de um mal-estar profundo.

De repente, Dori virou, a lâmpada balançando de um lado para o outro, e, no murmúrio da mata, gritou:

– É aqui, meus senhores! E a Tigresa Negra já está ali esperando vocês...

João, o corpo percorrido de arrepios, foi ao encontro dele em poucos passos e perguntou, surpreso:

– Como? Você não vem conosco?

Dori deu-lhe uma piscada de olho canalha, levantou o *canotier* com a ponta dos dedos e explicou:

– Não posso, chefe. Tenho um encontro no porto com uma negrinha, nem sei como lhe descrever...

À maneira como João o olhou, o garoto entendeu que sua desculpa não convencera o amigo e, olhos no chão, gaguejou:

– Não é isso, chefe... É só que eu já vim aqui várias vezes com a Dona Diva. E essa Tigresa me dá um medo desgraçado toda vez que ela faz esses troços de quimbanda. Topo levá-lo aonde quiser, chefe. Mas ela eu não quero ver quando ela lança mau-olhado. Dá azar...

João ficou silencioso e limitou-se em segurar a lâmpada e o bornal com as oferendas. Dori enfiou as mãos nos bolsos e, antes de ir embora, murmurou em voz baixa:

– Boa sorte, chefe. Não fique com raiva de mim, mas é mais forte que eu...

Depois que o garoto desapareceu na noite rumorejante e úmida, João sacudiu a cabeça em sinal de despeito. Ter medo de uma mulher que se dizia feiticeira, que idéia...

O que João Domar viveu nessa noite ultrapassou seu entendimento e sua simples lógica humana. Os acontecimentos, situados numa esfera de cuja existência ele nem suspeitava, deixaram-no aturdido, sem forças, sacudido em todo o seu ser por energias que pareciam criar raiz no próprio Morro dos Prazeres. Assim, depois de cruzar uma última fileira de árvores, ele parou de chofre, nos limites de uma clareira escondida naquele mato emaranhado que era a floresta. Incapaz de dar mais um passo, sentiu que Otália o livrava do bornal e prosseguia resoluta.

À sua frente, havia um cercado retangular iluminado por tochas que crepitavam na noite e marcado por fitas vermelhas e pretas. No meio do terreiro, a sombra longilínea da Tigresa Negra, com um vestido caindo até os pés, acolheu Otália, pegou o saco, verificou rapidamente seu conteúdo antes de pousá-lo no chão. As duas mulheres conversaram por alguns segundos, em voz baixa, naquela grota silenciosa vibrante de pulsações desarmoniosas. Quando a mãe-de-santo se aproximou de uma das tochas, João pôde vê-la furtivamente. Magra, pele bem escura com reflexos azuis, coberta de miçangas e pedras brilhantes, os cabelos eram longos e crespos e os olhos pareciam vazios, sem alma nem fogo interior.

A quimbandeira deixou Otália e pôs-se de repente a traçar no chão de terra sinais com um pedaço de pau. Fez cruzes, pontos, formas geométricas que pareciam, ao neófito que era João, sem pé nem cabeça. Depois, quando julgou o terreiro preparado, enfeitado de escarificações e tatuado em diversos pontos, ela começou a enfiar na terra objetos de metal cujas formas ele não distinguiu. Ela repetiu essa operação uma dezena de vezes, em vários lugares, no silêncio mais absoluto. Nem canto nem dança. Só aquela sombra negra que avançava em passadas regulares, como uma aranha. Num dos cantos do cercado, Otália viu em seguida a Tigresa Negra abrir uma gaiola colocada debaixo de uma das tochas e tirar de dentro um frango que se debatia fracamente. A mãe-de-santo puxou uma faca comprida da cintura e, com um golpe seco, cortou-lhe a cabeça e guardou o sangue que se pôs a brilhar na luz das chamas antes de cair numa cuia de barro preto. Sempre sem se precipitar, ela pôs o frango morto na gaiola e depositou o recipiente cheio de sangue quente no centro de um dos círculos que ela acabava de traçar.

Um pássaro noturno voou por cima do terreiro batendo as asas brevemente e soltou um grito que foi como uma flecha atravessando o silêncio.

A mãe-de-santo, entregue a seus preparativos, abriu o bornal e tirou um charuto preto comprido que ela acendeu com um fósforo. Depois, tirou uma garrafa de cachaça e foi espalhar seu conteúdo em volta da cuia com o sangue. Depois de alimentar a terra com o líquido, ela dispôs em cruz, sempre perto da cuia, dois charutos idênticos ao que ela fumava em baforadas regulares. Enfim, instalou junto dos charutos uma caixa de fósforos cheia, tomando o maior cuidado para que sete unidades ficassem de fora.

Fez-se, então, na clareira um silêncio mais profundo ainda, como se as árvores tivessem cessado de rumorejar e prendessem a respiração, por respeito ou temor. A Tigresa Negra, no meio do terreiro, levantou os braços acima da cabeça, olhos fechados, charuto sempre aceso na boca. Junto de João apareceu de repente um homem bem baixinho, usando um chapéu sem forma e vestindo uma túnica comprida de cor cinza. Saiu de trás de um tronco de árvore e, a passos contados, passou perto de João a ponto de roçar nele, imprimindo um ritmo lento na pele de um atabaque que ele trazia preso na cintura. Com voz de timbre grave, iniciou uma encantação que ressoou e foi batendo de árvore em árvore:

Eu te chamo à meia-noite
Eu te chamo de madrugada
Vem ajudar o povo da quimbanda
Exu, ê, ê, ê
Exu, á, á, á...

O gnomo repetiu essa prece várias vezes, sempre se dirigindo feito um autômato na direção da quimbandeira. Esta abriu os olhos. Olhos imensos, desmesurados em relação a seu rosto descarnado. Depois de uma série de tremores, ela tirou do bornal sete velas que acendeu com sete fósforos diferentes, sempre tirados de uma caixinha nova. Em seguida fincou essas velas no chão conforme um cerimonial preciso e exumou do saco de brim um último objeto. Tratava-se de um envelope que continha um broche que Antônio do Cedo dera de presente a Emivalda, mas havia também algumas guimbas de charutos que ele havia fumado, cabelos que Otália tirara do paletó do filho do fazendeiro, e duas cartas que ele escrevera de sua mão a Francisco da Cunha. A quimbandeira, sem uma palavra, foi enterrar esse envelope ao pé de uma das velas, depois marcou o lugar com uma cruz e soprou em cima várias baforadas do charuto.

Petrificado, João observava a cena com uma fascinação de criança diante de fogo. O ritmo do atabaque foi insensivelmente ficando mais acelerado. A Tigresa Negra abriu outra garrafa de cachaça que bebeu de um trago derramando algumas gotas sobre o peito enquanto uma nova onda de tremores voltava a sacudi-la. Depois que ela jogou fora a garrafa, o ritmo se intensificou ainda mais e o homenzinho começou a suar abundantemente, molhando a túnica na altura do peito e da barriga. Suas mãos bateram uma cadência que ficou ainda mais rápida e a quimbandeira entrou num transe violento. Pôs-se a dançar mexendo bastante com os braços, rebolando forte as ancas, jogando as pernas magras para todo lado, cambaleando, soltando gritos guturais, imprimindo no rosto sorrisos sardônicos, levantando a roupa até o rosto, fazendo poses obscenas, rindo, cuspindo no chão, suando por todas as partes de sua pele torturada de tremores, sacudida de arrepios, torta de convulsões, não parando de girar sobre si mesma, de pular no ar e de cair no chão, o corpo possuído pelo espírito de Exu até o mais fundo da carne e dos ossos.

Várias vezes, com os olhos subitamente amarelos e parecendo de fogo, ela lançou os braços ao céu e berrou a cada vez:

– Exu, deus dos infernos! Atende ao desejo desta mulher! Exu! Tome estes presentes e me ajude! Exu! Os charutos são bem pretos e o álcool é bem forte!

Num último transe e num último rolar de atabaque, a Tigresa Negra caiu, enfim, no chão, prostrada, de joelhos, e as folhas voltaram a rumorejar no Morro dos Prazeres.

Otália foi na direção do homenzinho do atabaque e, sem uma palavra, entregou-lhe um envelope com o preço da cerimônia. Depois foi ao encontro de João e os dois tomaram o caminho de volta, atravessando a mata fechada do morro, o corpo ainda a vibrar da pulsação africana da quimbanda.

Ajudado por um raio de lua, João pensou ter visto uma silhueta em algum lugar numa árvore alta. Imóvel, sentado de pernas cruzadas sobre um galho, dois olhos puxados nas têmporas e cheios de tristeza, a silhueta de Febrônio, o índio. Quando piscou de novo os olhos, a silhueta já havia desaparecido.

João apressou o passo para voltar à luz dos lampiões e encontrar, enfim, a dura carapaça das ruas calçadas sob seus pés.

Cinco dias depois dessa sessão de quimbanda, João decidiu jantar no Largo das Neves. O dia fora cansativo, não tanto por causa do trabalho em si, pois os apontadores, conhecendo os métodos sumários de Dona Diva, sempre pagavam certinho sem nunca arriscarem pedir prazos. Na verdade, era o calor forte que o levara a tomar um pouco de altitude na colina de Santa Teresa. O calor que não dera folga e que esmagava o Rio com seus maxilares de fogo, desde bem cedo até tarde da noite. As ruas calçadas queimavam a planta dos pés através do couro das solas, cada baforada de ar engolida cozinhava os pulmões e, apesar dos chapéus, os casos de insolação eram cada vez mais numerosos. Todos ficavam trancados em casa, cortinas puxadas, janelas fechadas, evitavam executar qualquer movimento inútil na fornalha, sempre suados, sem distinção de sexo, idade, cor de pele ou meio social.

João pegara um bonde vazio, conduzido por um motorneiro apático e imóvel ao sol, que o levou até a casa do tio Francisco. Ao empurrar a porta da frente, sentiu, ao mesmo tempo que um delicioso cheiro de vatapá, um frescor benfazejo percorrer sua pele úmida. Foi logo à cozinha para tomar um copo de cerveja gelada e encontrou a velha Dida ao pé do fogão, com sua camisa branca, seu eterno avental azul amarrado na cintura.

– Oi, Bambara! – soltou ele com um sorriso. – Você parece um diabinho diante das forjas do inferno!

A velha empregada deu de ombros, fez discretamente o sinal-da-cruz, depois respondeu:

– Bom dia também, senhor bicheiro...

E continuou a esmagar a castanha, o amendoim e pedacinhos de gengibre com um pilão de mármore. Depois de esvaziar o caneco de cerveja, João enxugou a espuma dos lábios com as costas da mão e perguntou:

– O que é que está acontecendo, minha bela? Você preparando um vatapá? O tio quer festejar alguma coisa?

– De certo modo, sim. Se quiser...

– Não diga que o bobalhão fedorento vem jantar aqui hoje? Eu deveria ter ficado na cidade...

A velha Dida cortou com o facão a cabeça de um dourado que caiu a seus pés fazendo um ruído mole. Sempre sem se virar, ela soltou entre os dentes:

– Não é ele. Ele não arrisca comer meu vatapá... Mas é de qualquer modo por causa dele que estou fazendo...

– Que história é essa?

– Estou lhe dizendo que se a casa está vazia é porque foram todos ao hospital a fim de dar um último adeus ao doutor Antônio.

– O quê?

– Como estou lhe dizendo. O doutor Antônio do Cedo... Ontem à noite, ele entrou em coma e tem poucas chances de escapar.

Com o pé, ela esmagou uma barata enorme que viera fuçar perto da cabeça do peixe. João sentou-se no tamborete, depois perguntou:

– O que aconteceu com ele? Você sabe?

– Só sei o que o doutor Cunha me disse. Ele caiu assim, de repente, no quarto do hotel na Glória. Quando saía do banheiro. O que prova que, apesar das aparências, ele tomava banho...

Depois de separar os filés do dourado, Dida começou a cortar bem finos os camarões secos que, depois de misturados com a castanha de caju, o amendoim, o gengibre e o leite de coco, formariam um molho que cozeria no dendê que cobriria o peixe.

– Por isso é que eu estou fazendo o vatapá. Porque a minha neta não vai se casar com aquele negreiro. Uma notícia assim tem que ser festejada...

O vatapá de Dida era o melhor de toda Santa Teresa. Tanto que, para celebrar um acontecimento, havia gente que vinha alugar os serviços da velha por um dia. Com esse prato baiano, a dona-de-casa estava segura de regalar os convidados, e Dida aproveitava para ganhar uns tostões.

Sem tirar os olhos de cima dela, João de repente soltou:

– Tenho certeza de que a tia Otália acha que isso aconteceu por causa daquela feiticeira e sua quimbanda...

As batidas do facão se interromperam, justo o tempo de um novo sinal-da-cruz.

– O que é que você acha, hein? Diga o que você pensa, velha...

– Não estou aqui para pensar, seu bicheiro.

– Vamos, seja simpática... Você acredita nisso, nessas histórias de mulheres? Você acredita nisso mesmo?

– Acho principalmente que, apesar dos seus grandes ares e de suas roupas de malandro, o senhor é e vai continuar sendo a vida inteira apenas um francês vaidoso...

Ela havia pronunciado essa frase de uma vez só, sempre sem se virar, as mãos crispadas segurando o cabo do facão. Depois de alguns segundos de silêncio, João soltou um riso forte:

– Gosto de você, velha! Só você, no Rio inteiro, ousa falar comigo assim!

Depois, acendeu um cigarro. Na cozinha de paredes caiadas, Dida pôs para cozinhar um prato onde, entre cada filé de peixe, ela havia intercalado cebola cortada fina, coentro e fatias de tomates maduros, tudo regado com suco de limão verde e, de novo, azeite-de-dendê. Em poucos minutos, o tempo de ela arrumar a mesa e limpar a pia de granito, a cozinha ficou com o cheiro da Bahia.

Vendo-a enxugar as mãos no avental, João riu de novo:

– Você não me respondeu, velha... Você acredita nisso, em todas essas bobagens?

– Se o senhor tivesse visto o que eu vi com estes olhos, o senhor não me faria esta pergunta, bicheiro infeliz...

– Vamos, venha sentar-se e conte-me um pouco o que você viu.

Os traços do rosto de Dida se contraíram sob o efeito da reflexão. Não se falava dessas coisas, era tabu. Mesmo assim, era graças àquele malandro sem-vergonha que sua neta Emivalda fora salva de um casamento contra a natureza. Ao indicar a quimbandeira Tigresa Negra a Otália, ele havia anulado o malefício. E isso merecia que aquele francesinho fosse esclarecido sobre o que representava a macumba, ainda que se deitasse com Emivalda assim que pensava que todos dormiam feito chumbo, ainda que fumasse maconha e bebesse feito uma esponja, ainda que estivesse metido no jogo do bicho e ainda que fosse em breve acabar também no canal do Mangue.

A velha Dida retirou o avental e veio se sentar diante de João. Com um sorriso, ele lhe estendeu um cigarro que ela acendeu com um prazer evidente. Na fumaça e na música doce do vatapá cozinhando na placa de ferro fundido, ela murmurou bem mais do que falou:

– O que eu vou lhe contar, bicheiro de satã, deve ficar em segredo. Primeiro, porque há menos de vinte anos os homens me teriam mandado para a cadeia pelo que eu vou lhe dizer. E, além disso, porque os deuses não gostam que contem suas histórias...

– Vou ficar mudo feito um túmulo – respondeu João, piscando um olho gozador em apoio.

Um novo sinal-da-cruz acompanhado de um olhar sombrio e Dida prosseguiu:

– A macumba foi trazida da África pelos escravos. Daomeanos, congoleses, angolanos, jejes...

Tudo começou por volta de 1830, quando três escravos africanos libertos se instalaram na Bahia, num engenho de açúcar abandonado. Para ganhar a vida, decidiram exercer, da forma mais discreta do mundo, a macumba.

– Foi aí – explicou Dida num tom confidencial – que os africanos puderam, depois de séculos de escravidão e de silêncio, retomar o fio da macumba.

E o fio era sólido. Bem rápido, essa religião seduziu os brasileiros. Na Bahia, que já totalizava trezentas e sessenta e cinco igrejas, mais uma, no caso improvável de haver erro, os terreiros floresceram às centenas. Esse formidável fascínio se propagou na rapidez da fé através de todo o país, onde essa crença foi adotada e adaptada aos fiéis em função de suas próprias raízes. A macumba chamou-se, assim, Xangô ou Catimbó em Pernambuco, Batuque ou Culto da Nação no sul, até mesmo Pajelança na Amazônia.

– Mas o nome pouco importa – prosseguiu a velha Dida enquanto apagava o cigarro. – O que é preciso saber é que a macumba é o meio de falar com os deuses, com os nossos deuses. Os da África. Nós não temos nem livros sagrados nem monumentos de pedra ou de mármore. Para falarmos com nossos deuses, para pedirmos que intervenham em nossos assuntos, temos os cantos, as danças e os tambores... Os atabaques. Sós os Ogãs, os músicos iniciados, sabem fazer falar esses atabaques, como o homenzinho de chapéu na clareira, com a Tigresa Negra. Graças a eles, os santos e os espíritos podem se encarnar nos corpos humanos, cavalgá-los, para se fazerem ouvir.

– Você quer dizer que são os seus deuses da África que teriam matado o filho do fazendeiro?

– Não estou dizendo nada. Eu constato, só isso.

– São bobagens...

– Por que você diz isso com tanta certeza?

– Porque só existe um único Deus, todo mundo sabe disso!

– E esse Deus seria o seu, branquinho e de cabelos louros?

João afastou com nervosismo o maço de cigarros sobre a mesa. Depois, balbuciou:

– Sei lá... Em todo caso, é assim que ele está representado nos quadros das igrejas. Eu nunca vi um quadro de negro crucificado nas igrejas!

A velha empregada suspirou. Aquele garoto que se achava um homem não estava pronto. Sua mente, como a de muitos brancos, estava fechada à magia da macumba. O que ele diria se ela lhe tivesse dito que aqueles tambores eram seres vivos? Seres que tinham padrinho e madrinha e que eram batizados com água benta depois de serem untados de dendê e mel? Seres por inteiro, que eram honrados com velas acesas em sua intenção? Seres que deviam ser regularmente alimentados com sangue de animais de dois pés? Ele teria rido na sua cara e a teria chamado de louca.

Como ia interromper suas confidências, João de repente apontou para a cruzinha de ouro pendurada no pescoço de Dida:

– E isso? É bem Cristo, não?

– É. É a cruz sobre a qual o filho de Deus foi crucificado.

– Logo, você acredita em Deus?

– É claro. Eu acredito em Deus também...

Com uma cara triunfante, onde transparecia uma ponta de desprezo, João Domar concluiu, então:

– Está vendo! Só há um Deus. E todas as suas histórias de macumba são lendas para garotos, só enganam bobos. Como é possível imaginar matar um homem apelando para os espíritos? É absurdo... é mesmo completamente idiota!

A velha Dida se levantou penosamente do tamborete. Ela acreditava em Deus e nas divindades africanas. Para ela, um não excluía o outro mas, ao contrário, o completava. Olorum, Oxalá, Iemanjá, Ogum, Oxossi, Oxum, sem falar de Omulu, de Xangô, dos gêmeos Ibêjis e outros, os pretos velhos, Egum ou o terrível casal diabólico, Exu e Pombajira. Havia centenas de espíritos, uns protetores, outros maléficos, e só uma mãe ou um pai-de-santo os conhecia todos. Ao passo que os brancos se contentavam com um Deus, um único Cristo e uma única Virgem Maria... Não era espantoso que, toda vez que uma Joana d'Arc ouvia um espírito falar, gritassem milagre! Entre aquela gente, só havia um espírito para tanta gente. Ao passo que, no berço da humanidade, tinha-se a escolha...

Nesse instante, a porta da frente se abriu num estrondo. Emivalda, subitamente cheia de vitalidade graças ao coma de seu pretendente, correu até a cozinha sorrindo, a testa suada. Ao ver João, lágrimas instantaneamente brotaram em seus olhos e ela correu para ele morrendo de felicidade. Beijou-o furtivamente na boca e Dida fingiu não ver nada. Otália chegou nos calcanhares da filha, passo rápido, radiante, orgulhosa do dever cumprido. Ao abraçar o sobrinho, sussurrou-lhe ao ouvido:

– Não vai demorar muito. Amanha cuidaremos do porco do pai dele...

Enfim, o tio Francisco da Cunha, esgotado pelo calor, a cara decepcionada, vestido de preto apesar do sol, deu um abraço em João. Depois, pegou-o pelos ombros e declarou-lhe com gravidade:

– João, já que Deus assim decidiu, esse casamento não vai acontecer.

Logo depois, acrescentou num murmúrio de conspirador:

– Mas tenho certeza de que o marechal Hermes da Fonseca, o próprio marechal, está me ouvindo?, vai em breve tomar o poder. Tenho as minhas fontes, meu filho. E vai ser pelas armas...

17

Para o bom Heitor da Silva Costa, esse mês de dezembro de 1922 não foi tão dramático quanto ele temera após sua passagem diante da comissão presidida por Dom Sebastião Leme. Com muito trabalho e cortes profundos nas despesas, seu escritório acabou superando as dificuldades. Além disso, ele bem rápido percebeu, e com alívio, que havia guardado a estima de personalidades influentes no mundo dos negócios e dos bancos. A poucos meses de completar cinqüenta anos, poderia até declarar-se um homem realizado se o fracasso do Cristo Redentor no morro do Corcovado não viesse, regularmente, perturbar seus pensamentos. Assim, quando estava em pleno trabalho, a mente embrulhada com cifras e cotas, fórmulas matemáticas e cálculos complicados, às vezes lhe acontecia levantar o nariz da mesa e pensar, olhos pousados no grande quadro que Zumbi fizera do Cristo, nas razões exatas desse fracasso. As causas alegadas pela Comissão para aquela meia recusa eram, afinal, compreensíveis. Uma estátua de quarenta e dois metros de altura era gigantesca, imponente demais, até para o pedestal formidável como o Corcovado. Quanto ao desenho que ele encomendara a Zumbi, o Cristo segurando um globo terrestre na mão, ele achava que envelhecera ao longo dos meses. Toda a força que se desprendera da tela desaparecia um pouco a cada dia. Um Cristo como este teria tido todo o seu lugar, sob forma de quadro, numa igreja como a de Santo Antônio, sob abóbadas frescas e escuras, no silêncio da prece e do recolhimento. Mas hoje, ele estava intimamente persuadido: essa versão teria tido um lado pretensioso, quase indecente, sobre o pico do mais alto morro do Rio de Janeiro, dominando a baía sob o sol ou na violência das tempestades.

Então, suspirando, o arquiteto voltava ao trabalho tentando expulsar da mente a amargura do sonho abortado.

O telefone estrilou de repente no escritório abafado de Silva Costa. Ele atendeu e a voz fresca de Silvana, a secretária, se fez ouvir:

– Doutor? É o arcebispo Dom Sebastião Leme que gostaria de lhe falar.

– Obrigado. Pode passar, por favor...

Um segundo mais tarde, o arcebispo, com sua ênfase costumeira, dirigiu-se a ele nestes termos:

– Dr. Silva Costa? Há novidade em nosso assunto! Estou na cidade, a dois passos do seu escritório, e gostaria de conversar com o senhor imediatamente, mas em privado desta vez. Não com todas aquelas tristes máscaras da Comissão.

– O senhor quer que eu...

– Estou esperando pelo senhor ao meio-dia em ponto, no restaurante Amarelinho. O senhor conhece, é claro?

– Conheço, mas eu...

– Então, está combinado, caro doutor. Até o meio-dia, sem falta!

E desligou tão rápido quanto havia falado.

Silva Costa não cometeu o mesmo erro de abril desse mesmo ano, no dia 4, para ser exato. Não pulou de alegria nem desceu as escadas a toda, o coração batendo aos pulos, para chamar um táxi e se dirigir ao local do encontro. Ao contrário, vestiu com toda calma o paletó de algodão leve, verificou se não estava esquecendo o cachimbo e o fumo, deu as últimas instruções a Silvana. Do mesmo jeito, desceu a passos lentos as escadas, ajustou com cuidado o *canotier* para se proteger do sol e, a pé, foi andando até a praça da Cinelândia onde ficava o Amarelinho, um restaurante que preparava uma das melhores picanhas da cidade.

No tráfego do meio-dia, com os carros misturados às carroças de burros e carrinhos de mão, Heitor não arriscava esquecer aquele 4 de abril de 1923. O arcebispo o chamara naquela manhã para lhe anunciar a colocação da primeira pedra da construção do Cristo Redentor. Sua presença era indispensável, uma hora mais tarde, no topo do morro. O arquiteto ingenuamente acreditara que daquela vez o empreendimento estava mesmo lançado. Mas rápido ficara desencantado. Mal chegou no alto do Corcovado, compreendeu que aquela cerimônia na verdade só tinha por objetivo relançar o projeto sob as luzes da atualidade, bem como provar a todos que a Igreja era dinâmica e que decidira evangelizar usando o aspersório. Heitor assistira, quase perdido na multidão de curiosos, à colocação daquela primeira pedra e, por assim dizer, não trocara uma palavra com o arcebispo. Esgotado e decepcionado, voltara ao escritório e, de decepção, ficara tomando conhaque a tarde inteira, até apagar no sofá de veludo.

Em poucos minutos a pé, o arquiteto chegou à Cinelândia. Debaixo dos guarda-sóis amarelos, delineava-se a silhueta de Dom Sebastião Leme.

Silva Costa suspirou, depois, falando consigo mesmo, murmurou:

– Afinal, quem sabe? Talvez seja desta vez...

Então, esforçando-se em sorrir, avançou em grandes passadas dinâmicas na direção do arcebispo que logo se levantou e abriu os braços para recebê-lo.

Como de hábito, Dom Sebastião foi volúvel, ocupando o espaço sonoro como seu corpo repleto ocupava o espaço físico, monologando sem parar, insurgindo-se contra tudo, conversando com os vizinhos de mesa, com o garçom ou consigo mesmo, explicando, demonstrando, mudando de assunto no meio de uma frase, comentando a política, a interminável transformação da capital, as dificuldades e as responsabilidades de seu cargo, o tempo, a instalação para o ano seguinte da rádio, só interrompendo para pedir um chope e, quando a picanha chegou, para lançar-se sobre ela com alegria, tão grande era sua felicidade em engolir aquelas fatias finas de boi assadas ao ponto e temperadas com sal grosso que estalava a cada dentada.

Heitor, que conhecia o homem, contentou-se em escutar. Sabia que aquela incontinência verbal acabaria sozinha e que tentar interrompê-la teria ao contrário trazido água ao moinho do infatigável falador. Quando o cafezinho chegou à mesa, o arcebispo de fato se calou, não por cansaço, mas sob os efeitos conjugados da digestão e do calor esgotante. O arquiteto deu uma tossidela para limpar a voz, depois perguntou:

– Senhor arcebispo, posso saber a razão que o levou a querer encontrar-me hoje?

Dom Sebastião Leme, como que saindo de um devaneio, observou seu convidado com uma ponta de perplexidade no olhar, depois respondeu com seu habitual entusiasmo:

– Será que sou burro? Meu caríssimo amigo, mas é para lhe falar de nosso projeto, é claro!

– O senhor tem notícias?

– Tenho, meu caro! E são bem frescas, já que datam desta manhã mesmo!

Heitor sentiu a respiração acelerar-se e arriscou perguntar de novo:

– E essas notícias, são de que ordem?

– Muito boas! Enfim, relativamente boas...

– O senhor me inquieta...

O prelado fez uma bola com o guardanapo e terminou confessando:

– Para lhe dizer tudo, não são tão boas quanto o que eu lhe anunciei.

– Ai, ai, ai...

O arcebispo acendeu um charuto com volúpia e, depois de soltar a primeira baforada, assumiu subitamente um ar grave, afundou na cadeira e, olhando o arquiteto por baixo, explicou em voz mais baixa:

– Vou acabar acreditando que uma força maligna trabalha contra nosso negócio. Acabo de sair dos escritórios da Light e posso lhe dizer, confidencialmente, que estamos confrontados com um problema mais que sério...

Heitor pôs-se a transpirar abundantemente na camisa de colarinho alto de celulóide enquanto Dom Sebastião prosseguia:

– O senhor vai entender: estou falando do Chapéu do Sol...

– Como?

– O Chapéu do Sol! Aquela espécie de coreto lá no alto do Corcovado!

– E daí?

– Ele pertence à Light e a Light se recusa a demoli-lo...

O café, embora copiosamente açucarado, deixou um gosto amargo na boca do arquiteto. O Chapéu do Sol era um pavilhão de ferro, vidro e ardósia, semelhante ao Palácio de Cristal de Petrópolis. Para quem ia passear no domingo, era o destino final do passeio. Lá se podia, à sombra, degustar sucos de frutas e cerveja, ou beliscar alguma coisa.

– E por que eles se opõem à demolição?

Dom Sebastião bateu no charuto para fazer cair a cinza, depois explicou:

– Não se trata da Light. Quanto a eles, pode confiar em mim, eu me ocupo. Eles sabem que, se colaborarem com o nosso projeto, com o tempo vão tirar altos lucros do empreendimento...

– Então, onde está o problema?

– É um problema de ordem política. Pedi oficialmente a demolição ou a transferência do Chapéu do Sol junto ao governo federal.

– E o que eles disseram?

Com a cara sombria, o arcebispo respondeu:

– Acabo de receber através de Salvador Sorres, o responsável pela Light, a resposta do procurador-geral. É não. E foi recusado em nome da separação da Igreja e do Estado.

– O que significa?

– O que significa que, no plano puramente jurídico, nosso negócio está bloqueado. Mas acredite em mim, não conto parar por aqui. Esta tarde mesmo, vou pedir a um amigo, próximo do presidente Artur Bernardes, para intervir. E estou seguro de que o chefe do Estado será sensível à minha requisição.

Silva Costa foi ficando pálido. A picanha que ele engolira com batatas fritas, farofa de manteiga e arroz à grega começou a remexer dolorosamente na barriga. Depois dos problemas financeiros, agora eram as causas jurídicas que formavam uma nova barragem contra a edificação do Cristo Redentor sobre o Corcovado.

Limpando os dentes, Dom Sebastião perguntou enfim, com um largo sorriso novamente indulgente:

– E o senhor, meu caríssimo doutor? Em que ponto está o seu projeto de estátua? Está avançando como o senhor deseja? Pois não duvide, logo vai chegar o momento em que o senhor apresentará à Comissão uma nova versão desse Cristo! Posso contar com o senhor, não é?

O arquiteto tomou de um só gole seu copo de conhaque e respondeu, com uma voz sem força:

– Está avançando, senhor arcebispo. Está avançando...

Na verdade, as pesquisas picturais que ele havia levado a cabo com Zumbi não tinham avançado nem um polegar. Depois do adiamento da encomenda para uma data posterior, Silva Costa tivera que cuidar de coisas mais urgentes. Para não ver seu negócio ir por água abaixo, o arquiteto reestruturara o escritório, demitira, multiplicara os encontros e as visitas aos banqueiros e, evidentemente, tentara encontrar outras encomendas mais imediatas. Como no início da carreira, arregaçara as mangas e saíra prospectando. Não recusaria nenhuma encomenda. De repente sentiu renascer a impetuosa vontade de agir, de se mexer, de encontrar soluções para lutar contra aquele destino infeliz, de se lançar com ímpeto em novas aventuras arquiteturais que reequilibrariam suas contas e o ajudariam a passar para a posteridade. Por todas essas razões, os esboços do Cristo Redentor tinham ficado nas cartolinas, sendo cobertos de poeira à medida que os meses passavam.

– Meu Deus – sussurrou Silva Costa. – Eu disse que faria esse Cristo e vou fazê-lo.

Na praça Marechal Floriano, recentemente urbanizada, ele acendeu o cachimbo em meio ao vaivém dos passantes, depois resmungou de novo para si mesmo:

– Vou fazê-lo. Ainda que arrisque meu escritório e a pele. Vou fazê-lo...

Assim, em vez de subir a Avenida Rio Branco e voltar ao escritório onde tinha um encontro dez minutos mais tarde com um patrocinador, girou os calcanhares, passou de novo em frente ao Amarelinho e pegou a Rua do Passeio. O ateliê de Zumbi ficava a dois passos. A pretexto de pegar outros esboços para um projeto em andamento, aproveitaria para analisar o assunto com o pintor. Daria a ele outra pista. Afinal, tinham trabalhado tanto no projeto! Bartolomeu Zumbi não podia abandonar o barco agora!

O arquiteto parou de repente, tomado de uma dúvida. O projeto era grandioso, ambicioso. Mas quem pagaria Zumbi? O escritório mal acabava de tirar a cabeça fora d'água e o desgraçado cobrava caro...

– Ah... – suspirou Silva Costa. – Vou dar um jeito. Nem que tenha de pagá-lo em prestações!

E, subitamente revigorado por essa decisão de ir novamente à luta, atravessou feito um raio o asfalto quente, o cachimbo deixando em seu rastro grossas volutas de fumaça.

Chegando ao número 14 da Rua Joaquim Silva, o arquiteto encontrou a porta fechada. Ao descer as escadas molhado de suor, deu de cara com o pintor que voltava para casa, de terno, a camisa também encharcada colando no peito largo. Diante da porta, o pintor estourou de rir:

– Puta que pariu! Com todo respeito, doutor Silva Costa, o mundo é pequeno! Como o senhor está vendo, estou justamente chegando do seu escritório!

O arquiteto, primeiramente surpreso, pôs-se a rir. Depois, enxugando as lunetas com o lenço, inquietou-se:

– E o que você foi fazer lá, meu amigo? Ainda está com problemas financeiros?

– O que fazer? Com esse calor, a cachaça e a cerveja evaporam mal a gente abre a garrafa! Então, pensei que se o senhor tivesse trabalho, e se me fizesse a gentileza, eu poderia bem desenhar para o senhor esta semana...

Silva Costa, pensativo, encarou o pintor. Para falar a verdade, ele sentia um ciúme amigável por aquele indivíduo fora das normas, magricela e risonho, que não estava aí para as conveniências de fachada e a polidez de salão, que só vivia para a sua arte e fizera do prazer uma arte de viver, que molhava a goela quando esta estava seca, comia quando tinha fome, com certeza fazia amor mal sentia a necessidade, passava as noites na farra, sem ter de prestar contas a ninguém. Era livre. Incrivelmente livre. Livre como Heitor da Silva Costa, apesar do escritório e dos negócios, não era, não fora e provavelmente jamais seria.

Vendo que o arquiteto não respondia, Zumbi girou de novo os olhos enormes nas órbitas e perguntou:

– Então, doutor? O senhor quer que eu lhe faça uns desenhos esta semana?

– Mas é claro, meu amigo. Não é trabalho que falta neste momento.

O rosto de Zumbi abriu-se num novo sorriso hilário, ele apertou a mão do arquiteto com satisfação e exclamou:

– Deus todo-poderoso! Amanhã de manhã estarei no seu escritório bem cedo. Às dez horas em pontinho!

Quando ia subir as escadas, Silva Costa o reteve com uma frase:

– Diga-me uma coisa, Bartolomeu: o que você acha de voltar a trabalhar comigo no projeto do Cristo Redentor?

O pintor, que já subira três degraus, ficou imóvel, parou de sorrir, deu meia-volta e desceu as escadas bem devagar. Vindo da rua pela porta escancarada, eflúvios de comida podre, excrementos e urina esquentados pelo sol penetraram pesadamente na escuridão das escadas. Abanando o rosto com o *canotier*, Heitor prosseguiu, num tom embaraçado:

– Mas quero ser honesto com você. Não poderei lhe pagar muito. Além do mais, o projeto está bloqueado e, no ritmo em que vão as coisas, esse Cristo arrisca até nem sair. Assim sendo, quanto ao dinheiro, não posso lhe...

Na penumbra, a mão larga de Zumbi pousou sobre o ombro do arquiteto:

– Doutor, quanto ao dinheiro, mais tarde a gente vê, quando o senhor for pago. Enquanto isso, aceito trabalhar no projeto dessa estátua, com uma única condição.

– Qual?

– Que eu esteja totalmente livre para fazer o que eu quero. Como se estivesse pintando para mim...

Silva Costa franziu as sobrancelhas em sinal de espanto. Zumbi, desde que lhe prestava serviços, nunca trabalhara de graça. Nem para outros tampouco, diga-se de passagem. Sempre que a oportunidade se apresentava, aquele negrão aliás se divertia em lembrar com malícia que a palavra trabalho vinha do latim *tripalium*, que significa, literalmente, "instrumento de tortura". Assim, ele aceitava ser torturado, já que não podia ser de outro jeito... Mas tinha que render dindim!

– E se os seus esboços não convierem? – replicou o arquiteto.

– Faço outros. Mas sempre só e livre.

– E se essa estátua não sair?

– Ela vai sair. Está escrito...

– E se levar muitos anos?

– Eu espero. Ela vai sair.

Nesse instante, um mulato entrou na rua puxando uma carrocinha de frutas. Heitor virou-se por um momento para vê-la passar. Um solavanco causado por um buraco fez cair um coco na lama da sarjeta sem que o sujeito percebesse. Rolara do monte e aterrissara, verde, cheio de água doce, no meio do lixo acumulado há dias.

O arquiteto virou-se de novo, na direção de Zumbi desta vez, para retomar a conversa. Mas este já desaparecera. No lugar do pintor gozador só havia agora as escadas fedorentas, os degraus de madeira rachada e as paredes comidas pelo mofo nas sucções incessantes da umidade.

O arquiteto enxugou o rosto com o lenço e voltou na direção da Cinelândia. Antes do fim da tarde, o coco já estaria marrom, depois preto, até secar e apodrecer na massa disforme e pegajosa do lixo. A não ser que germinasse, germinasse e crescesse na chuva da noite, até se tornar um coqueiro cuja sombra abrigaria do ardor do sol, no dia seguinte, o ateliê do pintor Bartolomeu Zumbi.

18

"Você só encostará a mão em mim no dia em que for capaz de me cobrir de ouro. Por enquanto, não se esqueça de que não passa de um bicheiro..."

Essas palavras ressoavam dolorosamente na cabeça de João Domar. Sentado no banco de trás de um táxi que rodava lentamente na noite, ele ruminava essa frase entre uma golada e outra de conhaque que ele tomava direto no gargalo do cantil, sem ver nada, nem as raras casas iluminadas do bairro do Jardim Botânico nem as margens da Lagoa Rodrigo de Freitas plantadas de palmeiras. Cobri-la de ouro... O bicheiro ganhava bem a sua vida, era um fato. O jogo do bicho rendia mais do que nunca. João recrutara e formara novos apontadores nos bairros onde faltavam e, desde que começara a trabalhar, o faturamento triplicara. Mas daí a cobri-la de ouro...

De repente, a chuva começou a cair, cerrada, e o táxi diminuiu ainda mais a velocidade. Não dava para ver a dez metros. Fatalista, o chofer resmungou na frente:

– É essa porra das águas de março, chefe. Não tem jeito...

A noite no entanto começara bem. Um verdadeiro conto de fadas. Depois de controlar a receita, João prestara suas contas a Diva. Na hora de deixá-la, enquanto Luís esperava para acompanhá-lo até a porta, ela de repente lhe perguntou:

– João... Hoje é sexta-feira. E eu estava me perguntando se você não gostaria de me convidar para ir à noite ao Jockey Club...

Na luz fraca da luminária, o rapaz sentiu que ficava vermelho, um hábito que o deixava com raiva mas que o submergia sempre que tinha que se dirigir à patroa. Sem ousar olhá-la, ele baixou os olhos e murmurou:

– A senhora está falando sério? De verdade?

Diva deixou passar intermináveis segundos antes de responder. Depois sorriu e, com a mão direita, levantou o queixo de João. Nos olhos da bicheira, estrelas de curiosidade, de divertimento e de desejo palpitavam:

– E por que não, jovem? Venha me pegar daqui a uma hora...

Morto de alegria, João voou até o Hotel da Coroa, engoliu as escadas bem mais que as subiu, arrancou a roupa, lavou-se para valer, usou uma boa metade do pote de brilhantina perfumada para achatar a cabeleira, barbeou-se com um cuidado meticuloso e virou o armário de cima para baixo a fim de escolher a roupa para a noite. No quarto, um aparelho de rádio reinava sobre a cômoda instalada diante da cama. Dentro de pouco mais de um mês iriam começar as primeiras emissões na Rádio Sociedade do Rio de Janeiro. Uma revolução...

Mas essa noite João nem prestou atenção em seu receptor estalando de novo, todo de mogno com botões de marfim. Em compensação, preparou-se diante do espelho, retificou uma mecha com o pente de osso, refez o nó da gravata várias vezes numa excitação crescente, eternamente insatisfeito com o resultado, tudo isso assobiando entre os dentes um samba que não o largava há dias, cuja letra aprendera com Dori. Tratava-se de "Pelo telefone", o primeiro samba gravado no Brasil. Em 1917, essa gravação havia causado um verdadeiro escândalo na boa sociedade por causa de seu caráter licencioso e iconoclasta. Além disso, Sinhô e Donga haviam, ambos, reclamado com veemência a sua paternidade. Os dois músicos chegaram quase a brigar enquanto, na rua, os cariocas parodiavam a letra original para zombar do chefe de polícia que tentava mais uma vez proibir os jogos de azar...

Verificando pela enésima vez se o *canotier* estava corretamente colocado na cabeça, João acendeu um cigarro, depois bateu no bolso direito do paletó. Seu revólver estava bem ali, assim como a carteira, cheia de notas.

Vestido feito um milorde, lenço branco na lapela, desceu as escadas cantarolando:

O chefe da polícia
Pelo telefone
Manda me avisar
Que na Carioca
Tem um jogo de roleta
E que se pode jogar!

Diva, nessa noite, justificou plenamente seu nome. Usava um vestido de lamê azul terminando logo abaixo do joelho e bem decotado. Os cabelos estavam presos num coque complicado enfeitado com flores brancas. Brancas também, a bolsa e as luvas de seda longas que subiam até o cotovelo. Em seu belo rosto, nem pó-de-arroz nem maquilagem nos olhos. Só um traço de vermelho vivo nos lábios. Nada mais.

João Domar, ao vê-la assim, cheia de graça e elegância, sentiu-se subitamente miserável. Teve até vontade de fugir correndo, maldizendo-se por ainda não ter tido meios de comprar um fraque e uma cartola. Mas ela não lhe deu tempo. Com um olhar divertido, passou diante dele, desceu as escadas da entrada e, sem lhe dizer uma palavra, subiu no táxi cuja porta Luís segurava aberta.

O resto da noite foi uma avalanche de catástrofes e desilusões. No quadro seleto e fechado do Jockey Club, João Domar comportou-se como o antigo estivador que era e que roupa alguma jamais conseguiria esconder. É claro que não bebeu a água da lavanda e conseguiu até não se enganar na escolha dos talheres quando os garçons trouxeram com cerimônia a entrada, um fricassê de lagostas à francesa.

Mas João nunca vira tanto luxo. Eram lustres de cristal, cortinas de veludo vermelho, talheres de prata, vidros e jarras de dourado fino, garçons de libré, *sommeliers* de olhar impassível, um turbilhão de vestidos e *smokings* desenhados e cortados nas melhores casas de

Paris. No brilho das jóias, dos rios de diamantes, dos solitários a lançar mil fogos, nesse remoinho de riquezas em que se cruzavam a elite dos aristocratas e o *nec plus ultra* dos fazendeiros e donos de indústrias, João Domar teve a impressão de voltar a ser Jean Dimare.

Era a primeira vez que entrava num lugar assim. Sob o olhar zombeteiro de Diva, ele deixou respingar molho Grand-Veneur na toalha imaculada, falou alto, bebeu sua taça de Château Pétrus de um só gole, limpou o prato de porcelana com pão, não encontrou nenhum assunto de conversa leve, não soube dançar valsa, quebrou um copo num movimento brusco do garfo, não soube escolher o champanhe que acompanharia a sobremesa e, no fim da refeição, como se estivesse no Bar das Garotas, estalou os dedos e assobiou para pedir a conta.

Infelizmente, seu calvário não parou em tão bom caminho. Quando o *maître* lhe trouxe a nota, num marroquim preto comprido, João por pouco não sufocou com a fumaça do charuto. Com a cabeça pegando fogo, leu e releu a cifra estampada enorme diante dos olhos, sem pudor, uma cifra enorme, indecente, que também parecia zombar dele. Com tal soma, dava para alimentar toda uma família de Santa Teresa durante meses, e ainda sobrava.

No entanto, o que deu ao rapaz a irreprimível vontade de desaparecer por um dos interstícios do chão de madeira foi a evidência, a insustentável, a trágica e cruel evidência que o impressionou ao descobrir o montante da nota: ele não tinha consigo dinheiro o bastante para pagar...

Diva foi de uma maldade irônica. Num sorriso de desprezo, tomou a nota das mãos trêmulas de João e nela fez sua assinatura. Ali, no Jockey Club, a sua assinatura valia ouro. Sem isso, nunca aquela sociedade branca, escolhida a dedo, teria deixado entrar uma negra...

Com a cara vermelha, João Domar não soube mais o que fazer nem dizer. Desajeitado, tentou sorrir, agradecer, desculpar-se. Como Diva continuava muda, ele embarcou num discurso descontrolado, verborrágico e, numa derradeira derrapagem, achou até bom concluir, com o bafo pesado de vinho:

– Senhora, tenho, pois, uma dívida de honra para com a senhora. E, se desejar, já que a minha carteira está vazia, posso lhe pagar *in natura*...

Isso tudo acompanhado de uma piscada de olho sem-vergonha.

Sem abandonar a sua calma fria, Diva não sorriu do que João queria que fosse um traço de humor. Limitou-se a apagar o cigarro no cinzeiro de prata e a declarar:

– Você só tocará em mim no dia em que for capaz de me cobrir de ouro. Por enquanto, não se esqueça de que não passa de um bicheiro...

Como sempre que algo de doloroso acontecia em sua existência, João Domar encontrava o caminho do Largo das Neves. Nessa noite, ao indicar o endereço ao chofer, este aquiesceu num movimento resignado da cabeça. Com a chuva que caía, chegar até aquela pracinha de Santa Teresa estava longe de ser fácil. Mas aceitou mesmo assim: a corrida era longa e, pelo jeito de malandro de seu cliente, era melhor não contrariá-lo, ainda mais que parecia a um só tempo bêbado e furioso.

Até o pé do morro, tudo se passou mais ou menos bem. Mas, assim que começou a subir, o táxi teve de enfrentar a enxurrada que descia rugindo a estreita rua calçada formando ondas furiosas a caminho do centro da cidade. Na luz fraca dos faróis, o chofer podia ver galhos quebrados vindo direto na sua direção, à maneira de aríetes trazidos pela força sem controle da corrente. Suando, conseguiu evitar alguns e, ao chegar à estação do Curvelo, estacionou o carro num canto plano, enquanto a chuva redobrava de violência.

– O que o senhor está fazendo? – rugiu João, constatando que a última gota do cantil se fora. – Eu lhe disse o Largo das Neves, não o Curvelo!

O chofer desligou a chave de contato tremendo de medo e tentou protestar:

– Mas, chefe... com a chuva que está caindo, seria uma loucura ir mais adiante. Além disso, estou começando na praça e o meu carro é novo...

João, na escuridão perturbada apenas por um único poste de luz, sacou o revólver do bolso. Colou-o na nuca do chofer e, exalando um bafo pesado de conhaque a cada palavra, pôs-se a gritar:

– Em frente, estou lhe dizendo! Você acha que eu vou voltar a pé debaixo da chuva, hein? Sabe quanto custa um terno assim? Sabe, diz? Vale mais que o seu calhambeque! Vale mais que você! Então você vai me levar até em casa! Senão eu acabo com a sua raça!

Ele se pusera a bater com o cano do revólver no chofer aterrorizado que só conseguia repetir, numa voz chorosa:

– Não consigo, chefe! Não consigo...

Dando-lhe um tapa mais forte que os outros no meio da cabeça, João rugiu de novo:

– Consegue sim! Arranque! Arranque ou eu acabo com você! Seu merda!

Como o homem não respondia mais, o bicheiro arrotou de novo:

– Sabe quem sou eu? Diz? Sabe ou não sabe? Fale, seu babaca!

Desfechou-lhe então uma série de coronhadas com toda força e só parou quando ficou sem fôlego, os lábios babando, a mão direita cheia de sangue.

No instante seguinte, João abriu a porta do táxi e saiu para receber em plena cara as rajadas de chuva gelada. Num derradeiro acesso de raiva, berrou, de rosto enfiado nas nuvens que não paravam de rebentar sobre o Rio de Janeiro.

Depois, deixou o Curvelo chapinhando na água furiosa e avançou como pôde, cambaleando, roído pela humilhação passada no Jockey Club, sem um pensamento para o chofer que ele talvez tivesse deixado morto. Em sua cabeça, lancinantes, as últimas palavras de Diva davam-lhe vontade de vomitar, de matar, de quebrar tudo o que surgia e ainda surgiria no seu caminho.

"Você não passa de um bicheiro..."

João chegou por volta de uma hora da manhã na casa do tio Francisco. Livre dos efeitos do álcool pela longa caminhada sob a chuva, encharcado, batendo os dentes, os sapatos de verniz abertos do lado, ele subiu para o quarto e, quando se secava, nu, Emivalda empurrou a porta, pôs a tranca atrás e correu a se aninhar em seus braços. O contato daquele corpo ainda quente de sono e o perfume que emanava da cabeleira da jovem eletrizaram João. Sem uma palavra, ele arrancou a camisola branca que ela vestia, levantou-a, colou-a contra si e, febril, sem carinho, num único movimento dos quadris, penetrou-a até o mais fundo de sua carne. De pé, encostado na parede, arfando a cada vaivém, um olhar mau, ele a trabalhou sem amor, por vingança, com todo o poder de sua raiva repentinamente reanimada, as unhas cravadas na carne de suas nádegas redondas, enquanto Emivalda se enroscava feito uma serpente em volta de um bastão, perdendo todo pudor, abrindo-se a ponto de romper-se, oferecendo-se de todo o seu ser, devorando com a boca cheia o rosto inteiro de João até sua cabeleira negra, implorando com o olhar a libertação, lavrando suas costas com as unhas, mordendo-lhe a carne dos ombros, levada por uma fúria amorosa tal como ela nunca imaginara.

Num último movimento de quadris, João gozou nela, enchendo-a de jatos de semente ininterruptos, enquanto Emivalda se punha a suspirar cada vez mais forte, apertando entre as coxas o ser amado, não querendo perder nem uma gota, e explodindo enfim numa torrente de gozo, numa onda de prazer que, como a tempestade que se abatia sobre Santa Teresa, derrubava tudo ao passar.

Quando pôde de novo respirar normalmente, foi para murmurar, num soluço:

– Amo você, João...

E o abraçou com todas as forças, como um náufrago que se agarra com toda a sua alma num destroço da tempestade.

Nesse instante a porta se abriu num estrondo de madeira quebrada. Numa camisola listada, castiçal na mão, o tio Francisco acabava de arrebentar a fina tranca com o ombro. Na sombra trêmula da chama, ele ficou sem fôlego ao descobrir o espetáculo. Sua filhinha, sua Emivalda, tão pura e honesta, a jóia de sua vida, sua razão de ser, estava nua, coxas afastadas, o rosto suado, agarrada em João, aquele que ele acolhera e considerara como um filho adotivo desde o primeiro dia...

Tomado de tremores de indignação, o tio pousou o candelabro sobre a cômoda e, sem pronunciar uma única palavra, virou as costas aos dois amantes e saiu do quarto. Com o rosto todo vermelho, Emivalda deixou os braços de João, enfiou com precipitação a camisola e, descabelada, correu atrás do pai, chorando e balbuciando, feito uma menina:

– Pai! Pai! Vou lhe explicar tudo! É João que eu amo! É com ele que eu quero me casar! Por favor...

O resto de suas súplicas perdeu-se em sua confusão e, no quarto, só ficou então o barulho da chuva e o cheiro de sexo e álcool, a tristeza e o drama misturados.

Minutos depois foi a vez de João descer. Fora o tempo suficiente para que pegasse suas coisas e enfiasse na mesma mochila com a qual desembarcara, num dia luminoso de janeiro de 1921.

À mesa, o tio Francisco chorava em silêncio, os olhos fixos na estante que guardava sua coleção de artigos de imprensa dedicados à grande Sarah Bernhardt. Emivalda, ajoelhada no chão, segurava a mão esquerda de seu pai contra o rosto e chorava também. Grossas lágrimas escorriam-lhes pelo rosto, sem que nenhum músculo tremesse, nem na face bruscamente envelhecida de Francisco da Cunha nem na face morena e suave da jovem. A alguns metros do casal, Otália e a velha Dida permaneciam em silêncio, os braços soltos ao longo do corpo, imóveis.

Sem largar a bolsa, João foi se plantar na outra ponta da mesa e disse com voz glacial:

– Dr. Cunha, estou deixando o teto de sua casa, de maneira definitiva.

Sem uma centelha nos olhos sempre vazios, o velho homem ouviu-se responder:

– Ah!... Você não me chama mais de meu tio?

Emivalda, por sua vez, estremeceu e interrogou, num tom incrédulo:

– Você vai embora? Mas por quê?

– Porque é melhor assim. Já deveria ter feito isso há muito tempo.

Sem soltar a mão do pai, a jovem aprumou-se e um sorrisinho de incompreensão se acendeu em seu rosto úmido:

– Mas você não pode, João... Agora não. Agora não, a gente vai se casar!

– Não, Emivalda. A gente não vai se casar...

A velha Dida, na sombra, não conseguiu reter uma careta de nojo enquanto a jovem, soltando um riso estranho, ia se colar contra o amante, enquanto continuava a chorar:

– Mas João, eu te amo. E você me ama também, não é? Você me disse, disse que me amava. Desde o primeiro dia, desde que você me batizou de sua princesa do Rio de Janeiro...

Ela abraçou ainda mais forte o amante e, embora ele não se mexesse, permanecesse duro e frio em seus braços, ela continuou a rir e a soluçar ao mesmo tempo:

– A gente vai se casar, você vai ver. Tudo vai ser bonito, como num conto de fadas! Vamos continuar morando aqui, mas no meu quarto, que é maior que o seu. E eu já pensei em tudo para a decoração!

– Emivalda, largue este jovem e volte aqui...

Francisco da Cunha se levantara, o olhar queimando agora de uma cólera que ele tentava dominar como podia. Com as mãos pousadas sobre a mesa, ele repetiu com a mesma voz fraca:

– Emivalda, venha aqui...

– Mas, pai... A gente vai se casar, não é? João diz que não, mas é para brincar comigo, não é? Diga, João? No mês que vem, vamos fazer uma festa bem grande para o noivado. Mas antes você terá que cumprir o que prometeu, você vai me levar para passar uma noite inteira no Jockey Club...

Ao ouvir estas duas palavras, o belo rosto negro de Diva se iluminou na mente de João. Sem uma palavra, ele tentou afastar Emivalda que continuava agarrada nele. Com os olhos fixos nos olhos de Francisco da Cunha, ele torceu o punho da jovem que teve de soltá-lo e deixou-a cair no chão. Emivalda se encolheu soluçando em voz baixa, como uma criança aterrorizada:

– João... Eu te amo... João, sou eu, a sua princesa...

João constatou sem tristeza aparente o desamparo da jovem que se lamentava a seus pés e, num tom indiferente, disse:

– Acabou, Emivalda. Eu amo outra. É a vida...

Depois pôs a mochila nas costas, girou nos calcanhares e deixou a sala, a casa, o Largo das Neves, Santa Teresa.

João Domar, em sua caminhada solitária, foi acompanhado pelos raios vivos a cortar a noite feito navalhas e pelo rolar lúgubre do trovão.

19

Nas semanas seguintes João se dedicou ao trabalho como um louco. Podia chover, ventar, ou o sol cozinhar a cidade no suor, ele dali por diante não se limitava mais em cumprir seu papel de bicheiro. Essa tarefa, ele em grande parte confiara a Dori, e só o acompanhava um ou dois dias na semana em seu giro dos apontadores, a fim de mostrar que continuava sendo, mais do que nunca, o patrão. O jovem bicheiro, que ia completar dezesseis anos, aceitara essa promoção com uma alegria emocionada e, todas as manhãs, cuidava da penugem do bigode, alisava-o com um cuidado apaixonado e colocava até uma fina película de cera marrom para ficar mais velho e parecer assim mais sério.

João, por sua vez, ficara amigo de dois marinheiros que trabalhavam na linha Bordeaux-Buenos Aires, via Rio de Janeiro. Conheceu-os numa noite de bebedeira, dias depois de deixar o domicílio do tio Francisco. A cena aconteceu numa birosca imunda do porto, de nome inequívoco: Vai Como Pode. Os dois desconhecidos eram marselheses e isso bastou para que derrubassem juntos litros de cachaça. Depois de se embebedarem até não mais poder, João os acompanhou até o centro da cidade para mostrar-lhes os prazeres da carne tropical num bordel em suma bem correto, O Galo Ousado, onde ele se mostrou em casa. Uma vez instalados, um encontro foi marcado para a noite do dia seguinte.

Um desses marinheiros chamava-se Joseph e se exprimia num sabir feito de provençal, piemontês e algumas noções de francês. Cabeça raspada, tatuagens grosseiras pelo corpo todo e até nas mãos, andava pelos quarenta mas em forma, bebia e xingava e mascava e cuspia sem parar, forte como um touro, bom camarada, era também um bom garfo que espantava e deslumbrava os donos das tabernas de todos os portos do mundo. Seu acólito, Amédée, era o oposto de Joseph. Baixinho, seco, estreito de ombros, tinha traços de moça, cílios longos, uma pele que se obstinava em não pegar cor e uma voz quente que deixava pasmadas todas as mulheres quando ele começava a cantar os sucessos da moda. Cabelos negros, uma argola em cada orelha, pouco falante, também era de uma habilidade temível nas lutas com facas. Se o primeiro navegava para gozar a vida e ver outros lugares, diziam do segundo que ele trabalhava nos barcos para esquecer um amor perdido. E que, debaixo do lenço vermelho que ele nunca tirava do pescoço, escondia-se uma enorme cicatriz, uma queimadura que ele mesmo causara ao tentar, num dia de desespero, pendurar-se na viga de seu quarto.

Um dia depois do primeiro encontro, os dois marinheiros trouxeram para João duas garrafas, à guisa de agradecimento. Joseph, o grandão, hilário, ofereceu-lhe um litro de absinto. Amédée, sem uma palavra mas com um bom sorriso, estendeu-lhe uma garrafa de conhaque.

João teve então uma idéia que ia mudar totalmente a sua vida. Na capital, o álcool bom era raro e principalmente muito caro, pois excessivamente taxado pelas autoridades brasileiras. Era, aliás, a razão pela qual a cachaça era a bebida mais popular no país. O conhaque, o armanhaque e os champanhes só eram consumidos pelos aristocratas ou, de maneira excepcional, pela classe média.

João fez, então, um acordo com os dois homens. Quando voltassem a Bordeaux, eles sairiam em busca de viticultores e comprariam deles, com toda discrição, dois barris de conhaque que eles trariam, contrabandeado, nos porões do próximo barco no qual embarcassem. De volta ao Rio de Janeiro, ele cuidaria da revenda desse álcool, sempre em segredo, aos bares e restaurantes da cidade.

Os três homens cuspiram na mão direita e as palmas estalaram para selar o acordo. No dia seguinte, João trouxe numa bolsa boa parte de suas economias. Estendeu-a a Amédée e disse:

– É uma experiência que vamos fazer. Devemos, portanto, começar com pouco. Com isso aqui, você deve ter o bastante para comprar o que é preciso...

Amédée embolsou o dinheiro e, acompanhado de Joseph, pegou o barco de volta. O encontro ficou marcado para o mês seguinte.

No dia fixado e na hora combinada, os três homens se encontraram no Vai Como Pode. Com o dinheiro, Amédée conseguira comprar dois tonéis de conhaque e um terceiro de armanhaque. A carga seria desembarcada de madrugada, em troca de uma gorjeta aos quatro carregadores em quem ele tinha total confiança.

Em dois dias, João, ajudado por Dori, engarrafou o conhaque e o armanhaque e deu um giro pelos bares cujos proprietários conhecia. A bebida, de feitura honesta, literalmente embalou os donos de restaurantes, do Amarelinho ao Velho Budapeste, do Túnel da Lapa ao 49, e até o grande cabaré da moda, o Mère Louise, no final da praia de Copacabana. O produto era bom, os preços três vezes mais baratos que o que costumavam pedir. Os comerciantes compraram tudo o que João lhes propôs e encomendaram outras garrafas para a nova entrega.

Na noite da partida para Buenos Aires, os três homens se encontraram mais uma vez. João fizera os cálculos. Aqueles três tonéis tinham rendido dezesseis vezes o que tinham custado. Ele entregou então uma caixa cheia de moedas de ouro a Amédée e o preveniu:

– Se esse golpe der certo, vocês logo vão deixar de navegar...

Amédée protestou sem força:

– Mas eu não quero parar...

– Não se preocupe. Você vai continuar viajando. Mas em breve não vai mais estar no porão. Vai estar no convés, na primeira classe. Como um grã-fino...

– Se é assim, para mim está bom...

E foi assim que João Domar começou a montar um dos mais suculentos contrabandos de bebidas da cidade. Para fornecer a mercadoria, criou uma pequena unidade de engarrafamento, encontrou um impressor para falsificar os rótulos das marcas mais conhecidas, molhou a mão dos responsáveis pela segurança no porto, soltou uma boa grana para os aduaneiros, montou uma rede de representantes e entregadores e, apesar dessas despesas, teve em cada viagem lucros exponenciais que ele sistematicamente dividiu em três partes: a metade para ele e um quarto para cada um de seus associados. A partilha pareceu honesta, já que fora João quem tivera a idéia e que, com o primeiro capital, permitira a montagem do negócio.

Dali por diante, a cada viagem, o dinheiro foi entrando fácil, e o bicheiro que ele continuava a ser voltava a olhar torto para os últimos modelos de automóveis...

Numa noite de julho de 1923, João Domar, de bolso cheio, foi de táxi até a casa de Zumbi. Diva, que só podia estar feliz com o trabalho de seu bicheiro, acabava de acertar com ele a semana, e João resolvera passar pela Rua Joaquim Silva para tirar o pintor do trabalho e arrastá-lo numa noite de farra e bebida.

Ao empurrar a porta da casa de Zumbi, encontrou-o encolhido na cama, tremendo de frio, os olhos alucinados, pulando fora da cara, batendo os dentes, agasalhado num velho cobertor de lã cinza remendado aqui e ali. Ao reconhecer o amigo à luz de uma vela, o pintor sentou-se como pôde e murmurou:

– Pela Santa Mãe do Bonfim... Você está num chiquê, meu príncipe!

De fato, João trocara de roupa ao mesmo tempo que de atividade. Negociar com os donos de bares e restaurantes conhecidos vestido de malandro, sob o olhar desconfiado dos clientes, tornara-se perigoso. Ele trocara as roupas vistosas por um guarda-roupa mais respeitável. Nessa noite, estava como um dândi, com um chapéu-panamá creme, luvas de pelica, terno completo justo na cintura, sapatos de verniz enfeitados de polainas de um branco luminoso e uma camisa de seda. Na barriga, a corrente de um relógio de bolso brilhava e, para acrescentar uma nota de elegância suplementar, ele não saía mais sem uma bengala de punho dourado ou um guarda-chuva que ele persistia em deixar fechado, fizesse tempo bom ou não.

Sem tirar o sobretudo cinza de pele de camelo, João veio sentar-se junto de Zumbi e lhe ofereceu um cigarro. Enquanto estendia a chama brotada de sua última aquisição, um pesado isqueiro de ouro trazendo as suas iniciais, perguntou-lhe:

– E então? Por que está tremendo desse jeito? Pegou a morte ou o quê?

Bartolomeu Zumbi forçou um riso e, com o rosto coberto de suor, soprou:

– Não é isso, meu irmão. Estou com frio, é só isso...

O inverno investira sobre a cidade e, fazia uma semana, ninguém conseguia entender como um termômetro podia, sob os trópicos, descer abaixo dos dezoito graus. As modistas e as lojas de confecção tinham sido tomadas de assalto e os cariocas agora apressavam o passo nas ruas, engolidos em pulôveres que chegavam até o queixo, a cabeça coberta de chapéus ou bonés de lã, o nariz escorrendo, as mãos bem protegidas por luvas.

João levantou-se e foi até o canto-cozinha para preparar um café bem doce. Mas quando abriu o armário não encontrou nada dentro. Nem café, nem açúcar, nem arroz, nem feijão-preto. Voltou-se para Zumbi com uma risadinha de escárnio:

– O que é que está acontecendo aqui? Não tem nada para comer, nada para beber... E você que treme feito uma menina com quase nada nas costas. Vamos, ponha o seu terno bonito! Esta noite sou eu quem faz a festa!

O rosto emaciado de Zumbi sombreou-se um pouco mais à luz das velas. Com um sorriso forçado, balbuciou:

– Esta noite não, meu irmão. Não tenho fome. E tenho um trabalho do inferno...

– Como isso, esta noite não? Fiz negócios da China esta semana! E acredite em mim, hoje você vai se empanturrar por minha conta!

Rindo, abriu o armário onde Bartolomeu, com um cuidado meticuloso, guardava seu terno de malandro e, de novo, ficou parado.

O armário, com exceção de um *canotier* enfiado num canto, estava vazio. João deu meia-volta e, desconcertado com a descoberta, foi sentar-se numa cadeira. Pela janela, uma luzinha pálida jogava um pouco de luz no ateliê. Sem uma palavra, tirou do sobretudo uma garrafa de conhaque e estendeu-a a Zumbi. Este a abriu tremendo e esvaziou a metade de uma só golada. O álcool agiu como uma chicotada na carcaça alta e magra do pintor que de imediato parou de tremer. João lhe sorriu então, com um ar triste:

– Que miséria, hein?

– Parece, né...

– Mas por que não me pediu? Em Marselha, eu também comi o pão que o diabo amassou. E com muita freqüência, acredite em mim...

– E onde eu iria encontrar você? Faz mais de um mês que você não dá notícias...

Era verdade que nessas últimas semanas João Domar se lançara com todo ímpeto na organização de seu contrabando de bebidas. Os donos de bares e restaurantes tinham confirmado e, todos os dias, ele recebia encomendas dos estabelecimentos que ainda não visitara. Assim, ele passava os dias no porto tentando encontrar novos fornecedores de bebidas, preparando a próxima entrega, vigiando o desembarque da encomenda que estava para chegar. O que ele no início pensara ser apenas um modesto negócio bem tranqüilo estava assumindo um tamanho inesperado e devia se multiplicar entre sua pequena unidade de engarrafamento, a entrega das caixas, as visitas aos aduaneiros cada vez mais gulosos e a cobrança das faturas, sem falar de seus giros com Dori e a contabilidade diária com Diva. Era bem simples: em quase dois meses, ele não pudera subir mais que três vezes ao Largo das Neves, para umas transadas clandestinas com uma Emivalda sempre chorosa, sempre certa de que um dia iria se casar com ele. No meio dos gemidos que ela tentava abafar como podia, ele então ia embora, em plena noite, vigiar seus interesses em todos os lugares quentes da capital.

Depois de tomar uns goles de conhaque, João retomou suavemente:

– O que é que está lhe acontecendo? Nunca o vi assim... Você de hábito sempre arranja para a comida. E o seu terno? O que você fez com ele?

– Adivinhe, bela máscara...

O desaparecimento do terno não era lá muito complicado de explicar. A fome é uma tortura de todos os instantes, que torce o ventre, enche a totalidade da mente, torna-se uma obsessão doentia que nos deixa com a cabeça vazia e o corpo dolorido. Para comer, somos capazes de matar pai e mãe. E Zumbi, depois de vender o cavaquinho e umas roupas de valor que possuía, tivera de se desfazer, um a um, do paletó, das calças, dos sapatos de verniz, do relógio de corrente. Ele assim comera tudo. Ou melhor, bebera tudo, pois o álcool é menos oneroso que a comida. A limpeza fora total.

João lhe fez então a proposta:

– Por que não trabalha para mim?

– O quê?

– Isso! Meus negócios estão roncando feito uma locomotiva e bem que eu preciso de um sujeito como você, um homem de confiança. Você poderia me ajudar e, no início, o Dori lhe mostraria!

– O molequinho?

– E daí? Ele lhe ensinaria todos os truques dos bicheiros. Tenho certeza que você seria perfeito! E, quanto à pintura, poderia tranqüilamente continuar... no domingo. Então? Está a fim?

Zumbi, quente com o álcool, esticou seu duplo metro fazendo uma careta de dor. Depois, cambaleando, foi apoiar-se na janela. Lá fora, as estrelas faiscavam na noite fria e um novo arrepio sacudiu a carcaça alta do pintor. Depois de um tempo de reflexão, ele murmurou:

– Valeu, meu irmão. Mas não posso...

– Mas por quê?

– Tenho que acabar um trabalho.

E, com um gesto cansado, apontou para o quadro coberto por um lençol branco que, sobre um cavalete, ocupava o centro do cômodo. Intrigado, João aproximou-se e levantou o tecido. Na tela, um

Cristo, palmas viradas para a frente, parecia preparar-se para abraçar o universo.

– O que é isso? É para o Silva Costa? É o projeto do Corcovado?

– Exatamente…

– Mas ele é ótimo, o seu Cristo… Onde está o problema?

O problema era que essa estátua acabara por ocupar os dias e as noites de Bartolomeu Zumbi. Ele sabia, ele sentia o que era preciso fazer. Mesmo assim, toda vez que suas mãos finas e compridas pegavam um pedaço de *fusain*, toda vez que ele tentava desenhar o Cristo que enfim corresponderia perfeitamente à sua emoção, sua mente se embaralhava, sua imaginação derrapava, chocava-se contra uma força invisível que, ao longo dos dias, o enchia de raiva e, com furor, ele então apagava tudo, voltava ao ataque, o corpo em fogo, trabalhava e trabalhava mais, incapaz de encontrar a boa postura para essa estátua, dando tudo de si, esboçando e esboçando mais, com uma febre que só o deixava quando, esgotado, desanimado, voltava para a cama, o crânio sacudido de visões e pesadelos.

João encolheu os ombros com desdém:

– É por essa porra de estátua que está ficando nesse estado? Não acha que ela já fez bastante mal?

E, no silêncio, deixou cair o lençol branco sobre a tela.

Nessa noite João não entendeu nada da paixão por esse Cristo que roía as entranhas de Bartolomeu Zumbi. O pintor, fraco demais, derrubado pelo conhaque, caiu bruscamente na cama, como uma massa. João o cobriu com o cobertor de lã, depois acrescentou seu sobretudo de pele de camelo. Antes de deixar o ateliê, pôs uma boa soma de dinheiro sobre a mesa da cozinha.

No dia seguinte, às dez horas da manhã, Zumbi foi tirado do sono com batidas à porta. Abriu-a e encontrou a seus pés duas caixas de seis garrafas de conhaque. Sorriu.

Ao descobrir o dinheiro sobre a mesa, sentiu um nó de emoção na garganta.

À noitinha, quando o sol estava começando a declinar, bateram de novo na porta. Um negrinho de rosto fino disse qualquer coisa que ele não entendeu antes de lhe entregar um embrulho e desaparecer pelas escadas. Zumbi abriu a caixa. Dentro de um papel de seda, a madeira envernizada de um cavaquinho brilhava suavemente.

Foi exatamente nessa época que João Domar entrou em contato pela primeira vez com os meios do samba. Até ali, nem de longe nem de perto, ele jamais se interessara pela música. Aquela chamada grande, a música clássica, o entediava. Para a sua mente ainda mal polida, havia instrumentos demais, finezas que não conseguiam emocioná-lo, sem falar das letras, cantadas quase sempre em italiano ou em alemão ou, pior ainda, sem letra nenhuma.

Achava o mesmo dos pequenos grupos de choro. Com o tio, que se vangloriava de ser um melômano entendido no assunto, João havia assistido a modestos concertos dados em casa de uns funcionários públicos que moravam em Santa Teresa. Cada um trazia seu instrumento; havia sempre uma flauta transversa, um violão, um cavaquinho, às vezes uma clarineta, um saxofone, um pistom, um trombone, um oficleide, até bandolim. E a música podia começar. Mas aí também, ao fim de alguns minutos, ele se punha a bocejar e acabava saindo de fininho, entre duas peças, quando as discussões apaixonadas estouravam entre os músicos, uns louvando as criações da imortal Chiquinha Gonzaga, outros opondo com vigor as de um novo compositor, um certo Pixinguinha, cada um preso a suas posições, debatendo com furor, tentando convencer o campo contrário, até que um novo choro calasse as vozes e fizesse soar os instrumentos.

Assim, quando certa noite Dori o convidou para ir a um samba e conseguiu arrastá-lo num táxi até a Praça Onze, no bairro da Cidade Nova, João se preparou para passar uma noite terrivelmente chata. Dori, este, estava excitado feito uma pulga e, no carro, falou sem parar dessa música que ganhava a cada dia novos adeptos. Deu ao amigo uma série de detalhes que este aliás não reteve, a não ser o fato de que o samba era considerado uma música decadente, vulgar, reservada às prostitutas e aos malandros, e que era por isso que era proibida pela polícia. Para João, foi razão suficiente para aceitar o convite.

– Oi, carinha! Quem é esse branco que você está trazendo a esta hora?

Aquela que acabava de pronunciar essas palavras, numa voz de estentor, ocupava todo o umbral da porta de um sobrado velho da Rua Visconde de Itaúna. Redonda, pele negra de reflexos azulados, olhos faiscantes de vida e de inteligência, vestida à moda da Bahia, toda de branco, brincos balançando nas orelhas, colares no pescoço, anéis em todos os dedos, braceletes nos pulsos e até nos cotovelos, um turbante cingindo a testa e aprisionando os pesados cabelos grisalhos, cachimbo nos lábios, ela acrescentou franzindo as sobrancelhas:

– Então, rapazinho? Você não explicou ao seu branco azedo que aqui é o bairro da Pequena África?

– Expliquei sim, tia. Mas ele não é qualquer um não. Ele é o João. O do bicho. É amigo meu, sabe? Lhe falei dele...

A gorda hesitou um instante. Depois, acabou abrindo um largo sorriso, estendeu os braços na direção do recém-chegado, abraçou-o várias vezes chegando quase a sufocá-lo, enquanto repetia:

– João do Bicho! João do Bicho! Se você é amigo do Dori, então é meu amigo. João do Bicho! Esse nome lhe cai bem. Soa bem: João do Bicho!

Depois, precedida de um Dori a saltitar em todos os sentidos, ela o arrastou apertando firme a sua mão.

O trio chegou a um salão pobremente mobiliado, iluminado por dezenas de velas. Do teto caíam grinaldas azuis e brancas feitas com papel enrolado. Nas paredes, úmidas e sem reboco, João descobriu retratos de santas e santos em molduras de madeira dourada. No chão de terra, luziam imagens, cercadas de enfeites, charutos e cachaça. No fundo, uma mesa grande montada sobre cavaletes completava o cenário.

Com voz tonitruante, a mulher apresentou João a todos:

– Meus irmãos e minhas irmãs, eis aqui o amigo do cara Dori: João do Bicho!

Na sala, umas vinte pessoas, sentadas em cadeiras de todos os tipos, observaram o recém-chegado com um ar circunspecto. As moças baixaram os olhos diante daquele jovem dândi tão elegante, mas também tão branco. Os homens levaram preguiçosamente o indicador à têmpora numa saudação desconfiada, mas desprovida de hostilidade.

Depois, o alvoroço voltou.

Para manter uma pose, João acendeu um cigarro e foi juntar-se a Dori, que, diante da mesa lotada de cervejas e comidas, já se entupia de doce de coco. Em voz baixa, ele lhe soprou:

– Ei, cara... Que porra a gente está fazendo neste barraco?

A casa em que se encontravam fora, outrora, um suntuoso sobrado de estilo colonial. Com a crise, os proprietários, como todos do bairro da Cidade Nova, tinham levantado paredes para separar as peças e criar, assim, apartamentos para alugar. Mas esses redutos eram tão pequenos que as moradas logo receberam o apelido de cortiço. Ao tomar conta do lugar, a nova locatária começara mandando derrubar essas paredes e recusara pagar o aluguel tanto lá eram difíceis as condições de vida e de higiene.

Como Dori não respondia, João lhe perguntou de novo:

– Anda, fala! Que porcaria é esta?

Com os dedos e os lábios melados de açúcar, a boca cheia, o moleque engoliu cheio de alegria, depois respondeu, todo sorridente:

– Nós estamos na casa da Tia Ciata.

– A gorda é sua tia?

– Psiu! Se ela ouvir você chamá-la de gorda, ela é capaz de lhe arrancar a cabeça com as mãos, tão verdade quanto eu me chamo Dori...

Depois de tomar um golão de cerveja, o moleque continuou:

– Não fique nervoso, João do Bicho. Aqui você está seguro!

– Não estou nervoso. É que só há negros aqui. E eu não estou acostumado.

Com uma piscada debochada, Dori respondeu:

– Conheço isso, chefe. Também sinto o mesmo quando só há brancos...

Tia Ciata, para falar a verdade, não era tia de Dori. Era antes a tia de todo o bairro da Cidade Nova. Expulsa pela fome, trocara a Bahia pelo Rio de Janeiro e elegera domicílio nesse bairro entregue ao abandono. Filha de Oxum, a padroeira da sensualidade e da fecundidade, protetora das crianças, Tia Ciata começara a exercer a sua arte do Candomblé em casa, mas também na Praça Onze, assim que anoitecia. Nessa região povoada de negros e abandonada por todos, ela bem rápido ganhou fama de excelente mãe-de-santo.

– Foi ela quem me acolheu quando eu fiquei sem ninguém – prosseguiu Dori. – Ela me acolheu, mas também todos os outros. A tia é uma santa...

De caráter enérgico, a mão tão rápida quanto a vassourada quando se via diante de uma injustiça, ela rapidamente atraíra o respeito e a amizade da maioria dos habitantes, mas também a inimizade da polícia. Mal ouvia os gritos de um moleque preso por vagabundagem, ela saía de casa, furiosa, agitando um tição, os olhos injetados de sangue, o traseiro gordo balançando a cada passo, ameaçadora, espumando de raiva, punhos apertados, e arrancava o garoto das mãos da polícia, protegia-o contra si, fazia um escândalo, berrava a plenos pulmões, ameaçava as forças da ordem, zombava delas, reunia à sua volta uma multidão ameaçadora e, os policiais, cercados de todos os lados, em geral acabavam soltando o pivete e indo embora, de cabeça baixa, sob os apupos e os gritos de vitória dos habitantes da Cidade Nova.

Antes de pular feito um rufião em cima dos beijos-de-anjo, doces à base de baunilha com leite e farinha de milho, Dori explicou:

– Fui preso porque afanei uns pastéis numa loja. Ela me trouxe até aqui, me lascou um tapa que nem lhe conto! Para me ensinar a honestidade, ela disse. Mas era sempre melhor que mofar na porcaria de uma prisão...

Em 1920, um novo artigo fora acrescentado ao código penal. Para tirar das ruas os meninos sem família e jogá-los nos internatos e outros sinistros institutos disciplinares, a lei de repressão ao ócio fora aplicada sem discernimento. Dali por diante, o motivo alegado para enviar os garotos aos reformatórios teria um lado cômico, não fosse cheio de dramas e conseqüências: "Braços refratários ao trabalho"...

– Você imagina, chefe? Ser mandado para o xadrez por ter braços refratários ao trabalho...

Nesse instante, atrás deles, um homem de uns trinta anos começou a tocar violão. Magro, rosto talhado a golpes de faca, vestindo um terno preto correto, emitia acordes sincopados nas cordas de seu instrumento, parecendo buscar uma melodia. O silêncio logo se fez e os rostos da assistência se abriram em sorrisos. De novo eufórico, Dori soprou em voz baixa:

– É ele, o Donga. O criador do primeiro samba gravado no Brasil, "Pelo telefone". Você sabe, eu lhe ensinei a letra...

A mão esquerda do músico formava acordes que enchiam a sala enorme de sons que João nunca ouvira. A mão direita, sobre a rosácea, imprimia um ritmo feliz, alegre, que dava uma vontade irresistível de mexer, de requebrar, de acompanhar e honrar a música com todo o corpo. Tia Ciata, então, mais larga que alta, atravessou o círculo que se havia formado e veio sentar-se ao lado do músico enquanto cantava com uma bela voz quente:

Esse cara aí é Donga!
Donga, o rei do samba!
Esse cara aí é Donga!
O filho da Tia Amélia!
Saravá!

A sala inteira pôs-se a aplaudir e, no embalo, continuou a bater palmas para ritmar esse novo samba que acabava de nascer do violão de Donga e da voz de Tia Ciata.

Então um outro negro, que não devia ter quinze anos, roupa limpa porém remendada, sentou-se também, cavaquinho na mão. Tinha o apelido de Cartola, nome do chapéu de jornal que os pedreiros usam para proteger os cabelos do cimento. Estava seguro de que um dia ou outro seria um dos mestres incontestes do samba. As notas levemente ásperas de seu instrumento logo se misturaram às dos violões, brincando com a linha melódica, de repente escapando para retomar, uma oitava acima, e voltar em seguida no tom, dando de tempos em tempos aceleradas bruscas, recomeçando, dando viravoltas, as cordas parecendo rir, zombar, brincar, livres enfim.

Com acentos de pura alegria na voz, Tia Ciata saudou o recém-chegado, cantando:

E esse cara aí é o Cartola!
Cartola, que é bem do Rio!
Esse cara aí é o Cartola!
Cartola e seu cavaquinho!
Saravá!

A atmosfera musical, perfumada de azeite-de-dendê, leite de coco, canela, pimenta e risos, aumentou mais um tom. Um a um, outros músicos vieram tomar assento nesse samba de roda. Foi em seguida um grande tocador de pandeiro, menos elegante que Donga, mas mais magro e mais alto. Ele bateu no instrumento para acentuar a pulsação da música, sempre no ritmo, mas sempre adiantada ou atrasada de uma fração de segundo, a fim de dar ainda mais corpo e espessura a esse samba. Depois foi um hércules, de rosto marcado de escarificações, que se instalou com o surdo, tambor enorme que marca o ritmo surdo, a palpitação-mãe do samba.

Em poucos minutos, era uma dezena de músicos a tocar e cantar, suando agora em bicas, improvisando versos, um de cada vez, enquanto o coro à volta retomava num belo conjunto o refrão desse samba explosivo que, quando chegasse o momento de inventar um outro, desapareceria para sempre da memória para voltar à terra da África de onde esses descendentes de escravos o haviam despertado, pelo tempo de uma risada, o tempo de uma fagulha de vida.

João, agora totalmente tranqüilo, aproximou-se do grupo, dançando sem querer. Mulheres e homens, todos negros ou mulatos, tinham vindo aumentar o número de participantes, juntando-se à casa de Tia Ciata, deixando de passagem sobre a mesa doces, frutas, tigelas de arroz e de feijão, pedaços de frango grelhado, de lingüiça, de queijo, litros de cerveja, garrafões de cachaça. Em seguida, aspirados pela música e o ritmo do samba, iam se juntar aos dançarinos em alegres requebrados cheios de felicidade.

De repente, um círculo se fez no meio da roda de samba para cercar um Dori que agora suava em bicas, descalço e sem camisa, multiplicando os passos de capoeira, candomblé, jongo, afoxé e até dança-de-velhos. Ele saltava no ar, caía macio sobre as pernas, dava a roda, esboçava gingados, batendo as mãos, martelando o solo, balançando o corpo da direita para a esquerda, imitando o ato de amor, para frente, para trás, para trás, para frente, fazendo poses sensuais a cada quebra de ritmo, para logo recomeçar em complicadas gesticulações, o sorriso sempre radiante no rosto de criança que rápido demais se tornara homem. Seu número durou pelo menos cinco minutos e, numa última acrobacia, deu a volta no grupo que aplaudia freneticamente. Depois notou uma jovem de vestido branco e cinto vermelho, os cabelos amarrados por um lenço, aproximou-se dela e a designou aos participantes com uma brusca rebolada. Todos então se puseram a gritar:

– Semba! Semba! Semba!

Em dialeto africano quimbundo, semba significa umbigada.

Nos rugidos do surdo que marcavam os violões, o pandeiro e o cavaquinho, a jovem começou a dança, cheia de sensualidade e erotismo, no terreiro. Extenuado, Dori deixou o coro e veio desabar sobre uma cadeira perto da mesa de comidas. Aproveitou para tomar dois canecos de cerveja gelada e agarrar uma coxa de frango com as mãos e regá-la com molho de pimenta vermelha. João, de mangas arregaçadas, veio juntar-se a ele e serviu-se de um copo de cachaça, cujos reflexos dourados e cobreados se acenderam à luz das velas. O garoto, de boca cheia, lançou:

– Então, chefe? Eu não lhe disse que era um negócio de endiabrar um exército de santos?

João aquiesceu sorrindo. Depois perguntou:

– E é esta música que os brancos querem proibir?

– Pois é, justamente...

– Não me surpreende. Eles não entendem nada da vida...

20

O arcebispo Dom Sebastião, afinal, era cheio de artimanhas e tinha um jeito bem mais influente do que deixavam supor seu rosto redondo e sua bonomia natural. Alguns dias depois de seu almoço com Silva Costa no Amarelinho, a notícia chegara. Graças aos conselhos insistentes do presidente da República Federal, Artur Bernardes, a Light enfim pudera desmontar seu Chapéu do Sol, no alto do Corcovado. O arquiteto ficara embasbacado. O prelado manobrara com uma fineza e uma diplomacia de que ele nunca o imaginaria capaz. Dali por diante, o lugar estava livre para a construção de um Cristo Redentor, seu Cristo. Contanto, é claro, que a Comissão aceitasse o seu projeto.

Logo no início de 1923, Silva Costa juntou o pouco dinheiro que conseguiu obter e iniciou um périplo que o levou aos quatro cantos do mundo. Enquanto Zumbi trabalhava na estética da estátua, o arquiteto pôs-se a visitar os monumentos existentes que se aproximavam de seu Cristo. Fez uma escolha de itinerário bem precisa, aparelhou-se de vários baús, de tinta, penas e cadernos, entregou por um tempo as rédeas do escritório a Silvana e pôs-se a caminho, decidido a descobrir como e em que lugar aquelas estátuas tinham sido erigidas.

A primeira viagem do arquiteto levou-o aos Andes. Em plena montanha, não muito longe da cidade de Mendoza, na fronteira da Argentina com o Chile, de fato se elevava o Cristo dos Andes. Depois de um longo périplo por trilhas de mulas à beira de precipícios, ele acabou alcançando seu objetivo. Numa bela manhã, esgotado, viu-se diante de uma estátua de bronze de oito metros de altura, pousada sobre um pedestal de granito e representando um Cristo, o braço direito levantado, o esquerdo carregando uma cruz. A quatro mil quatrocentos metros de altitude, ele fora edificado para selar de uma vez por todas a paz entre os dois países, até então em guerra. Solene, uma inscrição no pedestal proclamava: "Estas montanhas desabarão antes que argentinos e chilenos rompam a paz jurada ao pé do Cristo Redentor."

Heitor não ficou nem um pouco impressionado e, para falar a verdade, tudo o que tirou dessa escapada pela cordilheira dos Andes foi um resfriado federal, que carregou por mais de um mês.

O arquiteto visitou também o monumento de Notre-Dame de France, fundido com os canhões tomados em Sebastopol. Depois, aproveitando que estava em Puy-en-Velay, esticou até a boa cidade de Espaly para ter uma idéia da estátua e da grota-capela de São José. Lá encontrou certa noite o escultor francês Paul Landowski, um estatuário de renome, antes de perambular ainda pela Itália, na cidade de Arona, para impregnar-se da emoção que inspira o monumento dedicado a São Carlos Borromeu. Suas peregrinações o levaram também à América do Norte, a Nova York, onde se informou sobre os materiais e as técnicas que haviam servido para a construção da estátua da Liberdade.

Quando, enfim, tomou o caminho de volta ao Brasil, Heitor, em sua modesta cabine de segunda classe, no marulho monótono do cargueiro navegando no Atlântico, releu suas notas de viagem, compulsou de novo os documentos que obtivera, observou em detalhes as fotos e os cartões-postais. E chegou a uma conclusão evidente.

Todas aquelas estátuas, por mais belas que fossem, sofriam de uma desarmonia, de uma parasitação flagrante que acabava desnaturando os próprios monumentos. Aqui eram habitações próximas demais, montanhas que tapavam o horizonte. Ali era uma floresta ou um parque, que irremediavelmente puxava a estátua para o chão, para a terra. Para o homem. Para o êxito desse Cristo Redentor, o morro do Corcovado constituía, portanto, o pedestal perfeito, único no gênero, uma flecha de granito brotando na direção do sol, a setecentos metros de altura. O Cristo, nesse promontório, seria, assim, único no mundo, como que pousado no céu, irreal e benevolente. Mas, infelizmente, e exatamente por essas mesmas razões, problemas novos acabavam por surgir...

Assim que chegou ao Rio de Janeiro, Heitor antes de mais nada foi visitar Dom Sebastião. Este acabava de almoçar e, antes de retomar o trabalho, fazia a digestão jogando uma partidinha de bilhar no salão de jogos do palácio São Joaquim.

Os dois se abraçaram e, imediatamente, o prelado perguntou, enquanto continuava a bater nas bolas de marfim sobre o tapete:

– Então, meu caro amigo? E essas viagens? Foram ao menos frutuosas?

– Caro arcebispo, estou arrebentado... Mas posso lhe dizer que não fiz esses milhares de quilômetros à toa.

– Perfeito, perfeito... Então, conte-me tudo!

Enquanto enchia o cachimbo, o arquiteto raspou a garganta para limpar a voz, em seguida falou:

– A primeira das coisas é que o morro do Corcovado, se é bem o lugar ideal para a construção do Cristo, é também muito estreito no topo.

– O que significa?

– Que terei de utilizar uma armadura metálica ou uma estrutura de concreto armado, se não quisermos correr o risco de ver a estátua desabar.

– Seja – conveio Dom Sebastião, que era de uma ignorância crassa no âmbito da engenharia e das leis da matemática e da física inerentes à arquitetura. – Mas e daí?

Heitor acendeu o cachimbo e, numa nuvem de fumaça, prosseguiu:

– A segunda coisa que essas viagens me ensinaram é que fui ridículo...

– Como?

– É, eu fui ridículo ao imaginar um Cristo segurando na mão uma cruz e, na outra, um globo terrestre.

– E por quê? Parece-me, no entanto, que são símbolos fortes do catolicismo, não? Além disso, um Cristo Redentor sem nenhum atributo, do que teria jeito, eu lhe pergunto?

– É impossível, eu lhe asseguro...

O arcebispo, que detestava mais do que tudo no mundo ser contrariado em suas opiniões, errou a bola e por pouco não rasgou o fino tapete de veludo verde. Nervoso, guardou o taco e, em passinhos apressados, foi se servir de uma bebida. Antes de dar o primeiro gole, replicou:

– Nada é impossível, dr. Silva Costa. Mas se o senhor não quer acessório, o que vai fazer o nosso Cristo plantado sozinho feito um pau a várias centenas de metros de altitude?

– Isto, devo lhe confessar que ainda ignoro... Mas meu pintor está trabalhando nisso! Só estou seguro de que essa estátua deve ser visível o mais longe possível e ser identificada imediatamente.

– Isso eu sei!

– E minhas viagens, aí ainda, me ensinaram que, para além de uma certa altura, os detalhes, assim como certas posturas, são absolutamente inúteis, já que não são distinguidos a olho nu...

Dom Sebastião Leme espantou uma mosca que zumbia diante de seu nariz, depois soprou a testa. Enfim, resmungou para si mesmo, com as mãos cruzadas nas costas:

– É ruim isso... É realmente muito ruim...

– E não é tudo, arcebispo.

– O quê? O que tem mais?

– Nós havíamos evocado em comissão a presença de enfeites de ouro, até de bronze, para realçar a beleza da estátua.

– E daí?

– Não vai haver...

O prelado arregalou os olhos redondos:

– Como não vai haver? O ouro ainda passa, pois nos custaria uma fortuna. Mas por que não o bronze?

– É impossível, lhe asseguro...

Subitamente exasperado, Dom Sebastião pôs a andar de um lado para o outro no salão de jogos, a chicotear o ar com os braços, gritando mais do que falava:

– É impossível! É impossível! Mas o senhor não sabe dizer nada diferente? Com o que vai parecer o nosso Cristo, se não tiver acessórios e se não houver um pouco de bronze para torná-lo majestoso?

– Mas...

– Ah! Por favor não fale. E em vez de correr o mundo para ver estátuas, visite um pouco as igrejas do Rio! Tudo é de ouro! Tudo! As estátuas! Os aspersórios! Os candelabros! Tudo, estou lhe dizendo! E, sobretudo, o Cristo na cruz! Então, o que diz disso?

Silva Costa, impassível, deixou cair as cinzas do cachimbo num cinzeiro. Depois, com voz pausada, respondeu:

– Se estou lhe dizendo que é impossível, não é para aborrecê-lo...

– Espero! Não faltaria mais nada!

– Mas é impossível, e por duas razões. A primeira é porque o bronze é caro...

– Nós pagaremos, estou lhe dizendo. Nossos concidadãos têm bem o direito a uma estátua de bronze, afinal!

Sem perder a calma, o arquiteto argumentou:

– O bronze é caro e, naquela altura, obteríamos o contrário do efeito buscado.

– O que é que o senhor está me dizendo?

– A estrita verdade. Visto de uma certa distância, o bronze assume, mesmo em pleno sol, uma cor cinzenta, um verde sujo do mais detestável efeito. Sem contar que, em tempo de guerra, os governos não hesitam em destruir estátuas de bronze para fazer canhões com elas. Foi o que se viu na Alemanha e na Rússia, há pouco...

– A guerra? Mas que guerra? Desde que o Brasil existe, nunca houve guerra no nosso país!

Plantando-se subitamente debaixo do nariz de Silva Costa, o arcebispo grunhiu:

– Veremos esse ponto em comissão. E qual é a segunda razão que, segundo o senhor, impediria a construção dessa estátua em bronze?

– A manutenção...

– Como?

– Imagine por um único instante o trabalho necessário para limpar uma estátua de quase quarenta metros de altura. Seria preciso uma quantidade formidável de operários, cordas, andaimes. E olhe lá... Assim que acabassem a limpeza, teriam que recomeçar. E não lhe falo dos perigos que essa pobre gente correria...

Dom Sebastião Leme passou as mãos pelo rosto, tanto para tirar o suor quanto para esconder uma careta de descontentamento. Depois, vencido pelos argumentos de seu interlocutor, foi sentar-se numa poltrona de couro. Com um pequeno sorriso, soltou, enfim:

– O senhor me convenceu, caro amigo. E irritar-me assim não me serve para nada. Bloqueia a minha digestão...

– Lamento muito se eu...

– O senhor não tem nada a ver com isso. Pois eu também tenho uma notícia para lhe dar. E esta é particularmente agradável para nosso negócio, o senhor vai ver...

Silva Costa aproximou-se do prelado, uma angústia crescente no fundo de seu plexo solar. Num tom desconfiado, interrogou:

– Posso saber do que se trata?

O arcebispo deixou passar alguns segundos de silêncio, depois, com o rosto subitamente feliz, exaltou-se:

– A Semana do Monumento é um verdadeiro sucesso!

– Como?

– Um sucesso total, estou lhe dizendo! O dinheiro está entrando aos borbotões!

Para recolher os fundos necessários para a construção do Cristo Redentor, o governo havia lançado, em setembro, a Semana do Monumento. Os dons logo começaram a afluir em massa nas igrejas, e a imprensa espalhara a notícia, levando os cariocas, apesar do período difícil que atravessava o país, a botarem a mão no bolso para que nascesse, enfim, a estátua tanto esperada.

– Todo mundo, estou lhe dizendo! A classe média, os ricos, os funcionários públicos, os pobres... Até os índios que restam estão participando do movimento!

De fato, os índios bororós do Rio de Janeiro tinham trazido seu apoio ao projeto. Pelo menos era o que contavam os jornais, preocupados em unir num único e mesmo impulso de solidariedade o conjunto do povo carioca.

– Nosso Cristo Redentor será brasileiro... – murmurou o arcebispo, nas nuvens.

Enquanto acompanhava Silva Costa até a porta de saída, Dom Sebastião soprou-lhe ao ouvido, com um ar entendido:

– A propósito, quero lhe agradecer também pessoalmente por seu dom... E dizer que falam por aí que as suas finanças vão de mal a pior!

Foi a vez do arquiteto ser tomado de surpresa:

– Meu dom? Mas que dom?

– O dom que o senhor fez chegar a mim por esse tal de João do Bicho!

Com uma piscadela cúmplice, concluiu:

– É evidente que se trata de um nome falso. E, considerando a importância da soma, só posso felicitá-lo, por sua discrição e por sua generosidade!

No outro dia após essa visita ao arcebispo Dom Sebastião, Heitor foi à casa de Bartolomeu Zumbi, na impaciência que estava de conversar com ele sobre a viagem e as conclusões a que chegara. Ao empurrar a porta do ateliê, um pouco antes do meio-dia, encontrou o pintor deitado de pernas cruzadas ao pé do cavalete, as duas mãos apertando um pincel, dormindo um sono agitado, o corpo tremendo, o rosto coberto por uma barba espessa. Junto dele, três garrafas vazias de cachaça, restos de pão de queijo, uma fatia de presunto, seca e escura, na embalagem de papel engordurada.

O arquiteto passou por cima de potes de tinta, roupas emboladas, um saco de lixo coberto de moscas azuis e verdes e, num último esforço, abriu a janela. Imediatamente, o vento penetrou no cômodo para lavá-lo com as brisas fortes da primavera, carregadas de perfumes de flores e de fragrâncias trazidas pelo mar.

Zumbi continuou imóvel. Mal piscou o olho, tomado que estava pelo sono, os membros pesados demais de cansaço e álcool. Heitor ousou então levantar o lençol que escondia o quadro, em pé sobre o cavalete. Com mil precauções, deu alguns passos para trás e, encostado na janela, perplexo, observou a tela. Violentas pinceladas desenhavam na luz crua um Cristo mestiço, vestindo uma tanga branca, uma coroa de folhas trançadas sobre a cabeça, um joelho no chão, as mãos estendidas para baixo. O rosto fino, olhos ligeiramente puxados, exprimia uma bondade extrema, uma comiseração tingida de tristeza indizível. Cabelos negros compridos caíam-lhe sobre os ombros e, com exceção de uma pequena cruz de prata em volta do pescoço, nada inscrevia essa pintura no universo misericordioso do cristianismo.

Uma voz rouca foi subindo, então, no cômodo:

– Está espantado, não é?

– Ora, ora! – exclamou o arquiteto. – Está acordado?

O pintor esfregou os olhos com as palmas das mãos, à maneira de uma criança saindo de um sonho. Depois, sorrindo, o dedo apontado para a tela, disse:

– Só um maluco de um negro para rabiscar uns troços assim, não é verdade? Um Cristo, metade índio, metade negro, e que põe uma porra de um joelho no chão para vir ajudar o próximo...

– De fato, não tenho certeza se esta tela faria unanimidade junto à Comissão. Fora isso...

– Eu sei – interrompeu Zumbi enquanto se levantava com dificuldade.

– E o que você sabe?

– O que o senhor vai me dizer, eu já sei. Não é preciso ser esperto para isso...

Enquanto revirava o armário da cozinha procurando com o que fazer um café, prosseguiu:

– O senhor vai me dizer que é uma senhora tela, perfeita, original, ousada, e mais um monte de besteiras no gênero, não é? Mas eu estou pouco me lixando. Porque esta tela não é para o senhor...

– E para quem ela é?

– Para um moleque, uma porra de um malandrinho chamado Dori e que é um dos únicos a entender a minha pintura.

– Mas eu conheço o seu valor como artista, meu amigo, e gosto das suas telas!

Bartolomeu pôs a água para esquentar e virou-se, os olhos a um só tempo reconhecidos e velados de tristeza:

– Eu sei, doutor. O senhor é mesmo um dos únicos neste país a gostar da pintura de um negro de verdade. O senhor gosta dela, mas não a entende. A sua mente já está deformada demais para entendê-la.

– Isso não é...

– É sim, doutor. Para o senhor também, um Cristo deve ser louro de olhos azuis. Ele tem que ter pele bem branca porque são os brancos que dominam o mundo, estou enganado?

– Não se trata disso, meu amigo...

Nas ruas, as arengas de um vendedor de legumes subiram até eles. Enquanto moía o café, o pintor continuou, com amargura:

– Eu gosto do senhor, doutor Silva Costa. Mas a gente não pode fazer nada, está inscrito. A gente não pode fazer nada. E este Cristo que o senhor tem diante dos olhos, ele está duzentos anos na frente. Dentro de duzentos anos, os índios, os negros e os brancos terão acabado de se misturar. E quando um brasileiro fizer o retrato de um Cristo, ele vai fazer igualzinho a este aí...

Heitor da Silva Costa, filho do mui honrado juiz José da Silva Costa, brilhante aluno da Politécnica, de fato só conhecia, com exceção de Bartolomeu Zumbi, os negros na cozinha, os negros no campo e nos canteiros de obras, os negros mendigando nas ruas, os negros nos portos, colocando trilhos para as estradas de ferro ou puxando charretes, os negros servindo a mesa, os negros fazendo a limpeza, os negros que se fundiam na comunidade negra, os negros sempre dispostos a servir os brancos, não por submissão, mas para ganhar o que evitava morrer de fome. Para o arquiteto, o pintor Zumbi era só uma exceção que confirmava a regra. Mesmo assim, não havia em seu espírito nenhum traço de racismo. As coisas eram como elas eram, uma regra evidente quase imutável: os negros serviam aos brancos. Era o papel deles, desde a noite dos tempos.

Enquanto coava a água fervente, Zumbi acrescentou, desencantado:

– E os brancos nos chamam de negros. Os negros, e não os pretos. Para eles, não somos mais homens. Estamos reduzidos a uma cor. O negro. E os índios, estes nem são mais uma cor. Já são uma lembrança, exótica...

Um silêncio pesado começou a pairar no ateliê. Zumbi arrependeu-se de ter falado de coisas tão sérias. Nesses casos, sempre se falava demais. O arquiteto, por sua vez, virara-se e debruçara-se na janela. Talvez fosse nessa rua da Lapa que ele viu de fato, pela primeira vez, os pretos do Rio. Uma jovem cantando na janela enquanto estendia a roupa, duas avós sentadas na porta de casa, um bando de meninos brincando de esconde-esconde, uma baiana com o tabuleiro de doces na cabeça, um grupo de homens que volta rindo da construção com a cara e as roupas cobertas de cimento.

Voltando-se na direção de Zumbi, Heitor pensou que, ele também, se tivesse sido de pai e mãe negros, hoje estaria na construção, em pleno sol, trabalhando para que os brancos pudessem morar com conforto nos prédios à beira-mar.

Enquanto tomavam os primeiros goles de café quente e doce, os dois homens trocaram um olhar forte onde de repente brilhou um lampejo de fraternidade cúmplice.

Uma hora mais tarde, Bartolomeu Zumbi, de banho tomado e vestindo um terno leve, parou em companhia de Silva Costa na frente do Hotel Glória, que dava para a enseada do mesmo nome. Era um prédio burguês, de fachada branca, tão branca que, no brilho do sol de outubro, ofuscava o olhar tanto era violenta a repercussão dos raios. Nesse palácio, um dos mais encantadores da cidade, ficavam as cabeças coroadas, os turistas ricos que fugiam dos primeiros gelos do inverno europeu, os homens de negócios vindos de todos os continentes e que tinham, mais ou menos, interesses a negociar com os grandes fazendeiros de São Paulo e Minas Gerais, ou ainda fábricas a montar, manufaturados a vender. Esse estabelecimento luxuoso emergia num estojo verde, percorrido sem parar por uma fila de carros cromados, com choferes em libré, de onde desciam, debaixo de véus, elegantes mulheres da sociedade. No Glória, falavam-se todas as línguas, atendiam-se aos menores desejos antes mesmo que estes fossem formulados. Tudo era uma questão de dinheiro.

Por isso, quando Zumbi entendeu que Silva Costa queria convidá-lo para almoçar no restaurante do primeiro andar, ele o reteve:

– Não, doutor. Não pode...

– Não pode o quê?

Nesse instante, passou um negrinho, curvado, carregando uma mala duas vezes maior que ele. Suava muito dentro da roupa de bagageiro, sob o sol do meio-dia. Atrás dele vinha uma velha inglesa de cabelos violeta, usando um incrível vestido cor de cereja esmagada, ostentando um camafeu no peito, que se abanava reclamando do rapaz num português incompreensível. Na entrada, o gerente do hotel acolheu cheio de mesuras a recém-chegada enquanto outro negro, de cabelos grisalhos, lhe propunha uma laranjada servida numa bandeja de prata.

Zumbi acabou respondendo:

– Não pode, doutor. O senhor sabe muito bem que, para comer aqui, é preciso estar disfarçado de contínuo ou de carregador quando se é negro. E, mesmo assim, vai comer na cozinha...

– Quem lhe disse isso?

– Ninguém – confessou Zumbi. – Mas são coisas que se sabem, ora. Ninguém nunca viu um negro do Rio, um negro da rua, sentar-se no Glória e pedir uma feijoada!

Com uma mímica de desafio, o arquiteto replicou:

– Então prepare-se para viver um grande dia, meu amigo. Porque hoje é uma coisa que vai acontecer!

E, empurrando Zumbi pelas costas, obrigou-o a subir as escadas e a penetrar no Hotel Glória, sob o olhar estupefato do gerente e, escandalizado, da velha inglesa. Quando os dois homens tomaram assento, sem discussão, numa mesa bem no meio da sala do restaurante, o silêncio se instalou, imediatamente substituído, uma vez passada a estupefação, por uma onda de murmúrios indignados. Mal haviam desdobrado os guardanapos, o gerente, um francês de bigode fino e modos cheios de estilo, veio se plantar diante deles, de lábios trêmulos. Depois, sem olhar Zumbi, dirigiu-se, gaguejante, a Silva Costa:

– Doutor... Num estabelecimento como... Como este... Não podemos... Não podemos decentemente...

– O que o senhor está dizendo, meu amigo? Não estou entendendo nada da sua conversa!

Em dois tempos, o diretor se aproximou e de repente se dobrou em dois para murmurar no ouvido do arquiteto algumas palavras rápidas que Zumbi não ouviu. Silva Costa assumiu imediatamente um ar enraivecido e, em voz bem alta, lançou:

– Cavalheiro, deveria ser uma honra para os senhores receber aqui meu amigo Bartolomeu Zumbi! E fique sabendo, de uma vez por todas, que aqui no Brasil não estamos nos Estados Unidos, nem tampouco na África do Sul. Já faz algum tempo que a escravidão acabou. E nós, sob os trópicos, nunca votamos lei proibindo aos homens de cor o acesso a estabelecimentos públicos...

Enquanto o gerente do Glória, com as abas da casaca entre as pernas, voltava para a cozinha, Zumbi ria baixinho:

– Não há o que dizer, doutor. Tenho certeza que o garçonzinho se borrou todo! Mas na minha opinião ainda vai demorar muito até um negro poder vir aqui comer tranqüilo bolinhos de bacalhau!

E, com seus olhos risonhos, indicou os outros clientes que o encaravam com olhares onde se misturavam a incompreensão, a raiva, o ódio e o desprezo. Vendo que ele não era expulso da mesa, houve até uma família inteira que deixou a sala, de queixo empinado, punhos cerrados, e que fez um belo escândalo na recepção por uns quinze minutos. Heitor, por sua vez, amarrou tranqüilamente o guardanapo no pescoço e respondeu, imitando o sotaque carioca do pintor:

– Meu carinha, é possível. Mas é preciso um início para tudo na vida, não é verdade? E não é este boteco que vai me impedir de comer uma feijoada com meu camarada, palavra!

O almoço se prolongou até o fim da tarde e foi o arquiteto que monopolizou o essencial da conversa. Com o entusiasmo de um adolescente, contou a Zumbi em detalhes suas peregrinações da cordilheira dos Andes até Nova York, não omitindo detalhe algum, rabiscando esboços num bloco que mandara buscar, explicando as novas dificuldades inerentes ao projeto, imaginando as primeiras soluções, pensando nos obstáculos que teria de evitar. Depois resumiu sua entrevista da véspera com Dom Sebastião, imitando de forma exagerada as mímicas do arcebispo, inflamando-se com o sucesso que estava tendo a Semana do Monumento, rindo, brincando, bebendo vinhos de Bordeaux até ficar alto, em suma, reencontrando a alegria de viver e a leveza da alma que perdemos quando, sugados pelo trabalho e pelas responsabilidades, esquecemos de viver.

Depois do conhaque e dos charutos, Heitor, um pouco mais sério, perguntou:

– E o quadro do Cristo para a Comissão, a quantas anda?

Bartolomeu balançou suavemente a cabeça em sinal de impotência, depois respondeu:

– Está um problema, doutor. Há meses que eu venho queimando a mufa em cima. Estou perdendo a fome e a sede. Se um amigo, certa noite, não me tivesse tirado do aperto, não sei onde estaria hoje...

– É tão duro assim?

– Nem me fale... Nada de bom quer sair do diabo desta cuca...

– Como assim?

– Nada, estou lhe dizendo. Nem isso... Devo ter feito mais de cem projetos. Acabaram todos no fogo. Acho melhor o senhor pegar outra pessoa...

Sem perder o sorriso, Silva Costa murmurou:

– Esse projeto vai sair. Você tinha razão quando eu duvidava. E estou certo de uma coisa...

– O quê?

– Esse projeto vai sair, e em cima do modelo do quadro que você vai fazer do Cristo.

– Mas não estou conseguindo! – gemeu o pintor.

– Então trabalhe. Trabalhe e logo, logo você vai encontrar. Confie em mim...

Quando o gerente, de cara fechada, trouxe a conta, foi Heitor quem pagou. Zumbi mais uma vez tinha razão: ainda ia demorar muito até um negro, pintor do bairro da Lapa, poder convidar um branco para almoçar no Hotel Glória...

21

Como Bartolomeu Zumbi teimava em não querer fazer fortuna e em acabar com a saúde desenhando um Cristo Redentor e outras bobagens do mesmo nível, João Domar tivera de rapidamente encontrar alguém que assumisse o posto. Dori era agora um bicheiro de verdade. Ao completar dezessete anos, ele ao mesmo tempo dera adeus a seus ares de adolescente. Um belo bigode curto e espesso, como o de seu ídolo Francisco Alves, apelidado com paixão pelas mulheres O Rei da Voz, crescera debaixo do nariz. Num ano, ele crescera vinte centímetros e agora estava mais alto que João. Assim, todo o seu guarda-roupa fizera a felicidade dos vagabundos do Santo Cristo e, com um mimetismo tocante, Dori agora se vestia, mudando um detalhe ou outro, como seu amigo. Além disso, sua voz, há pouco áspera e rouca, se estabilizara e, quando tocava violão, nas noites de festa ou de melancolia, as moças caíam sob o encanto daquele belo rapaz que improvisava, sem parar, lentos sambas que cantavam o brilho dos lábios, a malícia do olhar e até certos pontos íntimos da anatomia de suas musas. Nessas horas, elas se escondiam rindo por trás do lenço, pedindo-lhe que parasse embora em segredo esperassem que ele continuasse assim a noite inteira.

João, por sua vez, continuava a fazer as contas com Dona Diva. Todas as noites, sempre à mesma hora, ele se apresentava na Rua Vidal de Negreiros, com a sacola de couro entupida de notas e moedas. Certa noite tentaram assaltá-lo quando chegava à Praça do Santo Cristo. Três homens armados de facas surgiram do escuro e tentaram pôr a mão na receita do dia. Eram uns otários, larápios de segunda, sem vocação, como havia cada vez mais na capital, pois a economia não se recuperava e o Rio recebia todos os dias seu lote de miseráveis famintos, gente que havia preferido fugir das chicotadas dos jagunços dos fazendeiros para tentar sobreviver na cidade grande. João apertou forte a sacola contra o corpo e sacou seu Smith & Wesson calibre 38, sem o qual não saía mais. Com toda frieza, enfrentou os três homens que fugiram pedindo perdão.

No dia seguinte a essa tentativa de assalto, a conselho de Diva, ele contratou os serviços de um guarda-costas, um pistoleiro de uns quarenta anos, ombros largos e uma cara de frieza aterrorizadora. O sujeito atendia pelo apelido de Toni do Tango. Tal apelido nada tinha a ver com alguma pretensa atração pela música popular da Argentina. Na verdade, o robusto sujeito ganhara o apelido graças a uma obsessão. Pensionista regular da prisão do Rio de Janeiro, já se evadira quatorze vezes e isso, numa data imutável, o dia 24 de dezembro, para visitar a mãe a quem ele, jovem, prometera sempre passar com ela a noite de Natal. Um passo na prisão, outro passo ao ar livre. Toni aí ganhara o apelido de Toni do Tango.

João ficou satisfeito com a contratação de Toni como guarda-costas. Além dos imprevistos que ameaçavam todos os dias seu percurso de bicheiro, ele havia ampliado consideravelmente o contrabando de bebidas, o que, pode-se imaginar, lhe valera muitas inimizades no meio da bandidagem. Toni do Tango, com outros homens de confiança, teve assim que dissuadir a concorrência a tiros, em combates fartamente noticiados pela imprensa. Depois de algumas escaramuças do gênero, o nome de João Domar, conhecido no meio como João do Bicho, acabou respeitado e temido. Dali por diante todos puderam trabalhar em harmonia. Mesmo durante esse período de calma, Toni do Tango sempre teve o que fazer. Quando não estava eliminando traidores e dedos-duros, estava amputando um ou vários dedos de maus pagadores, conforme o valor das somas devidas; se esta era importante, ele podia cortar uma ou até as duas mãos.

Quando Dori foi preso pela polícia, João encarregou Toni de assassinar todo dia um policial. Ao fim de seis dias, o bicheiro foi libertado. Deve-se dizer também que, através de um meio seguro, João mandara avisar ao prefeito: se Dori continuasse atrás das grades, ele mandaria seqüestrar o próximo chefe de Estado em visita à capital...

Assim, até julho de 1924, a existência de João Domar se resumiu a uma seqüência ininterrupta de contrabando, acertos de contas, assassinatos, ameaças, torturas. O dinheiro chovia e, para evitar ser surpreendido de noite pela polícia ou por um matador de um bando rival, ele deixara o hotel da Rua do Pinto para eleger domicílio numa favela no morro da Providência. Nesse emaranhado de ruelas traçadas sem lógica, sem esquinas, um verdadeiro labirinto fedendo a merda e urina, onde galinhas, mulas, gatos e ratos impediam os carros de passar, nesse pátio dos milagres onde os desesperados do progresso zombavam dos ricos de baixo, só indo ao centro para roubar bolsas, bater cateiras, aplicar golpes sujos, pegar conforme a necessidade a oportunidade que se apresentava, nesse formigueiro por cima da cidade estalando de nova e sempre em construção, João bem rápido impôs a sua presença, com a autoridade natural de um chefe.

Mandou construir uma casa bem sólida, de dois níveis. Entregou o serviço a pedreiros do próprio morro a quem pagou regiamente, em moeda soante. Também contratou uma dúzia de mulheres para cuidar da limpeza, das compras, da cozinha, de lavar e arrumar suas roupas, e de todos os detalhes materiais aos quais ele não tinha um minuto a dedicar. Montou também, com o próprio dinheiro, três biroscas, e confiou a direção a três sujeitos temidos por todos no lugar, que imediatamente se tornaram seus melhores apoios junto à população do morro. Enfim pôs-se a distribuir regularmente belas somas de dinheiro a todas as associações criadas na Providência e que, ignoradas pelo governo da cidade, comiam o pão que o diabo amassou.

Nem por isso se tornou um herói. Foi simplesmente um homem temido e respeitado. Alguns até o estimaram. Ele fazia viver boa parte da população do morro e, desde que lá se instalara, os bandidos tinham ido embora, os becos tinham se tornado mais seguros e, mal surgia um litígio, logo chamavam o bicheiro para resolver.

Um dia João Domar teve uma idéia luminosa. Convocou em sua casa todos os chefes de bandos de garotos que abundavam no morro e lhes deu por missão a vigilância do lugar. Mais uma vez em troca de dinheiro, aqueles moleques esfarrapados, rápidos feito um raio, cheios de truques, mentirosos, encantadores, espertos como ninguém, ficavam dali por diante encarregados de vigiar todos os estranhos, sobretudo a polícia, que tentassem subir na favela. Tão logo um suspeito fosse visto no setor, eles deveriam prevenir João através de um método simples: o cruzamento de pipas. Depois de alguns furos compreensíveis, a técnica deu certo. Ninguém pôde mais subir no morro sem que João fosse avisado instantaneamente. Para todos os neófitos, os garotos soltando pipa pareciam inofensivos. "Enquanto estiverem se divertindo", dizia-se, "não fazem mal a ninguém". E o chefe da polícia, o comandante Zuzuca, nunca conseguiu pôr a mão no João do Bicho. Mal subia no carro oficial para tentar surpreender João, este, no alto do morro da Providência, era avisado.

Assim podia, sem se apressar, terminar a cerveja antes de deixar o esconderijo e ir para outro lugar. Sem perder o sorriso...

Em 12 de julho de 1924 João Domar conseguiu enfim explodir a muralha de gelo atrás da qual Diva se protegia. Foi numa noite que em nada diferia das outras. Como de hábito, ela o esperava sentada no sofá, olhos fixos nele, xale de lã azul cobrindo os ombros. Depois de um cumprimento respeitoso, João fez as contas, dispôs sobre a mesa baixa as bolsas e os maços de dinheiro, confirmou que nada faltava, apontou com uma exatidão escrupulosa a menor transação. Ao terminar, deixou Luís pegar o dinheiro sem falar nada e esperou o mordomo deixar a sala. João então estendeu sua sacola vazia a Diva e lhe falou com uma voz doce e decidida:

– Dona Diva, acabou. Daqui por diante não serei mais seu bicheiro...

– O que é que você está me dizendo?

– A estrita verdade. Estou parando esta noite mesmo.

Ela deu um sorriso incrédulo e ajustou o xale para se proteger do frescor da noite que vinha do quintal.

– Por que você quer que eu o libere? – perguntou ela. – Você é meu homem de confiança há quase três anos. Se eu liberar você, quem vai cuidar dos apontadores?

– Dori pode muito bem cuidar disso, senhora. Ele é sério e encara o trabalho. Além disso, eu lhe ensinei a contabilidade. Mas eu estou me retirando.

Na penumbra que invadia a sala, Diva refletiu um instante. Ela acabara se afeiçoando a João. Ele dominava todos os arcanos do jogo do bicho, fizera seus negócios progredirem em proporções que ela não ousara imaginar. E também sabia que ele contrabandeava bebidas alcoólicas e era legítimo que, com mais de vinte e seis anos agora, ele tentasse voar com as próprias asas. Quanto a Dori, ela não era boba. Sabia que ele era capaz de morrer por ela e que seria um honesto substituto de João. Não se deixou portanto abater e, lançando sobre ele um olhar terno e decepcionado, murmurou:

– Já que é assim... Devolvo-lhe a liberdade. Afinal, você mereceu.

Nesse instante João se debruçou e abriu uma bolsa de couro escuro colocada a seus pés. Num gesto amplo e teatral, tirou de dentro um pano que, imediatamente, começou a lançar mil fagulhas na penumbra da sala. Sem maiores explicações, puxou um metro, depois outro, e mais outro, com um sorriso nos lábios, sob o olhar estupefato de Diva, que, mordida pela curiosidade, se agachara no chão, segurando-se na mesa baixa. Hipnotizada, não parava de olhar aquele pano que brotava da bolsa, corria entre os dedos de João numa torrente descontínua, de um amarelo vivo, que se amontoava a seus pés, uma pirâmide cintilante, vaporosa, ricamente bordada de fios dourados, e que parecia não querer se extinguir nunca. Numa derradeira levantada, o tecido flutuou no ar, pairou um instante e, enfim, pousou num sopro.

Inteiramente surpresa, a bicheira balbuciou:

– Mas... Mas o que é isso? Nunca vi nada...

João pegou de novo o pano e, estendendo-o diante de si, sobre os braços, explicou:

– Naquela noite no Jockey Club você me disse que eu não passava de um bicheiro. E, de alguns minutos para cá, eu não sou mais...

Enquanto caminhava na direção de Diva, ele prosseguiu com a mesma voz doce e firme:

– E você também me disse que eu só poderia tocá-la no dia em que fosse capaz de cobri-la de ouro. É o que eu vou fazer agora...

Então, juntando o gesto à fala, ele tirou com precaução o fino xale de lã azul e trocou-o pelo pano com o qual cobriu a bicheira por inteiro. Esta, com um olhar de criança maravilhada, primeiro deixou-se levar. Enrolou-se no tecido, experimentou sua doçura no rosto, sentiu-o nos braços, apalpou-o e, de repente, levantou-se e, em três saltos, foi postar-se diante do espelho, arrastando atrás de si um rastro iluminado, cintilante. João, ao ver o contraste entre o ouro e a pele negra acetinada de Diva, não se conteve mais. Seguro de si, foi até ela em passos lentos e, abraçando-a pela cintura, começou a beijar-lhe os cabelos, a nuca, as orelhas.

A mulher então cessou de rir. Numa remexida nervosa, desprendeu-se do abraço e ficou de frente para ele. Sem os saltos altos, ela fazia pensar numa adolescente dividida entre a revolta e o desejo. Antes que ele a agarrasse pelos ombros, ela só teve o tempo de soprar:

– Mas quem você acha que é? Você acha que basta...

O resto da frase se apagou no beijo violento que João colou sobre sua boca, fazendo chocar os dentes, mordendo os lábios até sangrar. Quando recuou o rosto, viu chamas de cólera se acenderem instantaneamente nos olhos daquela mulher. Com outra remexida, ela conseguiu se desvencilhar, correu, mas João puxou o pano dourado e ela voltou para ele, girando sobre si mesma feito um pião. De novo ele a beijou, conseguiu segurar seus punhos com uma das mãos enquanto, com a outra, se apossava de seu corpo, com furor, acariciando, arranhando seus seios, seu ventre, suas costas de pele levemente granulosa, inebriando-se com seu cheiro, com o gosto de sua carne, de sua saliva. Ela conseguiu livrar uma das mãos, pôs-se a bater nele com toda a força, a lacerá-lo com as unhas, a puxar-lhe os cabelos, e João, sob essa chuva de golpes, sentiu seu desejo crescer ainda mais, até a dor.

Após alguns minutos de luta encarniçada, um tentando dominar o outro, custasse o que custasse, a raiva subitamente se transformou num desejo mútuo a ser saciado de maneira imperiosa. Arrancaram a roupa um do outro, febrilmente, sem deixar de se beijar, de gozar do gosto ácido do sangue na língua, do sabor selvagem, mais salgado, do suor que lhes inundava os corpos, e rolaram pelo chão, cavalgaram-se sem descanso, ofegantes, abrindo-se enfim, penetrando-se, apertando as carnes num delírio orgíaco, querendo pegar tudo, lamber tudo, morder tudo, beber tudo.

Abandonada no assoalho, a longa serpente dourada brilhava na escuridão da sala com seus reflexos ondulados.

Quatro horas mais tarde, no longo caminho que leva até o bairro do Santo Cristo, uma velhinha, agasalhada num casaco de brim cinza, avançava como podia sob uma chuva fina e gelada. Queixo encolhido no pescoço, ela resmungava, xingava o tempo, as poças d'água, os lampiões de luz que funcionavam dia sim dia não, o frio, sempre esse frio de julho que gelava os ossos e levava à morte quem não tomasse cuidado. Como num sonho, ela pegava as ruas uma depois da outra, no caminho só cães sem dono, mendigos encolhidos sob as marquises, e avançava sobre as pernas bambas, as articulações moídas pela umidade, e caminhava, a pobre velhinha, a ponto de perder o fôlego, de cair na sarjeta, de boca aberta, sozinha na noite. Pegou várias vezes o caminho errado, teve de voltar, hesitou, buscou com o olhar uma alma caridosa a quem pudesse perguntar o caminho, mas todos, nessa hora tardia, todos dormiam o sono dos justos, no calor bem seco, e ela recomeçava, sempre reclamando contra si mesma, contra a vida, contra todos, contra os deuses.

No fim de uma rua tomada pela escuridão, ela enfim distinguiu um halo de luz. Sem pensar, patinhando nas valas cobertas de lixo, acabou reconhecendo o lugar e soltou um suspiro de alívio:

– Até que enfim, já era tempo...

Na luz de um poste brilhava uma placa onde estavam inscritas as palavras: Praça do Santo Cristo. Arrepiando-se, ela foi adiante com seus passinhos apressados e, depois de fuçar em volta da igreja, acabou por pegar uma outra travessa que a levou direto à rua que ela estava buscando, a Rua Vidal de Negreiros. Ela sabia que era ali que morava a misteriosa Dona Diva, João lhe havia dito numa noite em que voltara ao Largo das Neves ainda mais bêbado que de hábito.

Os postes de luz na Vidal de Negreiros funcionavam corretamente, o que facilitou a tarefa da velhinha. Após alguns minutos de busca a forçar a vista diante das placas das portas de entrada, ela enfim encontrou a casa de Dona Diva. Sem hesitar um único segundo e apesar da hora avançada da noite, bateu na porta com o punho fechado até que uma luz se acendesse, que a porta se entreabrisse e que um negro esquisito, de camisola e boné de dormir, candeeiro na mão, aparecesse na sua frente.

Com uma voz que quis ser amável, mas que rugiu lugubremente na noite, o mordomo perguntou:

– E então, minha irmã? O que está acontecendo? Aqui não é o sopão popular! Se você está com fome, chegou tarde esta noite. Passe amanhã que eu lhe darei alguma coisa...

Como a pequena sombra, ensopada de noite e de chuva, não se mexia, Luís aproximou a luz a fim de ver com quem estava falando. Quando a velha levantou o rosto, o mordomo deu um passo para trás, tomado de estupor. A chama lhe havia mostrado uma avozinha de traços marcados, cavados pela idade e o cansaço, mechas brancas em trancinhas caindo em volta de carinha deformada e, brilhando na luz como uma moeda de prata sem brilho, um olho furado que lançava reflexos azuis. Se não fizesse tanto frio, o homem pensaria num sonho ruim, num pesadelo em que os espíritos do mal vêm nos aterrorizar.

– Moço – implorou a velha –, o senhor tem de me ajudar. É grave!

– Mas ajudar em quê, minha irmã?

– Vá buscar o maldito do João, eu lhe suplico...

– João? João Domar?

Com as mãos juntas sobre o peito, a velha começou a sapatear, presa a uma violenta angústia:

– Isso. Encontre para mim aquele sujeitinho. É grave, estou lhe dizendo!

– Mas...

– Diga a ele que eu estou aqui! Que a velha Dida está aqui!

– Eu não posso, vejamos! Ele está com...

– Luís, pode deixá-la entrar, eu conheço ela...

Recortando-se na luz do salão, bem no fim do corredor, a silhueta de João Domar acabava de aparecer. Dida logo empurrou como pôde a carcaça enorme do mordomo e claudicou até aparecer na luz da lâmpada. Toda esbaforida, falou:

– Vista-se rápido, senhor bicheiro. Vai acontecer uma desgraça no Largo das Neves...

João, completamente nu, a barriga redonda de bebida, piscou os olhos para estabilizar a imagem de uma Dida que arfava diante dele. Ele fizera amor várias vezes com Diva, molhara seu corpo na cachaça, lambeu-a inteira, bebeu com um frenesi novo todos aqueles sucos exalados pela carne de negra feita para o gozo e quando, saciada, ressonando de prazer, ela se enroscara nos lençóis úmidos da cama, ele voltara à sala e ali, como um animal, bebera sem parar, para festejar aquela noite de amor, para festejar sua vingança, bebera para não chorar, para não soluçar como uma criança perdida na multidão, bebera para celebrar tudo o que conseguira desde que chegara ao Brasil, bebera sem parar para não se lembrar de seus crimes, de suas traições, de suas fraquezas, de sua honestidade perdida, do corpo puro e esbelto de Emivalda, sua princesinha, bebera sem parar para esquecer o que se tornara.

– Então? Você vem? Estamos precisando de você lá em cima!

Nesse instante, enrolada num lençol branco, Diva apareceu no alto das escadas. Com um riso mau na garganta, ela riu de João:

– E então? O que está acontecendo aqui? Você não é grande o bastante para sair sozinho à noite, pelo que vejo... Foi a sua avó quem veio lhe buscar?

Dida baixou o rosto e tentou responder:

– Mil desculpas, dona... Mas o João precisa vir comigo imediatamente ao Largo das Neves.

– João é grande o bastante para saber o que ele tem de fazer – retorquiu a bicheira num tom glacial. Não o mantenho preso...

Com a língua pastosa de conhaque, João confirmou:

– Ela tem razão, eu faço o que quero. Volte para casa, velha. Prometo que passo lá amanhã...

Dida deu um passo e, em plena luz, soltou:

– Seu João, é a Emivalda...

– O que tem ela, a Emivalda? O que ela quer de novo?

– A Emivalda... Ela está esperando um filho...

– O quê?

– Um filho seu, João. Ela acaba de contar tudo para o doutor Cunha. Você tem que vir pedi-la em casamento, senão vai tudo terminar em tragédia...

O riso rouco de Diva dispersou no silêncio as últimas palavras da velha. Ela desceu as escadas e veio sentar-se sobre a mesa baixa. Depois lançou:

– Um filho! Só faltava essa... E o que prova que esse filho é do João?

O rosto de Dida ficou lívido. Enquanto a bicheira acendia um cigarro, ela quase sufocou de indignação e acabou por replicar:

– E de quem a senhora quer que seja? Não faz muito tempo, ouvi esse malandro voltar de noite e entrar de fininho no quarto da minha Emivalda...

– Isso não quer dizer nada.

– O quê?

– Uma moça que se dá com tanta facilidade, escondido dos pais, não deve se dar a um único homem, pode acreditar em mim...

Enquanto as duas mulheres falavam, João terminou um fundo de garrafa que sobrava sobre a mesa baixa. Cambaleando, veio sentar-se junto a Diva e, com os lábios molhados de álcool, decidiu:

– Vamos, velha... Volte para casa, agora. Eu fico aqui, porque é aqui que devo ficar.

– E Emivalda? O que é que eu digo a ela?

Sufocando um arroto, João sorriu feito um imbecil:

– Diga a ela que eu vou passar. Amanhã ou depois de amanhã. Se ela está grávida, isso ainda pode esperar uns dias, não? Ela não vai ter o filho esta noite, que eu saiba!

Depois de colocar um beijo viscoso nos lábios sorridentes de Diva, ele se pôs de pé com dificuldade, ziguezagueou até o sofá e deixou-se cair com um barulho mole. A voz queixosa de Dida subiu por uma última vez no silêncio:

– Mas e a Emivalda? Ela está chorando...

– Não se preocupe, velha. O tio gosta de dinheiro mais que da filha. Amanhã, vou passar para ressarci-lo. E logo, logo não vai mais se falar disso tudo, confie em mim...

Uma hora depois de Dida partir, João desceu novamente à sala. Esticado no chão, bebeu ainda cachaça, conhaque, até afundar num sono sem sonhos. No momento em que, um a um, seus fantasmas começavam enfim a parar de atormentá-lo, o dia acendeu suas primeiras luzes num céu sem nuvens.

Então, passando diante da janela que dava para a rua clareada por um raio de sol laranja, uma sombra familiar apareceu. Traços duros, impregnados de uma profunda tristeza, os olhos de Febrônio o fixaram com uma força insustentável. João sentiu o corpo se encharcar de um suor frio e, num último gesto, jogou a garrafa na direção do índio. O vidro se partiu em mil pedaços. Quando Luís penetrou na peça, encontrou João, rosto contra o chão, dormindo um sono sombrio.

Na manhã seguinte, por volta das sete horas, o mui estimado doutor Francisco da Cunha barbeou-se meticulosamente e não teve coragem de sorrir quando viu um beija-flor que viera voltear diante da janela do banheiro. Depois, vestiu seu terno mais bonito, paletó preto, camisa branca bordada com suas iniciais, colarinho engomado, gravata de seda, sapatos de verniz, a cartola lustrada, relógio de bolso e luvas creme. Lá fora, o vento que havia expulsado as nuvens durante a noite corria ainda em rajadas frescas sob o sol. Depois de disciplinar o bigode com um pente pequeno especialmente reservado a esse fim, ele desceu para a sala de jantar e, sério, fez um sinal-da-cruz diante dos cadernos com os artigos de imprensa dedicados a Sarah Bernhardt. Ela também o abandonara, vencida por uma foiçada da morte.

Depois, antes de abrir a porta de casa, colocou sobre a mesa de pé de galo do vestíbulo a chave do quarto de Emivalda. Nesse instante preciso, sentiu uma náusea violenta, uma irreprimível vontade de vomitar que o fez estremecer dos pés à cabeça.

– Seja digno, Francisco da Cunha... – murmurou consigo mesmo. – E cumpra o que tem de cumprir.

Assim dizendo, verificou a presença, no bolso direito do paletó, de sua velha pistola Mannlicher, um calibre de 7,65 mm que ele comprara de um amigo argentino de passagem pelo Rio, quinze anos antes, para alguma eventualidade.

A porta girou nas juntas. Fechando os olhos para evitar a mordida do sol, o honrado Francisco da Cunha pôs-se a tremer. Um *flash* doloroso encheu a sua mente e ele se viu, na véspera à noite, assestando um tapa sonoro em sua filhinha Emivalda, na qual até então ele nunca encostara a mão. A jovem desabara no chão, com os lábios abertos, o sangue manchando seu belo vestido branco. Sem conseguir se levantar, ela se arrastara a seus pés, suplicante:

– Perdoe... Me perdoe, papai! Eu lhe suplico...

Rijo em sua dignidade de pai ofendido, ele se contentara em responder:

– Você não é mais minha filha, Emivalda. Daqui por diante você é uma filha das ruas. E para a rua, as filhas das ruas...

Ele fora então para o seu quarto, deixando atrás de si, a soluçar, a filha bem-amada, a vida de sua vida, sem mesmo entender que ela já não o via mais, que em seu olhar a vida se esvaía.

– Bom dia, doutor Cunha! Aonde vai assim, vestido de rei? Não me diga que vai ao escritório?

Era Luís Otávio quem o saudava assim e que, totalmente recuperado do porre da véspera, vinha, como todas as manhãs, tomar seu café no Bar das Garotas.

– Não, caro amigo. Não vou ao escritório – respondeu Cunha com voz fraca. – Tenho que honrar um encontro.

– Deve ser um encontro importante feito o diabo, não é?

– De fato é um. Bom dia, senhor...

E, num passo mecânico, deixou parado um Luís Otávio desapontado que já se preparava para abordar com prazer um espinhoso assunto de política nacional.

O motorneiro fez tilintar o sino do bonde indicando o ponto final. Que soou como um dobre lúgubre no Largo das Neves banhado de luz.

De madrugada, um pressentimento desagradável tirara Cunha de um sono agitado. Sem despertar a mulher Otália, nem a velha Dida, ele se levantara e abrira em silêncio a porta do quarto de Emivalda.

Ao descobrir a filha, pensou estar ficando louco. Ficou louco. Com o corpo agitado de sobressaltos, ele caiu de joelhos, o peito sufocado de dor, as lágrimas que não conseguiam transpor a barreira de suas pálpebras, os gritos trancados na garganta. E assim ficou, prostrado, tremendo, horrorizado, até que o sol se levantasse.

Deitada na cama, com as coxas afastadas, sangue coagulado no colchão, no chão, sangue por toda parte, na camisa de renda branca, nas pernas da cama, na mesinha-de-cabeceira, sangue que descera até a porta, sua pequena Emivalda repousava. Tinha os traços desfigurados pela dor. Estava inerte, esvaziada de seu sangue, maculada desse sangue até nos cabelos e no rosto acobreado que, na luz da madrugada, ficava insensivelmente cinza. No meio do quarto, cravadas no centro de uma casca escura, duas longas agulhas de tricô. Duas espadas para furar o feto que pulsava em seu ventre.

Feito um sonâmbulo, a pele gelada sob o sol, Francisco da Cunha caminhou até o meio do Largo das Neves.

Antes de desaparecer, o motorneiro tocou mais uma vez o sino.

O silêncio voltou. De repente, a janela do quarto de Emivalda bateu com violência e os clientes do Bar das Garotas lembram-se de ter visto brotar dessa janela a respeitável Otália descomposta, os olhos esbugalhados pela loucura que dela se apossava, a berrar palavras sem sentido, a arranhar o rosto, a bater a cabeça contra a janela. Todos correram para ajudar a infeliz.

Sem pressa, Francisco da Cunha sacou a Mannlicher e tirou a cartola. Na hora em que colocou o cano da pistola na têmpora, ainda teve tempo de avistar o beija-flor voltear num maciço de flores amarelas. Sem uma palavra, apertou o gatilho. Seu crânio voou em pedaços. Ao mesmo tempo que a vidraça da casa de Diva, na Rua Vidal de Negreiros.

O enterro de Emivalda e do pai foi três dias mais tarde. Em Santa Teresa, todos se mobilizaram para que a cerimônia fosse a mais sóbria e a mais bem-feita possível. As três proprietárias do Bar das Garotas foram para isso irrepreensíveis.

Marta abandonou o forno para se instalar na casa da viúva. Otália, com efeito, ao perder juntos o marido e a filha, também perdera a razão. Para acalmá-la, o doutor teve de lhe dar duas injeções que a derrubaram imediatamente. Desde que acordara, não saía da cama, apalermada, babando sem parar. A velha Dida tinha pura e simplesmente desaparecido.

Graça, por sua vez, fizera uma vaquinha no bar e no escritório onde Cunha trabalhava. Em vinte e quatro horas, reunira uma bela soma que lhe permitiu, no mesmo ritmo, negociar com um agente funerário e os jornais, para o anúncio legal, sem esquecer o florista, o cartório, o responsável pelo cemitério, o organista, o dono do bufê, o escultor da pedra sepulcral, o vendedor de livros de pêsames, em suma, todos esses intermediários que nos permitem passar, da forma mais correta possível, desta vida para uma melhor.

Iolanda, a mais jovem das três, fora criada até a maioridade num convento de Carmelitas. Assim, coube a ela o temível dever de negociar com os homens da igreja e, em particular, com o jovem padre Pinheiro, que cuidava da capelinha do Largo das Neves. Ela havia explicado a suas duas amantes que o suicídio, assim como o aborto, eram considerados pecados capitais que proibiam a seus autores os últimos sacramentos.

No dia seguinte ao drama, ela trocou as calças por roupas mais severas, um vestido de seda abotoado até em cima e descendo até o meio da perna, um lenço escondendo os cabelos cortados *à la garçonne* e sapatos baixos de lacinhos. Depois, com apreensão, penetrou na capela. Lá se fechou por três horas com o jovem eclesiástico, usou de todos os argumentos para convencê-lo de que Emivalda, paz para sua alma, falecera de hemorragia interna. Não foi coisa fácil, pois certas penitentes muito faladeiras lhe haviam fornecido, de manhã mesmo, em confissão, uma versão menos honrosa. Mas, graças à força de persuasão de Iolanda, ele acabara aceitando enterrar a infeliz de acordo com os ritos cristãos. Deve-se dizer que, desde que entrara para as ordens, nenhum superior o educara nos mistérios do corpo feminino, mistérios que, assim, permaneciam para ele insondáveis. Tudo o que sabia era que as filhas de Eva sangravam uma vez por mês e que esses sangramentos não deviam ser estranhos à morte de Emivalda. Quanto a saber o que os havia provocado, ele afinal não era médico!

Em compensação, o assunto se revelou muito mais árduo quando Iolanda abordou o caso de Francisco da Cunha.

– Mas, minha filha – exaltou-se o padre Pinheiro –, todos viram o dr. Cunha pôr fim a seus dias! Se ele o tivesse feito na intimidade de seu porão, nós poderíamos dizer que ele se matara limpando a arma... Mas neste caso, não há como negar!

Por mais que a bela Iolanda chorasse e suplicasse, lhe lançasse olhares apaixonados, tentasse usar de seus encantos na intimidade austera da capela, todos os seus esforços foram em vão. O jovem padre, embora enrubescesse toda vez que ela segurava no seu braço ou lhe endereçava olhares insistentes, não mudou de posição.

No dia seguinte, ou seja, na véspera da cerimônia, ela reapareceu tendo ao lado, de panamá na mão, o doutor Luís Otávio. Houve nova conversa que durou, dessa vez, cinco horas. E o padre Pinheiro aí também acabou cedendo. Para conseguir arrancar esse acordo, o bêbado desesperado mentiu sem a menor vergonha. Mas o defunto era prezado pelos amigos e as circunstâncias eram atenuantes para desculpar o pecado capital.

Em primeiro lugar, ele ressaltou ter sido a última pessoa a falar com o desaparecido:

– Todos foram testemunhas disso, o senhor concorda?

– Sim, e daí? – espantou-se o religioso. – O que esse detalhe vem fazer na história? Ele muda o quê?

– Mas tudo, padre!

– Como assim?

– Tudo, estou lhe dizendo! Pois foi para mim que ele reservou suas últimas palavras.

– O que ele lhe disse?

Então, com um senso inato da arte dramática, Luís Otávio retornou à personalidade exemplar do doutor Francisco da Cunha, à generosidade de que dera prova quando um pretenso sobrinho veio lhe pedir casa e comida. Lembrou igualmente que ele criara a filha no maior respeito pela Santa Madre Igreja, e que ele mesmo rezava muito.

– Não o vi muito nas missas – objetou o padre.

– É porque a fé verdadeira não se exibe. Ela se vive – respondeu Luís Otávio, com a mão no peito.

E continuou ainda, fazendo de Cunha o retrato do cristão modelo, do católico ideal, do notável que ele soubera se tornar sem desrespeitar as santas leis de Deus. Falou tanto e tão bem que o jovem padre, embriagado por tantas frases, acabou perguntando:

– Pois que seja, esse doutor era um homem notável sob todos os aspectos, estou de acordo. Então, por que ele pôs fim a seus dias em vez de buscar o reconforto na prece?

Luís Otávio fez lentamente o sinal-da-cruz e, com a voz tremendo de emoção, deixou cair:

– Para não cometer um assassinato, padre...

– O que o senhor está dizendo?

– A exata e terrível verdade. Antes de apertar o gatilho, ele me disse, olhos nos olhos: "prefiro eliminar-me que assassinar os que fizeram isso à minha filha."

– Pobre homem... Mas quem ele queria matar?

– Um instante, padre. O senhor vai entender...

Durante as duas últimas horas da entrevista, Luís Otávio explicou que três meses antes Francisco da Cunha havia levado a filha ao hospital da cidade. Ela estava sofrendo de dores terríveis no ventre e, imediatamente, os médicos decidiram interná-la.

– Eles caíram em cima de nossa Emivalda, encheram-na de injeções, comprimidos e poções. Operaram-na três vezes. E tudo isso, infelizmente, sem resultado notável...

Pensativo, o padre Pinheiro murmurou:

– É por isso então que ela não vinha mais à missa...

– Exato, padre.

– Mas isso não é motivo suficiente para assassinar pessoas, principalmente se tentaram tudo!

Com as mãos juntas, Luís Otávio desfechou então o golpe de misericórdia:

– Não foi essa razão que o levou a agir assim... Na verdade, ao voltar com a filha para casa, ela lhe confessou que...

– O que ela lhe confessou de tão grave? Fale sem temor, meu filho...

– A pequena Emivalda, nossa pequena Emivalda, confessou ao pai que ela fora... Que ela fora violentada por enfermeiros, padre.

O jovem eclesiástico ficou de boca aberta. Estranhos boatos desse gênero de fato corriam, há algumas semanas, por toda a cidade. Os jornais, nas páginas dedicadas aos crimes, relatavam em profusão de detalhes os horrores praticados por um ou vários tarados sexuais, a polícia não sabia, que haviam atacado as pacientes das clínicas e do hospital público.

À luz dessas revelações, o gesto desesperado do doutor Francisco da Cunha agora se explicava melhor. E foi até o padre quem acabou desfazendo, com uma voz cheia de compunção e respeito, o nó do emaranhado dessa história trágica:

– Que sua alma descanse em paz... Para não suprimir criaturas de Deus, ele então preferiu pôr fim aos próprios dias.

– Sim, padre. Foi exatamente isso o que ele me disse. E acrescentou: "Deus vai puni-los com sua justa cólera. Mas eu não posso viver mais com tanta dor."

– E teria preferido ir ao encontro da filha, mesmo correndo o risco do inferno.

Numa emoção recolhida, o padre concluiu, então, com estas palavras:

– Que Deus me perdoe, mas eu lhe darei os últimos sacramentos. Tudo se fará na maior discrição, pois estaremos em perfeita contradição com as recomendações da Igreja. Mas uma alma tão bela, uma alma tão generosa, deve poder encontrar o perdão junto ao Pai de todos nós...

No dia da cerimônia, João Domar chegou com uma boa hora de atraso, vestido de preto da cabeça aos pés. O táxi deixou-o no Largo das Neves e saiu em seguida, aspirado pela Rua das Neves. O sol, implacável, retalhava cada sombra com a precisão de um açougueiro. À direita de João, o Bar das Garotas, fechado; uma fita preta pendurada na grade se agitava no vento agonizante. Do outro lado da pracinha vazia, ouvia-se apenas a música dos órgãos, abafada pelas portas fechadas da capelinha. Na frente, fora colocado uma mesa de pé de galo coberta por um pano preto, tendo em cima um livro de pêsames.

Pensativo, João apagou o cigarro com o calcanhar. Três dias antes, ele fora informado do suicídio do tio e da trágica tentativa de aborto de Emivalda. Não acreditara. E mesmo ali, diante da capela em luto, ele não conseguia imaginar que a morte de fato houvesse atacado. Seus olhos continuavam secos. Ele estava persuadido de que aquilo tudo não estava acontecendo, de que era só um sonho ruim. Emivalda de repente ia aparecer na janela do quarto, um sorriso de amor nos lábios, os olhos verdes radiantes de felicidade. Saindo de casa, barriga na frente e bigode empinado, o tio Francisco viria em sua direção, rosto afável, olhos brilhantes, braços abertos.

João estava começando a atravessar a praça quando estacou. Na sua frente, a uns vinte metros, a porta da capela acabava de se abrir. O padre Pinheiro, vestindo um burel, mãos juntas em sinal de prece, saiu da sombra gelada e apareceu em pleno sol, ladeado por dois coroinhas; depois, subiu os cinco degraus que levavam ao Largo das Neves. Atrás dele, surgiu uma onda negra a chorar em silêncio sob o sol. Uma vaga composta de rostos amigos: o quitandeiro Giuseppe, o professor José Panta, os funcionários públicos músicos de choro, o ferreiro Policarpo, o pintor Pedro Virgulino, o bancário Napoleão Antônio, o jornalista e cronista José Ferreira, o quitandeiro do Largo dos Guimarães, José Costa, e todos os freqüentadores do Bar das Garotas, que carregavam o caixão de Emivalda nos ombros. O caixão de Cunha fora levado ainda de madrugada para o cemitério de Santa Teresa. Na frente, vinham Graça, Marta e Iolanda, precedidas por Luís Otávio, estóico, lívido. No silêncio perturbado apenas pelo barulho dos passos, soluços e preces salmodiadas em voz baixa, o cortejo atravessou a praça.

O grupo passou em silêncio bem perto de João. Não houve um grito, um insulto, nem escândalo, nem censura. Embora conhecessem os segredos da história, desfilaram na sua frente sem um olhar para aquele que fora um deles. Só Luís Otávio o fixou nos olhos e, sem baixar o olhar, cuspiu-lhe na cara. Para ele, dilacerado pela vida por causa de um amor acabado, João era um criminoso, um dos piores que existiam, já que assassinara o amor de Emivalda.

No mesmo ritmo lento, a procissão sumiu, deixando João só no mundo, mais só do que jamais fora, imóvel sob o sol.

Tomado de um furor animal, João sacou o Smith & Wesson. Com o olhar alucinado, girou várias vezes, sem saber em que atirar para expulsar o ódio que o consumia. Num urro de danado, apontou a arma para a fachada da casa onde fora acolhido com amor e esvaziou o tambor na janela do quarto onde dormira e onde fizera amor com Emivalda. Os vidros voaram em pedaços fazendo um barulho infernal, que repercutiu bem longe, além de Santa Teresa, depois do morro dos Prazeres e do Cosme Velho. As detonações estalaram até morrer, enfim, ao pé do Corcovado.

Aterrorizada, agachada perto da cama onde repousava, aniquilada, Otália, a velha Dida mordeu o lábio até sair sangue, mas não gritou.

22

A partir desse enterro, João Domar, que viera fugindo de uma vendeta e para fazer fortuna, perdeu a alma de vez. Passou uma semana inteira bêbado, depois voltou à vida com a firme intenção de estender seu poder de malandro, de aumentar a fortuna por todos os meios possíveis e imagináveis, ainda que tivesse que amedrontar a cidade e desafiar a morte.

Foi o que fez, com uma violência e uma frieza assustadoras.

Seu negócio de contrabando de bebidas, que já durava dois anos, ia muito bem. Mas era pouco para ele. Decidiu então contratar capangas de verdade, não aqueles pobres imbecis desesperados que topavam qualquer parada em troca de um pedaço de pão e que faziam sempre um trabalho de amador. João escolheu os duros na queda, ex-presidiários e fugitivos que, como ele, nada tinham a perder. Bandidos de mãos sujas de sangue que haviam assassinado, torturado, violentado, roubado, sem a menor vergonha, que riam com prazer enquanto a vítima entregava a alma. Foram vinte, escolhidos a dedo, e se tornaram sua guarda pretoriana. Também moravam no morro da Providência, numa casa ao lado da de João. Alguns desses bandidos tentaram até tomar o seu lugar a fim de reinar sobre a capital. Mas João não descuidava, sempre com Toni do Tango a seu lado. Todos os traidores, sem exceção, acabaram no fundo lodoso do canal do Mangue ou na enseada do matadouro, muito freqüentada pelos tubarões.

Antes dessa nova concepção de seus negócios, só vinte por cento dos bares e restaurantes eram seus clientes, com medo da polícia ou até por honestidade. Um mês mais tarde, graças às intimidações praticadas por seus homens, o número subiu para cinqüenta por cento; dois meses depois, atingia oitenta por cento.

Em menos tempo do que se imaginava, os novos métodos de João do Bicho e seus homens ficaram conhecidos na cidade. Ele começou a ser temido, tanto pelos malfeitores quanto pelas pessoas honestas. E os boatos, aumentados pouco a pouco, começaram a correr sobre ele e a fazer de seu personagem uma lenda viva. Assim, ele teria decapitado o dono de um bar na Rua do Riachuelo simplesmente porque este lhe pedira um prazo para acertar o pagamento. A lâmina da peixeira teria resolvido tudo num só golpe. Ele carregou a cabeça pelos cabelos até o alto da favela e deu-a aos garotos para que a usassem como bola de futebol.

Da mesma forma, corriam histórias de que ele nunca se levantava, em todas as manhãs de Deus, sem ter deflorado uma jovem núbil que seus guarda-costas seqüestravam entre as mais belas. Também teria estendido seus domínios sobre a prostituição. Ele é quem organizaria o tráfico de escravas brancas, como outrora fora feito com os negros, que partiriam em barcos lotados.

João do Bicho era bem o diabo em pessoa. O pior dos flagelos a atingir o Rio de Janeiro até então! Ele sorria ouvindo seus homens lhe contarem essas histórias. Logo ele que gostava tanto de futebol que jamais pediria aos meninos que machucassem os pés chutando um crânio. Quanto às jovens virgens, não faltavam pretendentes que sonhassem passar uma noite com ele, entre os braços temidos e respeitados de João do Bicho.

Mas seu interesse pelos bordéis de fato era real. Acompanhado de Toni do Tango, Martinho e Quebra-Dedos, ele um dia apareceu no Palácio Real, da Rua do Ouvidor, numa tarde de outubro. Ao vê-lo entrar, Marie Dupeyrat recebeu-o com carinho e atenção que bem rápido deram lugar ao pânico. Num minuto, os clientes foram jogados na rua e João tomou posse do estabelecimento. Com voz fria, falou com a cafetina nestes termos:

– Dois anos atrás, você me proibiu de vir ao seu puteiro porque eu não tinha grana. E porque eu tinha um amigo negro. Hoje a roda da fortuna girou. Você agora vai trabalhar pra mim. E se o seu bordel não render o bastante, eu vou pôr você para rodar bolsinha. Nas calçadas da Lapa. Ali onde só tem negro...

Tudo isso com uma navalha encostada na garganta branca e gorda.

Marie Dupeyrat capitulou. Os políticos que eram seus amigos, quando ficaram sabendo do assunto, viraram-lhe prudentemente as costas. João do Bicho, além do bordel, apoderou-se também do bar do Palácio Real onde, entre duas trepadas, se bebia muito sem olhar a despesa.

Numa noite quente e abafada de novembro, foi a vez de João visitar Afonso Cotrim. Chegou quando os garçons começavam a puxar as grades para fechar a Colombina. Desta vez veio só, deixou Toni do Tango nas imediações, caso a reunião não acabasse bem.

Ao reconhecer a silhueta de João na penumbra, Cotrim deixou a caixa registradora, dispensou rapidamente os garçons e, com uma garrafa de cachaça na mão, foi ao encontro do malandro. Abraçaram-se. João escolheu a mesa onde, dois anos antes, tivera a última conversa com o dono da Colombina. Como este já ia abrindo a garrafa, ele o interrompeu com a mão e disse:

– Se me permite, cabe a mim oferecer a bebida. Não se lembra? O senhor foi forçado a proibir a minha entrada aqui porque eu lhe devia dinheiro. Não se devia criar precedentes...

– Lembro-me, mas faz...

– O senhor estava certo. Eu teria feito o mesmo. E o senhor o fez como um *gentleman*. Com discrição. E ainda me deu uma garrafa de cachaça, a última. Hoje quero pagar a minha dívida...

Assim falando, pôs sobre a mesa de mármore dez vezes mais do que devia na época e do bolso do paletó tirou uma garrafa de conhaque de sua reserva pessoal. Afonso Cotrim empurrou de volta o maço de dinheiro e explicou, tranqüilo:

– Quanto ao dinheiro, já prescreveu. Mas eu aceitaria de bom grado partilhar este conhaque com o senhor, doutor...

A partir dessa noite, João continuou a ter como amigo esse homem que, quando ele teve sede, lhe deu de beber e que sobretudo o respeitou. Em agradecimento, confiou-lhe a distribuição do conhaque. Afonso Cotrim passou a trabalhar para ele, com uma honestidade que sempre se confirmou.

– O que está acontecendo, chefe? Que idéia é essa de fazer correr um honesto cidadão a esta hora da manhã! Veja só, corri tanto que estou ensopado!

Sentado à janela, caneco de cerveja na mão, vestindo um terno leve de *tweed* bege, óculos escuros na cara, João viu chegar um Dori suado, extenuado de ter subido a pé as vielas inclinadas do morro da Providência. Mãos nas coxas enquanto recobrava o fôlego, ele perguntou:

– Então, chefe? O que é? Quebra-Dedos me disse que está pegando. Aconteceu alguma desgraça?

João esmagou o cigarro num cinzeiro de porcelana azul e, sem responder, levantou-se. Com uma piscada de olho enigmática, mandou o rapaz segui-lo.

– Se está sorrindo, é que tudo vai bem – soprou Dori. – Mas por que me fez correr feito um coelho? Com este puta sol, não faz bem, chefe...

– Siga-me e cale a boca...

Os dois saíram então em pleno sol e caminharam alguns metros na rua até chegarem à porta de metal de uma garagem. João abriu o cadeado e, antes de levantar a cortina pesada, murmurou com deleite:

– Carinha, desta vez foi...

– Foi o quê?

João colocou o indicador nos lábios e, sempre enigmático, deu uma piscada:

– Você vai ver que não correu por nada...

Com um grunhido rouco, fez correr a porta e Dori exclamou:

– Puta que pariu! É verdade mesmo! Me diz que não estou sonhando, chefe! Ele é mesmo seu?

Enchendo o peito, João penetrou no reduto e, num golpe seco, puxou um lençol de cetim branco. Apareceu, então, um automóvel, estalando de novo, cheirando a couro fresco, com dois enormes faróis dianteiros, um automóvel preto elegante, com um estofado de couro vermelho e um painel de madeira de freixo. Sem ousar tocá-lo, Dori deu a volta sem parar de soltar longos assobios de admiração, pontuando cada um deles:

– Não acredito, chefe... Não acredito! É o mais bonito que vi em toda a porra da minha vida! Ele é incrível... Meu Senhor do Bonfim da Bahia! Mas o que é isso?

João, enquanto acariciava o capô dianteiro da máquina com a palma da mão, respondeu, num gesto de suficiência:

– É a última moda, meu carinha. Um Citroën 5 HP. E dois lugares, por favor!

Em seguida, recitou o que o vendedor lhe havia explicado:

– Não é pouca coisa, acredite. Quatro cilindros em linha, com ligação por magneto. Uma revolução! Nem lhe falo dos detalhes técnicos. É assunto para especialista.

– Como é bonito... – extasiou-se Dori mais uma vez. – Sinto a mesma coisa que no dia em que o cara Zumbi me mostrou aquele quadro...

– Quer experimentar?

Dori perguntou, incrédulo:

– Está falando sério, chefe? Só nós dois, quer dizer?

– E quem você queria pôr mais? Só tem dois lugares, eu lhe disse!

– Se a gente der uma volta neste bólido, acho que já poderei morrer feliz...

João deixou o morro da Providência, saudado pelos gritos de admiração dos moradores. Desceu e atravessou o centro até a Glória para encontrar a beira-mar e, a buzinadas, seguiu por Botafogo,

Leme, Copacabana, Ipanema e o fim-de-mundo do Leblon. A seu lado, Dori se segurava com as duas mãos, assustado e embriagado pelo vento da velocidade, rindo a bandeiras despregadas, berrando de medo quando um pedestre ou um obstáculo aparecia e que, numa guinada, João evitava o choque. Ele ria ainda mais forte, soltava-se para levantar os braços para cima e agarrava-se de novo bem rápido, aterrorizado e feliz.

Num boteco ao norte do Leblon, eles pararam para deixar o motor esfriar e tomar uma cerveja gelada. Depois do último gole, Dori declarou num tom sentencioso:

– Assim que eu tiver grana, vou comprar um também. E sou eu quem vai levá-lo para passear, chefe. Vamos fazer uma saída de todos os diabos do inferno e do paraíso, acredite em mim!

No caminho de volta, presos atrás de uma fileira interminável de charretes, quando pensava como ia organizar sua noitada, João de repente sentiu uma dor de angústia brutal nascer e se estrelar na barriga. As mãos começaram a tremer, o rosto ficou pálido, a respiração mais curta, irregular, e uma sensação de frio e de entorpecimento fez com que se pusesse a bater os dentes. Num raio de segundo apenas, viu o rosto do tio Francisco e o sorriso quebrado de Emivalda.

E foi tudo.

Dori notou aquela mudança brusca, mas não disse nada. Semanas antes, tentara ajudar o amigo tomado por uma crise de angústia. Sobrara para ele uma série de gritos ininterruptos mandando-o cuidar de sua vida e, se não tivesse deixado o restaurante em que estavam, João teria sido capaz de tentar agredi-lo. Assim, toda vez que os sintomas de crise se manifestavam, Dori ficava quieto, impassível, pelas vizinhanças de qualquer modo, caso o malandro precisasse de sua ajuda.

João, por sua vez, não tinha se preocupado com esses episódios de pânico durante os quais tinha a impressão muito nítida de que a morte ia agarrá-lo pelos pés e mergulhá-lo numa tumba. Pragmático, engolia meio litro de cachaça e tudo voltava ao normal. No entanto as crises foram ficando mais freqüentes e ele teve de reconhecer que elas estavam ficando mais fortes e que os efeitos do álcool diminuíam. Ele começou a ter medo. Medo de que a angústia o tomasse durante um negócio importante, ao passar pela casa de Marie Dupeyrat ou pela Colombina, ou no cais do porto do Rio, em plena negociação com os chefes da alfândega, por exemplo. Se começasse a tremer diante de seus interlocutores, ou pior, diante de seus homens, feito uma velhinha, seria o fim de sua fama de malandro. Assim, ele aproveitava todas as oportunidades para beber ou fumar maconha, tentando jugular aquele bicho disforme que se debatia em suas entranhas e ameaçava deixá-lo louco.

João passava seus poucos momentos de descanso nos braços de Diva. Todas as noites voltava para a casa da Rua Vidal de Negreiros e mergulhava com frenesi em horas de corpo-a-corpo apaixonado. Conforme os caprichos de Afrodite, cabia a ele fazer de Diva sua escrava: ele a reduzia, então, a um simples corpo gemente de prazer e dor misturados, batia nela, arranhava-a, xingava-a, inebriado com o próprio poder; de repente, os papéis se invertiam e ele se metamorfoseava no amante indefeso, oferecido, submisso, temeroso, suplicante, sob os olhos negros de sua tânagra triunfante. Depois dessas lutas carnais, os dois amantes desabavam, cada um de seu lado, bêbados de cansaço e de álcool, derrubados de prazer.

Certa noite, depois de fazerem amor, quando o dia clareava, Diva lhe perguntou:

– Você não tem medo de que eu o mate, como matei meus outros maridos?

– Não. E você não vai me matar porque não somos casados...

Ela sufocou na garganta um risinho de cansaço, depois murmurou:

– Você tem razão, malandro. E vou lhe confiar um segredo. Não assassinei meus maridos.

– Como eles morreram, então?

– Digamos que a sorte se encarregou deles. E você vai ver onde as maldades dos deuses vão se esconder...

Ajeitando-se de lado, João acendeu uma ponta de cigarro de maconha e a escutou falar:

– Meu primeiro marido, o cangaceiro, era um casca-grossa. Na minha primeira noite de núpcias, ele me fez sofrer tanto ao tirar a minha virgindade que eu desejei a morte dele. Três semanas depois, ele foi caçar no mato e me trouxeram o infeliz agonizante...

– Isso não é segredo. Todo mundo sabe disso aqui no Rio.

Diva pegou delicadamente a guimba que João lhe estendia, aspirou com força a fumaça de maconha e a reteve muito tempo antes de prosseguir:

– Depois do enterro, joguei fora todas as coisas daquele cara de porco. Tudo, com exceção das botas de couro que ele só tirava para ir para a cama. Dois anos depois, meu representante de calcinhas e sutiãs casou-se comigo. Eu quis jogar as botas no fogo, mas ele me impediu. Para me provar que não tinha ciúmes de um morto, calçou-as na minha frente. E morreu, como o primeiro, sem que os médicos pudessem dizer de quê.

– Ele morreu por causa das botas? – zombou João.

– Se quiser. Foi na terceira morte que eu entendi. O tabelião...

Com os olhos esbugalhados num raio de luz que entrava pela janela, Diva se calou por alguns segundos, depois continuou:

– Ele também quis experimentar as botas. E depois de enterrá-lo, voltei para casa e dei uma olhada nessas malditas botas...

– O que é que as botinas tinham?

– Estavam envenenadas...

– O quê?

– É como estou lhe dizendo. Durante a caça, meu primeiro marido foi mordido no calcanhar por uma cobra através da bota. Como o couro era muito espesso, ele só deve ter sentido uma espetada e os dentes lá ficaram fincados. Meus dois outros maridos, ao experimentarem as botas, foram arranhados por esses dentes onde ficara um pouco de veneno. Eis toda a história...

João se arrepiou sob a luz cinzenta. Num tom falsamente irônico, brincou:

– Você inventa cada história... Você não acha que eu vou cair nessa assim fácil, não é?

Virando-lhe as costas, Diva limitou-se a responder:

– Você, João, só acredita em você mesmo. Você um dia vai ter que entender que, no Brasil, tudo pode acontecer. Até o incrível. Sobretudo o incrível...

Com um suspiro, sua amante adormeceu então, levada no algodão do sonho pelos efeitos lenientes e protetores da maconha.

Nesse ano de 1924, João do Bicho também reencontrou o jornalista Euclides da Fonte, de maneira acidental desta vez. Com Dori, ele havia decidido organizar uma farra, deixando os giros para o dia seguinte e atrasando a volta para casa e os braços de Diva. A bordo do Cintroën, fora na noite até o Bar Apolo, no bairro do Estácio onde, de maneira bem confidencial, ia ter uma roda de samba com João da Baiana, Sinhô, Mano Edgar, Baiaco, Nilton Bastos, Brancura, os irmãos Bide, ou seja, a nata daquela música puramente tropical e que fazia frente à invasão das Big Bands americanas, em voga na boa sociedade. Por trás das portas fechadas, o espetáculo prometia ser excepcional. As pessoas, já molhadas de suor, puseram-se a sorrir mal soaram as primeiras notas. Todos os olhares se voltaram para o palco minúsculo e só existiu o samba. As discussões entre marido e mulher, as palavras apaixonadas murmuradas pelos jovens, os comentários sobre os últimos resultados do futebol, as disputas políticas, tudo desapareceu, os pés puseram-se a marcar o compasso no chão de terra, as bocas entoaram os refrões, os corpos se ondularam. Dori não agüentava mais ficar parado. João, espremido entre duas negras bem fornidas, também se pôs a cantar os refrões e a batucar, levado pelo frenesi do samba.

Havia apenas quinze minutos que o samba começara quando a porta do Apolo foi arrombada a pontapés, num estrondo de vidros quebrados, pelas forças da ordem. Nos gritos de raiva e de medo, no meio da estridência dos apitos e das primeiras cacetadas batendo às cegas, os músicos fugiram pela porta dos fundos, levando com eles os preciosos instrumentos. Enquanto isso, as pessoas apavoradas derrubavam mesas e cadeiras, arrebentavam as lâmpadas, os copos de cerveja, os cinzeiros. João e Dori usaram os cotovelos, passaram por cima de outros, empurraram quem estava no caminho e, em alguns segundos, também conseguiram sair de fininho, camisa amarrotada, cabelos desgrenhados e rosto arranhado. Do quintal do Apolo pularam num salto o muro, arrumaram a roupa e, mãos nos bolsos, voltaram ao Citroën.

Com os faróis apagados, andaram uns cem metros até verem, na escuridão de uma porta de garagem, três policiais atacando um homem caído no chão a golpes de cacete nas pernas, nas costas, na cabeça, por toda parte onde podiam descarregar com selvageria seus instintos assassinos. Encolhido no chão, protegendo-se como podia, o sujeito gritava na noite.

– Que filhos-da-puta – rosnou Dori. – São três para acabar com um negro. E isso tudo por causa de música...

João parou o automóvel e, com o amigo, foram para cima dos tiras. A luta foi breve e, depois de uns cruzados bem colocados, foram os policiais que beijaram o chão. Dori ajudou o desconhecido a se levantar e enfiou-o no carro. Quando João estava se juntando a eles, um dos policiais puxou sua arma mas não teve tempo de apertar o gatilho. Da mão de Dori voou assobiando um punhal que terminou sua corrida na garganta do tira. Num gorgolejo lúgubre, este desabou.

No instante seguinte, o Citroën cantou as rodas e desapareceu na noite.

Ao chegarem à Cidade Nova, João estacionou debaixo de um poste de luz, e Dori soltou um palavrão ao ver a cara do desconhecido:

– Puta merda! Mas não é um negro! A gente acabou de salvar um branco azedo!

João também se debruçou sobre o homem e murmurou:

– Vejam só! É o meu querido Euclides...

– Você conhece este sujeito?

– Imagine... Era meu amigo quando eu andava na alta. Eles acertaram ele bem, os escrotos...

João enfiou então o pé no acelerador, saiu cantando os pneus pelas ruas escuras que levam ao centro da cidade, até a Cinelândia. Num boteco chamado Arranca-Camisa, Euclides pôde limpar o sangue que escorria dos lábios machucados e das sobrancelhas. Depois que arrumou a cara como pôde, veio se juntar aos outros na mesa da varanda. Beirando os trinta anos, o jornalista versejador emagrecera mais ainda e coxeava mais baixo. Enquanto dois carros de polícia de sirene ligada passavam feito foguetes pela praça, Euclides engoliu seco sua dose de uísque. Depois acendeu um charuto, observou João e, enfim, soltou:

– Fico lhe devendo essa, senhor malandro. Acho que sem o seu amigo e você, eu teria virado presunto...

– Havia chances.

– Há quanto tempo a gente não se vê?

Numa estalada de dedos, João pediu nova rodada, depois respondeu, sem perder Euclides de vista:

– Desde o dia em que perdi meu lugar no escritório de Silva Costa. Foi nesse dia que você parou de me ver.

– Pois é... Mas o que você quer? Você já não era muito freqüentável de colarinho branco. Desempregado então... Continuar a conviver com você teria sido um tédio mortal!

Dori apertou os punhos, fez uma cara de mau. Quem zombasse do seu amigo estava instantaneamente arrumando encrenca com ele. João o acalmou com um gesto. Tocando no lábio dolorido, Euclides prosseguiu:

– Em todo caso, é passado. E hoje sou seu devedor.

– Deixe para lá...

– Não! Sou eu que lhe devo algo. O que eu poderia fazer para lhe prestar serviço?

João refletiu um instante. Nesse dia, ele estava no teto do mundo, era temido pela polícia, respeitado pelos malandros. Possuía um carro, uma amante regular, várias namoradas de passagem, uma guarda pessoal e fiel. Mais bem-vestido do que Euclides, reinava sem contestação sobre o grande contrabando de bebidas da cidade e estava toda hora abrindo novos prostíbulos em prédios de apartamentos que rendiam sempre em dinheiro vivo, sem crédito.

– Então, meu amigo – retomou Euclides. – O que posso fazer por você?

– Nada. Ou melhor, pode sim: evitar ser espancado pelos tiras. Você sujou de sangue a roupa do Dori e cagou também a poltrona do meu carro...

– Se é só isso, você pode contar comigo. Mas me pergunto se não seria uma boa idéia eu escrever um artigo sobre a bandidagem do Rio de Janeiro e sobre o seu maior malandro, João do Bicho.

– *O Globo* não vai aceitar nunca. Mas escreva, se quiser. Eu não estou nem aí...

– Quem sabe...

Quando os três estavam deixando o Arranca-Camisa, um homem de uns quarenta anos, usando boina, guimba nos lábios, vestindo calças largas e um tricô branco de faixas azuis, passou na frente do bar. Os olhos gázeos de Euclides se acenderam. Mancando mais ainda, ele se levantou da mesa e agarrou o desconhecido pelo braço.

Dori, por sua vez, cuspiu no chão e xingou:

– Não me leve a mal, chefe. Mas o seu amigo, por mais jornalista que seja, não desceu. Não passa de um filho-da-puta mal-agradecido.

– Eu sei, cara. Mas ele me prestou serviços quando cheguei no Rio e não conhecia ninguém...

Nesse instante, Euclides da Fonte voltou, seguido pelo homem a quem faltava o braço direito. Com fervor, o jornalista exclamou:

– João! Tenho a imensa felicidade e o privilégio de lhe apresentar o senhor Blaise Cendrars...

Levando o indicador ao panamá, João saudou o recém-chegado, que lhe respondeu da mesma forma. Avançando uma cadeira para o convidado, Euclides pediu uma garrafa de cachaça, depois explicou com exaltação:

– Blaise Cendrars, você se lembra, João? Blaise Cendrars, o cidadão do mundo, o viajante solitário, o dono da noite, o comedor de estrelas! Eu mesmo traduzi seus poemas para que você os oferecesse a Emivalda, aquela que você chamava o tempo todo de sua princesa!

Enquanto Dori se perguntava se o branco coxo era mesmo bom da bola, João aquiesceu com um movimento do queixo, sem perder o poeta de vista, também subjugado pelo olhar penetrante, a força e a simplicidade que se desprendiam daquele homem que, igual a ele, viera do povo e que, naquela hora, com sua literatura, era íntimo dos anjos. É claro que ele se lembrava dos poemas de Cendrars. Como poderia esquecê-los? Ele fora tocado pela fulgurância de sua escrita, embora, inculto, não conseguisse ficar emocionado com Vigny, Lamartine, Musset e outros poetas mais eruditos.

– O sr. Cendrars – continuou Euclides – foi convidado pelos modernistas de São Paulo, por Mário de Andrade, Manuel Bandeira, Tasso de Almeida, Couto de Barros, e também por Oswald de Andrade e Tarsila do Amaral... E ele está vindo em linha reta da casa de um amigo de meu pai, o fazendeiro Paulo Prado!

Enquanto o jornalista prosseguia o panegírico de Cendrars, João, como tomado por uma idéia, sorriu. Emanava desse homem um encanto irresistível, sério e canalha a um só tempo, uma malícia no olhar penetrante sob as pálpebras dobradas, uma alegria de viver a vida de maneira imediata, sem maquilagem nem enfeites supérfluos, uma poesia colhida no mundo inteiro. Ele navegara por todos os mares, levara a alma e o corpo por onde quer que palpitassem o desespero e a felicidade, o amor e a guerra, os progressos da ciência, as lendas negras, as divas argentinas, as sílfides russas, as injustiças, onde quer que o álcool corresse solto. Cendrars era um caçador de palavras, de imagens, de histórias, de personagens mais vivos que a própria vida, manejando com igual felicidade a pistola, a pluma e a mentira, com uma maestria tal que, à leitura de seus livros, todos ficavam boquiabertos, sem fôlego, os olhos perfumados de além-mar e de índigo.

Cortando a palavra de Euclides, João lançou:

– Sr. Cendrars, se o senhor tiver com o que anotar, vou lhe contar a história da minha vida, a história de João do Bicho. O senhor se parece com os seus livros. Tenho certeza que isso vai lhe interessar...

O poeta sorriu dobrando um pouco mais as pálpebras. Depois tirou um bloco, uma caneta, acendeu a guimba e rabiscou com a mão esquerda. Rabiscou a noite inteira.

Dois dias mais tarde, Dori trouxe para João a última edição de *O Globo*. Na primeira página, em cinco colunas, estampavam-se em letras grossas o título de um artigo: "O sr. Blaise Cendrars e João do Bicho: o poeta do cosmos e o malandro!"

Assinado por Euclides da Fonte...

23

Na noite de 31 de dezembro de 1924, Heitor da Silva Costa, razoavelmente alto, passeava com Zumbi pela praia de Botafogo. O cachimbo num canto da boca, as calças arregaçadas até os joelhos, sapatos nas mãos, ele andava na água morna, interrompendo-se de vez em quando para bicar com ar sonhador a garrafa de armanhaque, depois voltava a andar, estranho às pessoas que, agora, carregadas de embrulhos, tinham descido os morros para se juntar na frente do mar a fim de festejar dignamente Iemanjá.

– Meu amigo – murmurou o arquiteto –, acho que estou bêbado. Bêbado e infeliz...

Zumbi, todo de branco, vestido para entrar limpo no ano-novo, acariciou amigavelmente o ombro de Heitor enquanto respondia:

– Não vale a pena encher a cara por coisas assim. Isso não passa de sujeiras de ciumentos. Acredite em mim, isso nem merece que a gente gaste saliva!

– Mas mesmo assim... Fazerem isso comigo!

– Ao nascer, cada um recebe a sua dose de cretinismo. E deve ser bom demais, porque a maioria pede mais...

– Quanto a esse ponto, estou de acordo com você. Mas me arrastar na lama foi pesado.

A imprensa passara a semana sentando o pau no projeto do Cristo Redentor que o arquiteto apresentou à Comissão. Com o professor José Flecha Ribeiro à frente, choveram críticas quanto à pertinência do empreendimento, quanto ao material usado, quanto aos desenhos e croquis de Bartolomeu Zumbi que, embora tivesse suprimido a cruz e o globo terrestre das mãos de Jesus, propunha uma estátua que parecia agora se lamentar, solitária e inútil, no topo do morro figurado na maquete. Durante uma exposição pública dois dias antes, uma delegação da Escola Nacional de Belas-Artes viera em massa, decidida a arrasar com o projeto. Os velhos doutores cheios de certezas, cercados de estudantes idiotas, atacaram Silva Costa, discursaram para os populares, insultaram, ameaçaram partir para a briga, tentaram derrubar a maquete, no único intuito de ver o arquiteto ir embora sob vaias.

– Eles não entendem nada de arte, meu irmão. E se tinham tanta raiva é porque gostariam muito de estar no nosso lugar, de construir o Cristo.

Heitor, na confusão, perdera o chapéu. Aliás, devia sua salvação à chegada providencial de Zumbi. Este atravessara a multidão com autoridade, fizera cara de possesso, levantara os braços acima da cabeça para impressionar ainda mais todos aqueles filhos de boas famílias presentes no recinto. Surgira de lugar nenhum, girando sobre si mesmo, falando banto, cuspindo frases incompreensíveis para, afinal, encostar na maquete e enxotar para a saída aquelas cobras engalanadas, alguns fazendo por precaução o sinal-da-cruz, outros apressando o passo e empurrando os da frente pois, afinal, nunca se sabia do que eram capazes aqueles negros selvagens.

Os dois amigos, com um suspiro de cansaço, sentaram-se na areia. Em volta deles, as mães e os pais-de-santo, vestidos de branco dos pés à cabeça, organizavam a cerimônia cercados de fiéis. Com o pôr-do-sol, as sombras começaram a se deitar na areia, enquanto o mar se quebrava na beira, em pesadas ondas cor de turquesa. Soaram os primeiros tambores. Por toda parte, as pessoas começaram a fincar velas, a construir pequenos altares, a traçar no solo sinais do candomblé, a colocar retratos de todos os santos e de todos os espíritos, cristãos e africanos, numa alegria ainda contida, mas já palpável.

Zumbi deixou a areia escorrer entre os dedos. Camisa branca aberta no peito, os cabelos amarrados atrás com uma fita, estava elegante como um griô.

– E eu – lançou ele por sua vez –, o que é que eu deveria dizer? Acha que eu não notei que o desenho que eu lhe dei não era exatamente o que você estava esperando?

Como Heitor não respondia nada, ele prosseguiu com amargura:

– Não sou mais otário que ninguém, doutor. E para essa porra de Corcovado, tem que ser uma estátua com gênio. E eu só pus nisso o meu talento de merda...

– Pare. A idéia vai vir, tenho certeza.

– Imagine... O meu Cristo ficaria bem num nicho, numa capela. E, mesmo assim, uma capela pequena, sem pretensão. O meu Cristo não tem grandeza. Ele não tem nada de único...

E, assim falando, estendeu o braço na direção do Corcovado. Elevando-se acima de tudo, majestoso a ponto de dar vertigem, o pico estava avermelhado sob os últimos raios de sol, primeira cabeça de proa a fender o dia para se banhar de noite.

Quando a penumbra se instalou, as chamas das velas cintilaram na areia a perder de vista. Sob as estrelas, rosas, íris e cravos brancos invadiram a praia. O perfume da cozinha baiana, o cheiro forte de dendê e pimenta, misturou-se às fragrâncias do iodo e das flores. À espera da meia-noite, também surgiram os violões nas mãos dos músicos. Ainda não era a hora de transes e milagres. Era a hora da nostalgia lânguida, da saudade, quando todos se lembravam, através de cada fibra do corpo, da África longínqua. Com exceção dos negros velhos presentes, os que ainda traziam no corpo as marcas dos açoites e das correntes, nenhum carioca jamais vira as costas dessa África. Mas todos sabiam que, por trás das ondas do Atlântico, queimava a terra-mãe, e que, nessa noite de 31 de dezembro, eles seriam, mais que nunca, filhos e filhas da África que vira nascer seus avós.

Distantes, do lado oposto da praia, nas ruas de Botafogo, passantes elegantemente vestidos dirigiam-se a pé ao réveillon familiar. Muitos riam com desprezo profundo daqueles negros que jogavam flores no mar, daqueles pés-rapados que nunca conheceriam as cortinas de veludo, os lustres de cristal, as pantufas em assoalhos encerados, os vinhos franceses e as discussões empoladas dos jantares em que se deve brilhar em sociedade.

Felizes por terem nascido com a boa cor de pele, apressavam o passo, salivando de antemão todas as iguarias européias com que iam, dali a pouco, democraticamente, encher a pança.

Na noite, um riso de criança brotou no céu ao mesmo tempo que os gritos de uma cuíca. Foi como um sinal. Logo, uma eletricidade calorosa estremeceu toda a praia de Botafogo. Iemanjá estava chegando...

No mesmo instante, João estava no morro de Nova Cintra, a apenas um quilômetro da enseada de Botafogo. Estava vestido feito um nababo para ir festejar o Ano-novo no Jockey Club. Puxava uma Diva furiosa a torcer os tornozelos nas ruelas dessa favela sórdida, a arrastar o vestido de lamê vermelho no meio dos barracos onde viviam amontoadas famílias inteiras de negros expulsos pelas obras de renovação do prefeito Pereira Passos. Nessa noite, o morro estava vazio: todos tinham ido se espalhar pelas praias do sul da cidade. Reinava um silêncio inabitual e opressor.

– Mas onde é que se esconde essa porra de pai Cachoeira? – murmurou João. – Dori me falou que era aqui, merda! E você, me ajude! Se não quiser chegar depois da festa, é melhor balançar a bunda!

De repente, Diva enfiou o salto alto num monte de lixo no meio do beco. Irritada, reclamou:

– Não dava para esperar até amanhã, não? Por que não tomou cachaça para acalmar a crise?

– Tomei a garrafa inteira e mesmo assim estou sentido o bicho na minha barriga – rugiu João. – Ele está aqui, estou lhe dizendo! Aqui!

Dando socos violentos no estômago, ele berrou de novo:

– Ele está aqui! Aqui! Aqui!

– Mas eu podia esperar no carro, não podia?

– Não! Não quero ficar sozinho...

Com um sorriso cheio de desprezo, Diva soltou:

– Você não quer ficar sozinho... Parece que o bicheirozinho está com medo!

– Cale a boca...

– Não, não calo a boca não! E olhe só o que você virou... Um outro sujeito, um barril de conhaque. Meu pobre João, se você pudesse se olhar no espelho...

De punhos cerrados, ele foi na direção da mulher:

– Não sou pobre... Nunca repita que eu sou pobre...

– Pobre João! Pobre João! Vou repetir tanto quanto quiser! Pobre João!

Ele levantou a mão sobre ela, pronto para esbofeteá-la. Ela estendeu o rosto em desafio e martelou de novo:

– Pobre João! Pobre Joãozinho! Bata em mim se for homem! Pobre João! Bata, se tiver coragem!

A mão pesada de João Domar hesitou um instante, suspensa no ar, depois caiu no vazio, vencida. Ele sentiu a dor da angústia irradiar de novo por todo o corpo. As pernas bambearam e ele teve de se segurar na parede de zinco de um barraco para não desabar no meio do lixo do beco. Uma náusea intensa deixou-o com o coração na boca e ele se debruçou para vomitar. Diva deu um salto de lado e continuou a andar. Enquanto expulsava o medo em jatos anárquicos, com o peito e a garganta em fogo, João ouviu entre dois soluços a voz de sua amante gritar:

– É aqui! Encontrei o pai Cachoeira! Ande rápido!

Depois de soltarem a tranca que mantinha a porta precariamente fechada, Diva e João penetraram no barraco do médico. Para falar a verdade, Ignácio Santo Amaro Vicente de nome verdadeiro, mas conhecido pelos moradores do morro de Nova Cintra como pai Cachoeira, não seguira os longos e dispendiosos estudos da faculdade de medicina. Esse negro fora escravo, depois se tornara pedreiro e caíra de um andaime, num dia de tempestade, perdendo na queda as duas pernas. Sem elas, locomovia-se num carrinho de madeira. Continuou a trabalhar, a prestar pequenos serviços, sempre sorridente e bem-humorado até que, com a idade, não tivesse mais forças para se arrastar até o centro da cidade. Aos oitenta e quatro anos, fora parar nesse barraco onde a água da chuva se sentia em casa e vivera, nos primeiros anos, da generosidade dos vizinhos.

Um dia, uma mulher, que estava sofrendo muito por conta de terríveis dores de cabeça que não a largavam há meses, veio lhe trazer um pouco de farofa numa cuia. Ela ficou uma hora junto do aleijado e, à medida que ele lhe falava, ela foi ficando melhor. Totalmente curada, beijou o velho na testa e foi contar a todos sua incrível cura.

Começou, então, um cortejo ininterrupto de homens e mulheres sofrendo de cólicas, laringites, dores de dente, doenças vergonhosas e mil outras a passar pela casa do pai Cachoeira, que pagavam se podiam, deixavam sempre algo de comer, escutavam religiosamente o velho enfermo e saíam, enfim, uma hora mais tarde, aliviados e curados.

– E quem é esse maluco que você quer ver? – perguntou Diva.

– Cale-se! Ele deve estar no quarto...

A fonte infelizmente secara num dia de frio. O pai Cachoeira, ao despertar, viu-se subitamente áfono, incapaz de pronunciar qualquer palavra de reconforto nem a menor prece. Os pacientes que já se juntavam à sua porta tiveram que dar meia-volta e voltar na semana seguinte. Sete dias mais tarde, o estado do pai Cachoeira não melhorara, as pessoas se revoltaram e, com força, um negrão empurrou a porta e foi se sentar à cabeceira do velho. Estava sofrendo de prisões de ventre dolorosas e, depois de uma hora de silêncio completo, saiu de lá correndo para se aliviar com urgência no meio do mato.

As consultas retomaram, então, com um frenesi crescente. Embora tivesse depois reencontrado o uso da fala, o pai Cachoeira nunca mais falou para aliviar seus pacientes.

Ao penetrarem no quarto do enfermo, Diva e João o encontraram junto da janela, usando um tricô simples, óculos escuros, sentado em cima de um móvel de madeira. Pela abertura entravam as primeiras brisas de frescor da noite. A lua aparecia inteira e uma doce penumbra recortava a silhueta do velhinho. Ao lado, uma mesa, uma cama com lençóis impecavelmente esticados e uma bacia de louça branca.

– Boa noite, pai Cachoeira. Vim para o senhor me curar de...

As últimas palavras travaram na garganta do malandro. João nunca confessara a ninguém seu medo. Foi, portanto, Diva, sempre num tom de desprezo, que completou:

– Ele veio vê-lo porque está morto de medo, o bebezinho. E eu não acredito que o senhor possa fazer coisa alguma, meu pai!

João deu um empurrão nas costas da amante e rugiu:

– Cale-se, sua cobra! Cale-se ou eu te esgano...

– Olha que ia doer! Um malandro que vomita feito uma menina...

Quando a briga ia estourar, o velho falou com voz doce:

– A senhorita tem razão. Não posso fazer nada, nem por ele nem pela senhorinha. E eu lhes peço que deixem em paz um velho que está cansado de tanto sofrer.

– Como assim, o senhor não pode fazer nada por mim? – insurgiu-se João, todo vermelho.

Nervoso, tirou do bolso um maço de notas novas e foi esfregá-las na cara de pai Cachoeira. Depois gritou:

– Olhe! Eu tenho dinheiro! Muito dinheiro!

– Não é uma questão de dinheiro. Eu já tenho demais para mim...

– É uma questão de quê, então?

O enfermo cruzou os braços sobre o peito, depois explicou lentamente:

– As suas portas estão fechadas, moço. Com duas voltas. E eu não posso fazer nada pelo senhor.

– Minhas portas? Mas que portas?

– Deixa esse maluco para lá e me leve para o Jockey Club – cortou Diva.

– Cale a boca! E você, negro, você vai me curar agora ou vai se arrepender!

No escuro, o sorriso do pai Cachoeira brilhou. Calmamente, ele disse ainda:

– Saiam da minha casa, por favor. Durante muito tempo eu achei que podia curar com palavras. Era pura pretensão. As palavras não curam. São as forças que curam...

– Que porra de história é essa que você está contando? – berrou João.

– Já lhe disse. São as energias que governam o mundo. Tenho o poder de restabelecer os equilíbrios, de abrir as portas e os caminhos bloqueados pelas forças negativas.

– Então, você vai cuidar de mim, diabo de negro!

– Mesmo que eu quisesse, não poderia...

O malandro agarrou então com raiva o aleijado e lhe gritou na cara:

– Faça, estou lhe dizendo! Faça!

– Não posso. O senhor veio ao Brasil para fazer o bem à sua volta. E o senhor não cessou de semear a morte e a infelicidade. As suas portas estão trancadas.

Agarrando-o violentamente pelo pescoço, João grunhiu:

– Mas eu estou sentindo dor! Me cura! Está doendo! Negro desgraçado!

Às suas costas, Diva começou a gritar:

– Pare, João! Pare! Você vai matar ele!

Mas a fúria que fervia em João foi mais poderosa que tudo. Ele continuou a apertar o pescoço frágil e as vértebras começaram a estalar. Então, num último acesso de loucura, o malandro gemeu:

– Está doendo... Me ajude!

No silêncio, ele levantou o velho com os braços e, depois de fixar seu rosto congestionado, jogou-o com todas as forças pela janela. A luz prateada da lua acompanhou aquela metade de corpo em sua queda. Ele desabou, vinte metros abaixo, num monte de pedras.

Ao longe, subindo na noite, os cantos de celebração a Iemanjá de repente soaram entre as paredes do barraco.

Silva Costa abriu os olhos com as primeiras luzes da madrugada. A seu lado, sentado na areia, Zumbi observava à distância a silhueta imponente do Corcovado enquanto limpava com as mãos os últimos restos de noite agarrados à roupa. Reinava na enseada de Botafogo uma paz ideal, acalentada pelo balanço lento das ondas. Da cerimônia de Ano-novo não restava mais nada na praia, a não ser os relevos que a bela Iemanjá havia desdenhado. À meia-noite, com as pessoas cantando e dançando ao som dos atabaques, o transe coletivo chegou a seu paroxismo. Crianças, adultos, velhos vestidos de azul e branco, as cores da Virgem negra protetora dos pescadores, caminharam solenemente na direção do mar. Levavam nas mãos notas, moedas, pentes de escampas e óculos, charutos, bebidas, flores, frutas, bonecas, imagens de santos, de espíritos, de mártires, sem falar nas fitas, nos barquinhos de papel e de madeira, nas grinaldas coloridas, nos lápis, lenços, cofrinhos, espelhos, colares e anéis, plumas, tudo o que tivesse mais ou menos valor e que ia ser oferecido a Iemanjá para lhe pedir proteção para o novo ano.

Com uma fé sem falha, caminharam até molhar os pés de água salgada. Em prece, em comunhão total com Iemanjá, cada um fez sua oferenda, lançando-a com todas as forças ao largo ou então depositando-a religiosamente na crista de uma onda como sobre um altar ondulante, esperando loucamente vê-la partir para alto-mar, sinal irrefutável de que a deusa aceitava a oferenda e que ia se mostrar, neste ano, boa e generosa. Em caso contrário, se uma onda devolvia a oferenda para a beira, o ano seria duro, difícil de atravessar, e as visitas aos pais e mães-de-santo seriam mais freqüentes que de hábito.

Zumbi, acompanhado de perto por Heitor, depositou sua oferenda na crista de uma onda onde a lua se mirava. Era um retrato de Iemanjá, desenhado a carvão, que ele havia dobrado em forma de barco. Num silêncio de recolhimento, ele o acompanhou com o olhar até que desaparecesse no horizonte. O arquiteto, por sua vez, jogou o mais longe que pôde seu cachimbo de madrepérola, sua pipa favorita. Ela afundou num monte de espuma branca e desapareceu de sua vista.

Depois, os dois amigos continuaram a fazer a festa, uma farra pagã em que os risos, a boa comida, o álcool e a música eram mais fortes que a compunção e o imobilismo glacial dos religiosos. Iemanjá apagou num sorriso os chatos da Escola de Belas-Artes, os jornalistas pusilânimes e até o espectro da esposa de Heitor que, a essa hora, devia estar esperando o marido, inquieta, já ruminando os rosários de censuras que lhe faria no dia seguinte. Bartolomeu Zumbi, este, esqueceu o fracasso de sua estátua e as vacas magras. Pegou no cavaquinho e tocou a noite inteira, os olhos exorbitados refletindo as chamas das velas, cantando com voz forte, machucando os dedos nas cordas, sem parar um único segundo de olhar as moças a dançar com os seios balançando sob a blusa.

Quando o espírito de Iemanjá voltou às águas, os dois desabaram um do lado do outro.

Na manhã de 1º de janeiro de 1925, Silva Costa limpou com a mão a areia colada na cara, bocejou sem o menor constrangimento e, depois de engolir um pouco de saliva, falou:

– Zumbi, meu irmão, acabo de passar a noite mais bonita da minha vida. Minha patroa vai certamente zoar nos meus ouvidos, mas é tarde demais: a felicidade já foi vivida!

Fez uma careta de esforço, conseguiu se levantar, espreguiçou-se dos pés à cabeça, depois propôs:

– A gente está precisando mesmo é de um bom café. E um golinho de cachaça, senão o vento da areia vai ficar soprando na cabeça da gente o dia inteiro!

Vendo que Zumbi não se mexia, ele o sacudiu gentilmente pelo ombro:

– Você agora dorme de olho aberto? Eu não tenho a sua idade não. Preciso de um café para agüentar o rojão...

Como resposta, um sorriso radiante surgiu no rosto do pintor. Ele estendeu o braço direito para a frente, o indicador apontado para o morro do Corcovado. Depois pronunciou algumas palavras num tom maravilhado:

– Ele está ali, meu irmão...

– É claro que ele está ali. Ele não ia sumir durante a noite, não é? Mas não conte comigo para trabalhar, principalmente num dia como este...

Zumbi continuou, com o mesmo sorriso encantado:

– Ele está ali, estou lhe dizendo! Ele está ali, o meu desenho!

Desconcertado, o arquiteto pôs-se de novo de joelhos, colocou os óculos e descobriu com mais nitidez a montanha escarpada. Decepcionado por não distinguir nada além daquele pico rochoso tendo em cima uma antena recentemente instalada pela Companhia Brasileira de Telefones, resmungou:

– Meu chapa, não estou entendendo nada do que você está dizendo. O seu desenho? Mas qual desenho?

Então, cheio de uma energia repentina, o imenso negro pulou, levantou os braços para o céu em sinal de vitória e de agradecimentos aos deuses, depois berrou feliz:

– O meu desenho está ali! Ele estava na minha cara, debaixo dos meus olhos! E eu não conseguia ver!

Enquanto Zumbi iniciava uma dança improvisada na praia de Botafogo, pontuada de gargalhadas e palmadas nas coxas, Silva Costa sentiu-se empalidecer. Botou de novo os óculos, engoliu várias vezes com dificuldade, depois murmurou:

– Mas é verdade... A estátua está ali...

Revelada pelo sol rasante da madrugada violeta, a gigantesca antena de uns trinta metros de envergadura formava uma cruz, uma cruz monumental que parecia abençoar o Rio de Janeiro. O Cristo Redentor tinha que ter essa postura, da simplicidade evidente de um símbolo universal, os braços abertos para abraçar. De qualquer ponto do Rio de Janeiro, seria possível ver aquele Cristo branco como a neve, elegante, todo-poderoso...

Foi a vez de Heitor da Silva Costa pular e gritar de alegria. Depois saltou sobre Zumbi, abraçou-o e começaram a dançar em júbilo. Enfim, extenuados, caíram na areia e o arquiteto buscou no bolso um lápis e uma folha de papel. Sem perder o morro de vista, explicou:

– O Cristo deverá olhar na nossa direção. É o único lugar do Corcovado em que se vê a rocha nua. Assim, ele vai ficar posicionado sobre essa rocha, para que o olho do espectador não se perca na mata.

Excitado, anotou a posição e prosseguiu:

– Além disso, poderíamos contar com uma relação de escala de um a dez, entre a altura do morro e a altura da estátua. O que nos daria, então, na pior das hipóteses, mais ou menos...

Heitor passou umas três boas horas dessa manhã a escrever, esquecendo o café, o cachimbo, as roupas cheias de areia, a legítima esposa e o sol que lhe queimava o rosto.

Zumbi, por sua vez, deixou a praia logo depois da dança. Descalço, correu até o ateliê da Rua Joaquim Silva morrendo de impaciência de pintar, enfim, seu Cristo Redentor.

Após o assassinato, João e Diva fugiram na noite silenciosa. O corpo agitado por violentos tremores, gelado de suor, o malandro tivera que parar várias vezes para descansar, cheio de bebida, de medo, a cabeça doendo. Diva estava quase no meio da descida quando voltou o rosto à procura do amante. Sentado numa pedra, de olhar parado, ele não conseguia dar mais um passo. Com brutalidade, ela o agarrou pelo pulso e puxou:

– Vamos, garotinha! Você me leva até a festa e desaparece da minha vida, está me entendendo?

João ficou de pé com as pernas bambas e sentiu uma vertigem tomá-lo. Com o passo incerto, conseguiu andar alguns metros enquanto ela continuava a resmungar:

– Matar um homem santo, se não der azar... Mas você ficou louco mesmo, meu pobre João. Tem que ser internado. O seu negócio é o hospício, estou lhe dizendo...

No escuro, João pensou reconhecer no requebrado de Diva as curvas do corpo de Emivalda. Cambaleando, piscou os olhos várias vezes. Sim, no cheiro podre do beco, era bem ela, por cima das pernas compridas, as nádegas duras, a cintura bem-feita. Era ela, com seus seios pesados, os cabelos caindo em cascata sobre os ombros, o pescoço gracioso, era sua princesa que ele nunca vira nesse vestido vermelho. Era bem ela e, de repente, ele teve vontade de agarrá-la, ali, naquela hora, à força, sob a lua prateada. Num salto, pegou-a nos braços e, cheio de ardor, caiu sobre ela num monte de lixo.

João ouviu bem a mulher gritar coisas que ele não entendeu, sentiu que ela se debatia contra seu corpo excitado, mas mesmo assim continuou, rasgando a sua roupa, afastando as suas coxas com brutalidade, lambendo e beijando seu rosto sujo de urina e fezes, tirando seu sexo duro e enfiando-o, num golpe seco, na vagina da mulher. Como ela continuava a se debater, ela a esbofeteou, colou seu rosto contra a lama da poça e, bêbado de desejo, bateu-lhe muito, com um furor demente, revendo em pensamento a primeira vez que o tio Francisco os havia apresentado, revivendo as mãos que se roçaram nos primeiros tempos sob o olhar cúmplice de Otália, ouvindo-a ler poemas com soluços na voz, deleitando-se com seu riso cristalino, tão próximo do riso dos anjos.

Ele gozou nela numa derradeira mexida, depois caiu para o lado. Sua razão inteira voltou então. Com a luz do isqueiro, viu que Diva jazia inerte, no meio do lixo, com um filete de sangue escorrendo pela boca. Com horror, ele recuou, abotoou as calças tremendo e entreviu, na noite, manchas amarelas vindo na sua direção. Elas rodavam à volta, andavam devagar, de repente paravam, pulavam no ar, desapareciam para voltar mais perto num murmúrio composto de chiados e gritinhos curtos. Ratos...

João, aterrorizado, sacou o revólver e atirou várias vezes sobre os bichos que se afastaram piando. Depois, jogou fora a arma no oceano da noite e correu, correu feito um louco, morto de medo, morro abaixo, e desapareceu, enfim, engolido por uma trilha escura onde os halos da lua não conseguiam pousar.

– Ah! Enfim você chegou, meu amor, minha querida... Você é bela, você é a mais bela que jamais conheci. O mundo inteiro vai adorar você, meu amor...

De joelhos, rindo de felicidade, com o rosto transcendente, o pintor Bartolomeu Zumbi acaba de dar a última pincelada em sua tela. Nimbada de sol, a silhueta esbelta do Cristo Redentor iluminava o ateliê da Rua Joaquim Silva.

Zumbi sentiu que tinha de rezar mas, transbordando de emoção, não soube mais se devia fazê-lo segundo os ritos africanos, cristãos ou indígenas. Contentou-se, então, em amar totalmente essa estátua, amá-la até a adoração. Para provar isso, estourou em soluços, os soluços de uma criança coberta de felicidade. Ele acabava de criar a sua Obra.

No mesmo instante em que Bartolomeu Zumbi pousava o seu pincel pela última vez no quadro, João, depois de errar pela cidade deserta a bordo de seu Citroën, decidiu subir até o alto de Santa Teresa.

A toda velocidade, cantando pneu, pegou a Avenida Mem de Sá, por pouco não perdeu a Rua do Riachuelo, depois a Sílvio Romero. Foi na tortuosa Cândido Mendes, uma rua calçada que parece subir indefinidamente para nos levar ao teto da cidade, que João de repente perdeu o controle do carro. Num estrondo de tábuas quebradas, ele atravessou uma barreira e foi reto numa curva, o acelerador berrando no vazio, antes de se arrebentar metros abaixo, sobre um prédio em construção.

Antes de se deixar levar pela morte, João teve tempo de vislumbrar o rosto do índio Febrônio, sentado nos galhos de um abacateiro enorme.

O RIO ÍNDIO

24

Ao abrir os olhos, João Domar não sentiu dor nenhuma. Seu corpo parecia leve, livre do peso, flutuando em éteres tão euforizantes que ele teve vontade de rir e de agradecer a Deus por tê-lo chamado. Certo de que tinha passado para o outro mundo, de que tinha atravessado o espelho no instante mesmo em que seu corpo se estatelou em cima do prédio em construção, ele arregalou um pouco mais os olhos, tentando distinguir alguma coisa no nada em que se encontrava. Primeiro, percebeu apenas uma luzinha minúscula, brilhando bem fraca na noite. Depois, essa luz se precisou, se transformou numa chama que se pôs a dançar no que lhe pareceu ser uma brisa, uma corrente de ar imperceptível. Ele se esforçou mais, tentou em vão falar, e a chama de repente avançou na sua direção, mergulhou tão perto de seu rosto que ele pôde sentir o cheiro característico de cola queimada. De surpresa, a luzinha o cegou; antes de fechar novamente os olhos, distinguiu um índio, rosto pintado de linhas e manchas, cabelos enfeitados de plumas de pássaros, olho escuro, narinas dilatadas, dentes brancos pontudos como minúsculas adagas, que grunhiu encantamentos numa língua que ele não entendeu, sacudindo uma cabaça cheia de grãos.

João rezou para que não fosse Febrônio, o índio enigmático que cruzara o seu caminho no dia mesmo em que ele pôs os pés no Brasil e que, regularmente, viera encontrá-lo nos instantes mais trágicos de sua existência. Rezou para que não fosse esse homem, pois, se fosse mesmo Febrônio que o observava nesse instante, isso significava que ele ainda estava vivo e que teria de alguma maneira que responder por seus crimes perante a lei. A dos homens, antes da lei dos deuses.

João fechou, pois, as pálpebras. O índio desapareceu. A chama se apagou. E ele novamente mergulhou com delícia em seu sono sem sonho.

Quatro dias mais tarde, livre das drogas, João abriu novamente as pálpebras. Desta vez seu corpo havia recuperado todo o seu peso e ele sentiu isso em sua carne machucada, nos ossos quebrados e nos nervos secionados como cordas de violão. Quis levar as mãos ao rosto, mas tudo o que conseguiu foi fazer tremer a ponta dos dedos. Durante um instante, pôde ver o lugar onde estava. Era uma peça vazia, de paredes sumárias constituídas de galhos cortados e fincados no chão, que suportavam um teto de palmeiras amarradas com cipó. No chão, uma esteira, alguns vasos, dois arcos, uma aljava, uma cabaça, três cestos de madeira trançada. Pendurado entre dois paus, uma rede de tecido grosso. Chovia torrencialmente, uma chuva contínua, quente, a crepitar com todas as suas gotas sobre o teto vegetal. No fundo da cabana sem janelas, João descobriu também um macaco morto há pouco, em pedaços, que parecia lhe sorrir de um modo atroz, com os olhos extirpados, os dentes agudos parecendo desejar morder e devorar pela última vez.

João adormeceu de novo, tomado por uma angústia terrível. Se não estava sonhando, então não tinha morrido. E era aquele que toda Santa Teresa chamava de Febrônio quem o havia trazido para esse antro, como devia ter feito com o macaco morto.

Dois dias mais tarde, foi o silêncio que acordou João Domar. Um silêncio brutal. Inquietante. A chuva havia cessado. Sempre sofrendo o martírio, ele voltara à vida e descobrira Febrônio, desta vez com uma nitidez perfeita.

Era um índio da tribo dos tupinambás. Alto, ombros largos, cabelos pretíssimos que chegavam à cintura. Se era impossível dar-lhe uma idade, era no entanto possível dizer que ele estava em plena força de sua existência: os músculos finos e poderosos deslizando sob a pele dourada ao menor tremor, o andar decidido, o gesto preciso e elegante. Nesse dia ele tirara as penas e os colares e, vestindo uma tanga cor de terra, descalço, trabalhava o solo, diante de uma braçada de folhas de palmeira fumegando sobre uma fogueira de lenha.

Sem se virar, falou:

– Tem nove dias que você não come. Deve estar com fome.

Sua voz era grave e ele se exprimia num português perfeito. Antes de João encontrar forças para responder, ele continuou:

– Não se mexa. Vou ajudá-lo a se levantar. Depois vou lhe dar de comer.

O índio tirou as palmeiras uma a uma, depois retirou das brasas dois embrulhos fumegantes enrolados em folhas negras pelo cozimento e colocou-os com precaução sobre uma pedra chata. Em seguida desfez as folhas e tirou delas dois peixes perfeitamente cozidos, cercados de rodelas de banana e limão, que ele dispôs em dois pratos de madeira dura. Um cheiro delicioso, no qual se adivinhava a fragrância do coco ralado e do azeite-de-dendê, pôs-se a flutuar na cabana, e João sentiu a barriga roncar.

– Quem é você? – conseguiu enfim articular.

– Está fazendo uma pergunta inútil. Eu sou Febrônio, filho de Tibiriçá. Você sabe muito bem.

Ele veio colocar o prato de João perto da esteira onde ele repousava. Depois pegou-o por trás sob os braços e, sem esforço aparente, levantou-o para que se apoiasse contra a parede. Uma dor fulgurante atravessou todo o corpo do ferido que ficou sem voz, boca aberta no vazio, o corpo subitamente inundado de um suor gelado.

Sem nenhuma expressão de comiseração ou de piedade, Febrônio explicou:

– Se você não se mexer, o vento do mal vai parar de soprar. Fique imóvel e espere.

Depois de alguns minutos, com efeito, a dor diminuiu, refluindo em ondas interiores sucessivas. Ele pôde então abrir os olhos. Também estava vestindo uma tanga e descobriu, primeiro, sua barriga inchada, que fora furada durante o acidente, coberta de ungüentos e musgos. As duas pernas, imobilizadas por talas sumárias, estavam quebradas, uma delas com uma senhora fratura exposta. Ao tentar mexer os braços, fez uma careta de dor e entendeu que estes tinham sofrido a mesma sorte. Onde quer que pousasse o olhar, só viu, entre os emplastros, um corpo escuro de hematomas, uma carne rasgada, machucada pelos cacos de vidro, o ferro e o cimento.

Febrônio, sempre imperturbável, estendeu-lhe um pratinho de cobre:

– Olhe o seu rosto. Depois vou lhe dar de comer, se você ainda tiver fome...

No reflexo do metal, João olhou-se como se estivesse descobrindo-se pela primeira vez. Uma cicatriz profunda, partindo da beira da sobrancelha esquerda, cortava o rosto para vir morrer na ponta do queixo. No meio da bochecha, entre as duas paredes cinzentas da carne aberta, mexiam-se vermes brancos, minúsculos.

– Você agora sabe tudo – retomou a voz do índio. – Daqui a alguns dias vamos ver se Deus quer o seu espírito ou se prefere deixá-lo viver.

João não ouviu as últimas palavras. Sem fôlego, caiu num devaneio sombrio, privado de luz e de som. Febrônio, por sua vez, depois de comer com apetite seu peixe, comeu também o de João.

João precisou de seis meses para retomar uma forma mais humana. Graças aos cuidados de Febrônio, ele foi aos poucos se curando das feridas e só guardou do acidente a larga cicatriz a lhe atravessar o rosto. De noite, dormia sem sonhar, embrutecido por seu desamparo e as beberagens que Febrônio macerava para ele.

O tempo passou assim, sem que João procurasse entender como nem por que o índio o salvara de uma morte certa. Febrônio, por sua vez, continuava a viver como sempre, sem mudar nada em seus hábitos. Antes do dia clarear, com o arco e a aljava cheia de flechas com pontas aceradas, banhadas no açacu, uma substância vegetal que petrifica as presas, ele se enfiava na mata rumorejante sem um olhar nem uma palavra para João. Voltava horas mais tarde, sempre pouco falante, trazendo para a cabana um macaco, uma anta, um lagarto ou um porco selvagem.

Assim que pôde caminhar, João começou a pegar lenha, água na cascata que quebrava perto da casa, frutas conhecidas e outras que Febrônio lhe indicou. Lá muito raramente, o índio vestia as calças de brim e voltava à civilização urbana. Quando fazia isso, lá passava poucas horas, chegando carregado de peles de animais e cascos de tartaruga. De noite, voltava com dois sacos de pano cheios de fósforos, piche, utensílios de cozinha, garrafas de cachaça e azeite-de-dendê e, para João, maços de fumo.

O mês de março, fiel à sua fama, fez degringolar sobre a cabana toda a água do céu e os dois homens foram obrigados a ficar de repouso. Puderam, então, conversar.

Numa dessas intermináveis noites passadas a escutar o temporal cair, enquanto balançava lentamente na rede e que dele só se via uma forma negra espetada por uma brasa incandescente dispensada pelo cigarro, João perguntou:

– Diga-me, Febrônio... Onde é que a gente está, aqui?

O índio respondeu, primeiramente de modo lacônico:

– A gente está no Rio.

– Como assim, no Rio?

– É, no Rio. E não muito longe de Santa Teresa. A pé, é preciso menos de duas horas para chegar lá.

Um trovão poderoso fez tremer a cabana. Febrônio retomou:

– As pessoas dos formigueiros são estranhas. Há algumas décadas, eles cortaram a Floresta da Tijuca. Ela descia até a praia. Cortaram tudo para construir casas, para plantar café e cana. Quando as árvores sumiram, quando os morros ficaram carecas, eles decidiram plantar outras árvores e construir as casas com pedra e tijolo. A Tijuca continua sendo uma floresta, mas não é mais a mesma mata. E você está começando a parecer com a Floresta da Tijuca, João...

Sem mais comentários, virou-se e adormeceu.

Cinco dias mais tarde, enquanto Febrônio cozinhava uma cobra cuja pele negra brilhava ao sol, ele retomou seu monólogo, como se alguns segundos apenas tivessem transcorrido desde que se calara:

– Quando o seu automóvel voou no céu, eu estava lá. Deixei você invisível e tirei você das ferragens antes que as chamas o destruíssem. Perto do fogo, as pessoas diziam que você estava queimando junto com o carro. E eu o trouxe até aqui. Hoje você parece com a Floresta da Tijuca quando foi cortada. Você não existe mais para o resto do mundo. Você morreu. E no entanto está aqui. Se quiser viver de novo, tem que plantar outros grãos no seu espírito. Para cumprir a sua missão.

João não fez pergunta alguma. Há muito tempo havia entendido que Febrônio não respondia nunca. Era ele quem decidia quando queria falar e de quê. Se João o interrogava, ele entrava num mutismo que podia durar vários dias.

Outra vez, quando a cachaça o deixou mais falante, o índio lhe contou a história de Caramuru:

– Os brancos dizem que é lenda, mas é a pura verdade. Conheço essa história através dos antigos, que eles mesmos a ouviram de antigos a quem outros antigos tinham contado. Quando os portugueses chegaram no Brasil, meu povo logo entendeu que eles tinham vindo aqui só para roubar nossas mulheres, os filhos, as terras e o pau-brasil. Os tupinambás não aceitaram. Um dia, um navio encalhou nas costas da Bahia e meus avós massacraram todos os sobreviventes. Todos, menos um.

– Eu entendo eles – admitiu João.

– Aquele que foi poupado teve a vida salva graças a um tiro de mosquete dado para o ar e que, por milagre, abateu um pássaro. Os tupinambás não conheciam, na época, os poderes da pólvora. Carregaram, então, em triunfo aquele que dizia ser Diogo Álvares até a aldeia e o apelidaram de Caramuru: homem de fogo, filho do trovão.

– Por que está me contando isso?

Sem responder à questão, Febrônio prosseguiu:

– Caramuru teve várias mulheres e muitos filhos. Depois apaixonou-se pela bela Paraguaçu, a filha do chefe. E foi aí que um barco grande chegou. Era o navio de um certo Jacques Cartier, e Caramuru nele embarcou com a mulher para reencontrar os seus. Ao chegar a Saint Malo, Caramuru casou-se com Paraguaçu, que, a partir desse dia, foi chamada de Catarina do Brasil.

– É uma bela história...

– Se quiser. Mas quando o barco levou os dois amantes para Saint Malo, a jovem Moema, perdidamente apaixonada por Caramuru, jogou-se na água para pegar o navio. Ela sabia que não o alcançaria nunca e mesmo assim nadou. Ela morreu afogada.

Na noite seguinte João teve um pesadelo. Estava dirigindo o Citroën, pé fundo. Perto dele, Diva ria às bandeiras despregadas; fagulhas amarelas brilhavam em seus olhos negros. Atrás deles, longe na estrada, Emivalda corria atrás do carro, corria até não mais poder, sem conseguir alcançá-lo.

João estava voltando para casa com os abacates que colhera quando viu Febrônio vir na sua direção trazendo nos ombros um carregamento inesperado. Depois de vestir de novo a tanga, ele tirou do saco de pano uma camisa branca, um terno completo meio velho mas em perfeito estado, sapatos de verniz, uma bengala e um panamá. Sob o olhar espantado de João, dispôs com respeito as roupas sobre uma das esteiras, depois foi agachar-se no fundo da cabana. Era numa tarde fresca de junho e nuvens grossas rolando no céu davam à luz uma cor cinza.

Como João não dizia nada, Febrônio explicou:

– Chegou o momento de você voltar. Vista-se. Vou levá-lo até perto da cidade.

João pôs no chão o cesto de abacates e veio acariciar as roupas com as costas da mão. Durante muitas noites, antes de dormir, ele havia pensado em fugir, em deixar a Floresta da Tijuca para voltar ao centro da cidade, a Santa Teresa, aos bares iluminados, à Colombina onde se podia tomar canecos inteiros de cerveja gelada sem ter que se preocupar com os beijos cruéis de pernilongos, carrapatos e pulgas, onde se comia com garfo e faca, em pratos de porcelana, sem dar a mínima para a umidade, as formigas, as aranhas, as armadilhas com cipós e os temporais. Mas hoje ele se habituara àquilo tudo. Sob seus pés descalços, dois bons centímetros de casca tinham se formado e o protegiam das pedras pontudas e das farpas de madeira. Seu corpo, gordo e mole de álcool, se afinara, ele se sentia leve, potente, mais que quando descarregava embrulhos no porto da Joliette. Quanto às mulheres, desde a noite trágica do réveillon, ele não queria mais vê-las nem ouvir falar delas e, quando na solidão terna da mata um desejo surgia, ele se acariciava pensando em Emivalda. Nela e em mais ninguém.

– Vista-se – repetiu Febrônio com sua voz calma.

– Mas... E você?

– O quê, eu?

João balbuciou então:

– Venha comigo, por favor. Só irei se você vier comigo.

– Não. O meu lugar é aqui. Sou brasileiro, mas também sou tupinambá. E os tupinambás só podem viver na floresta. Nas cidades, não somos nada. Menos que negros. Menos que cachorros.

Com seu andar macio, Febrônio saiu da cabana e acrescentou:

– Nossos dois mundos não podem se entender. O seu é brutal e sem respeito. Ele é forte demais para o meu.

– Mas o que é que você vai fazer sozinho?

Com um gesto amplo do braço e um sorriso malicioso, o índio designou a mata à volta:

– Mas quem lhe disse que eu estava só?

– Mas desde que estou aqui, nunca vi ninguém a não ser você nesta mata. Tirando os macacos e os papagaios!

– É porque você olha como os brancos. Com os seus olhos...

– E com o que você queria que eu olhasse?

Por resposta, Febrônio foi até ele e pousou a mão sobre suas pálpebras. Depois, perguntou:

– E aí? O que você está vendo?

– Nada, já que você me impede de ver!

– Ao contrário! Eu o estou ensinando a olhar, mas não como os brancos. Então concentre-se e sirva-se de todo o corpo para perceber as coisas...

Em outros tempos, João teria rido e de modo algum teria aceitado fazer a experiência que teria julgado grotesca. Mas ele já estava há meses convivendo diariamente com Febrônio, o xamã, o pajé, o homem que o curara com plantas estranhas embora ele devesse morrer, o índio que podia andar na escuridão da mata sem nunca dar um passo em falso, o ser que sentia a caça e a acertava sem nunca errar e mesmo sem vê-la, aquele que passava longos minutos debaixo d'água para pegar os peixes sem voltar à superfície, aquele, enfim, que sabia voar nas árvores, andar na brasa sem sentir nenhuma dor, capturar cobras com as mãos nuas, falar com os deuses, ler as mensagens dos espíritos num galho quebrado, num vôo de pássaros, no canto do vento. João Domar concentrou, então, toda a sua energia em ver sem olhar.

E, em alguns segundos, o milagre aconteceu. Na clareira onde corria a cascata, ele sentiu a presença de outros índios, uns cinqüenta tupinambás, andando nus, correndo, rindo, sob a copa alta das árvores, brincando na água, fumando cachimbos compridos. As mulheres, de peito pequeno, dentes brilhantes, conversavam na cabana, preparavam a comida, trançavam cipós, pintavam com fibras de palmeiras molhadas em cores vegetais sinais sagrados no corpo das crianças. Duas o cumprimentaram com um gesto da mão, os olhos baixos.

Febrônio também apareceu, abraçando pela cintura uma jovem tupinambá que, em troca, lhe acariciava as nádegas, sem pudor nem a menor provocação.

– Agora você entende o que eu quero lhe dizer – disse o índio, com um toque de gravidade na voz. – O povo tupi, como todos os povos índios das Américas, não é feito para viver nos formigueiros de vocês. Nossos deuses lá se sentiriam apertados. E o seu lugar não é aqui.

Sem abrir os olhos, João perguntou:

– Mas vocês existem ou são só espíritos?

– A questão é como a resposta: sem importância. Agora vista-se e volte para a floresta de pedra do Rio de Janeiro. Lá você tem algo a cumprir.

– Mas aonde você quer que eu vá?

– Vá para os lados da lagoa da Tijuca e espere...

– Vou esperar o quê?

Febrônio já havia virado as costas e, agora precedido pelos membros da tribo, dissolvia-se na espessa cortina de floresta bem mais que a atravessava. No momento em que a última palmeira se fechou às suas costas, ele soltou:

– Faça o que você tem de fazer. Trance as três raízes do Brasil...

Quando João abriu os olhos, a clareira estava deserta. Ele tirou então a tanga, passou debaixo da cascata e ouviu, pela primeira vez na vida, a água cantar. Vestiu-se, apertou contra si o tronco de um gigantesco jequitibá e sentiu a força verde da mata dos índios penetrar em seu corpo.

Ao deixar a clareira, não se virou mais. Sentiu, sem dúvida alguma, que Febrônio ainda estava ali, sobre a forquilha estreita de uma árvore, tal como ele o vira pela primeira vez, quando tomou o bonde para Santa Teresa com o tio Francisco. João entendeu que, dali por diante, ele nunca mais estaria só na vida.

Ao cruzar o limite da clareira, entendeu que um novo caminho para ele se abria.

25

Antes de ir à lagoa da Tijuca, no oeste da cidade, João ficou escondido na mata até o fim da tarde. Quando a noite caiu, perfumada, ele deixou as árvores e, a passos rápidos, alcançou a beira-mar onde só cruzou com raros farristas de volta para casa, bêbados demais para quererem conversa. Ao chegar a Copacabana, teve de fechar os olhos um instante, tomado de vertigens. Ao longo da Avenida Atlântica, o brilho das centenas de lâmpadas ofuscou-lhe a vista. Era como se fosse dia. Uma multidão de luzes prateadas, de deixar pálidas a lua e as estrelas, brilhava numa fila ininterrupta de postes de metal escuro com três globos de vidro, que faziam uma curva suave até o Leme, em posição de sentido numa calçada estreita de pedras brancas e pretas a formar um desenho lembrando o movimento das ondas. Sentindo o rugido das ondas bem próximo, João avançou no meio de um deserto de areia onde por vezes surgia uma cabana de pescadores com um barco ao lado sob uma puxada. Antes de deixar o mar e pegar a Avenida Princesa Isabel, ele parou por alguns instantes na frente do Copacabana Palace, imponente edifício de sete andares, branco como açúcar refinado, fachada iluminada, bandeiras tremulando no vento do inverno, porteiros sonolentos acompanhando os últimos clientes do restaurante até os carros que os choferes uniformizados haviam estacionado junto à entrada com chão de veludo vermelho. Na paisagem de mar, areia e mata bem próxima, esse palácio lançava ao céu as primeiras luzes de uma avenida que pretendia se tornar a mais bonita do mundo.

Mãos nos bolsos, João levou umas duas horas para chegar ao morro da Providência, no norte da cidade, ali onde ele havia, numa vida precedente, estabelecido seu quartel-general de malandro. Ao chegar em cima, a noite estava se apagando e a madrugada anunciava uma tempestade próxima: o céu baixo se asfixiava num colchão de pesadas nuvens de estopa. Com precaução, João abriu a porta de casa. Dentro, um profundo silêncio reinava, perturbado apenas pela batida de uma persiana no vento. Tudo parecia no lugar, como no dia em que ele havia deixado aquele lugar para ir atrás do pai Cachoeira em companhia de Diva. Ao penetrar no quarto, João ouviu bruscamente uma voz gritar na penumbra:

– Se der mais um passo, eu te furo!

João levantou as mãos, e a voz, pastosa de sono, gritou de novo:

– Carla, acende a porra dessa luz! Quero ver quem é o filho-da-puta que tem coragem de entrar na casa de João do Bicho!

Um estalido de um fósforo e uma lâmpada de querosene iluminou então o rosto de Dori. Perto dele, trêmula, com os lençóis puxados até o queixo, uma jovem estava encolhida na cama. O bicheiro berrou de novo:

– Vamos, seu filho da mãe! Já derrubei mais de um que tentou roubar o meu amigo. Acredite em mim!

Com a lâmpada na mão esquerda, uma pistola na outra, nu como no dia da criação, Dori foi na direção da sombra que se recortava no halo da porta. Ao chegar diante de João, o bicheiro parou de repente e, na ponta de seu braço esticado, a lâmpada começou a tremer. Subitamente pálido, rosto desfeito, Dori gaguejou:

– Puta que pariu... Carla, me diz que não é verdade. Diz para mim que estou sonhando...

João respondeu com uma voz suave:

– Não, cara... Você não está sonhando. Sou eu mesmo.

Dori desabou sobre uma cadeira, mas logo se levantou para aproximar a lâmpada do rosto:

– Mas não é você, chefe. Não pode ser você, já que você morreu... Você é uma porra de fantasma, ou o quê?

Com toda calma, João foi abrir as persianas e uma claridade metálica logo dispersou a noite. Dori colocou a lâmpada no chão, jogou a pistola sobre a cama desarrumada e, sem ligar a mínima para sua nudez, correu para abraçar João. Sob o olhar agora mais incrédulo que medroso de Carla, apertou o amigo, jogou-o para cima, girou-o no ar rindo às gargalhadas, sem cessar de repetir:

– Eu sabia, chefe! Eu sabia! João do Bicho não podia morrer daquele jeito! Eu sabia! Eu sabia!

Enfim, numa última rotação, pôs João de volta no chão, o rosto radiante, sem saber se devia rir ou chorar. Enquanto enfiava uma cueca às pressas, soltou:

– Rosa, deixe a gente sozinho, minha gata. Temos que levar uma conversa de homens agora.

A jovem não precisou ouvir de novo. Enfiou-se no vestido de algodão estampado azul e, sem perder tempo retificando seu nome, saiu fora da casa murmurando:

– Não arrisco a ficar, não. História de fantasmas não é comigo...

Instantes depois, João observava com um sorriso divertido Dori se agitar na sua frente. Vestido como um ás de paus, ele ficava da cozinha para a sala, febril, colocando as xícaras para o café da manhã, esquentando o café da véspera, esquecendo o açúcar, trazendo três colheres, levando de volta duas, sem parar de falar, entregue à alegria e à surpresa:

– Não é coisa que se faça me dar um susto desses! Por muito pouco não lhe enfiei uma azeitona, chefe! Por muito pouco, estou lhe dizendo! Porque tiveram uns otários aí que quiseram roubá-lo, já que estava morto... Mas o Dori estava atento, chefe! E, por um bom tempo, os peixinhos do mangue não passaram fome. Pode crer, chefe. Garantido na nota. Não ponha a mão em João do Bicho, vivo ou morto!

Depois que a excitação passou, quando só ficaram na mesa duas xícaras vazias e ainda quentes, Dori fez para João um balanço da situação. Depois do acidente, as mortes de Dona Diva e do pai Cachoeira foram arquivadas. Graças a uma testemunha, João do Bicho fora formalmente reconhecido culpado e a polícia, quando tomou conhecimento da morte do malandro, esfregou as mãos. Três casos elucidados em poucas horas era um belo trabalho. No morro da Providência, no entanto, alguns durões logo tentaram se impor como os novos chefes, embora os restos do automóvel ainda estivessem quentes. Mas Dori, com a ajuda de Toni do Tango e Quebra-Dedos, acalmara os ânimos mais virulentos. As balas tinham voado baixo a noite inteira e, de manhã, só os mais fiéis ficaram, não só em memória do chefe desaparecido, mas também porque o lugar era bom. Os durões, os sem fé nem lei, aqueles que tinham tentado tomar o poder sem conseguir, estes se dispersaram para tentar aventura em outra parte.

– Hoje – explicou Dori –, somos só uns doze. Tivemos de deixar de lado as meninas e os jogos. Tem concorrência demais. Mas a bebida continua funcionando que é uma maravilha de Deus. E o bicho também. Estou com as contas em dia, chefe. Como você me ensinou. Pode verificar.

João acariciou a cicatriz com a ponta dos dedos. Depois perguntou:

– E o meu enterro? Teve muita gente?

Dori abaixou a cabeça e, com voz lúgubre, acabou respondendo:

– Não houve, chefe. Aqueles filhos-da-mãe da polícia não deixaram.

– O quê?

– É a pura verdade, chefe. Nem como indigente. A polícia botou os restos do acidente num caminhão e jogou tudo no lixão. No lixão, com os ratos. Por Deus, não é possível, mas foi assim que aconteceu naquele dia...

João sorriu com amargura. Lá fora, a chuva voltara a cair, espessa, regular, junto com um vento mole demais para desviar as gotas de sua trajetória.

Dori acendeu um cigarro e acrescentou:

– No dia seguinte, com Toni do Tango, Quebra-Dedos, Martinho e outros mais, a gente se reuniu na Colombina. O senhor Cotrim ofereceu a bebida. Ele fechou o restaurante e a gente ficou a sós.

– Ele fez isso?

– Fez, chefe. A noite inteira a gente bebeu e falou de você. Seu amigo Zumbi também veio. Tocou cavaquinho e cantou modinhas e sambas. Inventou até uma música que falava de você, como para o cangaceiro Lampião...

– Era bonita?

– Era, chefe. Mas eu não me lembro mais. Faz muito tempo... Mas me lembro de que o Zumbi veio também com um outro sujeito, um branco que eu nunca tinha visto. Um engenheiro ou arquiteto, não sei mais. Mas, em todo caso, foi uma puta noitada...

João se levantou da cadeira e ficou por um momento em silêncio, fumando diante da janela aberta sobre o Rio de Janeiro. Enquanto Dori tirava a mesa cantando, ele foi a seu antigo quarto, escolheu um terno sóbrio, um par de vernizes, uma camisa branca e trocou de roupa. Depois enfiou numa bolsa algumas coisas pessoais e chamou Dori. Este, sempre com os cabelos atrapalhados, um sorriso largo na cara ainda infantil, chegou esboçando três passos de samba.

– O que houve, chefe? Se é pelo quarto, não esquente a cabeça. Vou voltar para o meu, na casa do lado.

– Não, cara. Este quarto é seu, eu lhe dou.

– O quê? Mas e você?

Enquanto revistava o armário, João respondeu:

– Eu lhe dou o quarto, a casa e também a casa ao lado. Você vai continuar a cuidar dos negócios. De agora em diante eles são seus...

Dori sentou-se na beirada da cama e respondeu:

– Está pendurando as chuteiras, chefe? E eu que achava que tudo ia voltar a ser como antes...

Com uma prancha de madeira na mão, João se virou e explicou:

– Não, cara. Para mim, acabou. Já fiz demais. Você é o chefe agora.

– Mas eu...

– Cale-se, por favor.

João tirou do fundo duplo do armário um cofre de metal e o colocou sobre a cama. Abriu-o e disse:

– Você é o chefe. Vai explicar aos outros do bando que fui eu que decidi. E não falará com mais ninguém da minha visita hoje, entendeu?

– Entendi, chefe… – aprovou Dori com os olhos no chão.

Com gestos lentos, João pôs na bolsa três sacos cheios de ouro que ele guardava nesse esconderijo para casos de emergência. Depois pôs mais quatro outros sobre a cama antes de explicar:

– Isso também é seu. E você vai poder então comprar…

Dori levantou a cabeça e, espantado, perguntou:

– Comprar o quê, chefe?

João sorriu e respondeu:

– Comprar o quê?… Comprar o seu automóvel, cara. O seu automóvel!

Quando João Domar deixou a casa do morro da Providência, a chuva cessou de cair e um sol tímido fez brilhar as gotas em cima das palmeiras e da folhagem da mata.

Uma hora mais tarde, no caminho para a lagoa da Tijuca no primeiro sol, que é o mais puro e o mais suave do mundo, João deu uma parada no bairro da Cidade Nova. Antes de pegar a Rua Visconde de Itaúna para visitar Tia Ciata, parou na varanda do único bar aberto a essa hora na Praça Onze. Pediu um café, que degustou com prazer, e viu aos poucos a capital despertar na sua frente. Foi um desfile interminável da raia miúda, do povinho, como diziam os ricos bem-nascidos, um povo de analfabetos, vagabundos, preguiçosos, bêbados, assassinos, idiotas felizes, moças fáceis, burros de carga que só mereciam comer feno, espertalhões, mentirosos, um povo que ele, João, também olhara de cima, com toda a sua vaidade de europeu, sua arrogância de branco, sem ao menos prestar atenção nessa gente humilde que faz a força viva da cidade maravilhosa, a própria carne do Rio de Janeiro. Nessa manhã, ele achou esse povo altivo, forte. Os pedreiros iam aos bandos, ainda sonolentos, soltando mesmo assim piadas para as lavadeiras, que carregavam com graça pesadas trouxas de roupa branca na cabeça. Viu também, como que pela primeira vez, as vendedoras de doces e de pastéis caminhando juntas, cintura larga e pernas musculosas, as secretárias bem-vestidas já correndo atrás do tempo, os funileiros, os amoladores de facas e tesouras, os jornaleiros, os engraxates, os vendedores de cigarros, os garçons de cafés e de restaurantes cheios de brilhantina, sem esquecer as empregadas domésticas, os funcionários públicos, os varredores apáticos, os operários de lenço amarrado na cabeça e a guimba nos lábios. As pessoas trocavam sorrisos, se chamavam, conversavam na rua, à janela das casas, os risos brotavam, os primeiros bandos de garotos já se formavam feito vôos rápidos de passarinhos, as mulheres entoavam seus cantos e os homens coloriam a praça com frases sem importância, os vendedores de legumes e frutas instalavam as barraquinhas, interrompiam às vezes para conversar, sobre tudo, sobre nada, pelo prazer.

Puxada pela mão, uma menina arrastava os pés atrás da mãe. Ao passarem diante de João, a menina parou por um instante, lívida, os olhos presos na cicatriz violeta que lhe atravessava a face. Nem uma palavra saiu de sua boca, mas ela lhe disse com violência que ele era feio. João, constrangido, desviou a cabeça. Nas outras mesas da varanda, ele só viu homens, a dois, a três, a quatro, tomando café e comentando as notícias com risadas, berros, tapas na palma da mão. Ele estava só.

Deixou então uma moeda sobre o mármore e foi embora.

Na Rua Visconde de Itaúna, bateu três vezes na porta de Tia Ciata. Encontrou-a de muito mau humor, mal respondendo a seu bom-dia, não se espantando com a sua longa ausência nem com a volta repentina, tendo, de quebra, uma cicatriz que o desfigurava. Desta vez, ela não o convidou para entrar no terreiro onde se alternavam as noitadas de samba e as cerimônias de candomblé, limitando-se a lhe oferecer uma xícara de café que tomaram de pé, na cozinha.

Depois, ela acendeu o cachimbo, cruzou os braços sobre o peito e franziu a testa enrugada. Em seguida, num tom de reprovação e malícia, lhe perguntou:

– Então foi assim? O Dori o convenceu a vir me ver?

– Não, tia. Ele não me disse para vir. Eu vim por mim mesmo.

Tia Ciata deu uma tossidinha para clarear a voz e retomou:

– Não me surpreende naquele garoto. Ele tem o coração bom demais para repetir o que eu disse a ele a seu respeito...

– O que foi que a senhora lhe disse, tia?

A velha soltou a fumaça e resmungou:

– Nada... Eu não disse nada ao garoto. Esqueça isso...

– A senhora lhe disse que as minhas portas estavam fechadas?

Fez-se um longo silêncio, perturbado apenas pela sucção úmida do cachimbo e os gritos dos camelôs que, na praça, brincavam com os clientes. Tia Ciata acabou respondendo:

– É, foi isso. Foi bem isso que eu disse ao garoto. E não é preciso ser mãe-de-santo para se dar conta disso. Estou vendo agora que está mesmo escrito no seu rosto, João.

– E o que isso quer dizer?

A velha esboçou uma careta e serviu-se de mais café. Antes de levar a xícara aos lábios, disse:

– É complicado de explicar. E não é o tipo de coisa para se dizer a um branco que acredita com firmeza que só há um Deus e uma única cor de pele na terra.

– Nem mesmo estou mais seguro disso, tia.

– Vejam só...

– Estou perdido, estou lhe dizendo. Acabo de passar meses na mata, com um índio que nem mesmo sei se existe. E eu queria que a senhora me ajudasse.

– E por que eu deveria fazer isso? Basta olhar a sua cara para ver que você cometeu muitos crimes e sujeiras sem nome que me dão vergonha por você.

Ela inclinou a cabeça para o lado e acrescentou, com os olhos semicerrados:

– Mas você é amigo do carinha Dori. E também vejo nos seus olhos raios de sol. Ah, não são muitos, é claro... Mas até eu que sou uma mulher velha posso vê-los. Então, quem sabe se, mesmo assim, ainda existem coisas a serem salvas em você...

E Tia Ciata pôs-se a cantar. Falou mesmo o dia inteiro, só parando para bebericar um pouco de café, beliscar uns pastéis de camarão com pimenta que uma vizinha lhe trouxe com uma garrafa de cerveja gelada. Ela lhe falou do mundo da África, o berço da humanidade. A Terra de Vida, com seus segredos, sortilégios e encantos. Mas fez isso sem nenhuma encenação nem cerimônia, sem ameaça nem censura. Ela lhe contou em palavras simples, perfumadas por uma fé pura, não julgando João, contentando-se em explicar as causas profundas de seu mal-estar, de seus temores e de seu sofrimento, com as chaves da macumba:

– Está vendo, João, o universo inteiro é uma troca de forças, positivas e negativas. A força está por toda parte, ela passa de um a outro. Aquele que dá a sua força fica pobre. Aquele que a recebe fica rico.

Então, com sua voz rouca, ela lhe explicou que o papel das mães e pais-de-santo era afastar as forças negativas, aquelas que poluem, que bloqueiam os caminhos, que fecham as portas e fazem o mal. Também era dever deles atrair as forças positivas, por intermédio dos santos e dos deuses. Ela lhe ensinou que o mundo inteiro não cessava de enviar sinais aos homens e que os homens, como haviam esquecido, não sabiam mais decifrá-los.

– Conheci um senhor fino, tudo o que havia de mais respeitável. Mas, no fundo dele, havia forças negativas que fervilhavam de maneira terrível. Só Deus sabe onde é que ele fora buscar aquilo tudo. Sua vida foi aos poucos se degringolando. O trabalho, os amigos, a família... Não havia um dia que começasse sem lhe trazer uma infelicidade. Tentei ajudá-lo, mas ele recusou.

– Por quê?

– Porque ele não acreditava na nossa religião dos espíritos. Era um negro, mas se sentia branco por dentro.

– E o que aconteceu com ele?

– Quando as forças negativas prevaleceram, ele assassinou a mulher e os sete filhos. Depois ficou doente. E morreu. O que você quer? Os brancos não acreditam nos nossos deuses porque os nossos deuses da África são poderosos demais, vivos demais para eles. Os brancos preferem acreditar num Deus que não existe mais hoje, porque as igrejas o privaram de calor, elas o cortaram da energia da terra. Ao passo que os nossos...

Tia Ciata acendeu de novo o cachimbo, retomou o discurso, contou que, todos os dias, os deuses da Terra de Vida baixavam no corpo dos médiuns durante as cerimônias de macumba, na luz dos terreiros. Esses espíritos cavalgavam os chamados e, assim, permitiam que eles falassem com os homens. Ela não citou o nome de todos os deuses, seria longo demais, mas, como a velha Dida fizera antes dela, evocou Olorum, Oxalá, Iemanjá, Oxóssi...

– E não lhe falo de Exu e sua Pombajira! Ele é o diabo, mas é também o Mestre da Porta, é aquele que abre os caminhos. Exu é o primeiro a ser nomeado nas sessões de macumba. Sem isso, os deuses não podem vir cavalgar os humanos e ouvi-los.

– E a Pombajira?

Tia Ciata estourou de rir. Depois, imitando o andar de uma prostituta, o traseiro arrebitado e os seios para a frente, ela disse:

– Ela? É a companheira de Exu. Uma moça bonita, acredite. Com tudo o que é preciso ali onde é preciso. Mas é melhor desconfiar um pouco...

E ela continuou assim, entre riso e gravidade, enquanto João escutava, maravilhado, não entendendo tudo, pedindo-lhe que repetisse, perguntando detalhes, incentivando-a quando parecia querer parar. Ele só havia conhecido a missa de domingo, em Marselha, gaguejada em latim por um padre velho. Para João, a religião tinha mais a ver com reflexo condicionado que com a fé sincera. Como seus pais, ele fazia o sinal-da-cruz ao ver passar um enterro. Benzia o pão também, com a ponta da faca, antes de começar a comer. E ainda se lembrava da música do Pai-nosso. A música apenas, não a letra.

Quando chegou na idade de trabalhar, trocou a igreja fria pelas docas e, no domingo, o vinho da missa pelo absinto do boteco da esquina. Seu único deus passou a ser a Compagnie des Docks.

Seus santos tinham por nomes sindicato, contramestre e dia de pagamento.

– De qualquer maneira – retomou Tia Ciata –, não se esqueça de uma coisa: na macumba, a gente vive com os deuses como numa grande família. Eles estão perto da gente, em cada instante da vida, para falar com a gente no terreiro ou para mandar sinais, quando a gente está fora. E os nossos deuses não são muito diferentes dos deuses dos brancos. Eles só têm um outro nome, outras roupas, e têm uma cor de pele diferente.

– Como assim?

Tia Ciata tomou mais um café, depois respondeu franzindo as sobrancelhas:

– A nossa religião nunca foi bem-vista pelos brancos, os católicos. Então, para continuar a praticar a macumba sem medo de punição, os negros deram aos santos dos brancos os nomes de seus deuses. E, se você prestar atenção, Olorum é o mesmo que o grande bom Deus dos brancos. Como ele, é o mais antigo de todos os deuses. Também é o mais poderoso, e é tão poderoso que tem até mais tempo para cuidar dos assuntinhos da terra e dos homens. Oxalá é o primeiro dos orixás. É como se fosse Jesus Cristo. Iemanjá é a Virgem Maria. Ogum, com o capacete e a espada, é São Jorge, o deus da guerra e dos metais. Omulu, o deus das doenças, é São Lázaro. E vou dispensá-lo dos outros!

Quando anoiteceu, a cozinha flutuava numa nuvem pesada de fumaça. Lá fora, a Rua Visconde de Itaúna e a Praça Onze tinham se esvaziado no frio de julho. Tia Ciata acrescentou, mais séria desta vez:

– Os brancos têm medo da nossa religião porque as nossas preces são diferentes das deles e porque precisamos fazer sacrifícios. Se o povo da macumba quiser ficar em contato com os deuses, ele tem de alimentá-los com o sangue dos animais de duas ou de quatro patas, conforme os deuses a quem ele se dirige. A gente tem de alimentar também os terreiros e os tambores, com charutos escuros e bem fortes, com álcool, cebola, lingüiça, cozidos, tomates. Todas essas oferendas são colocadas nas encruzilhadas, porque é ali que as forças são mais numerosas e mais poderosas. E você nunca verá ninguém, nem mesmo um cão errante e faminto, aproximar a cara do despacho. Nunca...

A velha se levantou com dificuldade e espreguiçou-se por um bom momento. Pela porta aberta da cozinha, os músicos de samba e os freqüentadores do lugar já passavam, com os braços carregados de instrumentos, comida e bebida. Com novo ânimo, Tia Ciata bateu vigorosamente nas nádegas gordas e concluiu com estas palavras:

– O que salvou você, João, foi a força da mata. Todos os que vivem nas cidades estão cortados da força e da energia sagrada, a de Ossae. Não há mais força nas cidades, por causa das calçadas infernais e das ruas pavimentadas. Mas, para esta noite, a gente vai se alimentar de outra força: da força do samba, meu rapaz!

E, numa gargalhada, carregou o corpo gordo em passinhos apressados na direção do terreiro. Essa noite era noite de festa, uma senhora, para sentir viver bem forte os tambores e os cantos.

Nessa noite não houve incursão da polícia na casa de Tia Ciata, pois o samba foi suave mais que explosivo. Há noites assim, em que as cuícas cansam de roncar, em que os próprios pandeiros ficam mais doces, mais nostálgicos também os violões. Um perfume de saudade começou a enfeitiçar as pessoas e as coisas na luz ocre das velas. Tia Ciata, que no entanto estava bem decidida a fazer um rega-bofe dos diabos, rapidamente se retirou para um canto do terreiro com as outras tias presentes, Amélia de Aragão, a mãe de Donga, Veridiana, a de Chico da Baiana, Mônica, mãe de Pendengo e de Carmen, e a tia Prisciliana de Santo Amaro, que pusera no mundo João da Baiana. Com os olhos no vazio, fumando indiferentemente o cachimbo e a maconha, bebericando copinhos de cachaça, elas falavam com doçura da vida, da África, de uma viagem que alguém teria que fazer até o terreiro do Gantois, na Bahia, do nascimento de uns, da morte de outros, sentadas com preguiça em tamboretes de madeira crua, sem encontrar um assunto que fizesse rir, não mais que se lamentar. Em torno da mesa de comida, os músicos passavam os acordes, ainda sem tocar. Moças e rapazes se contemplavam.

Na Europa, todo mundo teria deplorado essa festa estragada por falta de entusiasmo. Ali, na Rua Visconde de Itaúna, nada disso aconteceu. As pessoas se separaram e voltaram para casa, contentes por terem tido a oportunidade de partilhar aquele momento feito irmãos.

João Domar foi um dos últimos a se despedir de Tia Ciata. Com a bolsa nos ombros, veio se inclinar diante dela e murmurou:

– Obrigado por todo esse dia, minha tia. E obrigado também pela festa.

A mãe-de-santo tomou num gole o caneco de cerveja, enxugou os lábios com um lenço de renda e respondeu:

– Não é nada, meu rapaz. Você não me deve nada.

– Justamente, é por isso que eu queria...

Sem terminar sua frase, João tirou da bolsa dois dos três sacos de ouro que ele trouxera do morro da Providência e colocou-os sobre a saia de tafetá de Tia Ciata. Os dois sacos de couro desenharam, então, duas manchas marrons no branco do tecido. Com desconfiança, a velha perguntou:

– Que fortuna é esta? Dá para comprar o Rio inteiro com isso... De onde vem?

– Não é dinheiro roubado, minha tia. É dinheiro que eu ganhei, numa outra vida.

– E você ganhou este dinheiro honestamente?

João abaixou os olhos, depois explicou:

– Minha tia, se fosse possível ficar rico trabalhando honestamente, a gente saberia, eu acho...

– O que você diz não está totalmente errado, meu filho...

Ela avaliou os dois sacos recheados e interrogou de novo, com um ar suspeitoso:

– E o que você quer que eu faça com este dinheiro todo?

– Eu achei que ele seria bom para as crianças...

– Que crianças?

– Os pivetes, os que estão na rua. Aqueles como o Dori. A senhora deve precisar de dinheiro para ajudá-los, dar-lhes moradia. E de dinheiro não vou mais precisar.

A tia estourou num riso mau. Rodando os olhos, ela se levantou e veio se plantar na frente de João:

– Olhe só, branquinho... Se você pensa que é com ouro que lhe queima os dedos que você vai conseguir abrir as portas, você está enganado!

– Não é por isso que eu estou lhe dando esse dinheiro.

– E é para quê, então?

João levantou o rosto cortado. Com um sorriso triste, respondeu:

– Estou lhe dando ele porque acho que mesmo com dinheiro sujo a gente pode criar felicidade limpa...

– Essa história é de verdade?

– É sim, minha tia. Não fui feliz até agora. Enquanto a senhora... Então, seria bom a senhora aceitar. Para os meninos...

Sem perder João de vista, Tia Ciata levantou a saia de lado e, entre duas anáguas engomadas, enfiou os sacos no bolso. Depois, sem abrir um sorriso, ela o agarrou pelos ombros, forçou-o a se debruçar e beijou-o na testa, sem uma palavra. Em seguida, enquanto ele deixava o cômodo, ela resmungou:

– Branquinho, vou esperar você. Todas as quartas à noite. E não chegue atrasado! O seu espírito é tão sujo que você precisa de todos os espíritos da África para lavá-lo! Enquanto isso, cuide-se, meu filho...

Andando sempre no vazio da noite, João Domar, livre do peso do ouro, chegou à primeira lagoa da Tijuca, aquela que, antes da de Camorim e a de Jacarepaguá, despeja no Atlântico as águas doces vindas da mata. A noite estava clara e a lua coloria de prata os morros à volta até a Pedra da Gávea.

João chegou, escolheu um canto de areia branca, no lugar exato onde a água da floresta e a água do mar se misturavam. Depois de tirar os sapatos, deitou-se de lado e acendeu um cigarro. Diante dele, até os primeiros contrafortes das colinas, havia uma pequena mata, uma enorme casa de fazenda pertencente à companhia ferroviária inglesa. A brisa, vindo em ondas de noroeste, trazia consigo as essências da floresta que Febrônio lhe ensinara a reconhecer. Os cedros, as palmeiras, os liquens, os musgos, os bambus, a canela. Mas também outros vegetais, de odores fortes e apimentados, ou então doces, açucarados, que deixavam tonto como perfume de mulher. Traziam nomes estranhos, poéticos, raros resquícios de um tempo em que só os tupinambás viviam em harmonia com a floresta: o cambará-guaçu e suas flores violáceas, a amarela arariba e as flores amarelas do ipê, a camboata de madeira dura, a samambaiaçu enroscando-se em espirais, o coco-de-iri cujas sementes os meninos índios usavam para brincar de pião, e toda uma flora formidável de muricis, andicos, caixeta-preta, cambuí, urucurana, jequitibá, ingá, brejaúba e caetés.

Cansado da caminhada, João adormeceu, acalentado pelas ondas, o murmúrio da lagoa, os ruídos agora familiares para ele dos insetos e dos animais que rugiam nas matas da Tijuca.

Quando acordou na manhã seguinte, a lua se desmanchara no azul rosado do céu e, trazida por um vento forte, uma nuvem de fumaça de carvão assassinou os odores da noite. Ele se sacudiu como um cachorrinho quando, subindo da praia, uma voz clara o assustou:

– Então, vagabundo! Não está vendo que isto aqui é propriedade da Companhia Ferroviária?

Como a jovem estava de costas para o sol, João piscou os olhos, mas só distinguiu uma sombra escura, num vestido amarrado na cintura. Ele se levantou e foi para o lado, enquanto a voz repetia:

– É proibido ficar aqui. Se o guarda o encontrar, eu aposto que vai ficar ruim para você!

Ele então a descobriu em pleno sol. E por pouco não caiu de joelhos. Os mesmos cabelos negros, o mesmo olhar puro, o timbre da voz, o ar falsamente desenvolto, a boca de cereja madura, a cintura fina, as pernas compridas, tudo nessa jovem de uns vinte anos fazia lembrar Emivalda e, em certos detalhes, Diva. As pernas de João bambearam. A desconhecida, por sua vez, deu um passo atrás com uma careta de nojo ao ver a cicatriz medonha em seu rosto.

Num tom menos tranqüilo, ela repetiu:

– Vamos, vagabundo. Você tem que ir embora logo...

João, com a testa queimando, observou de novo a jovem, incapaz de articular uma única palavra. Seus traços eram de uma doçura incrível e, a não ser o fato de que seu olhos eram um pouco puxados e a pele, morena de sol, ela tinha tudo de seus dois amores desaparecidos.

– E então? Você é surdo?

– Não... Mas você trabalha para a Companhia?

– Não exatamente... Mas comigo é diferente – apressou-se em acrescentar.

– E por quê?

Ela lhe mostrou a cesta de vime que trazia nos braços. Depois, com um arzinho ligeiramente superior, explicou:

– Porque eu estou trabalhando, senhor vagabundo.

– Pegar capim para coelhos, você chama isso trabalhar?

Dentro do vestido branco que deixava os ombros nus, ela se indignou:

– Capim para coelhos? Fique sabendo que são plantas para a Mãe Esperança, que é dona do terreiro da lagoa da Tijuca!

– Então, você é mãe-de-santo?

A jovem desenhou com o pé direito uma bola na areia e logo apagou com a sola. Depois explicou:

– Não... Isto é, ainda não. Hoje, o Peji-gâ não veio. E a Mãe Esperança me mandou colher as ervas sagradas no lugar dele. Mas um dia eu também vou ser mãe-de-santo!

Achando que já havia falado demais, ela deu dois passinhos e ficou perto de João. Seus cabelos dançavam ao sol e, em cima do lábio superior, umas gotinhas de suor apareciam. Ela fixou o desconhecido com seus olhos pretos e lhe perguntou:

– E você? O que está fazendo aqui? Quem é você?

– Mas você já adivinhou quem eu sou. Sou um vagabundo, não?

– Um vagabundo de terno, com uma bengala e sapatos de verniz? Muito mendigo gostaria de estar vestido assim como você!

Como Emivalda, ela tinha um cheiro de baunilha misturado com manga doce; como Diva, a mistura ácida e amarga de limão verde. Esses dois perfumes, a que se acrescentavam os das ervas da mata recentemente cortadas, deixaram João tonto. Para esconder a emoção, ele lhe virou as costas e olhou o mar. A uns quinhentos metros da praia, um cardume de golfinhos pulava nas ondas, traçando raios verdes, amarelos e azuis no branco da espuma.

– Então? – perguntou ela mais uma vez. – O que está fazendo aqui? Estava procurando alguém e foi surpreendido pela noite?

– Foi mais ou menos isso, é...

– Posso ajudá-lo?

João se virou. A jovem, de pé no sol, cheia de vida e saúde, o observava de sobrancelhas franzidas. Cesta na cintura, ela repetiu:

– Posso ajudar? Quem sabe eu não conheço essa pessoa que você está procurando...

– Quem sabe?

– Ela vem sempre aqui?

– Não. Mas, agora que eu conheço você, acho que ela vai vir cada vez mais...

Ela soltou uma gargalhada sem malícia, mostrando assim os dentes brancos. Entrando na mata, disse-lhe:

– Lamento, senhor vagabundo! Mas essa conversa mole não cola. Eu já tenho namorado...

Ele gritou para ela:

– Não vá embora! Nem sei como você se chama.

A uns trinta metros dele, ela interrompeu os passos, deu meia-volta e gritou:

– Eu me chamo Amélia. E você?

– Eu? João!

Ela lhe fez um adeus com a mão, deu mais uns passos e voltou-se uma última vez:

– Estou todos os dias no terreiro da Mãe Esperança. Fica a quinhentos metros daqui, à esquerda da linha do trem.

E desapareceu rindo.

26

Com o ouro do saco que guardara para si, João alugou um quartinho na Praça Onze. Ali na Cidade Nova, onde se amontoavam famílias inteiras de imigrantes vindos da Europa e do norte do Brasil, não se prestava muita atenção à identidade das pessoas, nem se queria saber se os documentos estavam em ordem. O proprietário, um mulato de tez biliosa e rosto marcado pela varíola, não fez pergunta alguma quando João lhe estendeu uma moeda de ouro. O bairro, já sitiado pelas máquinas que roncavam a algumas quadras dali, vivia suas últimas horas. Breve essa zona de mil ruelas seria demolida para dar lugar a construções, menos imponentes que as do centro da cidade mas que não estariam ao alcance de boa parte dos habitantes. Os mais pobres seriam mandados para o norte da cidade ou tomariam de assalto outros morros.

Nos primeiros dias, João não foi nem aceito nem recusado pela comunidade da Cidade Nova. Estivesse fazendo compras, tomando café, comprando jornal ou passeando na rua, era como se não existisse. Davam-lhe bom-dia de maneira automática, sem calor nem humanidade. Entre os pedestres, quando nele esbarravam não pediam desculpas ou pareciam não notar. Só as crianças, na verdade, é que percebiam a sua presença, mas para logo mudar de calçada com uma careta de horror e de nojo. Nessas horas ele apressava o passo, voltava para casa e se trancava no escuro, acalentado pelo ronronar das ondas da Rádio Nacional transmitidas por um aparelho recentemente adquirido.

Certa manhã, não agüentando mais, pôs umas coisas numa bolsa e foi para a Floresta da Tijuca, à procura de Febrônio. Suas lembranças o levaram à clareira onde passara seis meses se recuperando.

Mas, ao chegar no local, não encontrou nem cabana nem o menor rastro de seu amigo tupinambá. Até a fonte, que brotava entre as pedras cinzentas e polidas para cair num laguinho natural, havia desaparecido. João andou pelas imediações, descobriu outras clareiras, esgoelou-se o dia inteiro berrando o nome de Febrônio, gastou os olhos escrutando sua presença na copa das árvores. Em vão.

Com a noite, a alma desolada, deixou a mata e voltou ao quartinho miserável da Praça Onze.

Por outro lado, nunca faltava a uma noite de samba na casa de Tia Ciata. Também preferiria perder os dois braços que chegar atrasado ao encontro das quartas-feiras à noite na Rua Visconde de Itaúna. Para essas sessões, ele chegava por volta das oito horas, barbeado, roupas impecavelmente passadas, as mãos sempre carregadas de flores, garrafas de bebida, salgados e doces e, na cozinha, esperava com uma impaciência de criança que a mãe-de-santo começasse a falar. Lá pelas três horas da manhã, quando voltava à morada, na solidão do bairro deserto, às vezes lhe vinha uma vontade irreprimível de rir, de dançar, de amar o mundo inteiro, de bater nas janelas das casas para improvisar uma festa e de tomar a vida nos braços.

Na noite da primeira sessão, Tia Ciata o recebeu resmungando, fiel a seus hábitos, e lhe falou assim:

– Meu rapaz, para curar você, primeiro preciso saber quem é o seu dono.

Divertido, João retorquiu:

– Mas eu não pertenço a ninguém. Sou um homem livre!

– Pretensioso que você é... Fique sabendo que todo ser, neste mundo, pertence a um deus. Na macumba, chamamos esses deuses de orixás. Na língua ioruba, *ori* significa cabeça, topo. E *xa* quer dizer chefe, rei. Assim, nós todos temos um orixá, um dono de cabeça, que influencia todos os nossos pensamentos e gestos sem exceção.

– E qual é o meu orixá?

Com um sorriso malicioso, a mãe-de-santo murmurou:

– Acho que conheço ele. Mas vou pedir aos búzios pra confirmar...

Ela colocou sobre a mesa da cozinha uma corrente de prata, em forma de U, com a abertura da letra na sua frente. Em seguida, tirou de uma caixinha de madeira pedras brancas que ela pôs com método em volta do colar. Depois, enfim, deixou cair de um saco de pano fino dezesseis conchas brancas, búzios de madrepérola que ela deixou por muito tempo nas mãos fechadas sem parar de cantar em surdina com os olhos fechados. João não se mexia. Cheio de um respeito instintivo, olhava a velha agir, abria a alma ao máximo para não perder nenhum de seus gestos.

Na luz dançante da lâmpada de petróleo, ele esperou a cerimônia acabar. Tia Ciata interrogou várias vezes os búzios em língua ioruba e, em seguida, lançou-os sobre a mesa. Conforme os desenhos formados pelas conchas, ela sorria, franzia as sobrancelhas em sinal de surpresa, ficava pensativa e silenciosa, ou então ria, sem deixar de falar com os espíritos da macumba, com tanta naturalidade como se estes estivessem junto dela, sentados nos tamboretes da cozinha.

Ela enfim pareceu voltar a si e, relaxada, anunciou a João, com satisfação:

– Eu tinha certeza, meu rapaz. O seu dono de cabeça é Oxalá.

– E o que isso quer dizer?

– Isso quer dizer que, quando você nasceu, Oxalá se debruçou sobre o seu berço. Quer dizer que você herdou todo o poder dele, mas também as fraquezas.

Na fumaça do cachimbo comprido, ela explicou que Oxalá era o primeiro dos orixás, que ele temia o fogo e a violência, que costumava ser distante, solitário e generoso. Disse também que ele gostava da cor branca, de arroz sem sal, de milho, de canjica, do céu e da montanha, e também de velas brancas.

– Para estar em harmonia com o seu orixá e ter a proteção dele – precisou ela –, você terá que usar as cores dele, num colar ou numa pulseira. Vou arrumar isso para você, meu rapaz.

– Obrigado, minha tia. Mas como a senhora sentiu que ele era o meu dono de cabeça?

A velha aproximou seu rosto do de João e o observou com atenção. Depois soltou:

– Em toda a infelicidade que lhe tapa os olhos também vi um raiozinho de sol. E Oxalá é assim. Quando o forçam a agir no instante, sem pensar, só acontecem catástrofes. Oxalá prefere agir com o tempo, assim como o sol precisa de tempo para atingir seu zênite. Quando as suas portas se abrirem, a infelicidade desaparecerá. E você poderá cumprir a sua missão.

João engoliu com dificuldade. No dia em que deixou a Floresta da Tijuca, Febrônio também lhe falou de uma missão a cumprir. Com voz trêmula, perguntou:

– Do que a senhora está falando, minha tia?

A mãe-de-santo tomou um copo grande de cerveja. Depois, limitou-se a responder:

– Nós todos temos uma missão a cumprir na terra, missão gloriosa ou modesta. Ainda não conheço a sua, mas ela será única, meu filho. Tudo o que posso lhe dizer é que ela terá a ver com as montanhas brancas. Ou algo assim. Mas você só poderá cumpri-la quando estiver livre.

– Livre de quê?

Com um bocejo, Tia Ciata respondeu:

– Para que as suas portas e os seus caminhos estejam tão fechados, é preciso que alguém tenha feito um trabalho contra você...

– Um trabalho? Aqui, no Brasil?

– Aqui ou em outro lugar. Em todos os lugares do mundo existe gente que faz trabalho. E pouco importa a religião do país. As forças negativas viajam pela terra inteira.

João exclamou com voz pálida:

– Mas é preciso desfazer logo esse trabalho! Logo!

A mãe-de-santo por sua vez se levantou do tamborete e, antes de bocejar de novo, replicou:

– Você está há anos vivendo com esse trabalho e há anos a sua vida está bloqueada. Você pode muito bem esperar mais um pouco, vamos... E tenha um pouco de pena da sua tia velha, mau garoto!

Durante esse período que o levou até os primeiros dias de setembro de 1925, João não pensou em seus atos passados. O assassinato dos três filhos do clã Talsimoki, sua brusca ascensão no universo ilegal do Jogo do Bicho, os maus pagadores que ele tivera de eliminar como se esmaga um gato numa estrada para não ter que desviar a direção, a morte de Emivalda, o suicídio do tio Francisco, Diva e o pai Cachoeira, que ele matara com as próprias mãos, tudo isso para ele agora pertencia a um universo que ele apagara. Os ungüentos de Febrônio e as palavras de Tia Ciata haviam adormecido as suas fraquezas, as suas baixezas. Ele dali por diante atravessava sua nova existência na ponta dos pés, para não despertar seus fantasmas. Da mesma forma, havia definitivamente abandonado a esperança de se tornar um notável entre os burgueses ou um bandido, romântico e poderoso. Ele se limitava, da hora que acordava à hora de dormir, em viver consigo mesmo, Jean Dimare, tornado João Domar.

Um dia, quando almoçava uma salada com lingüiça na varanda do Café Balduíno, um boteco da Praça Onze gerenciado por um baiano enorme, ex-campeão de boxe, João fez amizade com um vizinho de mesa. Tratava-se de um indivíduo sem idade, vestido com roupas ainda elegantes mas gastas até o osso, com um monóculo trincado, um fraque esquisito, cansado nos cotovelos e nos joelhos, e cabelos brancos saindo aos tufos do panamá que desfiava. O homem, Francisco Dolores da Cruz, dizia-se professor primário aposentado. Até o fim da tarde, João o escutou falar bem mais do que abriu a boca. Nesse dia e nos muitos outros que se seguiram, eles abordaram com uma paixão pouco a pouco partilhada assuntos tão diferentes quanto os últimos sobressaltos da Liga das Nações, o novo lugar da mulher na sociedade, a anarquia, a escravidão, o futebol e os negros, que deviam branquear a cara para poderem jogar com os brancos, os imprevistos da vida política brasileira e, sobretudo, os progressos da vanguarda da Coluna Prestes que, nas últimas semanas, ocupava as manchetes dos jornais.

– Esse grupo – exaltava-se o professor Francisco da Cruz – é o futuro do Brasil! É o último grande sonho de nossa nação para sair do domínio de todas essas ervas daninhas, de todos esses exploradores que dirigem o nosso país!

Com os lábios molhados de café, os olhos teatralmente levantados para o céu, a boca desdentada torcendo-se em todos os sentidos, ele profetizava:

– Meu caro amigo, imagine esses milhares de homens e mulheres que ousaram dizer não à ditadura do presidente Artur Bernardes... Eles estão há semanas percorrendo centenas de quilômetros a pé, na poeira, em busca das forças vivas do país para levá-las à revolução. Breve vão cercar a capital, vão estar às portas do Rio de Janeiro. E uma nova era de justiça vai poder então começar...

– O senhor acredita mesmo na revolução?

O ex-professor, que em certa época partilhara os ideais da Internacional Comunista e depois do anarquismo, levantava-se, então, e, sem fôlego, o monóculo tremendo, exclamava:

– Mas é preciso acreditar! Aliás, a coluna do capitão insubmisso Luís Carlos Prestes acolhe em seu seio, todos os dias, novos partidários. O governo logo vai estar maduro como um bubão que bastará furar com uma pontada de lanceta bem dada. E esse dia vai ser lindo, lindo como um sonho de Dom Quixote que se torna realidade!

E sentava-se novamente, secava um pouco o suor da testa e abordava outro assunto com um entusiasmo intacto.

Outras vezes, Francisco Dolores da Cruz chegava ao Café Balduíno com ares de conspirador. Sentava-se perto de João e, mal o garçom virava as costas, ele confiava ao amigo obras, cuidadosamente empacotadas em jornais, que ele escolhera em sua intenção na biblioteca. Se tivesse se tratado de explosivos para explodir o Palácio do Catete, ele não teria tomado mais precauções nem teria sido mais discreto. Ele estendia o embrulho sob a mesa e murmurava com um sorriso fraterno:

– Bombas, meu rapaz. Estes livros são bombas...

Assim, João voltou a ler e descobriu, com um prazer flutuante, autores como Mário de Andrade, Tasso de Almeida, Graça Aranha, Cecília Meireles, sem esquecer as traduções de Jules Vallès, Zola, Dumas. Aliás, foi com o Conde de Montecristo e suas peregrinações marselhesas que João experimentou as mais vivas emoções.

O antigo professor, com seu ardor de costume, explicava:

– O povo não vai se mexer sem idéia. E um povo que não tem artistas não tem idéias. E falo bem dos artistas, João, não dos intelectuais frios e cheios de lições inúteis para dar. Aqui e agora, precisamos de artistas, de visionários, de quem derrube as certezas sem ter medo da crítica. A modernidade e o progresso se nutrem da imprudência da arte. Nunca se esqueça disso, meu jovem amigo...

João Domar não entendia todas as nuanças desses discursos. Mas apreciava a exaltação do antigo professor que elevara ao nível de santo, até mesmo de Deus vivo, Thomas Edison, o inventor da lâmpada, do fonógrafo e de mais de um milhar de outras coisas modernas que ele punha a serviço do povo, e não mais a serviço exclusivo da burguesia.

Certa manhã o professor Francisco pediu a João que o acompanhasse ao hospital. Seus olhos não vinham respondendo mais com a mesma eficiência há algumas semanas e ele resolvera pedir a opinião dos homens de Esculápio. João, naturalmente, aceitou. Num passo leve, bengala em punho, os dois homens percorreram o quilômetro que os levou até a Rua de Santana e, dali, até a Praça da República.

Logo o prédio imponente do hospital estava à frente deles. João sentiu o fôlego lhe faltar e a angústia, sua velha inimiga, pegá-lo pela garganta. O professor não percebeu nada e continuou a discorrer, com sua verve habitual, sobre os progressos da medicina moderna, os milagres cartesianos da ciência, as pesquisas portadoras de esperanças feitas em laboratório, a extraordinária habilidade dos cirurgiões que, breve, transformariam a humanidade doente num porto de boa saúde.

Depois de cruzarem duas portas de entrada, foram conduzidos a uma ala do prédio e, enquanto Francisco da Cruz preenchia o formulário de entrada, João observou o lugar. A bela fachada ensolarada, com suas cornijas e balaústres de pedra cinza, estava longe agora. Ele só viu o interior de uma construção sombria, uma górgone de pedra engolindo os doentes, os corpos quebrados gemendo sobre macas de madeira, as manchas enormes de sangue sobre o cinza dos lençóis grosseiros. Só sentiu, no silêncio, os vapores de éter, de álcool, de desinfetante e, sobretudo, onipresentes, os vapores das lágrimas, do medo e da morte em marcha. De repente, ouviu gritos guturais, gritos de dor e desespero, rapidamente seguidos de outros, que repercutiram de modo lúgubre pelos corredores do hospital.

Com um levantar de ombros desdenhoso, a secretária explicou, sem mesmo levantar os olhos do caderno de entrada onde ela inscrevia o nome de Francisco Dolores da Cruz:

– Não precisam se preocupar, senhores. São os doidos que começaram de novo. Um bom banho frio vai acalmá-los, acreditem...

Um instante mais tarde, uma enfermeira carregando em volta do pescoço um enorme Jesus crucificado veio buscar o professor. Depois de dar uma piscadela de olho confiante a João, o professor Francisco da Cruz desapareceu por trás de uma porta de madeira no concerto dos berros que não tinham cessado. A secretária, para prevenir uma eventual questão, retomou com voz grossa:

– É o fim da primavera. Isso mexe com eles, mas vai parar. Não fique com raiva deles: os doidos não são seres humanos. São animais, não sabem se comportar...

E mergulhou novamente os olhos globulosos, cobertos por óculos de vidros grossos, na consulta de outro dossiê. Com efeito, vencidos pela água gelada, as injeções e o cansaço, os gritos aos poucos se transformaram em gemidos de crianças, e o silêncio voltou a cair sobre o hospital com toda a sua força. João se levantou e foi olhar pela janela. Do térreo onde ele se encontrava, só deu para ver um jardim interno plantado de arbustos, no meio dos quais havia bancos de madeira, um caminho de pedrinhas e uma fonte branca para acolher os doentes e os visitantes. Sentindo-se abafado, ele deixou a sala de espera e foi andar nesse jardim.

A essa hora do dia, o lugar estava deserto, exceto um casal jovem que, sentado num banco, distribuía doces e carinhos a um menino pequeno com as duas pernas no gesso. Um beija-flor voejava sobre um cacho de flores e, numa cornija, um raio de sol deixava uma gota de luz. João, com o paletó aberto, pôs-se a respirar mais livremente. A passos lentos, cumprimentou as três pessoas e foi sentar-se num canto discreto para fumar um cigarro. A fumaça, soprada por uma brisa fresca, subiu em volutas para o céu azul e ele se surpreendeu sorrindo de prazer.

Foi então que viu vir em sua direção uma enfermeira que dava o braço a uma velha negra descomposta, os cabelos brancos abandonados sobre os ombros, caminhando aos saltos numa camisola que um dia fora branca. A enfermeira, uma jovem delicada, com pêlos nas tíbias, nos antebraços e no bigode, a acompanhou até o banco de João onde as duas se sentaram. O beija-flor voou e uma nuvem de algodão velou o brilho do sol.

Depois de se sentar, a velha começou a tremer, os dedos primeiro, depois as mãos, os pulsos, os braços e o peito, de maneira a um só tempo lenta e convulsiva. Com nojo, João se virou discretamente na direção dela... Ao descobrir seu rosto arrasado pelas rugas e a loucura, seu queixo de onde pingava um filete de baba translúcida, seus olhos mortos, ele levou um susto de horror, enquanto a velha se punha a repetir, em voz baixa, uma frase sem fim:

– Agora é a vez do pai. Agora é a vez do pai. Agora é a vez do pai...

A negra doente expulsou uma mosca que zumbia diante de seu rosto, sem cessar de salmodiar sua frase, e foi aí que João reconheceu enfim essa mulher. Enclausurada em seu universo de loucura, aquela que gemia essa melopéia lúgubre, num tom pesado de ameaça, era simplesmente Otália da Cunha, aquela que fora sua tia...

– Não se preocupe – interveio a enfermeira com voz fanhosa. – É doida, mas não é má.

João quis se levantar e fugir correndo para longe daquele passado que vinha explodir de novo na sua cara. Mas seu corpo recusou obedecer e ele não conseguiu despregar seu olhar daquela que, quatro anos antes, lhe abrira sua porta e confiara, numa noite de chuva e embriaguez, o segredo da velha Bambara.

A enfermeira, visivelmente aliviada por ter alguém com quem conversar, retomou a conversa:

– Na verdade é uma história triste que aconteceu a esta mulher. A filha e o marido morreram no mesmo dia. As más línguas dizem que foi suicídio.

Depois, mordendo o lábio e fazendo um rápido sinal-da-cruz, ela retomou:

– Quanto a esse último ponto, só nosso Senhor poderá julgar... Em todo caso, a alma desta pobre mulher subiu ao céu. Desde que a trouxeram para cá, ela nunca mais disse nada com sentido.

Sem parar de tremer, Otália continuava a repetir, em surdina:

– Agora é a vez do pai. Agora é a vez do pai...

João conseguiu superar seu terror e, com uma voz estrangulada, perguntou:

– E esta mulher não tem família?

Feliz de constatar que o desconhecido parecia se interessar pela discussão, a enfermeira explicou, arrumando o penteado numa preocupação de sedução inútil:

– Infelizmente não, moço. No início, não digo. Houve amigos do bairro de Santa Teresa que vieram até aqui. Mas ela nunca reconheceu ninguém. Depois houve uma velha empregada que veio aqui todos os dias, uma negra com um olho furado, se me lembro bem. Mas a vida é assim, existem dois mundos. Há os que vivem fora e os que morrem aqui no hospital. Todos os dias, o fosso vai se cavando entre os dois. É a vida...

Em sua camisa rasgada que deixava ver um peito ressecado, tia Otália pareceu fixar por um instante seus olhos inertes no rosto de

João Domar. Um novo filete de baba pingou até o chão, que ele sujou com uma mancha escura. A enfermeira tirou da manga um lenço branco que esfregou sem consideração na boca mole da paciente enquanto resmungava:

– Veja só isso, se não é uma desgraça... Isso não tem mais alma e se comporta feito uma porca, com todo respeito. Mas essa criatura não dura muito...

João afastou a enfermeira com a mão e agachou-se diante de Otália. Aí, tirou o próprio lenço do bolso e enxugou-lhe a boca. Depois, aproximou seus lábios dos lábios da velha e, com extrema doçura, beijou-a, um verdadeiro beijo de ternura, como um pedido desesperado de perdão.

Passava do meio-dia quando João Domar empurrou as portas do hospital e se viu, enfim, coberto de sol, no chão da Praça da República. A cabeça girou um instante e, sem que pudesse se explicar por quê, sentiu-se aliviado por ter revisto, talvez pela última vez, a tia Otália.

No dia seguinte à visita ao hospital, João foi à casa de Tia Ciata, a seu pedido. Eram quatro horas da tarde e um sol pesado, o primeiro do verão, sufocava a estreita Rua Visconde de Itaúna. Como combinado, ele trazia consigo um galo preto vivo e uma caixa de velas brancas. Paramentada com seus mais belos enfeites, chacoalhando todos os seus balangandãs, óculos grandes sobre o nariz, cachimbo nos lábios e mãos nas cadeiras, a mãe-de-santo o esperava.

Nesse dia, ela não o beijou, não o abraçou. Quando ele lhe perguntou, num tom de brincadeira, como ela ia preparar o galo, cozido ou no espeto, ela não respondeu nada. Concentrada, rosto duro, olhos apertados, ela pegou João pela mão e o arrastou consigo. De hábito extrovertida, petulante, rindo de tudo, exaltando-se por qualquer coisa, Tia Ciata nesse dia andou num passo contado, num silêncio recolhido. No fim do longo corredor, eles chegaram no salão de chão de terra onde, toda noite, se inventava o samba. Mas, nessa tarde, as janelas tinham sido fechadas, velas queimavam em tacinhas e, entre duas janelas, um homem que João já havia visto nas rodas de samba esperava, de pé, com uma faca comprida colocada a seus pés. Com uns sessenta anos, a pele mais negra que um fundo de poço, a cabeça raspada, todo vestido de branco, descalço, ele fez uma saudação deferente quando eles entraram e, logo, ficou de novo imóvel.

Tia Ciata lhe devolveu a saudação, depois foi se postar no centro do terreiro. Ali, com voz calma, disse:

– Meu filho, dê o seu galo ao Espinho e venha ficar comigo.

João obedeceu e a ave, que ele segurava pelos pés, não se debateu quando mudou de mãos. Quando ele ficou perto da mãe-de-santo, ela lhe falou baixinho:

– Meu filho, vou pedir a Xangô para livrá-lo do trabalho que fizeram para você. Quando tiver acabado, e se o espírito de Xangô quiser me contentar, você vai ficar livre de novo. As suas portas vão se abrir e você poderá então cumprir o seu caminho de vida.

João baixou a cabeça em sinal de assentimento, e a sessão pôde começar no silêncio.

Do que os cristãos designariam como uma cerimônia de exorcismo, João nunca quis falar. Guardou para si os detalhes do sacrifício do galo preto, que foi degolado, sangrado e retalhado, sem um barulho nem uma batida de asas. Ficou mudo sobre as bolas brancas e vermelhas, as cores de Xangô, que a mãe-de-santo desenhou no chão com duas areias diferentes. Calou-se também sobre as folhas arrancadas das árvores que ela esfregou no seu rosto e no seu corpo. Nem uma palavra saiu de sua boca para dizer o incensório que ela balançou lentamente à volta dele, as nuvens acres de fumaça de fumo escuro que ela lhe soprou na cara, as velas uma a uma acesas, as preces a Xangô, as palavras mágicas pronunciadas em iorubа, nem as bombinhas que ela acendeu e que explodiram de repente com um estrondo seco no silêncio do terreiro.

Essa experiência foi tão forte, sua alma ficou a tal ponto perturbada que, até o seu último sopro, João disso guardou segredo. Pois existem segredos tão essenciais que aprisioná-los em palavras e frases os esvazia de todo o sentido que possam ter.

João passou a noite seguinte em seu quartinho da Praça Onze. A sessão de libertação o esgotara. Ele desabou feito um bêbado mamado na cama, sem comer, sem beber nem mesmo fumar um cigarro. Os sonhos que agitaram seu sono até a madrugada o abandonaram inundado de suor, palpitante e atordoado.

Mas de manhã, depois de engolir frutas, café quente, arroz-doce e três porções de bolo de coco, logo se sentiu outro homem, um homem novo. Teve a sensação de que o sangue se punha novamente a correr em suas veias, que a sua lucidez estava voltando, e ele pôde de novo olhar o mundo na cara. Num passo leve, saiu de casa, comprou um buquê de flores amarelas e foi até a casa de Tia Ciata. Ainda mal acordada, a mãe-de-santo o recebeu resmungando:

– É você já, vagabundo? Isso não é hora de tirar gente honesta da cama...

João lhe estendeu o buquê e exclamou com bom humor:

– Vamos, minha tia... Não faz essa cara de lua velha. O dia está tão bonito hoje!

A velha negra pegou o buquê, admirou-o em silêncio e grunhiu enfim:

– Você é mesmo rico como o rei da África para gastar tanto dinheiro?

Mas João já estava dando meia-volta, batendo de maneira sonora a bengala no chão. Com uma saudação do braço, gritou-lhe:

– Eu a abençôo, minha tia! Tenha um dia doce!

Sentada diante da xícara de café, a mãe-de-santo acendeu o primeiro cachimbo do dia. Por trás dela, sobre a cômoda, o buquê formava uma mancha de sol na penumbra do terreiro fechado. Ela sorria, mas não era por causa do que havia feito já que, pobre velha, ela não fizera nada. Ou quase nada. Era Xangô, o orgulhoso Xangô que, com seu machado de prata, cortara o fio da má sorte. Se ela estava sorrindo nessa bela manhã de verão, era porque seu filho, João

Domar, enfim estava se livrando das forças negativas que lhe haviam fechado as portas. Apesar de todos os seus crimes, Xangô parecia ter aceitado livrá-lo, e devia ser por uma boa razão.

Tia Ciata, arrastando os pés, foi até a cozinha lavar a xícara. E a santa mulher não teve um pensamento de lamento para aquele ou aquela que fizera o trabalho, responsável pela queda de seu protegido durante tantos anos. Devia ser uma pessoa bem má. Com certeza uma feiticeira que semeava a infelicidade nessa cidade misteriosa de que João lhe falara: Marselha.

Essa pessoa, e os que encomendaram o trabalho, não tinham acabado de sofrer. Era a lei imutável dos deuses: as forças circulavam, mudavam de mãos. Sempre.

27

Nesse mês de novembro, Bartolomeu Zumbi, deitado na cama, olhos no teto, fumava um cigarro de maconha e sorria. Antes de tirar uma forte tragada, deu uma olhada no sol que se enfiava com seus primeiros raios pela janela do ateliê e murmurou:

– Isso sim… Você tem uma sorte dos diabos, meu camarada.

Em seguida, aspirou com gulodice a fumaça de erva escura e sorriu mais largo ainda, os olhos cheios e tranqüilos flutuando no vazio. Deve-se dizer que, desde aquela noite de 31 de dezembro na enseada de Botafogo e, sobretudo, desde a revelação da forma definitiva da estátua, nos primeiros rubores da alvorada, toda a sua existência havia radicalmente mudado. Três dias mais tarde, ao descobrir a tela do Cristo Redentor que Bartolomeu havia pintado, o arcebispo Dom Sebastião Leme havia gritado gênio sob os altos tetos do Palácio São Joaquim. Tremendo, ele havia observado a tela sob todos os ângulos, a vários metros de distância, em seguida de nariz colado nos óleos, depois com um olho fechado, ou ainda as pálpebras semicerradas, e a cada vez, como que tocado pela graça, ele se benzia. Estava conquistado, feliz, arrebatado. A única mudança que ele arriscara perguntar, e mesmo assim o fizera em voz baixa, num tom embaraçado, fora o acréscimo de um coração no peito do Cristo Redentor. O arcebispo, assim, desejava consagrar a obra e o Brasil ao culto do Sagrado Coração, símbolo da humanidade e do amor de Cristo pelos homens.

– É verdade que ele até que é legal, o meu Cristo… – suspirou de novo Bartolomeu.

Virou-se de lado e saboreou, como conhecedor, as linhas negras de sua última conquista que repousava sobre o branco dos lençóis. Ele a encontrara na véspera, numa roda de samba, perto do morro da Saudade: chamava-se Elis. Tinha quase trinta anos, um corpo redondo e quatro adoráveis covinhas, duas nas bochechas e duas em cima da bunda. Eles se olharam e gostaram um do outro. Zumbi não precisou de horas de lábia para trazê-la a seu ateliê. Depois de ter dançado até se esgotar, ela pegara a sua mão e, na ponta dos pés, lhe anunciara, com o ar mais sério do mundo:

– Negro, você me agrada. Esta noite a gente vai fazer amor como a gente dançou. Só pelo prazer.

Depois acrescentou:

– Mas não me venha com histórias, grandão. Vai ser uma noite, e é só. Eu não tenho tempo para perder com romances. Mas amanhã, beijinhos e ficamos amigos. Topa?

– Topo – aceitou o pintor.

A noite passara. Agora, na luz verde e amarela da manhã, Elis dormia sorrindo.

Dois meses depois de a tela do Cristo ter ganhado a decisão do arcebispo Dom Sebastião e, por aí mesmo, da Comissão, um primeiro cheque de pagamento fora depositado na conta do escritório de arquitetura de Heitor da Silva Costa. Este logo mandara chamar Zumbi para acertar com ele uma parte de seu trabalho, iniciada mais de três anos antes. Quando o pintor descobriu o montante do cheque, estourou de rir:

– Mas tem zero demais, palavra! O que o senhor quer que eu faça com tanta grana? Que eu compre o Pão de Açúcar, ou o quê?

Abrindo uma garrafa de champanhe *grand cru classé,* o arquiteto exclamou:

– Mas é o seu dinheiro, meu amigo! Pegue-o! Você o ganhou honestamente! E vai vir mais aí, você sabe?

– Nada disso. Eu não tenho mãos, eu tenho uma peneira. Se eu pegar tudo, sou capaz de comprar o Pão de Açúcar. E talvez até o restaurante do Glória!

Então, depois de beberem e conversarem bastante, os dois homens chegaram a um acordo. Todos os meses, Silva Costa lhe daria uma parte da soma e, assim, Zumbi não arriscaria saciar todos os sedentos da cidade e dilapidar a fortuna em poucos dias.

Zumbi apagou o baseado numa casca de coco que servia de cinzeiro. Depois, suspirou ainda:

– Eu sou uma porra de um sortudo. Uma porra de um cara sortudo, é isso o que eu sou...

No entanto, se Zumbi sorria assim nessa manhã, cheio de felicidade, isso nada tinha a ver com dinheiro. Ele sempre se virara na vida para arranjar grana, para ter o que comer, para poder pintar e, nos dias de riqueza, fazer a farra.

Não, o que pendurava em seu rosto uma tal expressão de felicidade devia-se a outras razões. Sua pintura, desprezada por todos os galeristas e solenemente ignorada pelos críticos, estava enfim consagrada pelas elites artísticas do país. Bem entendido, não era Bartolomeu Zumbi, simples negro projetista para arquitetos, que havia sido honrado. A cor de sua pele e seu nível social o proibiam de sonhar com semelhante conto de fadas. Em compensação, desde 15 de fevereiro de 1922 e da Semana de Arte Moderna de São Paulo, os artistas brasileiros haviam decidido dar um chute na cultura européia e em suas imposições estéticas. Dali por diante, iam criar, enfim, como brasileiros. Brasileiros, filhas e filhos de índios, de portugueses e de africanos.

Anita Malfati e Tarsila do Amaral, duas pintoras, haviam ousado romper com o formalismo para criar obras mestiças, selvagens. Suas exposições faziam os velhos caciques do pincel arrancar os cabelos mas arrebatavam um número crescente de amantes. Oswald de Andrade, o poeta, havia por sua vez, em março de 1924, lançado com alguns outros o "Manifesto da Poesia Pau-Brasil". Nessa mudança inovadora, Bartolomeu Zumbi, com suas mulheres-panteras e suas mulatas perturbadoras, começava assim a chamar a atenção para seus quadros. Euclides da Fonte, crítico do diário *O Globo* e ex-amigo de João Domar, havia aliás assinado dois artigos enfáticos sobre suas telas. Esses papéis logo haviam despertado o interesse de alguns intelectuais que foram imediatamente à Rua Joaquim Silva. Fiel a seus princípios de homem livre, Zumbi gentilmente os pôs para fora de seu ateliê. Ele não pertencia, e nunca pertenceria, a uma escola, muito menos a uma corrente de pensamento.

– Sou mesmo o rei dos sortudos... – sorriu ainda Zumbi, no solzinho da manhã.

– Sou eu a sortuda... – repetiu com ternura Elis, o rosto ainda amassado de sono. – Meu negão, você é bonito como um deus nagô.

– Tudo bem, minha rainha?

– Vou como uma mulher que vai voltar para casa.

– Está indo embora?

– Você conhece a resposta, meu rei...

Zumbi esboçou uma careta. Depois respondeu, forçando um sorriso:

– Negócio é negócio. Não se deve voltar atrás...

Elis então se sentou na brancura dos lençóis e espreguiçou-se para trás para bocejar de prazer

– Nossa Senhora... – extasiou-se o pintor.

Ele só descobrira Elis com as mãos compridas, no escuro da noite de amor. Ali, banhada de luz, ela lhe aparecia como que pela primeira vez, a pele acetinada de um negro terno, a bunda acentuada pelas duas covinhas, os cabelos sedosos e ondulados enquadrando um rosto mestiço cuja expressão oscilava sem parar entre a zombaria e a seriedade, a farsa e o trágico. Ele ficou sem fôlego.

Ela riu gentilmente na sua cara:

– O que foi, meu rei? Não lhe agrado mais?

Por única resposta, Zumbi se levantou num salto, pulou dentro das calças e apertou o cinto de qualquer jeito. Elis arregalou os grandes olhos negros onde brilhavam raios de sol:

– O que está lhe acontecendo? Você viu o diabo?

Enfiando rápido a camisa, Zumbi respondeu:

– Se quiser... Em todo caso, você não vai deixar o meu ateliê sem eu tê-la pintado!

– E em que cor você vai me pintar?

– Não brinque. Estou falando sério! Vou fazer o quadro mais bonito da porra da minha vida!

– Eu ficaria surpresa, negão. Tenho que ir embora.

O pintor caiu de joelhos, as mãos colocadas sobre as coxas compridas da mulher, e suplicou:

– Elis, fique mais! Só o tempo de eu fazer o seu retrato...

Sorrindo, ela acendeu um cigarro, depois respondeu:

– Está pedindo muito, meu rei do amor. Mas eu aceito, com uma condição...

– Qual?

– Que você desça para comprar tudo de que a gente precisa para que eu prepare para nós camarão no alho e arroz à grega...

– Com lingüiça e cerveja?

– Com lingüiça e cerveja gelada!

Então, gritando de alegria, Bartolomeu Zumbi pulou sobre a cama, beijou Elis na boca até sufocá-la, e como que propulsado por uma mola, jogou as pernas compridas para trás e aterrissou de novo no chão, de onde gritou:

– Vou correndo. E se eles não tiverem camarão, eu mesmo vou pescá-los, confie em mim!

Ouvindo as gargalhadas de Elis, ele abriu a porta e deu de cara com Silva Costa. Este, rosto alterado, branco feito cera, soltou então:

– Zumbi, meu irmão, eu trabalhei a noite inteira na estrutura da estátua. E não vamos fazer o Cristo Redentor. Não temos os meios técnicos para construí-lo...

João, por sua vez, acabara revendo Amélia, a jovem que ele encontrara, semanas antes, na beira da lagoa da Tijuca. Desde que se embrenhou pela mata com a cesta de ervas na mão, ela não lhe saía mais do pensamento. Durante seus passeios solitários e sem objetivo específico, aconteceu de ele interromper a caminhada, nas imediações de São Conrado, não muito longe da lagoa. Ele então dava meia-volta. As mulheres agora lhe inspiravam um temor surdo. As duas que ele havia amado estavam mortas por sua culpa. Ele se recusava a tentar o diabo e deixava para depois, para um futuro que ele queria longínquo, qualquer eventual emoção amorosa.

Foi portanto o acaso que, no fim de setembro de 1925, reuniu os dois jovens. Nessa noite, João decidiu oferecer a Tia Ciata uma noite de samba no Mère Louise, bem no fim da Avenida Atlântica, entre Copacabana e Ipanema. Esse restaurante, meio cabaré meio bar, era famoso em todo o Rio de Janeiro por ser vizinho de um hotel que abrigava casais ilegítimos. E não era raro a polícia desembarcar no meio da noite para fechar o que os jornais qualificavam de lupanares insensatos no país da ordem e do progresso. Durante essas incursões, com as primeiras batidas na porta, era comum assistir à fuga desvairada de casais de amantes surpreendidos na cama, pulando pelas janelas, despencando de uma sacada, uma de calcinha e sutiã, outro pelado feito um pinto, correndo na areia ou mergulhando nas ondas para escapar das mãos dos inimigos do amor em paz.

Louise Chabas, a proprietária, sabia bem que aquilo um dia iria acabar mal. Mas, enquanto isso, ela se divertia à morte a cada incursão da polícia. Vestida de baiana de dia como de noite, não perdia nada do espetáculo, usando ela mesma até o cabo de vassoura para ajudar os amantes infelizes em via de serem agarrados pela polícia de costumes. Ela acabaria na prisão ou num hospício, era certo. Mas, enquanto esperava esse desfecho fúnebre, Mère Louise servia em seu cabaré os melhores chopes da cidade e, sobretudo, recebia a nata dos sambistas e os deixava tocar, pagando quando podia mas garantindo sempre, pelo menos, comida e bebida à vontade.

Acompanhada de Dori e João, Tia Ciata aceitou deixar seu terreiro da Cidade Nova. Os três pegaram o bonde que lá se foi sacolejando até deixá-los perto da Igrejinha. Era uma noite bonita e os primeiros acordes de samba já se ouviam no calor. Na entrada, haviam pregado um cartaz anunciando com grande pompa: "Esta noite, concerto excepcional do grupo Oito Batutas, de volta de uma turnê triunfal na Europa!" Embaixo, vinham em letras grossas o nome de Pixinguinha e, menores, os de Donga, China, Nelson Alves, Luís de Oliveira, Raul e Jacó Palmieri e José Alves.

– A senhora vai ver, minha tia. Vai ser uma noitada supimpa! – exclamou Dori.

– Pode ser – resmungou Tia Ciata. – Se eles me fizeram quebrar a espinha no bonde por nada, eu lhe juro que subo no palco e faço uma loucura!

– Não se preocupe – disse João. – Os Oito Batutas já tocaram para o rei e a rainha da Bélgica.

– E daí? Isso não vai me fazer mais bonita, nem vai deixar a música deles melhor!

João e Dori, que agora só se viam em ocasiões especiais, trocaram uma piscadela cúmplice e, ao lado da velha senhora que pitava seu cachimbo comprido com ar circunspecto, penetraram no Mère Louise.

No interior da sala imensa, os Oito Batutas já estavam em pleno transe. Numa nuvem de fumaça de tabaco sufocando as luzes, eles regalavam os espectadores, tocando e cantando, suados, as camisas colando na pele, imprimindo o ritmo da África aos instrumentos, violões, cavaquinhos, reco-recos, pandeiros, bandolins e ganzás, estourando de rir conforme os versos cantados, engolindo canecos enormes de cerveja clara que os garçons lhes traziam em intervalos regulares. No fundo do palco, Louise Chabas, com um incrível turbante dourado na cabeça, no qual havia costurado flores e frutas tropicais, marcava a cadência com a perna direita, um sorriso extático a iluminar seu rosto enrugado. As mesas, bem rápido, tinham sido afastadas e, no meio da sala, o samba de roda se organizara. Ao todo, mais de duzentas pessoas batiam palmas, e cantavam e dançavam e se contorciam nessa fusão carnal e musical, alguns com os olhos virados, outros sem camisa, um chapéu-melão na cabeça, outros, enfim, descendo num trago um litro de cerveja antes de se misturar de novo ao transe do samba que varria todos os tabus e as proibições ao passar feliz. Até os garçons, identificados pelo nó borboleta das gravatas, dançavam enquanto serviam a cerveja.

João se debruçou junto ao ouvido de Tia Ciata e gritou:

– Então? Não valia a pena a viagem?

A velha fez uma cara reservada, quase decepcionada, mas não pôde deixar de marcar o ritmo com as mãos quando a assistência se pôs a cantar em coro o refrão de "Já te digo", escrita por Pixinguinha e China:

Eu sou um
E o outro não sei quem é
Ele sofreu pra usar colarinho em pé
Ele é alto, magro e feio
É desdentado
Ele fala do mundo inteiro
E já está avacalhado
No Rio de Janeiro!

Toda a assistência se olhou, cúmplice, e estourou de rir. Esses versos, endereçados a Sinhô, o ladrão do primeiro samba brasileiro gravado, "Pelo telefone". Ele fizera por merecer!

Uma hora depois, João saiu do Mère Louise todo suado e foi sentar-se numa pedra de frente para o mar. Com deleite, acendeu um cigarro quando, de repente, uma mão pousou em seu ombro e o fez virar. Na claridade da lua, um caneco de cerveja na mão, um lenço azul nos cabelos, com um vestido branco reto caindo até o tornozelo, Amélia lhe sorriu e disse, num tom de censura:

– Até para um vagabundo, não foi simpático não voltar para me ver na lagoa.

João lhe estendeu o cigarro, que ela aceitou, e lhe respondeu:

– Você me esperou?

– Não... Digamos que voltei lá, às vezes.

– Voltou lá sozinha ou com o seu namorado?

Amélia varreu a areia com a ponta do pé, depois falou:

– Sabe... Às vezes a gente diz coisa que não é verdade. Além disso, eu não conhecia você, na época.

Como ela tinha aceitado o seu cigarro, ele aceitou beber a cerveja dela. E, lado a lado, puseram-se a caminhar pela praia. Com o batuque do samba chegando à avenida, as estrelas os escoltaram na areia, junto ao mar de ondas prateadas.

No início, foi ela quem falou. Não tinha namorado, é claro. Sem confessar, sonhava com um grande amor, aquele que sozinho justificava a presença de homens e mulheres nesta terra de sofrimento. O grande amor, para Amélia, era simples, tinha a chama da evidência. Significava dar. Saber dar, para em seguida saber receber.

– Mas você não queria ser mãe-de-santo? – perguntou João.

Ela fez uma carinha de criança, baixou os olhos. Depois, jogou o cigarro numa onda bordada de espuma branca e respondeu:

– Não faz mal... Mas não sei se vou ter paciência.

E ela lhe contou como certas pessoas na macumba podiam se tornar, pela iniciação, mediadores dos deuses e dos espíritos:

– No início, a mãe-de-santo tem que sentir que você tem uma energia dentro de você. A energia vital do mundo, como disse a Mãe Esperança. A energia que deixa você alimentar os deuses.

– E você tem essa energia?

– Mãe Esperança me disse que sim. Ela também me explicou que não seria bom as outras pessoas não usarem isso. Uma força assim poderia me sufocar. Então, já que sou obrigada a dar, vou me tornar mãe-de-santo. Mas mais tarde. Por enquanto, ainda não segui o aprendizado.

Durante vários meses, aconselhada por Mãe Esperança, Amélia aprendeu a cantar, a dançar, a tocar atabaque para os orixás. Começou também a ler o futuro nos búzios, a fazer sacrifícios de animais, a preparar beberragens com ervas sagradas e a confeccionar buquês para os espíritos.

– Normalmente, eu deveria ter feito a Noite de Cerimônia. Mas não me senti preparada...

Nessa noite, a mãe-de-santo efetuava uma incisão na cabeça da noviça antes de sacrificar sobre ela um pato branco, depois uma cabra branca, animais de dois ou quatro pés. Ela era em seguida lavada e a mãe-de-santo desenhava sobre o conjunto de seu corpo sinais de uma textura branca. Cada um desses sinais simbolizava as cicatrizes das tribos africanas, desde a noite dos tempos. Enfim, durante quatro semanas a noviça ficava isolada do mundo, trancada no Quartinho, onde tomava regularmente banhos de ervas.

– Se eu tivesse continuado, hoje eu seria uma Yaô, uma esposa de meu deus – prosseguiu Amélia. – Na primeira sexta-feira do mês que vem, eu poderia ir à igreja e assistir à missa. Esse dia é uma verdadeira festa.

A macumba não exclui nenhuma religião, nenhuma crença. No dia da missa, a Yaô, de cabeça raspada, o corpo novamente coberto de desenhos, veste-se com luxo. Põe saias compridas de seda e cetim, lenços de cores vivas, amuletos africanos, colares de búzios, anéis e pulseiras de prata. Em procissão com os membros do terreiro, ela participa da missa respeitando escrupulosamente os ritos cristãos.

– E depois de Yaô, você se tornaria mãe-de-santo?

Amélia soltou um riso cristalino na noite. Depois explicou:

– Não é tão rápido assim! Depois da missa, a gente passa a ser apenas uma ebome. A gente ainda precisa de sete anos para ser filha-de-santo. E depois de muito tempo ainda, a gente pode virar Mãezinha. Só depois de tudo isso é que a gente é sagrada mãe-de-santo.

Julgando então que já havia falado muito de si, ela se plantou na frente de João e perguntou:

– E você? Quem é você, vagabundo? Você ainda não me falou de você.

– Não há nada de muito interessante a saber.

Num tom de desafio, ela exclamou:

– Cuidado, João! Não se esqueça de que eu sou quase uma Yaô. E se você não me contar tudo, sou capaz de pedir aos búzios para ler no seu passado...

Ela dissera isso de brincadeira. João passou então a mão na cicatriz e, no ar úmido vindo do mar, murmurou:

– Não incomode os espíritos com isso. Vou lhe contar tudo, já que você faz questão…

Diante das ondas escuras que vinham explodir em massas de espuma branca, ele contou:

– Eu na verdade me chamo Jean Dimare, eu era francês, carregava caixotes no porto de uma cidade chamada Marselha. Nessa época, tudo ia bem. Depois, tive uma briga com o garçom de um café, o Brûleur de Loups…

Fumando um cigarro após o outro, sentado agora na areia, João desvendou toda a sua vida, sem pudor, sem tentar minimizar seus atos. Amélia escutava, atenta, bebendo cada palavra como um licor violento. Soube tudo de suas esperanças, de sua loucura, dos assassinatos e dos amores acabados.

Quando ele acabou, ela se aproximou e o abraçou bem forte. Depois, olhou-o bem na cara, sob a luz da lua e das estrelas. E lhe disse, então, com voz suave:

– Se o índio Febrônio e a Tia Ciata salvaram você, é que você tem um destino a cumprir. Um destino extraordinário. Eu vou ajudar você…

Com um sorriso amargo, João falou:

– Mas que destino? Todos acham que morri. E acho que teria feito melhor lá ficando, naquele acidente de carro…

Depois de um momento de silêncio, Amélia lhe murmurou baixinho no ouvido:

– Pare de dizer bobagens, vagabundo. E deixe a sua estrela agir. As portas do seu caminho de vida estão se abrindo, sinto isso. Você tem que ser paciente, mais um pouco…

Dias mais tarde, ou seja, em 1º de outubro de 1925, Heitor da Silva Costa desceu do táxi que acabava de deixá-lo na praia de Copacabana. Era meio-dia e, chapéu-melão na mão para se abanar, o paletó dobrado no braço, as lunetas atravessadas presas no nariz voluntarioso, com ansiedade ele olhou à volta. Na beira do mar, viu um pano branco esticado entre quatro paus fincados na areia. Sob esse abrigo, Zumbi, de calção de banho, lhe fazia sinais com os braços. Então, xingando a areia que o fazia tropeçar e invadia seus pesados sapatos de verniz, Heitor pôs-se a andar no calor ao encontro do amigo.

Desde o dia em que ele surpreendera Zumbi na cama, em seu ateliê, o projeto do Cristo Redentor ficara, desesperadamente, em ponto morto. É claro que o dinheiro tinha chegado, pelo menos a maior parte. O quadro pintado por Zumbi não havia encontrado nenhum detrator, exceto uns chatos que criticaram nas suas barbas as linhas *art déco* demais, modernas demais, refinadas demais, sóbrias demais, originais demais para aquele Cristo de braços abertos. O nó do problema, nesse momento, residia na realização técnica do monumento. Para que a estátua suportasse os turbilhões do vento e as tempestades tropicais, seria preciso construí-la de concreto armado e em dois corpos, uma estrutura interna e outra externa, ambas solidamente cravadas bem fundo na rocha de granito que compunha o pico do Corcovado. E ninguém, no Brasil inteiro, dera provas de que entendesse a fundo desse novo material, o concreto armado. O que dizer, então, da estrutura metálica? Os cálculos se anunciavam tão complexos para levar a cabo essa parte que o recurso a um engenheiro já experimentado nesse tipo de empreendimento tornava-se indispensável. Mas, aí ainda, não existia nenhum no país.

Tonto de calor, Silva Costa deu uma parada na areia quente e enxugou a testa com um lenço enorme. Ao longe, três barcos de velas triangulares azuis e amarelas, flutuavam docemente no mar, à espera de um ventinho qualquer. Resmungando, o arquiteto retomou sua caminhada difícil. Só mesmo um pintor maluco para marcar encontro numa praia deserta, no início do verão, quando uma taça de sorvete teria sido tão agradável, na varanda do Amarelinho. Mas, no telefone, ele lhe dissera que era urgente...

Ao se dar conta da necessidade imperiosa de apelar para empresas estrangeiras, Heitor fizera uma pesquisa rápida junto aos confrades. E a grande maioria lhe indicou um nome: Paul Landowski. Esse escultor francês, que ele havia encontrado uma vez em 1924, durante sua volta ao mundo, era sem dúvida alguma o único que teria a competência necessária e uma caderneta de endereços suficientemente cheia para ajudá-lo na edificação da maior estátua do mundo. Aliás, em 1912, ele havia feito a fachada do palácio do governo do Rio Grande do Sul ao construir duas estátuas de mais de dois metros de altura, simbolizando a agricultura e a indústria. No pátio interno, também criara, tendo por tema a primavera, um grupo monumental cuja altura chegava a doze metros. Ainda estava longe dos trinta metros do Cristo Redentor montado sobre um pedestal de oito metros. Mas já era melhor que nada... Em compensação, esse Paul Landowski morava na França, a mais de dez mil quilômetros do Rio de Janeiro. E ele ainda teria de convencê-lo a participar dessa aventura...

– Então, meu irmão? Você deve estar maluco para vir à praia vestido feito um bacana? Tem que tomar cuidado com esse solão na moringa!

Num calção branco peludo, o corpo brilhando de suor, uma garrafa de cerveja na mão, Bartolomeu Zumbi zombava com o olhar. Na areia, várias toalhas estendidas. Sobre um braseiro, uma panela de metal enorme deixava escapar um cheiro delicioso de lagosta à baiana. Sem forças, Heitor abraçou rápido o pintor e, no mesmo movimento, roubou sua garrafa de cerveja que tomou de um gole só. Em seguida, desabou sobre uma toalha e grunhiu:

– Então? Que urgência é esta? E não enrole: vou almoçar à uma hora com o arcebispo...

Abrindo outra garrafa, Zumbi deu um assobio curto, depois respondeu:

– Devagar, arquiteto... Está quente demais para se irritar. Além disso, minha urgência não faz como o senhor. Ela se molha e se refresca...

Silva Costa desfez o nó borboleta e ousou abrir os botões da camisa até o peito. Depois de lavar bem a garganta, Zumbi prosseguiu, com o braço direito apontado para o mar:

– Eu o aconselho a fazer como a minha urgência, se não quiser ferver a cuca...

Desconcertado pela bonomia de Zumbi, o arquiteto sorriu e disse, num tom falsamente reclamão:

– Antes de mais nada, se você continuar a me chamar de senhor, não falo mais com você. Quanto a tomar banho de mar, eu já lhe disse que tenho um encontro com o arcebispo. Ele vai me apresentar a um padre que fala francês perfeitamente.

– Um padre? – Zumbi estourou de rir. – A nossa viagem a Paris vai ser muito divertida!

– A gente pega o que encontra. Em todo caso, vamos precisar de um tradutor, e de um bom, se quisermos convencer esse sr. Landowski.

– E o seu sapo de sacristia conhece alguma coisa de arquitetura?

Silva Costa, enquanto enchia o cachimbo, respondeu de maneira evasiva:

– É possível... O cardeal me disse que era um especialista em arte barroca.

Zumbi veio então se plantar diante do amigo. Com as mãos na cintura, replicou:

– Esqueça o seu almoço com o arcebispo, meu irmão. Encontrei o tradutor ideal.

– Como assim? Ele fala francês fluentemente?

– Melhor ainda...

– Você quer dizer que ele entende um pouco de arquitetura? Ele viu o nosso projeto? Ele sabe ler um plano?

– Não se excite, arquiteto. Fique quieto e tome um gole. Vou chamá-lo...

Com grandes gestos pontuados por um assobio estridente, Zumbi chamou a atenção de três banhistas que nadavam nas ondas verdes do mar. Depois, virou-se para o arquiteto e lhe disse com um bom sorriso:

– E fique sentado, meu irmão. Pode ser que você se sinta meio estranho...

Heitor, sem jeito, arrumou os óculos e observou as três pessoas que agora caminhavam na sua direção. Quando chegaram perto, ele começou a ficar vermelho. Os dois primeiros banhistas eram mulheres, vestindo apenas um conjunto leve de algodão que a água colara no corpo.

– Não adianta se excitar – interveio Zumbi rindo. – A da esquerda, a menor, é Elis, minha cara-metade. E imagine você que só devia durar uma noite, e já faz mais de dez dias que a gente não larga um do outro! Não, a minha urgência está atrás das duas meninas...

Escondida pelas duas jovens, Heitor primeiro viu uma silhueta de homem, estatura mediana, troncudo, com uma espessa cabeleira negra. Zumbi agachou-se perto do arquiteto e soprou baixinho:

– Pois é... É ele a porra do nosso tradutor! Passei ontem no terreiro da Mãe Esperança e ele estava lá, em carne e osso, este malandro. Aos beijinhos com a Amélia...

João apareceu. Caminhava no sol de mãos dadas com Amélia.

Zumbi, com voz grave, disse ainda:

– Então, não tive razão de lhe dizer que era uma puta urgência? João Domar, nosso tradutor ressuscitado... Ele não tem mais automóvel, mas tenho certeza que vai nos levar à França e de que vamos convencer o tio Landowski!

Nesse instante, ele soltou uma gargalhada. O som acabou espalhando pelos quatro cantos do mundo as escórias da primeira vida perdida de João Domar.

28

Ao pisar pela primeira vez, após cinco anos, o solo de Marselha, foi difícil para João conter a emoção. De madrugada ainda, já estava pendurado na proa, peito oprimido, a espreitar o farol de sua cidade, Notre-Dame-de-la-Garde, a Virgem de ouro. O sol acabava de nascer. No céu lavado pelas rajadas fortes do mistral, as gaivotas planavam com graça, seguiam as curvas do vento, lançavam piados curtos, mergulhavam no Mediterrâneo para logo sair com uma sardinha ou uma anchova a se contorcer no bico.

O navio diminuiu a velocidade. Vindo ao encontro deles, João avistou uma frota de traineiras seguida de uma barcaça onde os pescadores remendavam as redes e preparavam as gaiolas e as fieiras de anzóis. De camisa aberta, os braços ao longo do corpo, um cigarro na boca, João pôs-se a sorrir. Ele quebrara a espinha nas docas como carregador, fora banido de sua cidade pela máfia, só conhecera o amor com as putas da Fosse, e ei-lo que voltava, de primeira classe, roupa nova, e com papéis em regra que Silva Costa conseguira para ele. Dali por diante, ele se chamava, oficialmente, João Domar da Cunha, o sobrenome do tio Francisco. O estivador que se tornara colarinho-branco num escritório de arquitetura, depois bicheiro, malandro, assassino e, agora, tradutor, estava maravilhado com as voltas que o destino sabia dar.

Enfim apareceu Marselha. A cidade branca. Em sua fuga, João a abandonara glacial e chuvosa. Nessa manhã, ele a reencontrava em toda a sua majestade. No sol vermelho das primeiras horas do dia, Marselha fazia pensar num gigante de sílex dormindo de lado, enlanguescido, um gozo latino que não tardaria em sair de seus lençóis brancos e em se espreguiçar, com volúpia, da cabeça aos pés. De repente, um raio de sol bateu no seio de ouro de Marie. Foi como um sinal. Marselha pôs-se, então, a zumbir, a entrar no dia como se vem ao mundo, chorando primeiro, soltando gritos depois. Assim, foram os estrondos ensurdecedores dos bondes descendo a Canebière, as cordas batendo nos mastros, o choque dos cascos dos cavalos nas pedras das ruas, as sirenes dos barcos, do *ferry-boat*, o apito das fábricas, o martelo no gelo a preparar o mercado de peixes, o canto das lavadeiras, das catadoras de ameixas, das operárias das fábricas de azeite, o grunhido dos carregadores, dos estivadores, dos camelôs, dos vendedores de queijo de leite de cabra, dos camponeses puxando a carrocinha, sem esquecer o riso dos guris, os choques claros da primeira partida de bolas de gude do dia e, para acalentar essa sinfonia de Marselha abrindo os olhos, o ruído familiar do mar, brilhando feito uma moeda de prata na manhã clara.

– Você deve estar maluco, meu irmão! Está fazendo um frio de gelar as chamas do inferno e você aí passeando de camisa!

Encolhido num cobertor, tremendo a carcaça inteira, os dois olhos redondos saltando fora desse sobretudo improvisado, Zumbi batia os dentes. Como João sorria, ele prosseguiu, dividido entre o riso e a raiva:

– Santa Mãe de Deus... Fiz bem em deixar o Rio para vir me perder aqui! Se eu não tivesse escutado vocês, agora estaria, na maior tranqüilidade, na varanda de um boteco, a esquentar a bunda bebendo uma cerveja com Elis. E, em vez disso, estou aqui a morrer de frio!

– E olhe que você ainda não viu nada, cara... – murmurou João. – Assim que a gente aportar, corremos direto para a estação Saint-Charles e rumo a Paris.

Zumbi esbugalhou os olhos subitamente inquietos. Com uma voz temerosa, perguntou:

– Como assim, eu não vi tudo? Você quer dizer que em Paris faz ainda mais frio que aqui?

– Isso mesmo. E, além disso, está nevando. Foi o radioamador quem me disse há pouco...

Ao ouvir essa palavra, o rosto de Zumbi se decompôs. A neve... Ouvira falar dela nos livros, nos jornais, no rádio, ou pela boca dos marinheiros que faziam escala no Rio. Mas essa neve, para ele, não passava de uma teoria abstrata com a qual jamais imaginou ver-se um dia confrontado. No Rio de Janeiro, na Floresta da Tijuca, ele sabia se defender. Mas na neve parisiense?

O pintor enrolou-se, então, com majestade no cobertor de lã e, tremendo, voltou para a cabina para se esquentar com vinho quente e um cigarro de maconha. Antes de partir, cuidara de fazer uma provisão...

No dia seguinte à noite, o trem vindo de Marselha chegou a Paris numa nuvem de fumaça negra. Cansados pela viagem interminável, os três homens pegaram um táxi que os levou ao Hôtel du Coq, um estabelecimento moderno situado no Boulevard Saint-Germain. Ali, sem delongas, arrastaram-se até os respectivos quartos onde desabaram sobre a cama, sem comer nem ter tempo de tirar a roupa.

Às nove horas da manhã, João Domar da Cunha, Bartolomeu Zumbi e Heitor da Silva Costa, recuperados das emoções, encontraram-se na sala de refeições do hotel. O arquiteto, que não abandonava nunca a pasta de couro com suas notas e o dossiê completo do Cristo Redentor, apresentou o programa do dia. Pitando o cachimbo, explicou:

– Meus amigos, se queremos convencer o senhor Paul Landowski, não temos um segundo a perder. Nesta tarde, iremos a seu ateliê no bairro de Montmartre para lhe apresentar nosso projeto assim como as telas do Cristo pintadas por Zumbi...

Como resposta, Zumbi acariciou com a mão a pasta de cartolina pousada a seu lado. Na atmosfera perfumada de pão fresco, manteiga, café e chocolate com leite, o arquiteto prosseguiu:

– E prefiro ir logo lhes dizendo, nada está decidido. Paul Landowski é um artista muito famoso, que já ganhou muitos prêmios. Imaginem vocês que ele foi Grande Prêmio de Roma! Está portanto fora de questão enfrentá-lo ou contradizê-lo. Teremos de manobrar com humildade, paciência e, sobretudo, com um grande senso de diplomacia. Estou sendo claro?

Aí ainda, Zumbi e João aquiesceram em silêncio, com um simples gesto do queixo. Para concluir, Heitor, com o rosto sério, lançou:

– Se conseguirmos convencê-lo, voltaremos ao Brasil como heróis. Caso contrário, será preciso começar tudo de novo...

Ao contrário do que havia anunciado o radioamador do navio, o tempo em Paris revelou-se clemente, de uma suavidade inabitual nesse fim de outono. Os três homens decidiram ir a Montmartre de táxi, pelo caminho dos estudantes. E os três não trocaram mais muitas palavras. No sol fraquinho que não se decidia a se juntar ao inverno, eles visitaram Paris, extasiando-se com os monumentos à beira do cais, com a extraordinária elegância da torre Eiffel, com o tráfego das chatas e das canoas no Sena, esse rio que penetrava na cidade como uma flecha de água. Torceram também o pescoço pelas janelas do carro para entrever Notre-Dame de Paris a seduzir por trás dos prédios burgueses. Não longe de Montmartre, decidiram terminar a corrida a pé e se misturaram ao fluxo incessante dos parisienses apressados, admiraram, boquiabertos, as vitrines cintilantes e coloridas dessa cidade onde se poderia imaginar que, em cada esquina desse cenário monumental, o Rei-Sol e sua corte iam aparecer, a não ser que fosse Henrique IV e seu ar garboso, os revolucionários de 1789, a fria silhueta de uma guilhotina, Esmeralda, a dançarina descalça, Napoleão voltando do Egito, Victor Hugo e sua batalha de Hernani, todo um exército de homens ilustres que haviam feito Paris e de que o mundo inteiro, certo ou errado, há séculos invejava a inteligência e a cultura.

Os três pararam diante da colina de Montmartre, cheios de imagens, tontos de ruídos e de ouro. João entrou numa loja de vinhos a fim de se informar do lugar exato do ateliê de Paul Landowski. Enquanto isso, Zumbi tirou as mãos do casaco de pele, o que ninguém no mundo teria conseguido fazer, e enrolou um cigarro. Depois perguntou a Silva Costa:

– Diga-me uma coisa, meu irmão... Os franceses são racistas?

– Não... Enfim, acho que não. Por que você está me perguntando isso?

– Porque as pessoas me olham como se eu fosse um bicho curioso. Nunca viram um negro por aqui?

Feliz por poder dar mostras de sua cultura, o arquiteto respondeu:

– Claro que sim! Dizem até que está passando uma revista negra formidável. E também têm batalhões inteiros de atiradores senegaleses e zuavos!

Do outro lado da rua, uma babá, tentando esconder o riso, apontava com o dedo o pintor para uma menina pequena. Zumbi cuspiu no chão, acendeu o cigarro e disse com amargura:

– Negros para dançar. Negros para fazer a guerra. Aqui também ainda vai demorar muito até um negro, ou um de seus filhos, fazer política ou ser pintor...

– Você está enganado, meu amigo. Alexandre Dumas, o grande escritor, tinha sangue negro nas veias.

– E existem muitos como ele?

Heitor deu de ombros em sinal de ignorância. Zumbi dirigiu, então, um olhar tristemente irônico e perguntou ainda:

– O seu Alexandre Dumas era bem-visto pelos outros escritores?

Aí, ainda, a pergunta ficou sem resposta.

– Está absolutamente fora de questão eu participar da criação do ridículo Cristo Redentor de vocês...

Ao descobrir as telas de Bartolomeu Zumbi, Paul Landowski foi categórico. Quando João, de garganta seca, traduziu a frase fatídica, Heitor desabou em sua poltrona enquanto Zumbi levantava-se num salto no ateliê e precipitava-se sobre o escultor. Com grandes gestos desordenados, ele gritou:

– Mas quem você pensa que é para achar ridículo o meu Cristo?

Assustado, Paul Landowski recuou um passo, enquanto João se interpunha:

– Fique calmo, meu irmão!

– Como assim, fique calmo? Não se pode receber as pessoas como se fossem cachorros! Mas quem é este palhaço? Se ele falar mal do meu trabalho mais uma vez, não respondo por mim!

– Zumbi! Heitor disse que era preciso ser diplomata! Controle-se, porra!

Resmungando, Bartolomeu voltou à sua cadeira, os olhos girando nas órbitas feito dois piões. O negócio no mínimo estava começando mal. Paul Landowski, um robusto sujeito de cinqüenta anos, atarracado, ombros largos, o alto do crânio maciço e voluntarioso meio desguarnecido, usando orgulhosamente bigode e cavanhaque num rosto quadrado, Paul Landowski não era do gênero a medir as palavras, nem tampouco a ficar indefinidamente enrolando. Depois de servir um conhaque aos três convidados, ele que havia até esquecido o encontro não precisou de mais de dez segundos para dar seu veredicto. Quando Silva Costa desdobrou as telas e os esboços sobre a mesa, o escultor quase sorriu. Há anos ele vinha trabalhando duro na grande obra de sua vida, o Templo do Homem, e eis que vinham lhe propor realizar um Cristo Redentor monumental...

Compreendendo que passara da medida, o escultor secou o copo, estalou a língua contra o céu da boca e reconsiderou com um ar de dúvida os desenhos. Depois, com uma ponta de constrangimento rude na voz, repetiu:

– Eu lhes asseguro, senhores, que não posso me lançar neste empreendimento.

– Mas por quê? – perguntou João.

– Porque não vejo razão para que um símbolo que é unicamente cristão reine sobre o Brasil. Não conheço bem o país dos senhores, mas conheço o bastante para saber que todas as religiões lá estão representadas. Então me digam por que escolheram a religião católica.

Enquanto João traduzia, Paul Landowski continuou a se explicar. Com um gesto amplo do braço, apontou para os esboços pregados nas paredes de seu imenso ateliê. No meio das ferramentas de talhe e de escultura, no entulho e nos blocos de gesso, o escultor prosseguiu:

– O que querem? Gosto de todas as religiões. Meu Templo do Homem, se um dia nascer, não será cristão. Positivamente, só acredito no homem. E todos os deuses que estão aí, nestas paredes, foi o homem quem os criou.

João interveio então:

– Logo, se entendo bem, o senhor gosta de todas as religiões?

– Exato.

– Inclusive as crenças, como as dos índios tupinambás?

– Mas por quê? O que esta pergunta tem a ver com o nosso negócio?

João também se levantou e se aproximou do escultor. Olhando-o bem nos olhos, interrogou:

– O morro do Corcovado, a mais de setecentos metros de altura, lhe parece ser uma base bem escolhida para acolher uma estátua?

– Sim, mas eu...

– Sr. Landowski, esse morro emerge da Floresta da Tijuca.

– E daí?

– Daí que bem antes de os cristãos invadirem o nosso país, bem antes mesmo do nascimento de Cristo, o Brasil vivia conforme as leis e a religião dos índios. Hoje ainda alguns tupinambás sobrevivem na Floresta da Tijuca.

O escultor franziu as sobrancelhas revoltas e confessou:

– Não vejo muito bem aonde o senhor quer chegar...

– Nisto, senhor: a base primeira do nosso país é indígena. Ao construir essa estátua sobre essa base, sobre o pedestal do Corcovado, nós estaremos assim honrando, para a eternidade, os índios brasileiros.

Paul Landoswski, pensativo, passou os dedos pelo cavanhaque e considerou de novo as telas abertas sobre a mesa. Nesse instante, Bartolomeu Zumbi, suando abundantemente no três-quartos de pele, levantou-se e tomou a palavra:

– Com todo respeito, o que o meu irmão está dizendo é verdade. Mas eu tenho que acrescentar uma coisa...

Com grandes gestos para apoiar as palavras, o pintor pousou a segunda pedra:

– Como os brancos eram preguiçosos demais para trabalhar a terra, eles trouxeram os africanos para trabalharem como escravos. E foram os negros que fizeram o país. Buscando a liberdade, muitos se revoltavam. Fugiam das fazendas para criar, na mata, comunidades de mulheres e homens livres, os quilombos. E o primeiro quilombo fundado foi nas encostas do Corcovado, na Floresta da Tijuca. Assim, para os africanos também, para o povo da macumba, é justiça o morro do Corcovado ser o pedestal da estátua.

Perplexo e intrigado, Paul Landowski escutou com atenção a tradução de João. Sem parar de coçar o cavanhaque preto e constelado de pedacinhos de gesso, ele objetou então:

– E por que esse Cristo Redentor dominaria os índios e os africanos?

Silva Costa juntou-se, então, aos três homens e colocou a terceira e última pedra:

– Os dignitários da cristandade vão pensar que, efetivamente, a estátua branca domina. E vão ter razão. Mas, sem esse pedestal, sem essa base indígena e africana, essa estátua não teria razão alguma de existir. sr. Landowski, nós não queremos glorificar a cristandade. Desejamos simplesmente construir uma estátua puramente brasileira. Uma obra em que se misturam as três raízes do Brasil: a indígena, a africana e a européia. E os que forem tocados por essa obra serão tocados também, consciente ou inconscientemente, pelo Brasil em toda a sua diversidade...

Depois de um longo silêncio indeciso, um sorriso acabou iluminando o rosto do escultor. Com os punhos bem firmes na cintura, as pálpebras dobradas de malícia, ele murmurou então:

– E por que não? Para quando os senhores querem essa estátua?

Silva Costa não precisou de muito tempo para se instalar na casa de Paul Landowski. No primeiro dia, o escultor segurou os três visitantes para jantar, uma galinha cozida e um salmão com azedinha, tudo copiosamente regado por um Côtes du Rhône, um Montirius bem encorpado e com bela cor de rubi. Depois do digestivo, os quatro voltaram ao ateliê. Paul Landowski queria saber tudo, conhecer tudo do projeto da estátua. Saudou com aplausos sinceros a escolha audaciosa do concreto armado, abordou os problemas de estrutura e de metal, discutiu asperamente o tempo necessário à duração das obras, as equipes a serem constituídas, o cronograma. Também se falou da situação política e econômica do país, do gênio visionário do monge francês Pierre-Marie Bos, da Semana do Monumento, dos esforços incessantes do arcebispo Dom Sebastião Leme para levar adiante o projeto, da revelação da antena da Companhia Brasileira de Telefones, na manhã de 1º de janeiro, na praia de Botafogo. Da mesma forma, ele bombardeou de perguntas João Domar da Cunha sobre a trajetória que o havia conduzido de Marselha ao Rio de Janeiro e tampouco poupou Bartolomeu Zumbi que, com paixão, aceitou falar de sua pintura e de seu sonho, o de criar obras de arte realmente populares.

Quando os três puderam enfim deixar o bairro de Montmartre, o sol se levantava e as carrocinhas dos entregadores de leite já sacolejavam nas pedras das ruas da capital que dormia. Paul Landowski, por sua vez, adormeceu com a mente agitada por visões excitantes de mulheres-panteras, índios tupinambás e quilombos povoados de escravos africanos fugidos.

Ao meio-dia, o escultor mandou seu carro pessoal buscar os três brasileiros no Hôtel du Coq. E, de novo, as discussões inflamadas recomeçaram em volta de xícaras de café forte e de garrafas de aguardente de ameixa, de pêra e de licor de pêssego.

Silva Costa e Paul Landowski partilhavam não só a mesma paixão mas também tinham da prática dessa arte um ponto de vista similar. Tanto para um como para o outro, o escultor não devia ficar numa torre de marfim, mas participar da criação coletiva de uma obra. Nisso, a edificação do Cristo Redentor podia se aparentar com os grandes canteiros de obras da Idade Média. Seriam necessários diferentes profissionais, e nenhum poderia estar à frente do outro.

O único objetivo buscado seria a construção da estátua e não a publicidade dos artistas. Estes lá estariam para servir a obra e não para dela se servir a fim de brilhar nos meios de comunicação e junto ao público. Uma vez estabelecidas essas regras de trabalho, os dois homens se abriram inteiramente um ao outro, em perfeita cumplicidade. Assim, Heitor confiou as esperanças que ele tinha nessa obra, que deveria ser um êxito perfeito, tanto no plano artístico quanto matemático ou arquitetural. Paul Landowski, por sua vez, discorreu com excitação sobre seu Templo do Homem que, segundo ele, seria um lugar público, onde todas as religiões seriam evocadas por realizações esculturais.

E assim, os primeiros dias se passaram. De *cassoulets* gratinados a cálculos complicados, de queijos cremosos à escolha de prestadores de serviços, entre batatas ao forno e os primeiros modelos talhados no gesso, uma boa amizade se estabeleceu entre os três brasileiros e o francês, amizade que só fez aumentar à medida que o projeto avançava.

Mas no fim da primeira semana, quando Heitor e Paul abordaram o espinhoso problema dos cálculos que fizessem coincidir as duas estruturas, João e Zumbi não se sentiram mais de utilidade alguma. A hora era dos especialistas e, com o entusiasmo de seus vinte anos, o arquiteto readquirira um uso correto da língua francesa, que estudara no ginásio. Sem se lamentarem, já que esses debates de que não podiam participar os entediavam mortalmente, João e Zumbi passaram a maior parte do tempo passeando por Paris. Visitaram museus, farrearam nos bairros mal-afamados, assistiram a espetáculos e, sobretudo, comeram todos os dias, na companhia de mocinhas fáceis, em lugares diferentes, restaurantes de luxo ou pés-sujos freqüentados por carregadores. João descobria com o amigo gostos e sabores desconhecidos, *foie gras*, champanhe, *magret* de pato, sopa de cebola, chouriço frito, cabeça de vitelo com molho *ravigote*, coxas de rãs, turnedôs Rossini, sem esquecer os pitus no vapor, a cavaquinha gratinada no forno, a batata frita, os mexilhões com creme e as castanhas quentes, servidas em saquinhos de papel.

Numa terça-feira pela manhã, quando Zumbi finalmente aceitara passear descoberto, com o casaco de peles mesmo assim pendurado no braço, o tempo de repente mudou e nuvens carregadas escureceram o céu. Às onze horas, a neve começou a cair em flocos enormes, imobilizando a cidade num silêncio gelado. Trancado no quarto de hotel, o casaco abotoado até o queixo apesar do aquecedor roncante, Zumbi instalou-se junto da janela que dava para o bulevar Saint-Germain e escreveu uma carta a Elis.

Paris, novembro de 1925
Querida Elis,

Você não iria adivinhar o que está me acontecendo. Estou debaixo da neve. Ou melhor, é Paris que está sob a neve, porque está fora de questão eu botar a bunda fora do hotel enquanto estiver caindo gelo. Eles não me dizem isso, mas estou certo de que um homem pode morrer se andar na neve. Um francês, talvez não. Mas um brasileiro, é certo!

Fora isso, quanto ao Cristo Redentor, está acertado. Quero dizer que o nosso Landowski topou. Melhor que isso: ele e o Heitor não se largam mais. Parecem garotos. Passam o dia inteiro falando de vigas, estruturas, pilares, arcabouços e um monte de outras coisas para as quais João e eu não estamos nem aí. Assim, enquanto eles não terminam as maluquices deles, nós passeamos, visitamos Paris e comemos muito também. Quanto a isso, devo lhe confessar que é verdade: os franceses de fato são chefes na cozinha. Eles inventam pratos que, Deus seja testemunha se eu estiver mentindo, eu nunca poderia imaginar que existissem. Em compensação, não entendem nada de pimenta. Nem lhe falo do dendê e da farofa. É uma pena...

Em todo caso, assim que eu voltar, já previ o programa. A gente vai para a cama, só você e eu, e a gente vai comer e fazer amor. Quanto ao amor, eu lhe deixo a escolha. Você é quem vai decidir. Quanto ao cardápio, eu gostaria que você me preparasse camarão frito e uma boa feijoada, com toneladas de feijão-pre-

to e pimenta! Para beber, deixe comigo. Vou voltar com umas garrafas de vinho francês. Não é forte o bastante para embebedar o seu homem corretamente. Mas o vinho deles, e sobretudo o champanhe, dão na boca umas bolhas que picam na barriga e também umas idéias...

Meu amor, sinto muitas saudades de você. Penso em você e nas suas quatro covinhas...

Saravá!

Seu Bartolomeu Zumbi, sob a neve.

NB: Para que você se dê conta, ponho junto um desenho que fiz do bulevar Saint-Germain sob a neve. A palmeira que você vê no fundo à esquerda não existe, mas não pude deixar de...

Depois desse dia, Zumbi não pôs mais os pés fora do hotel, exceto para voltar ao país, preferindo se esquentar no aquecedor do quarto e ficar passando para o papel os esboços da vida parisiense a que pudera assistir desde que chegara.

João pegou, então, o hábito de passear sozinho por Paris, reservando as noites para Zumbi, alternando no salão do restaurante do Hôtel du Coq as conversas regadas a vinhos e licores com festanças incríveis em que todas as mulheres dadas ao álcool e ao amor eram bem-vindas.

Em compensação, todas as tardes, João ia ao ateliê de Montmartre e, sentado num canto, observava o arquiteto e o escultor trabalharem. No rangido da pena de Silva Costa e nas crepitações do macete no cinzel de Paul Landowski, ele assistiu ao primeiro nascimento físico do Cristo Redentor. Em cada visita, ele via a escultura tomar forma, desenhar-se no claro-escuro do ateliê. O primeiro modelo de gesso tinha apenas um metro de altura. O segundo atingiu quatro metros. João podia chegar a qualquer hora, o espetáculo era o mesmo. Sentado à mesa, escrevendo páginas e páginas com fervor, Silva Costa, cachimbo na boca e pincenê atravessado sobre o nariz, vivia às voltas com os problemas de estrutura, muitas vez contando com a ajuda do empreiteiro Pelnard Considère-Caquot, um especialista nesse tipo de exercício. No centro do ateliê, trepado numa escada, suado do esforço e do calor que saía do aquecedor de carvão, Paul Landowski modelava o Cristo com batidinhas vivas e precisas. Só interrompia para acariciar o gesso com as mãos compridas, para sentir bem as suas curvas, os relevos, pois, há muito tempo já, os olhos o traíam. Em contrapartida, as mãos nunca lhe mentiam.

A estátua foi pouco a pouco evoluindo. Sabendo que os detalhes não seriam realizáveis em concreto armado, o escultor modificou seus traços e os tornou mais geométricos que na tela pintada por Zumbi. O drapeado da toga ganhou em modernidade. A própria barba desapareceu. A cabeça, enfim, em vez de ficar reta, com os olhos perdidos no vazio, foi ligeiramente inclinada para baixo. E foi principalmente essa última modificação, em aparência banal e sem conseqüência, que acabou dando a essa obra seu aspecto de ternura, de proteção. O Cristo, de uma brancura ofuscante, braços abertos para abençoar, enfim olhava os homens. Era o Cristo da redenção.

Com o último golpe de macete, Heitor, Landowski e João se olharam. Depois, num silêncio novo, juntaram-se ao pé da estátua. Lá fora, a neve voltara a cair; dentro, o aquecedor ronronava no ferro aquecido. Sem se consultarem, os três se deitaram no chão, em forma de estrela, no meio do entulho e das lascas de gesso, os pés contra o pedestal da estátua. E, antes de todos, puderam contemplar de baixo para cima, com um nó de emoção na garganta, o Cristo Redentor que em breve estaria no alto do morro do Corcovado...

Nessa noite, Heitor voltou de táxi com João. Nenhum dos dois falou durante o trajeto e, já que a volta ao país agora era iminente, o arquiteto pediu ao chofer que os deixasse nos Champs Elysées, para que ao menos pusessem o pé numa das avenidas mais majestosas do mundo. Bem protegidos do frio picante pelos casacos, os dois se misturaram às pessoas e caminharam pela neve fofa. Ao fim de alguns minutos, Heitor parou na luz vistosa de uma cervejaria, acendeu o cachimbo e soprou:

– João... uma obra só tem êxito quando está totalmente acabada.

– Ela vai ter êxito assim que voltarmos ao Rio, não?

– Você não está entendendo o que eu quero dizer...

E, voltando a andar, prosseguiu num tom pensativo:

– Do ponto de vista matemático, está tudo certo. As duas estruturas vão formar uma única e se encaixarão perfeitamente. Se os meus cálculos estiverem certos, por assim dizer, uma brincadeira de criança.

– E então? O que não está batendo?

– A estética...

Desta vez, foi João quem parou de andar. Incrédulo, perguntou:

– Você não gosta da estátua do Paul?

– Não é isso – respondeu o arquiteto numa careta. – Ela é sublime, muito pelo contrário.

– Evidente! Zumbi vai adorar.

– Com certeza... Mas isso não resolve o problema maior. Um problema no qual o idiota que eu sou não havia nem pensado.

– Qual?

Com o indicador levantado, uma gota no nariz, Silva Costa respondeu, numa nuvem de vapor:

– A cobertura, João. A cobertura...

Então, em termos profanos, o arquiteto explicou que, se por um lado o concreto garantia uma solidez a toda prova, por outro era impensável deixar esse material visível a olho nu. Era absolutamente necessário recobri-lo com um revestimento elegante e capaz, também, de resistir às intempéries. O ouro ou o mármore seriam ideais. Mas fariam explodir ainda mais o custo final da estátua. A pedra bruta casada com o concreto se deterioraria rápido demais com as tempestades de verão e o calor tropical. A mesma coisa com o metal. Admitindo que fosse possível, enferrujaria em poucos meses e o Cristo ficaria com cara de leproso.

De repente, Heitor parou e deu meia-volta, olhando reto à sua frente. Depois, com os olhos brilhando nas luzes da noite parisiense, pôs-se a saltitar rindo, esbarrando num casal em traje a rigor, derrapando numa placa de gelo, segurando-se no último segundo num poste de luz para voltar a correr e, uns metros abaixo, imobilizou-se diante da pequena fonte coberta de mosaicos prateados pela qual os dois acabavam de passar. Apalpou-a excitado, várias vezes em seguida, antes de gritar de felicidade, os braços estendidos ao longo do corpo, a cabeça virada para o céu:

– O Aleijadinho! O Aleijadinho!

Chapéu no chão, o arquiteto pôs as mãos em porta-voz e gritou de novo, na direção do amigo que continuava parado, assustado com a cena:

– João! O Aleijadinho é quem tinha razão! É ele! É ele, estou lhe dizendo!

Instantes depois, colados no aquecedor esmaltado do Café de la Civette, na Rue Christophe Colomb, uma tigela de vinho quente sob o nariz gelado, o arquiteto explicou sua atitude:

– Há pouco entendi tudo, quando vi aquela fonte. Para recobrir a estátua, vamos usar um mosaico.

João logo soltou uma gargalhada:

– A neve está fazendo você delirar? Um Cristo em mosaico... Mas se você disser isso ao arcebispo, ele vai comer a batina!

Heitor varreu a réplica com as costas da mão e continuou:

– Que nada! Vamos cobri-la com um mosaico feito com a pedra do Aleijadinho!

– Quem é esse cara?

Depois de deliciosamente queimar os lábios com o vinho com canela, o arquiteto começou a contar a gloriosa e terrível história do Aleijadinho, com uma profusão de detalhes, como se ele mesmo tivesse assistido a cada segundo de sua existência:

– Isso tudo foi há muito tempo. Já no final da colonização portuguesa no Brasil. Os historiadores supõem que o Aleijadinho nasceu em 1738, em Congonhas do Campo, no estado de Minas Gerais...

Filho de uma escrava negra com um português, o Aleijadinho, cujo verdadeiro nome era Antônio Francisco Lisboa, de fato foi um homem com um destino extraordinário. Graças a seu trabalho, a sua genialidade, tornou-se o escultor brasileiro mais famoso no mundo. Baixo, curvado, feio e dotado de enormes orelhas de abano, esse mulato mesmo assim abalou os usos, revelando um talento incrível para a escultura. Jovem ainda, todos já glorificavam a sua arte...

– Ele criou um estilo bem próprio, que estudei na universidade – continuou o arquiteto. – É flamejante, uma mistura de barroco europeu, mas de inspiração puramente brasileira.

– E daí?

– Ele poderia ter tido uma vida de sonho. Mas o destino decidiu de outro jeito. Quando ele tinha quarenta anos, a lepra se manifestou.

Lepra, sífilis, escorbuto ou reumatismos. O fato é que seu corpo, já estropiado pela natureza, começou a se deformar de maneira atroz. As mãos se atrofiaram, a vista declinou e, poucos anos depois, dele só restava um pedacinho de homem doente, esmirrado, ressequido; o menor movimento bastava para fazê-lo gemer de dor.

Sob a luz fraca da lamparina, sem dar atenção às pessoas nas mesas vizinhas, o arquiteto prosseguiu a sua história com ênfase, imitando o corpo do Aleijadinho que se esclerosava:

– Mas ele continuou, João. Ele continuou a esculpir. Você consegue imaginar? Todas as manhãs, os empregados o carregavam até o ateliê numa maca. Ali, os ajudantes amarravam um martelo num cotoco de mão, um cinzel na outra, e ele voltava às suas esculturas.

Pareceu até que, quanto mais o estropiado entortava e perdia a forma humana, mais as estátuas que nasciam de sua obstinação ganhavam em elegância, em harmonia, em pureza. Para tentar aliviar um pouco seus sofrimentos, o Aleijadinho resolveu talhar suas obras em esteatito, um mineral conhecido também pelo nome de pedra-sabão. Foi nesse material que ele esculpiu as doze estátuas dos Profetas, estátuas que ainda hoje podemos admirar em Congonhas do Campo, na igreja de Bom Jesus de Matosinhos.

Três tigelas de vinho quente engolidas uma atrás da outra não tinham conseguido estancar a sede de Silva Costa que, num gesto, pediu ao garçom para renovar. O arquiteto parou um instante para limpar o cachimbo, depois acrescentou, sonhador:

– Tantos anos, e as estátuas dele não ganharam uma única ruga... Você se dá conta, João? Nem uma ruga.

– É uma história muito bonita. Mas qual é a relação dela com o nosso Cristo?

Heitor, enquanto desamarrava a bolsa de fumo, explicou:

– A pedra-sabão é muito fácil de trabalhar. Não tem nada a ver com o mármore. Imagine que basta uma unhada para riscá-la!

– E é com isso que você quer fazer a estátua?

– Mais ou menos... Quando eu vi a fonte há pouco, eu pensei depois que os mosaicos prateados não haviam sido incrustados na pedra. Eles haviam sido colados em tiras de pano que, depois, tinham elas mesmas sido coladas no tanque. Naquele instante, eu estava lhe falando de uma possibilidade do uso do metal, dos riscos de ferrugem e do fato de que o Cristo ficaria com cara de leproso meses depois apenas.

João esboçou um sorriso. O arquiteto prosseguiu:

– Na minha cabeça, foi só uma volta. O revestimento daquela fonte, a palavra leproso, o Aleijadinho, a pedra-sabão...

– Você quer dizer que...

– É. Tenho quase certeza de que podemos usar placas de pedra-sabão em mosaico para recobrir o Cristo.

João pagou a rodada que o garçom acabava de servir, depois objetou:

– Mas se essa pedra é tão frágil, ela não vai agüentar quinze dias no topo do Corcovado!

– Aí é que você se engana. Ela é absolutamente estanque e resiste à chuva e ao sol, sem nenhuma alteração. Não se esqueça de que as estátuas do Aleijadinho lá estão para provar isso!

– E é de que cor?

– De um cinza leve, puxando para o verde. Mas lhe garanto logo: ao menor raio de sol, ela dá, de imediato, a impressão de ser branca como a neve.

Heitor continuou a discorrer ainda por um bom tempo sobre as qualidades da pedra-sabão, o esteatito, a pedra mágica do Aleijadinho. João, embora pouco convencido pela idéia de drapear o Cristo Redentor em mortalhas de mosaico, à imagem das antigas múmias egípcias, evitou no entanto contradizer o amigo. Escutando-o com um ouvido distraído, ele observava pela janela do La Civette a Rue Christophe Colomb se esvaziar. O vinho quente o deixara agradavelmente alto e, olhando sem ver os galhos de um plátano imenso em cima de um poste, pensou ter visto a silhueta protetora de Febrônio, o índio, imóvel numa forquilha, a sorrir. João sentiu-se, então, percorrido por um arrepio de felicidade pura, a de estar no lugar exato, no momento exato, às vésperas de realizar uma grande tarefa. Por um instante, a cicatriz que lhe cortava o rosto pareceu diminuir.

Ele entendeu que era hora de voltar para casa, para o Rio de Janeiro.

Lá o esperava Amélia.

Lá, ele enfim ia ajudar a trançar as três raízes do Brasil.

29

Nesse mês de janeiro de 1926, João Domar da Cunha, Bartolomeu Zumbi e Heitor da Silva Costa não foram recebidos como heróis ao desembarcarem na baía de Guanabara. A chegada passou até despercebida. Extenuados pela viagem, adiaram os sonhos de reconhecimento nacional. O único acontecimento notável deve ser creditado a Zumbi. Durante a travessia, o pintor foi vítima de um enjôo terrível que o deixou lívido, sua bela tez de ébano ficou verde. Praticamente não saiu do banheiro da cabina, ficando a vomitar as tripas, incapaz de engolir qualquer alimento sólido. Só na véspera da chegada, quando parou de marear, é que deu, enfim, uma volta pelo bar do navio para acabar com as gozações. Quando lhe perguntaram por que não ficara doente na ida, ele replicou com uma frase cheia de sentidos:

– Meus avós vieram de Angola. O meu corpo se lembrou da viagem para o Brasil...

Os três aportaram numa tarde de sábado. Deixaram com os carregadores a bagagem, mas fizeram questão, com um luxo de precauções inimagináveis, de descer eles mesmos com a pesada caixa de madeira que continha a estátua de gesso do Cristo Redentor, de um metro de altura, realizada por Paul Landowski. Puseram-na bem presa no porta-malas de um táxi que levou Heitor a sua casa na Praça da República. Zumbi voltou ao ateliê da Lapa para repastar-se de amor, cachaça e feijoada. João, ao quartinho da Praça Onze, onde tomaria um banho antes de ir cumprimentar Tia Ciata, acariciando a esperança de encontrar Amélia.

Na segunda-feira de manhã, o arquiteto, seguro de si, pediu para ver com urgência o arcebispo Dom Sebastião no Palácio São Joaquim.

O prelado o recebeu imediatamente e, depois dos cumprimentos de praxe, Silva Costa abriu sorrindo a caixa de madeira que dois guardas haviam colocado no escritório central. Quando a palha foi retirada e que o Cristo Redentor apareceu em plena luz, o arcebispo empalideceu, seus dedos tremeram, seus olhos ficaram fixos na escultura de um branco que iluminava a sala inteira. Ficou assim por muitos minutos, em silêncio, banhado numa felicidade tão plena que só poderia, nesse instante preciso, ser traduzida por recolhimento. Enfim, Dom Sebastião benzeu-se várias vezes e, em três passadas, ficou junto do arquiteto e o abraçou com fervor. Depois, numa voz estrangulada pela emoção, balbuciou:

– É um milagre, caro doutor... É uma maravilha... Ele está sublime! O senhor pensou até em mandar gravar o coraçãozinho no santo peito de nosso Cristo, como eu lhe havia pedido... Meu amigo! Meu mui grande e caro amigo... É um dia histórico para o Brasil!

Depois de voltar a si, o arcebispo sentou-se em sua mesa e, numa voz tonitruante, lançou:

– Caro doutor, a datar de hoje, o senhor pode começar as obras!

Então, foi Silva Costa que quase passou mal. Como estava longe aquele dia funesto em que, no Palácio do Catete, ele sofrera a humilhação da recusa. Hoje seu projeto fora aceito. Do ponto de vista técnico, não havia mais empecilho algum. O dinheiro estava disponível. Esse dia era, simplesmente, o mais bonito de toda a sua existência.

Nessa mesma tarde, Silva Costa reuniu o núcleo duro que asseguraria o sucesso do empreendimento. Durante toda a viagem, ele pensara em três homens de confiança e grande talento que poderiam respaldá-lo na construção do Cristo. Recebeu primeiro um colega arquiteto, Heitor Levy, um apaixonado pela matemática a quem confiou a execução das obras. Em seguida, Pedro Fernandes Vianna da Silva, um homem firme e enérgico, que daria um perfeito supervisor. Enfim, depois de pensar muito, escolheu, como segundo supervisor, Antônio Ferreira Antero.

Bem mais que o discurso de Silva Costa, foram a maquete da estátua e o desafio tecnológico do empreendimento que conquistaram os três homens. Depois de recebê-los separadamente, o arquiteto os convocou no dia seguinte para uma primeira sessão de trabalho. Prevista para durar duas horas, continuou por dois dias. Heitor Levy, Vianna da Silva e Ferreira Antero não quiseram deixar o escritório sem conhecer a totalidade do dossiê. Silva Costa, satisfeito com o andamento das coisas, mostrou-se, como de hábito, apaixonado, convincente, respondeu a todas as questões com ardor, precisou os pontos delicados num quadro-negro montado num cavalete, definiu com exatidão o posto e a missão de cada um, insistiu no caráter confidencial dessa obra histórica, alternou as conversas científicas e as digressões de ordem mais filosófica, até mesmo teológica, apimentou suas reflexões com anedotas vividas no Brasil e na França, em suma, brilhou na arte da sedução com um pouquinho de vaidade e manteve a assistência sob seu encanto. Quando o escritório ficou vazio, na madrugada do terceiro dia, ele desabou no sofá, esgotado, com um sorriso feliz nos lábios.

No Rio de Janeiro, os segredos têm vida curta. Apesar da discrição de cada um, logo se espalhou como um rastilho de pólvora através da cidade a notícia de que a estátua do Cristo Redentor reinaria no topo do morro mais alto da cidade. Há tempos se falava disso mas, quatro anos após os dons efetuados para a Semana do Monumento, como não tiveram mais notícias da mítica estátua, todos pensaram que o projeto caíra no esquecimento do Palácio do Catete e da Igreja. Assim, quando o boato das primeiras obras começou a correr pelas ruas da capital, mil histórias surgiram em que realidade e ficção caminhavam lado a lado numa desordem feliz. A altura da estátua, conforme as fontes, seria de trinta, quarenta, até mesmo setenta metros. O pedestal abrigaria uma capela que poderia acolher no mínimo mil pessoas. A cabeça pesaria dez toneladas, a distância entre as duas mãos beiraria os quarenta metros. Melhor ainda: toda a estátua já fora fabricada, no maior segredo, na França. E, em menos de um mês, talvez até em quinze dias, já se poderia admirá-la no alto do Corcovado...

Quando o boato começou a ficar extravagante demais (não iam instalar canhões nos olhos do Cristo para defender a baía de Guanabara contra eventuais invasores? Não existia um subterrâneo que ligava a capela ao palácio presidencial? E o ouro do Banco Central não ia ser estocado nos alicerces da estátua?), quando as fofocas mais estapafúrdias se tornaram legião, Silva Costa decidiu, de urgência, dar uma entrevista coletiva. Diante de cinqüenta jornalistas e um número igual de fotógrafos, tendo ao lado Dom Sebastião, a equipe, João e Zumbi, Heitor apresentou, então, a maquete. Quando o pano que cobria a estátua foi retirado, fez-se na sala um breve silêncio. Depois, uma onda de aplausos estourou e fez tremer as paredes, pontuada de gritos de alegria, de vivas e de assobios entusiasmados. A ovação durou uns quinze minutos. Quando Silva Costa pôde enfim começar sua conferência, suas palavras foram acolhidas num silêncio respeitoso. Para estar seguro de que os jornais publicariam as mesmas informações, o arquiteto mandara distribuir uma nota, um memento, onde figuravam os principais números da estátua do Cristo Redentor.

Características do monumento ao Cristo Redentor

Localização: Morro do Corcovado – 710 metros acima do nível do mar
Rio de Janeiro
Visibilidade: 360º
Altura (fora as fundações): 38 metros
Altura do pedestal: 8 metros
Altura da estátua: 30 metros
Altura da cabeça: 3,75 metros
Comprimento de cada mão: 3,20 metros
Distância entre as extremidades dos dedos: 28 metros
Superfície dos braços (aproximadamente): 38 metros

Peso da cabeça: 30 toneladas
Peso de cada mão: 8 toneladas
Peso de cada braço: 57 toneladas
Área do pedestal: 100m²
Uma capela servirá de base

Longe da agitação febril que reinava no escritório de arquitetura de Silva Costa, Zumbi e João viveram o primeiro mês da volta numa atmosfera de felicidade total.

O primeiro, para descansar das gloriosas atribulações na França, deixou os dias passarem na mais perfeita inconsciência. Tocava cavaquinho nas horas suaves da noite, pintava quando dava vontade, devorava os livros que Elis lhe sugeria, dormia à vontade. Quando, numa festa, lhe pediam para falar de Paris, ele subia com prazer em casa para vestir o terno com o sobretudo e o gorro de pele e descia rápido para explicar como, numa manhã de dezembro de 1925, ele conheceu a neve. Elis, bela e radiante como nunca, acabou aceitando ir morar com seu negrão pintor na Rua Joaquim Silva. Fizera, no entanto, questão absoluta de manter seu quartinho no bairro de Fátima. Ela conhecia bem demais a vida e os homens para não ignorar que nenhum amor é eterno. Por enquanto, passava uma temporada com Zumbi, e já era muito.

João, por sua vez, deixara a Cidade Nova e fora morar num apartamento de frente para a Cinelândia. Mesmo assim, ia todos os dias à casa de Tia Ciata para assistir com Amélia às noitadas de samba e de candomblé. Ele trouxera de Paris para a mãe-de-santo uma soberba estátua de madeira negra que representava uma africana nua atacando um leão com uma lança. Essa peça, encontrada num antiquário do bulevar Saint-Germain, logo foi abençoada e colocada no terreiro, com todo o respeito devido. Para ela, Tia Ciata escolheu no próprio Peji, a Casa dos Deuses, um nicho dedicado a Ogum, o deus da guerra e dos metais. Ogum, aquele que abre os caminhos. Para Amélia, João trouxe de presente um vidro enorme de perfume cujo frasco de facetas lembrava um diamante. Ao abrir o embrulho, a jovem sorriu de prazer, pois, se o presente em si era suntuoso, ele não podia superar a felicidade que ela sentiu ao imaginar João entrando numa perfumaria e escolhendo, para ela, um presente. Ele havia pensado nela, a milhares de quilômetros, e era isso o mais bonito.

Todos os sábados, lá pelas seis da tarde, eles se encontravam diante da igreja da Glória e, de mãos dadas, iam passear à beira-mar no Flamengo, paravam para tomar sorvete, falavam de tudo e de nada, seduziam-se sem malícia. Ela voltara a estudar e agora queria ser professora primária antes de ser sagrada, mais tarde, mãe-de-santo.

Durante esse período de leite e mel, um único episódio veio perturbar-lhes a paz e a felicidade. Foi numa noite de fevereiro de 1926, quando João convidou para jantar em sua casa Tia Ciata, Zumbi e Elis, Silva Costa e esposa, sem esquecer Dori e a namorada, uma mulata deliciosa que atendia pelo nome de Joana. A reunião foi um sucesso. Três dias antes, Amélia havia preparado uma feijoada enorme e João abriu as duas últimas caixas de champanhe que trouxera da França. Todos comeram e beberam muito. Também riram e cantaram velhos maxixes do ator cômico Francisco Correia Vasques, pois Zumbi tivera a excelente idéia de trazer o cavaquinho.

Por volta da meia-noite, Silva Costa, já meio tonto de champanhe, levantou-se da mesa e propôs ao grupo irem em cortejo até a Rua do Ouvidor para assistirem ao desfile do carnaval. Elis, Amélia e Joana bateram as mãos aprovando e, apesar das reticências de Zumbi e Dori, a proposta foi aceita. Dori levou de carro Tia Ciata até em casa e os três casais tomaram o rumo da Rua do Ouvidor. Numa hora em que Heitor e Dori caminhavam à frente junto com as mulheres, Zumbi disse baixinho a João:

– Na minha opinião, o carnaval não é uma boa idéia...

– Por quê?

– Porque eu conheço o pessoal da Rua do Ouvidor. É gente barra-pesada. Eles ficam ali passando a mão nas garotas, amedrontam os brancos e matam até policiais quando tem briga...

Deve-se dizer que, nos anos 1920, e isto há muitos anos, o carnaval do Rio de Janeiro tinha três facetas bem diferentes. A classe média passava noites endiabradas a dançar em clubes ao som do foxtrote e do jazz. Já para a aristocracia, festejar o carnaval era bem mais participar de um desfile de elegantes, com trajes calcados nas fantasias de Veneza, do que de uma festa coletiva do deus Baco. Ficavam entre si, na casa de uns e de outros, em salões cobertos de veludo, a bebericar champanhe e a escutar distraidamente uma orquestra em libré interpretar comportados maxixes. Nessas reuniões anuais, mandava-se buscar a preço de ouro na Europa até o confete e as máscaras, e as boas maneiras eram de praxe.

O verdadeiro carnaval, o dos pobres, só existia na rua, da Praça Onze à Lapa, onde o povo se apoderava do centro da cidade inteiro, numa desordem fabulosa, numa anarquia inimaginável. Nesses quatro dias, tudo era permitido e a própria polícia, em muitos casos, não sabia mais se devia reprimir os excessos ou entrar na dança. Abençoado entre todas as festas, o Carnaval permitia virar tudo ao avesso, inverter os valores, já que tudo era possível. Os homens vestiam-se de mulher, os operários bebiam as melhores bebidas, o pobre se sentia mais rico do que Creso, a puta botava uma roupa de freira, a carola se pintava toda, os tímidos desfilavam com quase nada de roupa, os professores soltavam uma salva de injúrias, os tabus caíam de uma só vez, liquidados.

– O pessoal da Rua do Ouvidor – prosseguiu Zumbi – não desfila nos blocos. Por isso é que são perigosos. Eles andam em bandos, ficam procurando briga com todo mundo. Conheço um bar de onde a gente pode ver tudo sem muito enrolo. Mas, por mim, seria melhor mudar de bairro...

João estava se juntando a Amélia para lhe dizer que dessem meia-volta quando o grupo de repente foi cercado por uns vinte sujeitos, nas imediações da Rua da Carioca. Não pareciam pertencer a bloco algum, estavam pintados de branco para os negros e de negro para brancos e mulatos. Usavam cartolas furadas, saltos altos, miçangas. Estavam bêbados de cair. Começaram a berrar uma paródia de

"La donna é mobile", agitavam com os braços umas cobras desdentadas, uns carregavam nos ombros enormes lagartos amarelos, outros arrastavam tartarugas terríveis. Essa visão de pesadelo petrificou Heitor. Dori logo puxou da navalha, imediatamente imitado por João.

O que parecia ser o chefe, um negro gordo, braços fortes, com cicatrizes na cara e vestido de pirata, de repente tirou da bengala uma espada. Com um sorriso mau, cuspiu no chão um jato de saliva escura de fumo e, cambaleando, aproximou-se do arquiteto. Zumbi quis dar um passo à frente, mas a lâmina do negro chicoteou o ar bem rápido e foi parar em sua garganta. Com um olhar sem brilho, o homem rugiu então:

– E aí, meu negão, está querendo morrer por um branco?

– É amigo meu.

– Um negro amigo de um saco de farinha... Pode ser, afinal, já que é Carnaval. Em todo caso, vocês vão deixar as mulheres com a gente e sair de fininho. A gente aqui só está com vontade de brincar um pouco. Então, vocês se mandam e tudo vai ficar bem.

Da Rua do Ouvidor, não longe dali, chegava o alvoroço ensurdecido dos blocos que desfilavam. Juntando o gesto à fala, o chefe pôs a mão esquerda nos seios pequenos de Joana, que começou a chorar em silêncio. Heitor, cujo porre passara, apertou a esposa contra si enquanto João, com os braços em cruz, formava uma muralha com o corpo para proteger Amélia e Elis. Uns dez sujeitos vieram, então, na direção deles, olhos brilhando na noite, lábios babando, cheirando a bebida e sujeira, atraídos pela pele fresca das mulheres. Vieram caminhando com os braços e as mãos abertas.

Nesse instante, Dori sacou um revólver pequeno. E fez fogo. Um estalido seco. Uma nuvem de pólvora. E o pirata gordo desabou, soltando sangue por uma das órbitas, o outro olho esbugalhado pela incompreensão. Os outros membros do bando logo recuaram, capengando nos saltos altos; depois saíram correndo, deixando para trás as cobras, os lagartos e as assustadoras tartarugas, e também o chefe. Dispersaram-se pelas ruas adjacentes e misturaram-se à multidão.

A voz estridente de Dori fez-se ouvir:

– Muito bem. Mas agora vamos tirar o time rapidinho.

– Mas… e o morto? – gaguejou o arquiteto.

– Não pode estar mais morto, na minha opinião.

Nessa noite, depois de acompanhar o arquiteto e a esposa até em casa, João, Zumbi, Elis e Amélia voltaram a passos lentos à Cinelândia. Sem uma palavra, livraram-se dos restos do jantar e foram para a sala tomar uns copos de cachaça. Para aliviar a atmosfera, Zumbi bem que tentou tocar alguma coisa no cavaquinho, mas o instrumento recusou-se a soar direito. No escuro da sala iluminada à vela, os dois casais guardavam presente na cabeça a imagem do pirata gordo negro, o olho explodido pela bala, caindo de joelhos feito um peso-pesado derrubado por um *uppercut*, sangrando em silêncio no rumor da festa.

Depois, os efeitos do álcool apagaram o horror dessa visão e Zumbi encontrou forças para falar:

– O fato é que Dori fez certo. Aquele sem-vergonha recebeu o que merecia. E se ele não o tivesse matado, era comigo que ele ia se ver. Comigo ou com o João…

– Eu sei, meu amor de negrinho – murmurou Elis. – Mas é uma pena.

– O que é uma pena?

– Que o carnaval seja essa anarquia.

– E o que você queria fazer? Acabar com ele? Seria um belo escândalo!

Na luz das velas, Amélia endireitou-se e replicou com voz doce:

– Não se deve acabar com ele. Tem é que mudar, criar regras.

– Que regras? – riu Zumbi. – Como dizia o barão do Rio Branco, existem duas coisas bem organizadas no Brasil: a desordem e o Carnaval!

Enquanto ele gargalhava com amargura, Amélia continuou:

– Por enquanto é verdade. Mas a Tia Ciata me explicou que, no Estácio, as coisas estão começando a mudar. Disse que é o Paulo da Portela quem está cuidando…

E, no mesmo tom calmo, explicou que os músicos desse bairro, preocupados em salvar o Carnaval, estavam se mobilizando há alguns meses:

– Tem o Paulo da Portela, mas também o Ismael Silva, o Bide, o Brancura e outros. Eles dizem que o carnaval não deve ser uma festa em que os negros se rebaixam. Tem de ser uma festa preparada o ano inteiro, cada um em seu bairro, cada escola escolhendo a sua cor. Todos os anos, eles querem dar um tema diferente, e querem que todas as pessoas do bairro participem dos preparativos. Se houver carros alegóricos, tem trabalho para todos, carpinteiros, costureiras, músicos, compositores e letristas. E os que não têm emprego, em vez de mendigar ou de ficar pelas ruas, poderão vir para a escola de Carnaval do bairro para participar. É isso que eles estão falando, lá no Estácio. E é isso que eu vou organizar lá na Cidade Nova, com a Tia Ciata...

Amélia falou com uma fé e uma emoção que impressionaram os dois amigos. Nessa noite triste, João a achou mais desejável que nunca e, nesse instante, teria dado tudo para ficar só com ela. Antes que Zumbi respondesse, Elis se levantou e veio fazer um carinho no ombro de Amélia, insistindo:

– Ela tem razão. Eu também vou fazer isso no Estácio, mas também lá onde a minha mãe mora, na Mangueira. Imaginem como seria bonito as escolas de carnaval desfilando uma depois da outra, com centenas de passistas. Cada uma teria a sua música e poderiam até organizar um concurso...

– E com que dinheiro você faria isso? – falou Zumbi com ironia na voz. – Você tem idéia de quanto pode custar um negócio desses?

Como as duas moças não encontravam resposta, João soltou uma palavra, uma única:

– Bicho...

– O quê?

– O Jogo do Bicho, meu irmão. Eu conheço os bicheiros. Eles têm orgulho do bairro onde moram e fariam tudo para vencer o carnaval, se organizarem um concurso. Vou levar um papo com o Dori...

Bartolomeu Zumbi, subitamente sério, então, levantou-se e foi buscar o cavaquinho. Enquanto afinava o instrumento, murmurou para si mesmo:

– Um carnaval organizado... Pelo povo e para o povo. Mas isso poderia ser uma das mais belas obras de arte do Brasil. E uma obra de arte popular...

– O que você está resmungando, meu negrinho?

Com um sorriso enorme, Zumbi fez um acorde no cavaquinho e respondeu:

– Eu topo o carnaval de vocês. Mas tem que deixar a marcha carnavalesca de lado.

– Por quê? – perguntou Elis.

– Não tem muito ritmo. É muito chato. Escute e você vai entender...

O pintor pôs-se, então, a cantar onomatopéias acompanhando-se no cavaquinho:

– A marcha faz isso: Tã! Tã-tã! Tã! Tã-tã! Não tem loucura nisso... Enquanto o samba faz: Bum! Bum! Paticumbum! Progurumdum! Isso é carnaval! Isso é brasileiro! A alma do Brasil está aí.

E depois de fazer soar mais uma vez seu riso de homem livre, Bartolomeu Zumbi começou a improvisar a música e a letra de um samba que diziam:

Eu vô bebê
Eu vô me embriagá
Eu vô fazê barulho
Pra puliça me pegá!

Uma semana depois, João e Amélia deixaram bem tarde o terreiro de Tia Ciata, onde Dori e Joana tinham dançado sem parar um único minuto, com certeza cavalgados por espíritos que também gostavam de celebrar o samba. Nessa roda, Donga e Cartola, é claro, fizeram a festa. Mas por lá também passaram o jovem Noel

Rosa e seu violão, e ainda o grande Ernesto Nazaré, que tocava piano nas salas de cinema onde os espectadores, vindo só por ele, prefeririam ficar de costas para as telas, enfeitiçados por suas interpretações de tangos e polcas.

Na luz dançante das velas, a energia da macumba combinada com a força do samba deixaram os atores em transe, pingando de suor, as veias do pescoço esticadas a ponto de romper, os olhos fora do buraco, as bocas se rasgando para rir e cantar, as cadeiras rebolando nesse ritmo incompreensível e envolvente contra o qual nada pode a razão.

Lá pelas três da manhã, quando o samba começava a se apagar, a velha Tia Ciata, com a voz já rouca de tanto cantar, jogou no fogo musical mais alguns chorinhos que crepitaram com ternura. Essa noite foi uma verdadeira noite de amor, de felicidade, de comunhão com a África.

Quando a abóbada negra do céu começou a empalidecer, Amélia e João pegaram uma carona no carro do poeta Lamartine Babo que deixava a Cidade Nova e desceram na beira da Lagoa Rodrigo de Freitas, na Avenida Epitácio Pessoa. De mãos dadas, ainda suados da dança, os dois namorados passearam um instante, sem falar, contemplando as estrelas que pareciam não querer nunca se apagar. Quando João ia propor a Amélia levá-la para casa, esta fez não com a cabeça e, com firmeza, puxou-o pelo braço. Em poucos passos, deixaram o asfalto e foram caminhando pela areia fresca da noite. O espírito acalentado pelos chorinhos, nos suspiros do mar, eles encontraram uma clareira na matinha e, ali, sem pronunciar uma única palavra, Amélia se despiu lentamente, abrindo um a um os botõezinhos de madrepérola de seu vestido de algodão, com os olhos grandes mergulhados nos de seu amante. Nos reflexos vermelhos e azulados da aurora, ela se curvou sorrindo, feliz por ter encontrado o homem que ia fazê-la mulher. Depois, com um ar mais sério, ela o despiu, beijando com a ponta dos lábios todo o seu corpo. Frementes, sempre de mãos dadas, que agora apertavam mais forte que nunca, eles penetraram na água morna. A lagoa despertando à luz foi o primeiro leito de amor de João e Amélia, e o dia nascendo, o lençol que os cobriu.

João, que não conhecera mais mulheres desde Diva, não teve medo algum, deixando-se amar como Amélia desejava, e foi ela quem lhe agarrou a cintura com suas coxas macias. Quando João a penetrou por inteiro, ela soltou um gritinho, logo se pôs a fazer ruídos na garganta e a ronronar feito uma gata. Foi um instante mágico em que pertenceram um ao outro, lentamente, acalentados pelo terno balanço das ondas.

Enroscada em João, a cabeça deitada em seu peito, Amélia adormeceu calmamente. Deitado de costas, João fumava um cigarro e observava o morro do Corcovado bem em cima de sua cabeça, vertiginoso, protetor. Nesse instante, um raio de sol ricocheteou no topo do morro, lançando um raio rápido para todos os horizontes. Aí João entendeu. As primeiras equipes de operários estavam se instalando no pico de granito. Breve, o Corcovado estaria cheio de caminhões, tratores, trens, carros, andaimes subiriam até o céu e os homens trepariam nesses andaimes para, com as mãos, fazer nascer um sonho, fazer nascer o Cristo Redentor que iria abençoar, com seus braços abertos, o Rio de Janeiro, o Brasil, o mundo inteiro...

30

Durante mais de três anos, até o mês de outubro de 1929, as obras do Cristo Redentor foram conduzidas com mão de mestre por Silva Costa. Para levar a cabo esse empreendimento colossal, o arquiteto contratara novamente, com real prazer, Lara, Maria e Cíntia que, com Silvana, constituíam de novo sua guarda pessoal. Para maiores comodidades, ele havia comprado também o apartamento em cima de seu escritório e era ali que, na companhia de João, ele tomava todas as grandes decisões e às vezes tentava ter um pouco de repouso. Pois Heitor passava o dia correndo de um lado para o outro, do escritório ao topo do Corcovado, de onde descia para resolver assuntos no Palácio do Catete, de onde saía feito um foguete para informar Dom Sebastião, no Palácio São Joaquim, do avanço das obras; depois ia ver a contabilidade, dar uma entrevista, fazer encomendas, receber orçamentos que discutia com João; depois voltava ao morro onde, entre baldes e colheres de pedreiros, tábuas de madeira, vigas, em meio aos rugidos do guindaste, ao canto e aos gritos dos operários, ao estouro das descargas dos caminhões e às considerações dos grupos de populares que iam admirar o Cristo em construção, ele se isolava com Heitor Levy para controlarem o andamento das obras. O arquiteto executivo também se deixara devorar por inteiro, com prazer, pela grande obra. No entanto habituado às refeições finas, aos vinhos franceses degustados em taças de cristal, e tendo sempre dado prova de um cuidado constante com a elegância de seus trajes, Heitor Levy mudara por completo, não saía mais do canteiro de obras, seu ninho de águia, onde almoçava lingüiças defumadas com arroz branco regados com cerveja, metido num macacão sujo, e, quando anoitecia, dormia junto com os operários num barracão de madeira.

A obra avançava rápido. Depois do pedestal, a estrutura se elevara, calculada ao milímetro, uma cruz de concreto armado e de aço que já prefigurava a força que emanaria da estátua. A etapa seguinte seria a colocação da cabeça. E era por isso que, nesse dia de outubro, Heitor andava feito uma fera na jaula dentro do escritório. O telefone tocou, João atendeu e respondeu rápido, enquanto o arquiteto lhe dirigia um olhar lívido. Com um sorriso aberto, João pôs o telefone no gancho e tranqüilizou o arquiteto:

– Pronto, senhor doutor... A cabeça chegou a Niterói!

O sangue então refluiu nas veias de Heitor. Às pressas, pegou o panamá e, depois de dar um tapa vigoroso nas costas de João, despencou pelas escadas gritando:

– Vamos, meu amigo! Rápido! Vamos até Niterói!

João esmagou com calma o cigarro no cinzeiro e, mãos nos bolsos, cantarolando "Zizinha", o último samba na moda, foi ao encontro do arquiteto. Este, sentado no carro, já batia os pés de impaciência:

– Então? Está esperando o quê?

– Vamos, vamos... Não se preocupe: a cabeça chegou hoje de manhã, no primeiro barco. Ela não vai sair do lugar sozinha!

– Vamos, arranque! Por favor! Estou morrendo de vontade de vê-la...

É verdade que Silva Costa e sua equipe esperavam com uma impaciência crescente essa escultura de gesso em tamanho real que serviria de modelo, realizada na França por Paul Landowski. O escultor francês atrasara várias semanas e, a cada dia que passava, era todo o calendário das obras que arriscava recuar também. Assim, quando a barca deixou os dois homens em Niterói, do outro lado da baía, o arquiteto desceu esbarrando nos raros viajantes e correu pela plataforma ao encontro de Heitor Levy. Este colocara à disposição das obras uma propriedade sua em Niterói para recepcionar as caixas com a escultura e, para a ocasião, descera de seu ninho de águia. Sem cumprimentar o amigo, de fôlego curto, Silva Costa gaguejou, com um sorriso vitorioso na cara:

– Então? Ela chegou? Tem certeza?

– Tenho, mas...

– Já começou a montá-la? Curioso como você é, tenho certeza que sim...

– Sim, mas...

– Eu sabia! E então? Como ela é? Diga-me que é bela, eu lhe suplico...

Heitor Levy, de rosto sério, encontrou, então, a força para dizer a verdade, bem no momento em que João se juntava aos dois. Depois de enxugar o rosto com o lenço, o arquiteto executivo gaguejou:

– Caro doutor, de fato recebemos a cabeça em gesso do sr. Landowski. Ele nos enviou ela em cinqüenta pedaços, em caixas...

– Puxa! E daí?

– Daí que... o sr. Landowski, talvez na precipitação, esqueceu de numerar as caixas. E nem sabemos por onde começar...

Ao ouvir essas palavras, João não pôde deixar de rir. Quando contasse essa história a Bartolomeu, o pintor com certeza iria fazer um senhor samba sobre o assunto.

Uma semana depois, com um pouco de paciência e muito trabalho, todas as peças do quebra-cabeças puderam enfim ser montadas. Para festejar o acontecimento, Silva Costa convidou certa noite todos os amigos para vir jantar na praia diante da propriedade de Heitor Levy. Na barca que transportava o alegre grupo para Niterói, estavam, além de Silva Costa e esposa, Tia Ciata, Dori e Joana, Zumbi e Elis, João e Amélia, o arcebispo Dom Sebastião, o supervisor das obras e o segundo supervisor, Pedro Fernandes Vianna da Silva e Antônio Ferreira Antera, o chefe das equipes de operários, Mário Michelotto, sem esquecer Afonso Cotrim e os garçons da Colombina, encarregados de preparar e servir a refeição.

A pé, os convidados carregados de bolsas e puxando um carrinho pesado, caminharam por uns dez minutos na areia, num ambiente alegre. A beleza selvagem de Niterói dava uma visão inebriante do paraíso, com suas costas quase virgens de moradias, margeadas de palmeiras, suas praias minúsculas cheias de peixes e conchas. Para completar, nesse final de tarde, depois de um dia de calor forte, o sol estava menos violento e era mais fácil respirar graças a uma brisa marinha que pouco a pouco subia do largo.

De repente, quando Tia Ciata ia começar a reclamar que estava andando muito, um silêncio compacto se fez. O grupo, que acabava de passar por uma enseada, ficou imóvel como um único homem, de boca aberta, os braços caídos ao longo do corpo, os olhos esbugalhados com um espetáculo espantoso. A cinqüenta metros à esquerda, de frente para o Atlântico, colocada na meia encosta de uma duna banhada de sol alaranjado, a cabeça do Cristo Redentor acabava de aparecer, como que emergindo de um mar de areia. Uma cabeça majestosa, sorridente, de uma pureza e uma humanidade perturbadoras, parecendo prestes a falar.

Dori e Joana, sem parar de olhar o quadro, abraçaram-se forte. Tia Ciata, esta, pôs-se a rir aberto, agradecendo a todos os deuses e espíritos do Brasil e da África. E aqueles que pela primeira vez descobriram o rosto do Cristo tiveram arrepios de felicidade. No crepúsculo de ouro, ouviu-se, então, a voz grave de Bartolomeu Zumbi pronunciar estas poucas palavras:

– Teria que ser um puta poeta para imortalizar isso tudo, palavra. Com uma cançãozinha e um violão, poderia ajudar namorados a serem felizes...

Passada a emoção, o grupo levantou tendas com lençóis brancos presos a varas fincadas na areia e a cerveja pôde jorrar. Nesse meio tempo, os garçons da Colombina cavaram um buraco onde acenderam uma fogueira. Os espetos de churrascos com carne de boi, lingüiças de vitelo, de porco e de galinha assariam nas brasas e depois se juntariam nos pratos às saladas, ao arroz à grega e à farofa.

Quando todos já estavam sentados e uma discussão sobre o futuro do clube de futebol do Fluminense acirrava as paixões, Gilberto, filho de Heitor Levy saiu correndo de casa, atravessou a areia e apareceu sob a luz vacilante das tochas. Esbaforido, o estudante de arquitetura gaguejou:

– Pai... Pai, é terrível... Acabam de dizer na Rádio Nacional que... ontem, a bolsa de Nova York... afundou!

– E o que a gente tem a ver com isso? – lançou um Zumbi já meio alto, rindo solto.

O rapaz engoliu um copo d'água e, enxugando o suor que escorria pela testa, respondeu:

– Vocês deveriam vir escutar o rádio. Eles dizem que é terrível, uma verdadeira catástrofe. E que não vai se limitar aos Estados Unidos. Eles dizem que em poucos dias é toda a América do Sul que vai se arruinar!

Então, em meio a rajadas nervosas de um vento que de repente se levantou, Gilberto Levy contou o que acabava de ouvir e cada uma de suas frases apagou os sarcasmos e quebrou os sorrisos nos rostos. Na véspera, Wall Street havia literalmente explodido. Num único dia, centenas de firmas e fábricas, com ações supervalorizadas pelos especuladores, tinham falido. Presidentes de grandes empresas e agentes dos mercados de ações tinham até se suicidado, às dezenas, precisava o jornal, jogando-se do alto dos arranha-céus para evitar a desonra. Os pequenos investidores também haviam sido atingidos em cheio e muitos tinham perdido numa única sessão anos de economias. Segundo o jornalista, ainda era cedo para fazer um balanço, mesmo provisório, mas o Brasil em seu conjunto devia se preparar para atravessar a mesma crise, terrível e fulminante.

Quando Gilberto terminou seu relato, só se ouviu na noite a madeira estalando no fogo e o vento soprando nas varas que prendiam os lençóis. Dom Sebastião e Silva Costa trocaram um olhar negro, pesado de sentidos. Ainda faltavam, no mínimo, dois anos de trabalho para acabar a construção do Cristo Redentor. E se o país também mergulhasse na crise econômica, isso com certeza forçaria uma parada das obras. Enquanto os convivas se juntavam em volta do rapaz para fazer-lhe perguntas e ir com ele para casa a fim de acompanhar pelo rádio os acontecimentos, o arcebispo e o arquiteto ficaram em volta do fogo. Depois de oferecer um charuto a Heitor, Dom Sebastião resmungou:

– É evidente que não é o que poderíamos chamar, propriamente falando, uma boa notícia. Isso não...

– O senhor quer dizer que...

– Eu não quero dizer coisa alguma, caro amigo. Mas há uma coisa de que estou certo. É que em março próximo haverá no Brasil novas eleições.

– E daí?

O arcebispo soprou uma espessa nuvem de fumaça, imediatamente dispersada pelo vento. Depois, respondeu:

– Daí que o nosso presidente Washington Luís vai pular, está escrito. Nosso país depende sobretudo do comércio internacional. Se não vendermos mais o nosso café, é toda a nossa economia que vai por água abaixo. Amanhã de manhã bem cedo, vou tomar providências para que não soframos demais essa catástrofe. Mas não posso lhe prometer nada.

O arcebispo Dom Sebastião tinha visto bem. A Quinta Negra de Wall Street desencadeou na economia mundial uma depressão sem precedentes. E o Brasil não escapou à regra. Em três meses, o país desabou. Todos os dias, os jornais falavam das falências em cascata das empresas, dos dramas humanos a elas ligados. Nos degraus das igrejas, diante das portas do socorro popular, filas imensas de novos indigentes começaram a se formar. Assim que as cortinas baixavam, as latas de lixo dos restaurantes eram tomadas de assalto, as pessoas brigavam por restos de comida.

Enquanto, em agosto de 1929, um saco de café era negociado por duzentos mil-réis, cinco meses mais tarde, o preço despencara para vinte e um mil-réis. Os dois últimos meses desse ano de 1929 foram dramáticos. Contaram-se mais de dois milhões de desempregados, quinhentas e setenta e nove fábricas fecharam só nas cidades do Rio de Janeiro e de São Paulo.

E o que devia acontecer aconteceu. Sobre as cinzas quase frias da velha república, os estados de Minas Gerais, Rio Grande do Sul e Paraíba formaram uma Aliança Liberal para derrubar, de uma vez por todas, os detentores da política do café-com-leite. Um certo

Getúlio Vargas, ao lado de um certo João Pessoa, foi escolhido para representar esse movimento nas eleições de março de 1930. Sem programa claro, denunciando a falência do país como da culpa exclusiva do presidente Washington Luís, condenando de antemão a fraude eleitoral, denegrindo Júlio Prestes, conhecido como Julinho, o candidato designado pelo presidente, usando com competência um vocabulário a um só tempo marcial e populista, Getúlio Vargas levou seu barco com habilidade e, de novo, os brasileiros se dividiram. O país ficou à beira do abismo, vacilante, prestes a se lançar numa revoluçao que muitos já previam tão inevitável quanto sangrenta.

O único ponto em que toda a população esteve de acordo para estourar de rir foi quando se descobriu que as eleições caíam no dia 1º de março, ou seja, no primeiro dia do carnaval... Logo, logo Sinhô, o gozador do samba, escreveu uma canção que fez muito sucesso, cuja letra zombava do candidato designado pelo presidente da República em fim de mandato:

Ouvi dizer
Que para o nosso bem
Jesus já designou
Julinho para ser eleito!

E, de fato, as eleições foram fraudulentas, e Júlio Prestes foi eleito presidente.

Então, o vento de revolta que já soprava no país transformou-se em tempestade quando João Pessoa, o candidato a vice de Getúlio Vargas, foi assassinado em Recife, em 26 de junho de 1930, quando tomava chá numa confeitaria. A Aliança Liberal evitou, é claro, revelar que o assassinato era fruto apenas de um ciúme amoroso. E, com o reforço dos artigos na imprensa, fez de João Pessoa um mártir. Getúlio Vargas obteve, então, o cadáver de que precisava para desencadear sua revolução.

Em 3 de outubro de 1930, o golpe de Estado começou nos estados de Minas Gerais, do Rio Grande do Sul e do Nordeste. Em 12 de outubro, Getúlio Vargas iniciou, de trem, uma volta épica do Brasil, para ser aclamado em Porto Alegre, depois em Ponta Grossa, no Paraná. Por toda parte, os focos de revolta se multiplicaram. Em 24 de outubro, Washington Luís, o presidente, foi deposto na capital. Cinco dias mais tarde, a cidade de São Paulo recebia em triunfo Getúlio Vargas que, no dia seguinte, e sempre de trem, chegou ao Rio de Janeiro.

Ele tomou a cidade, como o resto do país, sem dar um só tiro.

No dia seguinte à chegada do gaúcho na capital, João Domar da Cunha e Bartolomeu Zumbi estavam na pequena paróquia da Glória. Ali, sob a vigilância simpática do padre Gonzaga do Carmo, dezenas de mulheres benévolas participavam, já há várias semanas, da confecção do revestimento do Cristo Redentor. Sem parar de cantar, elas cortavam triângulos de pedra-sabão de três centímetros de lado e de uma espessura de sete milímetros, antes de colá-las com pincel, com minúcia, em telas triangulares. Breve haveria o bastante para que os pedreiros pudessem fixá-las na estrutura em concreto armado da estátua. Assim, a sombra do Aleijadinho também iria pairar sobre a cidade.

Apesar da Quinta Negra, de seus efeitos desastrosos sobre a economia do país, e apesar da revolução que agora rugia às portas do Rio, as obras não tinham sofrido muito e não acusavam quase nenhum atraso. A estátua do Cristo Redentor estava terminada, os braços, as mãos e a estrutura externa tinham se encaixado sem problema, graças aos cálculos complicados de Silva Costa e Heitor Levy. Além disso, numa audaciosa mágica contábil, o arcebispo Dom Sebastião bloqueara o dinheiro constituído pelos dons populares e os subsídios do Vaticano e do Estado, assumindo até o risco de pagar certas empresas antes que estas tivessem acabado as obras. Tudo poderia estar pronto no fim de 1931 e, no canteiro de obras no topo do Corcovado, não existiam mais domingos nem feriados.

Assim, nessa manhã de 31 de outubro, quando o primeiro sol do verão esquentava as altas palmeiras da Avenida Beira-Mar e que João e Zumbi admiravam a habilidade das mãozinhas a cortar a pedra-sabão, a porta de entrada da paróquia da Glória bateu com violência e Silva Costa surgiu vestindo seu terno mais bonito, suado, com os olhos fora da cara. Arfando, veio desabar sobre uma cadeira e, na surpresa geral, soltou:

– Pronto, vi Getúlio Vargas. A estátua do Cristo Redentor está salva...

Enquanto uma paroquiana lhe servia uma laranjada e que outra lhe estendia um lenço para se enxugar, João perguntou:

– Como assim, a estátua está salva?

– Salva, estou lhe dizendo... Getúlio chegou de trem ontem à noite. E hoje de manhã me concedeu uma audiência. Ele quer que a estátua seja inaugurada, e em grande pompa, em outubro do ano que vem.

Numa careta de nojo, Zumbi observou:

– Essa porra de gaúcho ainda nem está eleito e já pensa em festejar o aniversário da eleição...

Com grandes gestos veementes, o arquiteto lhe fez sinal de se calar e explicou em voz baixa:

– Mas fale mais baixo, infeliz! Getúlio Vargas não vai ter eleições para tomar o poder. Dentro de três dias, ele vai se autoproclamar chefe do governo provisório e vai suspender a constituição.

– Que filho-da-mãe...

Desta vez, Heitor se levantou e pegou Zumbi pelos ombros. Com voz glacial, disse-lhe:

– Se você quiser acabar preso, continue assim.

– Mas esse cara é um escroto! Um ditador!

– Pode ser... Mas escute bem o que eu vou lhes dizer: ele está no poder, e vai ficar lá por muito tempo.

– E o povo do Rio? – interveio João. – Ele vai ficar de braços cruzados? É preciso fazer alguma coisa!

Subitamente cansado, o arquiteto desabou novamente sobre a cadeira. No frescor da paróquia, ele deu de ombros e, com uma voz apagada, confessou:

– Acabou, estou lhes dizendo. Estou chegando do centro da cidade. Existem centenas de partidários de Getúlio que seguiram o chefe, a cavalo, por mais de mil e quinhentos quilômetros. Neste preciso momento, as milícias dele já amarraram os cavalos ao pé do obelisco da Avenida Rio Branco...

No silêncio, ele concluiu com amargura:

– E Getúlio Vargas, em traje militar e com seu chapéu de gaúcho, está lá discursando para eles. Pôs até um lenço vermelho no peito, para significar a todos que a revolução venceu...

Estupefato, pois pouco habituado às coisas políticas, Zumbi perguntou:

– Um lenço vermelho? Então ele é comunista, ou alguma coisa assim?

– Não, meu irmão... – respondeu João, com o rosto crispado. – É um arrivista, e da pior espécie. E se esse urubu for dirigir o país como ditador, eu me pergunto se não é o momento de eu deixar o Brasil...

Getúlio Vargas de fato entendera perfeitamente a importância da estátua do Cristo Redentor para todos os brasileiros. Construído por índios, negros, brancos, mulatos, católicos, judeus, umbandistas, recoberto de pedra-sabão graças às mãos benévolas de donas-de-casa, operárias, telefonistas, secretárias, empregadas, burguesas, esse Cristo Redentor era de todos, a eles pertencia.

Assim, quando Dom Sebastião preveniu Getúlio Vargas, em julho de 1931, que as obras estavam quase acabadas, o ditador logo decretou oito dias de festas para inaugurar a estátua. Tudo começaria no domingo 4 de outubro para acabar em apoteose, na segunda-feira dia 12, com a bênção da estátua. Às dezenove horas e quinze, haveria a iluminação do Cristo, o ponto alto das festividades. Aí ainda, por um gosto pronunciado pelo espetacular, Getúlio Vargas conseguiu convencer o arcebispo de uma encenação grandiosa. Seria Guglielmo Marconi, o célebre cientista italiano que, de seu iate *Elettra*, ancorado na baía de Nápoles, procederia à iluminação final. O inventor do telégrafo sem fio emitiria, na hora marcada e ao vivo, um sinal de rádio em ondas curtas que, através de uma estação receptora instalada em Dorchester, na Inglaterra, seria captado pela estação brasileira de Jacarepaguá. Dali, a ordem seria dada à Companhia de Radiotelegrafia Brasileira e Marconi ligaria o interruptor dos projetores. Para o governo, seria uma excelente maneira de prestar homenagem à ciência, à arte e à tecnologia que haviam permitido a construção dessa estátua monumental. Para a Igreja, seria um meio apropriado de reunir, com esse gesto, o berço histórico do catolicismo triunfante, na Europa, com o longínquo Brasil.

Assim, durante o ano inteiro, o grupo engajado na edificação do Cristo Redentor multiplicou seus esforços a fim de que tudo estivesse pronto a tempo e na hora. Silva Costa, Heitor Levy, Pedro Fernandes Vianna da Silva e Antônio Ferreira Antero acabaram morando nas obras em tempo integral, renunciando por completo à vida em família e ao lazer. João passava mais tempo nas saias do arcebispo do que nas de sua doce Amélia. E Zumbi, assim que Getúlio Vargas assumiu o comando do país, abandonou a profissão de projetista e passou o ano inteiro pintando, amando Elis e, quando conseguia, arrastando João para farras grandiosas de que a Lapa, a Cinelândia e a Cidade Nova ainda se lembram.

Durante toda essa agitação, o tempo passou com a rapidez de um raio. Se o Cristo Redentor estava bem terminado, na manhã de 4 de outubro de 1931, se os ouros de todas as igrejas da cidade estavam lustrados, os mármores bem lavados, os uniformes e as bandeiras bem passadas, foi infelizmente o tempo que estragou a festa. Durante os sete dias de festividades, o céu esteve cheio de pesadas nuvens negras sobre a cabeça de todos, e a chuva os batizou copiosamente. Mas todas essas missas, pontificais e solenes, todas essas comissões gerais, essas assembléias extraordinárias de associações católicas, essas sessões de estudos teológicos para mulheres e homens, essas consagrações nos quatro cantos da cidade, pronunciadas para prestar homenagem ao Cristo, foram seguidas por uma multidão sempre calorosa e entusiasta. Aliás, também foi o caso da missa campal presidida, sob chuva forte, pelo arcebispo de Mariana, na Rua Pinheiro Machado, no estádio de futebol do Fluminense. Sob os olhos dos espectadores presentes, a cerimônia foi grandiosa, emocionante, e a equipe do episcopado deixou o estádio sob as ovações e os gritos de Cristo Rei!

No topo do morro do Corcovado, na segunda-feira, 12 de outubro de 1931, houve a cerimônia de bênção do monumento, apesar das gotas que caíam. Entretanto, antes foi preciso içar aos pés do Cristo Redentor o presidente Getúlio Vargas, o ministro do Exército, o da Aviação, o da Marinha, o da Agricultura, todos em trajes militares, sem contar os cardeais, o núncio apostólico, os arcebispos, os simples sacerdotes e todos os membros do episcopado da República da Argentina, e o que dizer de condes e condessas, barões e baronesas e outras cabeças coroadas? Infelizmente não havia estrada. Silva Costa não teve outra solução a não ser amontoar os grã-finos, em grupos sucessivos, na caçamba de material que nunca transportara tanta seda, ouro, diamantes, medalhas, peles e nomes ilustres...

A missa foi curta. Pronunciada por Dom Sebastião, representando na oportunidade Sua Santidade o papa Pio XI, ela terminou com estas poucas palavras do arcebispo de Porto Alegre, João Becker:

– No centro do país, no altar da Pátria, eleva-se este monumento grandioso, que mostra que Cristo será o Redentor da nação, sobretudo na época difícil que estamos vivendo...

Getúlio Vargas fez uma careta. Enquanto isso, em todo o Rio de Janeiro, os sinos se puseram a tocar com toda força.

Às dezesseis horas, o protocolo refez o programa. Já que a plataforma onde se erguia o Cristo era estreita demais para acolher, além do público, a totalidade dos seiscentos membros do clero brasileiro que viera para o acontecimento, uma inauguração oficial do monumento foi organizada na praia de Botafogo. A chuva, por muito tempo temida, pôs-se a cair, desde as treze horas, densa, fria, encharcando o público, gelando-o até os ossos. Mesmo assim, ninguém saiu do lugar. O Cristo Redentor, que os cariocas já chamavam carinhosamente o Corcovado, era deles, e só deles. Mesmo que pegasse uma gripe, essa gente sentia que talvez por isso a estátua lhes pertencesse ainda mais.

Quando os relógios marcaram dezenove horas, um murmúrio de impaciência fez tremer o público. Mais quinze minutos e seria acionado o interruptor que desencadearia o feixe dos projetores apontados para a estátua. As bandeiras foram levantadas, todos se puseram a escrutar o topo do pico com uma inquietude crescente. As nuvens não estariam espessas demais? Todos poderiam admirar, pela primeira vez no mundo, a estátua se iluminar? E o sinal de rádio do dr. Marconi? Embora fosse um grande cientista, como é que ondas, sobretudo curtas, iam conseguir atravessar aquele nevoeiro todo? Em tempo claro, ainda ia. Mas ali...

Não foi preciso mais para que, debaixo da floresta de guarda-chuvas, a multidão começasse a debater esses assuntos, alguns com veemência, outros ostentando seus títulos de doutores, outros ainda preferindo rezar em silêncio para que um milagre acontecesse.

João Domar da Cunha, na tribuna oficial, pôs-se então a sorrir. Na penumbra da Avenida Oswaldo Cruz – pois fora dada uma ordem de não acender nenhum poste de luz sob qualquer pretexto, a fim de que o impacto da iluminação fosse o mais marcante possível –, sob as palmeiras que balançavam ao vento de tempestade, ele avistou a silhueta familiar de Febrônio. E entendeu.

Quando a chuva enfim parou de cair, ele já estava no táxi.

Quando os relógios indicaram dezenove horas e quatorze minutos, ele penetrava correndo no edifício Hasenclever, na Avenida Rio Branco, na sede da Companhia de Radiotelegrafia Brasileira.

Trinta segundos mais tarde, passava feito um foguete diante da secretária e abria a porta da sala de máquinas.

Às dezenove horas e dezesseis minutos, João Domar da Cunha acionou o interruptor, sob os olhos estupefatos do diretor-geral da companhia.

Então, como uma homenagem prestada às centenas de milhares de espectadores, a pesada cortina de nuvens se rasgou e a estátua do Cristo Redentor se iluminou na noite. Sua longa silhueta branca, de braços abertos, abençoou pela primeira vez o Brasil e o mundo inteiro.

Embaixo, na enseada de Botafogo, velas e lâmpadas acesas formavam um tapete de luzes, na terra como no mar, nos barcos dos pescadores, como quando se festeja Iemanjá, na noite de 31 de dezembro...

Epílogo

Duas horas mais tarde, quando as autoridades jantavam nos melhores restaurantes da cidade, João Domar da Cunha, sentado aos pés do Cristo Redentor, olhava o Rio de Janeiro, olhava a sua cidade, que se estendia a seus pés.

Agora que a inauguração acontecera, ele se sentia vazio. O Cristo Redentor dali por diante existia mesmo, e João achava estar flutuando, não sabendo de que seria feito o amanhã, não se preocupando com isso, gozando da felicidade simples de ter conseguido realizar um sonho. O cheiro caramelado de um cigarro de maconha, misturando-se ao cheiro forte da mata molhada, tirou-o de seu torpor. Vestido de branco, sentado no parapeito, Bartolomeu Zumbi, com o cavaquinho entre as mãos compridas e elegantes, sorria. Depois, disse-lhe:

– E aí, meu irmão? É ou não é uma puta de uma bela estátua que a gente fez, hein?

– Como você diz: uma puta de uma bela estátua...

O negrão sacudiu o baseado, depois perguntou:

– O negócio, com as ondas curtas... Funcionou mal, não é?

– É, meu irmão. Nuvens demais.

– E foi o índio Febrônio quem lhe disse isso?

Surpreso, João exclamou:

– Mas como você pode conhecê-lo?

Bartolomeu Zumbi piscou o olho para ele, depois respondeu:

– Ele também conversa comigo. Na verdade, acho que ele fala com todo mundo. Só que as pessoas não sabem mais escutá-lo...

Ele começou, então, a cantar um samba de sua autoria, um samba cheio de saudade, que falava da mulher amada, do país amado.

Nessa noite, eles iriam à roda de samba de Tia Ciata, com Elis e Amélia. Iriam cantar, dançar, beber cachaça e comer pastéis de camarão, com pimenta e limão.

Sabiam que, dali por diante, a estátua do Cristo Redentor, criada pelos índios, brancos e negros que fizeram o Brasil, os protegia lá do alto do morro do Corcovado. Para sempre.

A respeito de Corcovado

Por mais incrível que possa parecer, a construção do Cristo Redentor no morro do Corcovado de fato aconteceu assim, com seu sacerdote visionário, sua Semana do Monumento, seu Chapéu do Sol, a antena de radiofonia no morro, a intervenção do escultor francês Paul Landowski, a pedra-sabão do Aleijadinho ou ainda a iluminação extravagante da estátua por Guglielmo Marconi, de seu iate ancorado em Nápoles, na Itália.

Heitor da Silva Costa, o arcebispo depois cardeal Dom Sebastião Leme, Pedro Fernandes da Silva e Antônio Ferreira Antero são personagens históricos, e espero que seus descendentes e amigos não me queiram mal por tê-los misturado a esta ficção.

Por uma preocupação de verdade, quero precisar que o verdadeiro autor do desenho do Cristo Redentor, aquele que inspirou a realização da estátua, se chamava Carlos Oswald. É, pois, justiça que caiba a ele a palavra final. Em sua obra intitulada Como me tornei pintor, *ele explicava de que maneira tivera a idéia do Cristo de braços abertos:*

"Foi então que decidimos dar ao Cristo uma forma de cruz, fazendo com que ele abrisse os braços ao máximo, com o corpo bem vertical, para dar a impressão, à grande distância, de uma cruz plantada no granito."

Jean-Paul Delfino

Este livro foi composto na tipologia Garamond, em corpo 13/16, e impresso em papel off-white 80g/m² no Sistema Cameron da Divisão Gráfica da Distribuidora Record.